Emery Lord

Nur um dich lächeln zu sehen

Emery Lord

Nur um dich lächeln zu sehen

Aus dem amerikanischen Englisch
von Ilse Rothfuss

cbj

Sollte diese Publikation Links auf Webseiten Dritter enthalten, so übernehmen wir für deren Inhalte keine Haftung, da wir uns diese nicht zu eigen machen, sondern lediglich auf deren Stand zum Zeitpunkt der Erstveröffentlichung verweisen.

Dieses Buch ist auch als E-Book erhältlich.

MIX
Papier aus verantwortungsvollen Quellen
FSC® C083411

Verlagsgruppe Random House FSC® N001967

1. Auflage 2018

Die Originalausgabe erschien 2016 unter dem Titel
»When We Collided« bei Bloomsbury Children's Books
Übersetzung: Ilse Rothfuss
Umschlaggestaltung: zeichenpool
Umschlagmotive: Shutterstock (Diana Indiana, Look Studio,
Bob Pool, Andrew Zarivny, Maria_Galybina)
TP • Herstellung: eR
Satz: KompetenzCenter, Mönchengladbach
Druck: CPI books GmbH, Leck
ISBN 978-3-570-16516-4
Printed in the Czech Republic

www.cbt-buecher.de

Für meine Familie, die immer weitersegelt

1

Vivi

Ich wusste sofort, dass ich mich in Verona Cove verliebt hatte, aber erst am siebten Tag konnte ich mich dazu bekennen. Nach einer Woche schnitzte ich also meinen Namen in einen großen Baum in der Ortsmitte. Mir war nicht klar, wie schwierig es ist, mit dem Taschenmesser eine harte Rinde zu durchbohren: Ich habe eine Ewigkeit für nur elf Buchstaben gebraucht. Zum Glück patrouilliert die Polizei nicht im Irving Park, bevor die Sonne aufgeht, und auch sonst nirgends. In Verona Cove wirft höchstens mal jemand eine Papierserviette weg, das vermutlich schwerste Verbrechen, das hier je begangen wurde. Und ich wette, dieser Jemand hat einfach die Serviette fallen lassen und ist ihr dann verzweifelt nachgejagt, aber der Wind hat sie fortgerissen, bis sie irgendwo zu Müll wurde.

Außerdem reizt mich der Gedanke, erwischt zu werden, oder würde ich mich sonst mit rissigen Buchstaben für immer in einem Baum verewigen, der älter ist als alle 3051 Einwohner von Verona Cove zusammen? *Vivi war hier.*

Als ich fertig bin, tätschle ich mein Werk, weil – okay, ja, ich bin eine Umweltzerstörerin, aber das hier ist ein Verbrechen aus Leidenschaft. Und dem Park macht es nichts aus, das weiß ich, weil ich das alles hier liebe, und ich glaube, selbst der megaordentlich gemähte Rasen und die beschilderten Bänke spüren meine Zuneigung.

Ich verlasse den Park und merke erst jetzt, dass ich viel später dran bin als sonst. Die Morgensonne ist bereits über den Horizont gekommen und die Blätter werfen Schatten so zart wie Seidenspitze auf den Gehsteig. Überall sprießen Blumen, aus jedem Quadratzentimeter des Ortes – fuchsienrote Rosen, die über die Spaliere kriechen, Forsythien, funkelnd wie gelbe Leuchtraketen. Während ich den Weg entlangschlendere, ziehen sich die Bäume über mir aus und streifen blassrosa Blütenblätter ab wie in einem langsamen Burlesquetanz.

Deshalb will ich für immer hierbleiben, nicht nur den Sommer über. Bisher habe ich Mom gegenüber immer behauptet, dass Hawaii im Vergleich zu Verona Cove wie eine schwimmende Müllhalde aussieht. Also streng genommen war ich noch nie in Hawaii, aber ich habe Fotos davon gesehen. Verona Cove ist ein winziger Ort, den man wohl eher irgendwo in Massachusetts oder North Carolina suchen würde, der sich aber stattdessen in eine kleine Bucht an der kurvigen kalifornischen Küste schmiegt. Ich habe schon in mehreren Städten gelebt, und Verona Cove ist keine, so viel steht fest, sondern eher eine Mischung aus Kleinstadtidylle, Regenwald und Shangri-La. Jedes Detail ist so perfekt, dass man sich an ein Filmset versetzt fühlt, und ich würde am liebsten meine Hände über die bemalten Gartenzäune gleiten lassen, die Retro-Briefkästen, die Straßenlaternen, die wie eine lange Reihe schimmernder weißer Monde aussehen. Alles ist sauber, aber nicht steril, man spürt, dass jeder noch so winzige Fleck an diesem Ort bewohnt und geliebt wird.

Die Läden sind mehr oder weniger alle in einem Quadrat aus drei mal drei Straßen angesiedelt, mit der Main Street als Mittellinie. Jeden Morgen komme ich an einem hübschen Restaurant, einem kleinen Baumarkt und dem Buchladen vorbei. An dem Haus, auf das ich jetzt zugehe, verkündet eine Tafel in sorgfältiger Kreideschreibschrift »Betty's Diner«. Darunter folgt in rosa Blockbuchstaben: *BESTES FRÜHSTÜCK laut Daily Gazette*, mit einer Aufzählung der Frühstück- und Lunch-Specials. Im Schaufenster des »Cove Coffee« hängt die gleiche Auszeichnung: *BESTER KAFFEE laut Daily Gazette*. In Verona Cove gibt es von allem immer nur eins – einen Drogeriemarkt, einen Supermarkt, eine Kunstgalerie. Jedes Geschäft ist also automatisch das beste, aber mir gefällt es, dass alle gewürdigt werden.

Eine Ladenglocke klingelt, als ich eintrete, und mir schlägt der Geruch von Ahornsirup, Kaffee und gebratenen Würstchen entgegen. Ich komme seit sieben Tagen jeden Morgen hierher, weil um diese Zeit nichts anderes geöffnet hat. Es ist alles so aufregend und neu für mich, dass ich immer sehr früh aufwache.

Aber heute bin ich, wie gesagt, später dran, und der Diner ist brechend voll mit Achtzigjährigen – weiße bauschige Frisuren, die wie Wolken über den Rückenlehnen der wasserblauen Kunstledersitze schweben.

Betty steht selbst hinter der Kasse und tippt in die Tasten. »Oh, hallo, *honey bun*. Eine Sekunde.«

Ich glaube, Betty hat Kosenamen wie *sugar*, *darling* und *honey* auf zwei Würfeln in ihrem Kopf gespeichert. Bei jedem neuen Gast lässt sie die Würfel rollen, bis sich eine passende Kombination ergibt: *honey love, sweetie pie, sugar babe*. Ich bin gespannt, was für mich an diesem Morgen abfällt. Das ist dann wie der Glückskeks bei meinem Lieblings-Chinesen. Nicht dass ich extra deshalb hingehe, aber dadurch wird das Ganze noch ein bisschen heimeliger.

Betty kommt hinter der Theke hervor und schaut sich im rappelvollen Diner um. »Kann einen Moment dauern, bis ein Tisch frei wird.«

Aber ich habe meine Chance bereits erspäht: bei einem älteren Mann in einem dünnen Pullover. »Kein Problem. Ich setze mich zu Officer Hayashi.«

Betty starrt mich an, als hätte ich gesagt: »Ich geh jetzt da rüber und zähme das Raubtier, bis es mir die Pfannkuchen aus der Pfote frisst.«

»Oh, *sweetie*, Officer Hayashi ist ziemlich heikel. Der will hier morgens seine Ruhe. Und zwar immer.«

»Ach, das schreckt mich nicht.« Ich werfe ihr ein Lächeln zu, weil ich etwas weiß, das sie nicht wissen kann. Officer Hayashi ist kein alter Miesepeter, wie sie mir einreden will. Als ich an meinem dritten Morgen in Verona Cove zu Betty's Diner spaziert bin, habe ich einen Schäferhund entdeckt – alles an ihm wachsam, Körperhaltung, Nase, Ohren –, der hinten in einem Polizeiwagen saß.

»Hey, warum haben sie dich eingebuchtet, Süßer?«, fragte ich durch den Spalt in der Scheibe. Der Hund starrte mich an, stolz und gleichmütig, wie es sein Job offenbar verlangt. »Ein Überfall? Körperverletzung? Nein, bestimmt nicht, dafür bist du zu gutmütig – das seh ich dir an. Schwarzhandel? Nein, nicht der Typ dafür. Ah, ich weiß! Diebstahl, jede Wette. Also, was hast du geklaut? Eine Pizza, direkt vom Tisch runter? Oder hast du einem Kind den Geburtstagskuchen vor der Nase weggeschnappt? Du siehst aus, als ob du ganz wild auf Süßes wärst.«

Sein langer Schwanz knallte gegen die Rücklehne.

»Chickenwings ohne Knochen mit Chilisauce«, ertönte da eine Stimme hinter mir. »Da kann sie nicht widerstehen.«

Eine Hündin. Ich Idiot, warum hatte ich das nicht gleich gecheckt? Und natürlich wedelte sie mit dem Schwanz, weil ihr Herrchen zurückgekommen war. Ein Mann mit weißem Haar und dunkelblauer Polizeiuniform. Ich las den Namen auf dem silbernen Schildchen: Hayashi.

»Aber sie steht nicht unter Arrest. *Noch nicht* jedenfalls.« Er nippte an seinem Coffee-to-go aus Betty's Diner.

»Oh, ich weiß, dass sie im Dienst ist«, sagte ich. »Wollte sie nur ein bisschen aufziehen. Tut mir leid, aber ich kann nicht anders – ich liebe Hunde, und sie ist ein Juwel. So was seh ich.«

»Ja, sie ist ein braves Mädchen, was, Babs?«

»Babs?«, wiederholte ich, mir sträubte sich förmlich das Nackenfell. Was für ein lächerlicher Name für einen Polizeihund! Im Ernst, bei männlichen Schäferhunden würde sich das niemand erlauben. Die heißen alle Rex oder Maverick oder Ace.

»Eigentlich Kubaba.«

Oh nein, noch schlimmer, aber ich ließ mir nichts anmerken.

»Okay, hallo, Kubaba, freut mich, dich kennenzulernen«, sagte ich zu der Hündin, dann wandte ich mich wieder an ihren Partner und hielt ihm die Hand hin. »Ich heiße übrigens Vivi.«

Er schüttelte mir die Hand. »Und, bist du eine gesetzestreue Bürgerin?«

»Also jedenfalls nicht vorbestraft. *Noch nicht*«, antwortete ich lächelnd.

Aber dann bin ich schnurstracks nach Hause gegangen und habe den Namen Kubaba gegoogelt. Und jetzt weiß ich genug über Officer Hayashi, um keine Angst vor ihm zu haben. Er wird mich nicht wegscheuchen.

»Hi«, sage ich und trete an seinen Tisch. Er starrt auf sein Kreuzworträtsel und füllt sorgfältig mit blauer Tinte ein Kästchen aus. »Ich bin Vivi. Von neulich. Die Ihrem Hund unterstellt hat, dass er was ausgefressen hätte.«

Officer Hayashi hebt den Kopf und sieht mich an, als wolle ich ihn irgendwie austricksen. »Ich erinnere mich.«

»Kubaba«, fahre ich fort, »war die einzige sumerische Königin. Die einzige Frau in einer langen Reihe von sumerischen Herrschern.«

Ein Lächeln huscht über sein Gesicht. »Du hast ihren Namen nachgeschlagen, was?«

Schon komisch. Da gibt es jede Menge männliche Schäferhunde, die darauf dressiert sind, Verbrechern an die Kehle zu gehen, und was macht er? Gibt seinem Königsmädchen den Namen, den es verdient – ihnen allen ebenbürtig.

»Kann ich mich zu Ihnen setzen?«

Der Officer blickt sich um, sucht offensichtlich einen anderen freien Platz, nur um mich loszuwerden. Ich dagegen lächle freundlich und warte ab, bis er endlich klein beigibt. So wie sonst auch immer alle. Sein Blick wandert zu mir zurück. »Ja, klar *kannst* du das.«

Hmpf. Herablassender Seniorenspruch, auf den ich jetzt korrekterweise antworten müsste: »Ich meine natürlich, *darf* ich mich zu Ihnen setzen?« Stattdessen setze ich mich einfach auf den Platz ihm gegenüber und lasse meine Tasche neben mich fallen.

Und jetzt? Der gute Officer weiß nicht, was er mit mir anfangen soll.

»Bist du sicher, dass du nie was angestellt hast?«, fragt er. »Du scheinst mir der Typ dafür zu sein. Missachtung gesellschaftlicher Regeln und so.«

Ich lege theatralisch eine Hand auf meine Brust. »Ich doch nicht, Ehrenwort.«

Ich kann mir nur mühsam ein Lächeln verkneifen. Selbst wenn der Officer mich auf frischer Tat im Park ertappt hätte, in Wahrheit, das wette ich, ist er butterweich unter seiner rauen Schale. Als er sich wieder seinem Kreuzworträtsel zuwendet, öffne ich mein Skizzenbuch auf der Seite, auf der ich gestern Abend gearbeitet habe. Mein Inspirationswort ist oben hingekritzelt und fordert mich erneut heraus. *Wabi-sabi*: Ich wollte einen einfachen rosa Morgenmantel malen – Seide, am Saum unten aufgeraut. Aber irgendwie ging dann die Fantasie mit mir durch, und es wurde ein Mädchen mit einem Kleid aus Kirschblütenzweigen, deren rosa Blüten sich wie im Tanz fächerförmig ausbreiten.

Ich beginne auf der gegenüberliegenden Seite wieder von vorne, werfe ab und zu einen verstohlenen Blick auf meinen Tischnachbarn. Wenn Hayashi ein Lösungswort nicht weiß, kaut er am Ende seines Stifts herum und funkelt die Zeitung an, als ließe sich die Seite dadurch einschüchtern und lieferte ihm das richtige Wort.

»Hey, *doll baby*«, sagt Betty zu mir und füllt meinen Becher mit Kaffee. Ich trinke Kaffee nur wegen des Geschmacks, klar, denn Koffein ist echt das Letzte, was ich brauche. So bin ich nun mal – ich mache etwas, weil ich es mag, und nicht weil ich muss. »Und? Geht's heute mit den Waffeln weiter?«

Am ersten Morgen in Betty's Diner hatte ich mir einfach das Erstbeste auf der Karte bestellt – das Klassiker-Omelett –, was mich auf die Idee brachte, alles der Reihe nach auszuprobieren. Die Omeletts habe ich alle schon abgehakt. »Ja, bitte! Klingt definitiv köstlich.«

»Hier, Pete.« Betty stellt einen Teller vor den Officer. Spiegeleier und knuspriger Speck auf warmen Brötchen. Mmmm. Bis zu diesem Special bin ich noch nicht vorgedrungen.

»Also …« Hayashi greift zur Gabel, »warum dieser Marylin-Monroe-Look?«

Ich zupfe an meinen Locken. »Kein Marylin-Monroe-Look. Ein Ich-Look.«

Er schaufelt das Essen in sich hinein, ohne auch nur hinzusehen. »Okay.«

Im Ernst, kann man nicht einfach mal was nur zum Spaß machen? Ich habe in den letzten Monaten ein bisschen zugenommen und die Kurven sind neu für mich. Also dachte ich mir: Jetzt – oder nie – ist der Moment, meine Haare platinblond zu färben und auf eine Länge zwischen Ohrläppchen und Schultern zu kürzen. Ich habe meine naturblonden Haare auf große Schaumwickler aufgedreht und das Ganze mit Dauerwellenflüssigkeit behandelt. Dabei weiß ich fast nichts über Marylin. Wollte nur was mit meinen Haaren machen. Jetzt wippt die ganze Pracht auf meinem Kopf herum und fühlt sich gut an, ganz leicht und duftig, als würde ich sofort Ja schreien, falls mich irgendwelche Waldelfen zum Tanz bitten. Und wenn ich schon so marylinmäßige Haare habe, kann ich mir auch gleich noch rote Lippen malen und die Nägel lackieren.

Tierfarben dienen angeblich der Tarnung oder als Schutz – oder als Signal für potenzielle Räuber oder Paarungspartner. Ha! Vielleicht sind meine platinblonden Haare, die roten Lippen und rosigen Wangen alles auf einmal. Oder vielleicht schmücke ich mich einfach gern.

Als die Waffeln kommen, schiebe ich mein Zeichenbuch beiseite, um Platz zu schaffen, und stopfe mich voll. Ummpf! Kohlenhydratparadies, golden, buttrig und mit Puderzucker bestäubt.

Officer Hayashi starrt auf mein aufgeschlagenes Skizzenbuch. Er tunkt mit einem Brötchenstück sein restliches weiches Eigelb auf. »Wabi-sabi. Weißt du, was das ist?«

»Wenn ich es richtig verstanden habe«, sage ich, um mein neu erworbenes Wissen auszubreiten, »ist das Wort unübersetzbar. *Wabi* kann rustikal oder stark oder vergänglich bedeuten. Und *sabi* verblichen oder so ähnlich. Oder verblasst. Alt. Beide Wörter zusammen bedeuten, dass man die Schönheit im Einfachen erkennt, in der Natur. In flüchtigen Momenten und sogar im Verfall. Glaube ich jedenfalls.«

Der Officer nimmt seinen Becher und kippt den letzten Rest Kaffee hinunter. »Wo hast du das gelernt?«

»Von meiner Freundin.« Kann ich Ruby noch als Freundin bezeichnen? Ihr Bild drängt sich in meinen Kopf, ihr tiefroter Lippenstift, der schwarze Pony, und mir wird schwindlig vor Sehnsucht nach ihr, vor Sehnsucht nach ihrer ganzen Familie. »Ihre Mom hat letztes Frühjahr eine tolle Mixed-Media-Ausstellung gemacht, um die japanischen Schönheitsideale, mit denen sie aufgewachsen ist, und die westlichen Kunsttheorien, die sie am College studiert hat, miteinander zu vergleichen.«

Bevor er etwas sagen kann, deute ich seufzend auf das wirbelnde Kirschblütenkleid. »Ich versuche gerade, ein paar von diesen Vorstellungen in Mode umzusetzen, aber ich bin mir nicht sicher, ob ich sie mit meinem persönlichen Schönheitsbegriff in Einklang bringen kann. Ich liebe kreative, gewagte Mode, also werde ich mich wohl mehr auf Street Style verlegen, wenn ich endlich mal nach Japan komme. Waren Sie schon mal dort?«

»Nein, war ich nicht. Aber …« Er zögert, zieht seinen Geldbeutel heraus. »Ich wollte immer mal den Kinkaku-ji sehen.«

»Den Goldenen Pavillon?«

Er nickt. »Meine Mutter hat immer voller Ehrfurcht davon gesprochen.«

»Warum sind Sie dann nie hingefahren, wenn Sie es doch gern möchten?«

»Ach, du weißt schon. Das Leben.« Damit setzt er seine abgetragene Basecap auf, steht auf und verschwindet ohne ein weiteres Wort.

Ich folge ihm wenig später, weil mein Morgenprogramm noch einen zweiten Zwischenstopp vor der Arbeit vorsieht.

Verona Cove liegt etwas oberhalb des Meeresspiegels, und wenn man auf einer der Straßen nach Westen geht, egal auf welcher, landet man unweigerlich bei den Felsklippen. Einige davon fallen steil ins Meer ab, andere laufen zum Strand hin aus.

Wahrscheinlich hatte ich mir die kalifornische Küste immer voller Surfer vorgestellt, die sich Hals über Kopf in die Wellen stürzen, dazu jede Menge leuchtend bunte Sonnenschirme am Strand. Aber hier ist es still, nur das Rauschen der Brandung und das Geschrei der Vögel sind zu hören. Ich stehe auf der Klippe im Nebel, der vom Ozean fast senkrecht zu mir aufsteigt, und selbst nach einer ganzen Woche wirft mich der Anblick jedes Mal wieder um. Die Natur stellt alles in den Schatten, selbst die besten Architekten, Designer und Künstler lässt sie wie armselige Amateure aussehen. Ich platze fast vor Glück, dass ich das hier erleben darf, das blaue Himmelsgewölbe, die schaumgekrönten Wellen, die rissige Erde unter meinen Füßen!

Ich habe mir schon gedacht, dass die Vögel wieder in meiner Nähe herumhüpfen werden, und ein paar Waffelreste von meinem Frühstück eingesteckt. Sie picken die Bröckchen am Boden auf, während ich in meiner Tasche nach etwas wühle, das ich hier loswerden will. Ich habe zwei grellorange Fläschchen dabei, muss also aufpassen, dass ich das richtige erwische.

Die Tabletten fühlen sich glatt an. Ich fingere eine davon langsam heraus. Sobald sie in meiner Hand liegt, richte ich mich auf, weil ich aus Erfahrung weiß, wie viel Kraft man beim Werfen dieser winzigen Tablette aufbringen muss. Ich lasse meinen Arm vorschnellen und öffne die Hand.

Die Tablette fliegt über die Klippe, und ich stelle mir das leise Pling vor, mit dem sie im Wasser auftrifft. Vielleicht ist ein Fisch in der Nähe, der sie erspäht, und sein rundes Maul bricht aus dem Wasser hervor, um sie zu verschlingen, und falls er in letzter Zeit psychische Probleme hatte, falls er seine Höhen und Tiefen nicht mehr in den Griff bekam, wird es ihm jetzt besser gehen! Willkommen im Club.

Ich kehre dem Ozean den Rücken und mache mich auf den Weg zum Töpferladen. Einen besseren Sommerjob hätte ich mir nicht wünschen können. Ich muss keine Uniform tragen, kann beobachten, wie Kunst unter den Händen anderer Leute entsteht, was mich ein bisschen zum Voyeur macht – ein Blick in fremde Seelen. Magisch ist das. Krass.

Mein Job ist ein echter Glücksfall, so viel steht fest. An meinem zweiten Tag hier saß ich auf der Bank vor dem Laden, weil ich ein bisschen darin stöbern wollte, sobald er aufmachte. Und als die Besitzerin endlich erschien – eine geschlagene Stunde nach der offiziellen Öffnungszeit –, hatte ich meinen ganzen Bleistift für Kleiderskizzen aufgebraucht. Whitney, so heißt die Töpferin, strahlt eine ungeheure Wärme und Energie aus, und sie hat die schönsten Locken, die ich je gesehen habe. Tausende davon, ganz kleine. Ich konnte kaum meine Augen von ihrem Haar lassen, das der liebe Gott persönlich geschaffen haben muss, mit einem

Lockenstab so dünn wie ein Zweier-Bleistift. Sie sprudelte Entschuldigungen und Erklärungen hervor – dass sie letzte Nacht völlig in einer Töpferarbeit versackt sei und deshalb wieder mal verschlafen habe.

Danach saßen wir eine Stunde zusammen, ich bemalte eine Schale für Mom, und Whitney ordnete ihre Farbglasuren in einem schönen leuchtenden Regenbogen an. Sie hörte nicht auf, sich zu entschuldigen, obwohl ich ihr versicherte, der Schlaf und ich seien nur flüchtige Bekannte. Dann könne ich doch vormittags den Laden übernehmen, scherzte sie, damit sie endlich mal ausschlafen könne. »Oh, das trifft sich gut«, antwortete ich prompt. Ich sei nämlich gerade auf der Suche nach einem Sommerjob. Whitney hörte auf zu lachen und wollte wissen, ob das mein Ernst sei. Sie könne mir allerdings nicht sehr viel bezahlen. Was soll ich sagen? Wie meine Antwort ausfiel, ist ja wohl klar, denn hier bin ich und krame die Ladenschlüssel aus meiner Tasche.

Als ich in die High Street einbiege, sehe ich, dass jemand auf der Bank vor dem *Fired Up* (so heißt der Töpferladen) sitzt – ein kleines Mädchen mit rosa Turnschuhen und daneben ein Typ in meinem Alter mit dunklem Haar. Selbst von Weitem sehe ich, dass sein Haar nicht wirklich gestylt ist, sondern einfach lange Zeit keinen Friseur mehr gesehen hat – irgendwie verwuschelt, mit einem Ansatz von Locken. Superschön, diese Haare – wenn ich solche Haare hätte, würde ich sie niemals schneiden lassen oder färben oder überhaupt irgendwas damit machen.

Die beiden sind in ein Gespräch vertieft, während ich auf sie zugehe. Das kleine Mädchen baumelt mit den Beinen. Der Typ ist siebzehn oder achtzehn – zu jung, um ihr Dad zu sein –, aber man kann ihn sich irgendwie gut als Papa vorstellen. Vielleicht, weil er so tiefe Ringe unter den Augen hat. Oder wegen seiner knittrigen

Khakihose und dem dunkelblauen T-Shirt mit Brusttasche. Das ist weder ein cooles noch ein uncooles Outfit, es wirkt einfach nur praktisch. Alles an ihm verrät, dass der Junge zu viel um die Ohren hat, um zu merken, wie süß er ist.

»Guten Morgen«, sage ich. Die beiden starren mich an, als wäre ich eine Comicfigur, die plötzlich zum Leben erwacht ist.

»Hey.« Der Typ steht abrupt auf und das kleine Mädchen folgt seinem Beispiel.

»Seid ihr zum Malen hier?«

»Ja«, antwortet er. Die Kleine nickt.

»Okay, dann kommt mit.« Ich winke sie mit einer Hand herein, während ich mit der anderen immer noch nach dem Schlüssel krame. Dabei schenke ich ihnen mein charmantestes Lächeln, um sie ein bisschen aus der Reserve zu locken. Verlegen schweigen ist nicht mein Ding, das passt einfach nicht zu mir. Ich führe lieber Selbstgespräche, als mich von peinlichen Pausen verschlingen zu lassen.

Ich halte den beiden die Tür auf und lasse sie eintreten. »Seid ihr von Verona Cove oder nur in den Ferien hier?«, frage ich, weil mir nichts Besseres einfällt.

Der Typ räuspert sich. »Von hier.«

»Oh, gut.« Die Tür fällt hinter uns zu und ich knalle meine Tasche auf die Theke. »Wisst ihr, ob die Polizei hier sehr streng ist? Ich meine, zu Ersttätern. Die sich, ähm, vielleicht mit illegaler Street Art am heimischen Pflanzenbestand vergriffen haben? Ich frage natürlich nicht für mich, sondern für eine Freundin.«

2

Jonah

Eines Tages bringe ich ihn noch um, diesen verdammten Wecker. Ich lasse mich nie von meinem Handy wecken, weil es sonst vielleicht eines Tages noch aus meinem Dachzimmerfenster fliegt. Jeden Morgen dieses gnadenlose Schrillen, sodass ich das blöde Ding in Gedanken jedes Mal abfackle. Ich werfe es in einen riesigen Kochtopf und stecke es in Brand. Sehe lachend zu, wie es zusammenschmilzt. Und wenn ich mal nicht ganz so kaputt bin (was selten vorkommt), gebe ich meinem Wecker hinterher ein feierliches Wikinger-Begräbnis.

Meine Füße tappen die Treppe hinunter. Muss. Kaffee. Aufsetzen. Dann Duschen, Berge von Wäsche, Spülmaschine ausräumen, arbeiten. Bevor ich zu Schritt eins komme, fange ich aus dem Augenwinkel eine Hüpfbewegung in der Küche auf, die mich ausbremst.

»Jonah! Heute, heute, heute!« Leahs Füße trommeln bei jeder zweiten Silbe auf den Boden. Sie ist schon angezogen, einschließlich ihrer rosa Turnschuhe. Ich war elf, als sie auf die Welt kam, und manchmal kann ich es kaum fassen, dass sie jetzt schon groß genug ist, um sich selbst die Schuhe zuzubinden.

»Was ist heute?«

Ihr Strahlen verblasst ein bisschen. »Ich darf doch zum Keramikmalen. Ich hab auch alle meine Hausaufgaben gemacht, und du hast es versprochen.«

Shit. Das habe ich tatsächlich versprochen.

Leah verschränkt die Arme. »Letzte Woche, am Mittwoch oder vielleicht auch am Donnerstag, hast du gesagt, du gehst mit mir am Montag hin. Und heute ist Montag. Also.«

»Ja, stimmt.« Ich bin noch nicht wach genug, um mir zu überlegen, wie das gehen soll. Um elf muss ich im Restaurant sein, und meine älteren Geschwister sind schon arbeiten. Aber ich will auf keinen Fall Isaac und Bekah in den Töpferladen mitnehmen. Die beiden sind nicht nur wie Feuer und Wasser, sondern wie Öl in der heißen Bratpfanne. Wenn sie in Streit geraten, zischt und faucht es nur so, und manchmal verbrennen sie sich dabei. Gestern Morgen gab es wieder ein Riesengeschrei, weil alle beide vor dem Fernseher sitzen wollten. Bekah wollte Isaac ein Kissen an den Kopf knallen und hat dabei eine Vase zertrümmert. Ich habe ihnen Hausarrest erteilt. Ich weiß echt nicht, was das bei einem Achtjährigen und einer Elfjährigen genau bedeutet, aber ich hatte das Gefühl, endlich ein Machtwort sprechen zu müssen.

»Gehen wir?«, fragt Leah.

»Ja, okay.«

»Juhu! Juhu! Juhu!«

Ich nehme einen Becher aus dem Schrank. »Willst du Haferflocken?«, frage ich Leah.

»Ich will Erdnussbutter-Toast mit Banane, aber Bekah hat mir das Brot nicht getoastet.«

»Wie wär's mit Erdnussbutter-Porridge mit Bananen?«

Leah verzieht das Gesicht.

»Na gut. Dann eben Toast.« Ich lenke meine Hände also in Richtung Brotlaib um und lasse eine Scheibe in den Toaster fallen. Dann gebe ich Leah eine Banane und ein stumpfes Messer. Sie nimmt das Messer in die rechte Hand und hält die Banane mit der linken fest, biegt dabei die Fingerkuppen nach innen, wie ich es ihr gezeigt habe. Ich selbst habe es so von Dad gelernt, in seiner Restaurantküche. Er hat mir auch gezeigt, was passiert, wenn man seine Fingerspitzen nicht auf diese Weise schützt. Es war eine hochdramatische Demonstration, bei der jede Menge Ketchup-Blut floss. Ich war damals neun. Und es war die tollste Show meines Lebens.

Das Brot ploppt hoch und ich drücke es für Leah flach, die sorgfältig Erdnussbutter draufstreicht. Mit einem glücklichen Lächeln sagt sie: »Ich male einen Kaffeebecher für Mom an, wenn ich im Töpferladen bin.«

»Gute Idee.« Ich schenke mir Kaffee ein. Hinter uns schlendert Isaac in die Küche, mit einem aufgeschlagenen Buch vor dem Gesicht. Isaac kann problemlos im Gehen lesen, sogar besser als jeder andere im Sitzen. Mein kleiner Bruder schafft es, mit schlafwandlerischer Sicherheit Straßenschilder zu umrunden, Treppen hinaufzusteigen und Passanten auszuweichen. Als er uns jetzt anschaut, spiegelt sich die Kühlschranktür in seinen Brillengläsern.

»Hast du was von Keramikmalen gesagt?«

»Ja, *wir* gehen hin«, sage ich.

»Ja, ja, ja!«, ruft Leah.

»Cool. Ich komm mit.«

»Nein. Du hast Hausarrest. Und schau mal auf den Arbeitsplan. Wer hat alle seine Aufgaben Woche für Woche in diesem Monat erfüllt?«

Isaac blinzelt den Plan an und sucht nach einer Ausrede. »Na ja … nur Leah. Aber das ist ungerecht. Sie kriegt immer die leichten Jobs, weil sie die Kleinste ist. Wäsche zusammenlegen und Tisch decken, das kann doch jeder.«

Leah funkelt ihn an. Ich würde Isaac am liebsten voll in den Arm zwicken, beherrsche mich aber. »Leah ist erst fünf. Sie macht, was sie kann, und ich muss ihr nie was zweimal sagen.«

Solange Mom für den Arbeitsplan zuständig war, hat niemand aufgemuckt. Unser Arbeitsplan, das ist eine laminierte Tabelle mit unseren sechs Namen am linken Rand. Mom hat unseren Acht-Personen-Haushalts-Kalender mit allen unseren Aktivitäten und Veranstaltungen darauf gemanagt. Am Montagmorgen hat sie uns immer Waffeln gebacken, um uns den Wochenbeginn zu versüßen. Pünktlich am 31. Dezember wurde der Weihnachtsschmuck weggeräumt. Aber das war früher, bevor aus uns ein Sieben-Personen-Haushalt wurde.

Mein Dad war sehr groß, alles an ihm. Sein Körper, sein Lachen, seine Persönlichkeit. Wenn ich mir jetzt Fotos von uns ansehe und mir klarmache, dass er nicht mehr da ist, gerät das ganze Bild aus dem Gleichgewicht. So wie wir.

Dad hat oft im Spaß gesagt, dass er noch seinen Kopf zu Hause liegen ließe, wenn Mom ihn nicht jeden Morgen annähen würde. Ich war damals noch klein und starrte nur fasziniert auf Dads Hemdkragen, weil ich die Frankenstein-Naht an seinem Hals sehen wollte. Dann ist er gestorben, und Mom war ohne ihn genauso verloren wie er ohne sie. Sie bleibt jetzt fast immer in ihrem Zimmer. Manchmal stelle ich mir vor, wie sie ihrem Herzen zuflüstert: Na los, schlag, schlag, schlag. Und ihrer Lunge: ein, aus. Ein, aus. Als ob sie ihre ganze Zeit und Kraft braucht, um einfach nur zu existieren.

Ich gehe die Treppe hinauf, und Bekah ruft mich aus dem Zimmer, das sie mit Leah teilt. Sie liegt auf den Knien und wühlt die unterste Schublade ihrer Kommode durch. »Hast du meine dunkelblaue Shorts gesehen?«

»Nein. Oder warte mal – vielleicht. Kann sein, dass sie in der Wäsche ist.«

»Oh neeiiiin!« Mindestens die Hälfte von Bekahs Interaktionen mit mir besteht aus Stöhnen. Sie ist elf, was in meiner Erinnerung kein so schwieriges Alter war, wie es bei ihr der Fall zu sein scheint. »Die wollte ich heute anziehen.«

»Dann wasch deine Sachen doch selber.«

Erneutes Stöhnen, dann stampft sie zum Schrank. Ich trinke einen Schluck Kaffee. In solchen Momenten kann er mir gar nicht bitter genug sein.

»Was ist los?«, antwortet Silas hastig, als ich seine Nummer wähle. Mein älterer Bruder arbeitet im »Cove Coffee« als Schichtleiter, und ich höre die vertrauten Geräusche im Hintergrund – surrende Milchaufschäumer, abgehackte Stimmen.

»Besteht irgendwie die Chance, dass du heute früher aufhören kannst?«

»Was? Ich hab extra die Frühschicht genommen, damit ich rechtzeitig zu Hause bin, wenn du mittags ins Restaurant musst.«

»Ich weiß. Habe nur blöderweise vergessen, dass ich Leah wo hinbringen muss.«

»Kannst du Bekah und Isaac nicht mitnehmen?«

Klar, könnte ich. Nur würde ich sie vielleicht irgendwo am Straßenrand stehen lassen wie zwei alte Verandamöbel. Mit einem Pappschild um den Hals: Zu verschenken. Bitte bedienen Sie sich.

»Ich habe ihnen gestern Hausarrest erteilt.«

Am anderen Ende der Leitung entsteht eine Pause. Die Stille

hallt von den Argumenten wider, die wir schon so oft durchgespielt haben. *Was, wenn Isaac auf die Idee kommt, ein wissenschaftliches Experiment zu machen, oder Bekah sich mit ihren Freundinnen im Schwimmbad trifft, ohne etwas zu sagen? Würde Mom es auch nur merken? Vielleicht würde sie das ja endlich mal aufrütteln. Oder es wäre ihr egal.* Eigentlich absurd: Wir tun gerade so, als müssten wir zwei Kleinkinder allein zu Hause lassen. Dabei ist Bekah schon elf.

»Dann lass sie zu Hause und sag Mom Bescheid. Da passiert schon nichts.«

Damit legt er auf, und ich fürchte mich vor meiner nächsten Aufgabe. Wann fing das eigentlich an, dass ich mir wie der Wärter einer eingesperrten Leidenden vorkomme?

Ich bleibe vor der Tür stehen, die einen winzigen Spaltbreit offen ist, bevor ich sie ganz aufstoße. Seit Dads Tod hat Mom mehr Zeit hinter dieser Tür verbracht als je zu seinen Lebzeiten. An guten Tagen ist es, wie ich aus Erfahrung weiß, eine Frage der Zeit, bis sie sich zum Aufstehen überwindet. An schlechten habe ich das Gefühl, mit ansehen zu müssen, wie sie im Zeitlupentempo dahinsiecht.

»Mom?«

Ihr Kopf bewegt sich in meine Richtung und sie lächelt schwach. Ich bin jedes Mal wieder von Neuem geschockt, wie dieses Dahinvegetieren im abgedunkelten Zimmer ihr Gesicht ausbleicht. Früher waren ihre Wangen rot vom vielen Lachen, vom Herumtoben im Garten mit Leah und Isaac. »Hey, Jonah.«

»Hey.« Ich trete ein bisschen näher, aber nicht nahe genug, um mich auf ihr Bett zu setzen. »Ich muss mit Leah zum Keramikmalen, hab's ihr versprochen. Silas arbeitet bis zehn, also muss ich Isaac und Bekah ein, zwei Stunden hierlassen.«

»Okay.« Sie wälzt sich herum und sieht mich an. »Tut mir leid, dass ich nicht aufgestanden bin, um Frühstück zu machen. Ich bin heute einfach zu müde.«

Heute, und an jedem anderen Tag in den letzten sechs Monaten. Nur sonntags steht sie meistens auf, um in die Kirche zu gehen. Ihre Entschuldigungen – nichts als Ausreden. So wie ihre Fragen. Kannst du bitte so nett sein und Lunchpakete für die Kleinen machen? Ach, und Bekah muss zum Fußballtraining – bringst du sie hin? Mom fragt immer, sagt immer Danke. Obwohl ich es sowieso die ganze Zeit mache. Und das weiß sie auch.

»Ich kümmere mich drum, keine Sorge.«

Es wäre zwecklos, ihr Schuldgefühle zu machen. Sie kann ja nichts dafür, dass es ihr so schlecht geht. Ich allerdings auch nicht, keiner von uns. Uns bleibt nur eine Möglichkeit: nicht alles noch schlimmer zu machen, als es sowieso schon ist.

»Danke, Jonah.« Ihr Lächeln wirkt fast echt. »Was würde ich ohne dich anfangen?«

Das weiß ich ehrlich gesagt auch nicht. Bei aller Dankbarkeit, die Mom uns zeigt, müsste ihr doch klar sein, dass wir seit Monaten ihren Job machen. Wir drei älteren Geschwister versuchen, beide Eltern zu ersetzen, und das tagein, tagaus. Ich würde Mom am liebsten wachrütteln, wenn sie nicht so zerbrechlich aussähe.

Ich zieh mir dieselben Klamotten über, die ich gestern schon anhatte, und werfe einen Blick in den Flurspiegel. Oh, Mann, meine Haare … sehen die echt so schlimm aus? Na ja, kein Wunder, ehrlich gesagt. Das letzte Mal war ich beim Friseur, als Candice Michaels mich einfach von der Straße weg in ihren Salon zerrte. Wie einen streunenden Hund.

»Und benehmt euch gefälligst, solange ich weg bin«, hämmere ich den Kleinen ein. »Okay? Wenn ich mitkriege, dass ihr euch gestritten habt, marschiere ich schnurstracks ins *Fired up* zurück und schmeiße deine ganze Nagellacksammlung …« Ich funkle Bekah an. »… und deine Lieblingsbücher …« Das gilt natürlich Isaac. »… in den Brennofen.« Meine Drohung scheint nicht sehr überzeugend zu sein.

Bekah verdreht nur die Augen, Isaac schaut nicht mal von seinem Buch auf. Und irgendwo am Rand meines Sichtfelds tanzt Leah im Zimmer herum. Sie kann ihre Aufregung kaum noch zähmen, sie muss damit im Wohnzimmer herumwirbeln.

Wir haben einen Transporter, aber der wird nur für weitere Fahrten benutzt – zum Einkaufszentrum, um neue Kleider für den Schulanfang zu kaufen, oder wenn wir mal einen Film in einem Cineplex anschauen wollen statt in dem winzigen Kino in unserem Ort. Naomi, meine große Schwester, fährt meistens mit dem Transporter zu ihrem Praktikum. Das ist okay für uns andere, weil wir in Verona Cove alles zu Fuß erreichen können. Leah muss für jeden Schritt, den ich mache, zweimal hüpfen. Unterwegs begegnen wir Mrs Albrecht und Edgar, einem Pudel, der ihr so ähnlich sieht, dass ich mich manchmal frage, ob sie nicht in Wahrheit blutsverwandt sind.

»Hi, *ihr beiden*«, sagt sie. Wir winken, und Leah tätschelt Edgars Kopf. Auf der linken Seite stampft ein Power-Walking-Paar in verschärften Workout-Klamotten vorbei, ohne uns zu grüßen. In Verona Cove gibt es zwei Kategorien von Bewohnern: Touristen und Einheimische. Leah und ich sind Ortsansässige in der dritten Generation.

Ich will nicht behaupten, dass es da regelrechte Grabenkämpfe gibt. Das wäre übertrieben. Die Einheimischen leben schließlich von den Touris – wir mögen sie sogar. Und die Touris *liiiieben* Verona Cove. So klingt das bei den meisten. Die Einheimischen lieben Verona Cove natürlich auch, aber so wie man die Luft liebt.

Wir müssen nicht die ganze Zeit davon schwärmen. Wir haben es im Blut. Wir bestehen daraus.

Beim »Cove Coffee« legen wir einen Zwischenstopp ein – ich, um noch einen Kaffee zu trinken, und Leah, weil sie es so spannend findet, Silas beim Arbeiten zuzusehen.

»Hey«, sagt er und reicht mir einen Becher schwarzen Kaffee. »Hast du's geregelt?«

»Habe sie dagelassen. Ist nur für ein, zwei Stunden. Wir werden ja sehen, wie es läuft.«

»Ich kann gar nichts sehen!«, beschwert sich Leah, und ich hebe sie hoch. Für sie ist es das Höchste, einen Blick hinter die Kulissen zu werfen, egal wo. Silas sprüht Schlagsahne auf ein Getränk, dann Schokosauce, und Leah klatscht aufgeregt in die Hände. Er arbeitet schon ziemlich lange hier, aber sie ist jedes Mal total begeistert. Ihr großer Bruder hinter einer Kaffeetheke! Silas schiebt grinsend eine winzige Tasse über den Tresen. Heiße Schokolade. Leah quietscht vor Freude, aber Silas hält einen Finger an den Mund und zwinkert ihr zu. Leah ahmt ihn nach, zwinkert übertrieben, indem sie ihr Auge viel zu lange zukneift.

Ein Psychologe würde vielleicht sagen, dass wir sie zu sehr verhätscheln, weil sie das Nesthäkchen in unserer Familie ist. Aber das ist nicht der einzige Grund – Leah ist einfach unwiderstehlich süß.

Auf dem Weg zum *Fired Up* trinke ich meinen Kaffee und Leah schlürft ihre heiße Schokolade. Wir setzen uns auf die Holzbank vor dem Laden und schmieden Pläne für den Sommer. Ich will meine Beurre blanc perfektionieren und weiter am Strand joggen, damit ich keinen Herzinfarkt bekomme, so wie Dad. Aber das sage ich Leah natürlich nicht. Ihr erzähle ich nur, dass ich ein paar neue Rezepte ausprobieren und ein super Läufer werden will. Leah möchte ganz oft in die Bibliothek gehen, einen Enten-Comic anschauen und eine Sandburg bauen, die größer ist als die vom letzten Jahr. Wir malen uns gerade aus, wie die Burg aussehen soll, als ich plötzlich rechts von mir eine Gegenwart spüre.

»Guten Morgen!« Das Mädchen, das auf uns herunterschaut, hat weißblondes Haar und Lippen so rot wie Maraschino-Kirschen. Sie gleicht in nichts den Mädchen aus meiner Schule. Und sie lächelt so … strahlend. Sie hat definitiv kein Problem damit, in unserer Gegenwart fröhlich zu sein.

»Hey.« Ich stolpere fast, so schnell springe ich auf.

»Seid ihr zum Malen hier?« Das Mädchen deutet mit dem Kinn auf die Ladenfront.

Leah neben mir nickt und ich überschlage mich geradezu vor Gesprächigkeit. »Ja.«

»Na, dann kommt rein.« Das Mädchen grinst und winkt uns herüber.

Während wir darauf warten, dass sie die Tür aufschließt, schaue ich zu Leah hinunter. Vielleicht kennt sie dieses Mädchen, wenn sie hier arbeitet. Sie muss doch in Verona Cove wohnen? Aber Leah würdigt mich keines Blickes, sie ist viel zu sehr abgelenkt.

Das Mädchen hält die Tür auf und Leah und ich gehen in den Laden. »Seid ihr von hier oder nur in Ferien da?«

»Von hier.«

»Oh, gut.« Sie klatscht in die Hände, während die Tür hinter uns zufällt, und stellt ihre Tasche ab. »Wisst ihr, ob die Polizei von Verona Cove sehr streng ist? Ich meine, zu Ersttätern. Die sich, ähm, vielleicht mit illegaler Street Art am heimischen Pflanzenbestand vergriffen haben? Ich frage natürlich nicht für mich, sondern für eine Freundin.«

Ich öffne den Mund, um etwas zu sagen – obwohl mir absolut nichts einfällt. Aber das Mädchen lacht und winkt Leah zu sich.

»Hey, tut mir leid, ich falle mal wieder mit der Tür ins Haus. Also, eins nach dem anderen. Malen. Runterkommen. Ihr seid heute Morgen die glücklichen Gewinner. Und als Preis dafür, dass ihr so früh aufgestanden seid, dürft ihr euch die besten Plätze im Laden aussuchen. Ach, ist das toll, dass ich um diese Zeit schon zwei Kunden habe. Was jetzt aber nicht heißen soll, dass ich nicht gern mit mir allein wäre. Ich kann mir nämlich keine bessere Gesellschaft vorstellen als mich selbst.«

Das Mädchen plappert weiter, während Leah sich den einzigen Tisch aussucht, der in einem Streifen Sonnenlicht liegt. Ich folge ihr, schaue zu, wie das schöne blonde Mädchen im Hinterzimmer verschwindet. Sie erinnert mich an eine Zitronen-Baiser-Torte. Sonnig, frisch, süß. Als sie wieder auftaucht, streift sie eine kleine rosa Schürze über Leahs Kopf und bückt sich, um sie ihr im Rücken zuzubinden. »Und wie heißt du?«

Leah sieht mich an. Das macht sie oft, fragt mich mit den Augen um Erlaubnis. Ich nicke, wie immer. Sie braucht kein Okay von mir, um mit anderen Leuten zu reden. Als Leah stumm bleibt, nickt das Mädchen auch. »Du bist zu klug, um mit Fremden zu reden, was? Ich konnte das nie, als ich noch klein war. Jetzt auch noch nicht, aber wenn man erst mal einen Job hat, geht das als Kundenservice durch.« Ihre kirschroten Lippen bewegen sich schnell, trennen und schließen sich bei jeder Silbe. Sie gibt Leah die Hand: »Ich bin Vivi. Ich bin sechzehn, fast siebzehn, und gerade erst für die Sommerferien hier angekommen. Ich wohne im Los Flores Drive. Meine Lieblingsfarbe ist Blau, ich mag Hunde und Eis und Lachen – so laut, dass ich mir fast in die Hose pinkle.«

Leah presst ihre Lippen ganz fest zusammen, um ein Lächeln zu unterdrücken. Das Mädchen – Vivi – schaut triumphierend. »Na also, jetzt bin ich keine Fremde mehr. Du weißt ganz viel über mich, und sogar was ziemlich Peinliches. Aber du musst mir deinen Namen nicht sagen, wenn du nicht willst.«

»Ich bin Leah.« Meine kleine Schwester nimmt Vivis Hand nur ganz kurz, kaum ein richtiges Händeschütteln.

»Hi, Leah. Freut mich, dich kennenzulernen. Und was ist mit dir, *cutie pie*?« Vivi betrachtet mich mit schiefgelegtem Kopf und ein paar runde Locken hüpfen an ihrem Hals auf und ab. Hat sie wirklich gerade *cutie pie* gesagt? Die Einzige, die sich das traut, ist Betty. Und Betty ist über sechzig und kennt mich, seit ich auf der Welt bin. »Oder bist du auch schüchtern gegenüber Fremden?«

»Jonah«, sage ich mit tiefer Stimme, zum Beweis, dass ich ein Kerl bin. Und kein Zuckerschnütchen.

Ihr Lachen klingt wie Windspielklimpern. Aber warum lacht sie überhaupt? Was ist so komisch an meinem Namen? Vivi stellt sich auf die Zehenspitzen, um mir auch eine Schürze über den Kopf zu streifen.

»Oh, ich male nicht. Ich bin nur der Bruder.«

»Red keinen Blödsinn, Jonah«, sagt Vivi. Sie tritt hinter mich und bindet mir die Schürze im Rücken zu, so wie sie es bei Leah gemacht hat. Nicht dass mir das unangenehm wäre, im Gegenteil. Dann begutachtet sie mich lächelnd und wendet sich wieder Leah zu. »Hey, ich glaube, die Farben rufen nach dir. Und an deiner Stelle würde ich mich so richtig damit austoben. Es gibt sechsundachtzigtausend Farben, und ich wette, du kannst mindestens die Hälfte davon gebrauchen. Je mehr, desto besser.«

Leah wählt so viele Farben aus, wie ihre kleinen Hände fassen können, dann nimmt sie sich zwei Becher. Ich soll offenbar auch einen bemalen. Ich tauche einen Pinsel in dunkelblaue Farbe. Leah beugt sich über ihren Becher, ist sofort in ihre Arbeit vertieft. Ich streiche mit einem breiten Pinsel über den Becher, methodisch, immer und immer wieder. Als Vivi zurückkommt, stellt sie eine Rolle Küchenkrepp und ein Einmachglas mit sauberem Wasser auf den Tisch. Dann setzt sie sich auf den Stuhl neben mir. Diesmal muss ich unbedingt als Erster den Mund aufkriegen, wenn ich nicht wie der letzte Dorftrottel rüberkommen will. »Und wie findest du Verona Cove bis jetzt?«

»Ähm, ehrlich gesagt, bin ich heiß verliebt. Ich war auf riesige Strandhäuser und Hotelburgen gefasst, aber hier ist zum Glück nichts so protzig und seelenlos, kein zwanghaftes Touri-Paradies. Stattdessen lauter romantische alte Häuser und B&Bs. Echt schön.«

Ich schüttle den Kopf, den Blick auf meinen Becher gerichtet, und fülle die dickwandige Keramik mit flachen blauen Strichen aus. »Ja, die Stadt erteilt nur Baugenehmigungen für neue Einfamilienhäuser, die nicht über hundert Quadratmeter groß sind. Hotels dürfen auch nicht gebaut werden, nur B&Bs.«

Blinzelnd nimmt Vivi diese Infos in sich auf. Oh, was bin ich für ein Blödmann. Ich könnte mich in den Hintern treten, ehrlich. Dieses Mädchen beherrscht vermutlich drei Sprachen und hat einen coolen Freund oder eine akustische FP-Rock-Gitarre. Oder beides. Und ich verbreite mich hier über Baugenehmigungen?

»Wirklich? Das ist ja stark.« Ihre Wimpern hören auf zu flattern. Tiefschwarz verharren sie jetzt über ihren blauen Augen. He, Moment mal, hat sie gerade stark gesagt? Ohne einen Hauch von Sarkasmus? »Ich bin wahnsinnig gespannt auf die Geschichte von Verona Cove, weil hier alles so anders ist als überall sonst, wo ich je war. Und ich will natürlich wissen, warum – und wie es so geworden ist. Verstehst du, was ich meine?«

Alles in mir schreit: *Ja, schönes Mädchen, ich weiß genau, was du meinst. Ich verstehe dich bis in die tiefsten Winkel deines Herzens. Wir sind seelenverwandt.* Aber was macht der verdammte Trottel, der ich nun mal bin? Zuckt die Schultern und verkündet: »Ich wohne schon mein ganzes Leben hier.«

»Und du bist ein echter Glückspilz, das kannst du mir glauben. Besser als ’ne Sechs im Lotto. Ich meine, wer hat schon die Chance, seine Kindheit an so einem Ort zu verbringen? Im Ernst, es muss genial sein, hier zu leben, wo dich alle kennen und die Leute sich deinen Namen merken, nachdem du ihn nur einmal gesagt hast.«

Holy Shit! Wo in aller Welt lebt dieses Mädchen, dass die Leute sich nicht an sie erinnern? New York wahrscheinlich. »Und wo kommst *du* her?«

»Von überall und nirgends. Seattle, zuletzt. Und am längsten. Ich bin dort geboren, dann sind wir nach Boulder gezogen, aber ein Jahr später wieder zurück nach Seattle. Von dort sind wir nach Utah gegangen, dann eine Weile nach San Francisco und wieder zurück nach Seattle. War ziemlich lange dort. Bis wir hierhergekommen sind.«

»Seattle. Dort regnet es viel.« *Wow, Jonah, das läuft ja super. Du bist der Smalltalker des Jahres.* Genau: Ich zähle einfach weiter die wichtigsten Fakten über amerikanische Städte auf, bis sie so geblendet von meinem Esprit ist, dass sie mit mir ausgehen will.

Erstaunlicherweise grinst sie. »Ja, stimmt. Aber das Gegenteil ist auch wahr. Und das wird immer verschwiegen. Die Regenzeit mag ja ziemlich öde sein, aber dafür sind die Sonnentage schöner als überall sonst.«

»Du wohnst also im Los Flores? Welches Haus?«

»Das ultramoderne. Richard, der Besitzer, ist der beste Kunde meiner Mom, und weil er den Sommer über in China ist, dürfen wir dort wohnen. Er meint, der Seeblick würde Mom inspirieren, und da hat er absolut recht.« Sie beugt sich ein wenig vor und legt eine Hand an den Mund. »Außerdem ist er Single, und unter uns gesagt, ich glaube, er ist scharf auf sie.«

Ich spüre, dass mich etwas am Ärmel zupft, und schaue auf Leahs Becher, den sie mir zur Begutachtung hinhält. Krakelige Herzen in allen Farben. Die Flächen dazwischen sind mit minzgrüner Farbe ausgefüllt. »Super, Leah. Mum wird begeistert sein.«

Sie lächelt, aber dann mischt Vivi sich ein: »Oh, du bist ja eine richtige Künstlerin!«

Leah runzelt die Stirn. »Nein …«

»Doch, doch, du bist *sehr* talentiert, wirklich. Ich kenne Leute, die viel älter sind als du und längst nicht so gut malen können. Und ich muss es wissen, ob jemand Talent zum Malen hat, weil meine Mom nämlich Malerin ist. Also Jonah zum Beispiel nicht.«

Leah kichert und ihr Gesicht wird ganz rot vor Stolz. Ich selbst bin wahrscheinlich auch rot. Aber nicht vor Stolz. Ich will meinen fantasielosen blauen Becher verteidigen, aber Leah kommt mir zuvor. »Ist deine Mom wirklich Malerin?«

Die Frage reißt mich vom Hocker. Zu Hause plappert Leah alles heraus, was ihr so durch den Kopf geht. Aber bei anderen Leuten oder im Kindergarten ist sie extrem schüchtern und hält sich immer im Hintergrund.

»Oh ja. Deshalb sind wir hier – damit sie die Sonne und das Meer malen kann.«

Leah überlegt einen Augenblick. »Kennst du sonst niemand hier außer deiner Mom?«

Vivi zuckt die Schultern. »Naja, ein paar Leute hab ich schon kennengelernt. Warum? Kannst du mir irgendwelche Freunde empfehlen? Oder mir Tipps geben, was man hier Spannendes machen oder wo man gut essen kann?«

»Bei uns zu Hause«, sagt Leah. »Da kann man am besten essen.«

»Bei euch zu Hause?« Vivi grinst.

Leah nickt. »Jonah, kann Vivi heute Abend zum Essen zu uns kommen?«

»Ähm …« Nicht dass ich was dagegen hätte. Aber ein Abend bei uns zu Hause, mit unserer verrückten Familie – nein, danke. Leah und Vivi starren mich erwartungsvoll an. Mist. Mir fällt keine Ausrede ein. *Wir haben nichts zu essen da?* Fette Lüge – ich mache immer Großeinkäufe, um Geld zu sparen. Aber die Wahrheit ist einfach zu brutal: Meine Mom steckt in einer tiefen Lebenskrise, und ich habe fünf gestörte Geschwister. Vivi sucht den Blickkontakt zu mir, und ich flehe sie im Stillen an: Bitte zwing mich nicht, dich an unseren Esstisch einzuladen und mit anzusehen, wie du alles in dich aufnimmst. Die unvermeidlichen Kräche, den offensichtlichen Mangel an elterlicher Präsenz. »Klar, wenn du willst.«

Vivi klatscht begeistert in die Hände und Leah strahlt. Was hätte ich auch tun sollen? Keine Chance. Warum also nicht? Leah hat mir eine tickende Zeitbombe in die Hand gedrückt, und ich habe die Lieferung quittiert. Jetzt werde ich jeden Moment in die Luft fliegen.

»Und was gibt's heute Abend?«, fragt Leah.

»Habe ich mir noch nicht überlegt. Was hättest du denn gern?«

»Pizza. Aber keine gekaufte. Lieber eine von dir.« Sie schaut zu Vivi auf. »Das ist die beste. Du wirst schon sehen.«

Kein einfaches Essen, aber ich willige ein. Leah steht auf, um sich ein paar neue Farben zu holen. Als sie außer Hörweite ist, senke ich den Kopf. »Du musst nicht kommen, wenn du nicht willst. Ehrlich, ich könnte es verstehen.«

»Klar will ich.« Vivi verengt die Augen, als würde ich kompletten Nonsens verzapfen. Für sie ist es offenbar das Normalste von der Welt, eine Essenseinladung von einer Fünfjährigen anzunehmen. »Ich bin neu hier, und meine Mom kocht nicht, also esse ich seit einer Woche abends nur Müsli. Okay, supergute Müslisorten, aber ich könnte was Warmes gut vertragen. Was Nahrhaftes, verstehst du? Also, wann soll ich kommen?«

»Ähm …«, stottere ich und rechne mir aus, wie lange ich brauche, um von der Arbeit nach Hause zu gehen, einzukaufen und den Teig zu machen. Und wie lange es dauert, das Haus zu putzen, meinen Geschwistern einzubläuen, dass sie sich vor Vivi anständig benehmen sollen, und mir eine Ausrede wegen meinen Eltern einfallen zu lassen, wenn sie danach fragt. Zwei Wochen Minimum, fürchte ich.

»Hier.« Vivi packt mein Handgelenk und zieht meinen ganzen linken Arm zu sich. Im nächsten Moment spüre ich etwas Feuchtes an meiner Haut, den kühlen Strich eines nassen Pinsels. Als sie fertig ist, schimmern zehn Ziffern in blauer Farbe auf meinem Arm. Ihre Telefonnummer verläuft von meinem Bizeps – dort, wo mein T-Shirt-Ärmel anfängt – bis zu meiner Handwurzel. »Ruf mich einfach an, wenn du's weißt.«

Als Leah und ich schließlich den Heimweg antreten, waren wir gerade mal eine Stunde im Töpferladen. In dieser Zeit hat Leah eine neue Freundin gefunden und ich habe die Telefonnummer eines Mädchens bekommen – von ihr eigenhändig auf meinen Arm geschrieben. Ich schaue zu Leah hinunter. »Das war ja komisch.«

Sie nickt. »Aber schön komisch.«

Mir bleibt jetzt weniger als ein halber Tag, um meinem Leben einen normalen Anstrich zu geben. Normal genug jedenfalls, dass ein Mädchen wie Vivi zu uns ins Haus kommen kann, ohne schreiend kehrtzumachen und die Flucht zu ergreifen. Ich brauche einen Plan. Und einen guten Haarschnitt. Und vielleicht ein paar Betäubungspfeile für meine Geschwister.

Leah balanciert auf der Bordsteinkante wie auf einem Schwebebalken. Ich beobachte sie einen Augenblick. »Wie findest du eigentlich unsere Familie, Leah? Ich meine, wie komisch sind wir – auf einer Skala von eins bis zehn?«, frage ich dann.

»Hundert«, sagt sie einfach. »Aber gut komisch.«

An den meisten Tagen denke ich, dass ich das alles nicht mehr länger ertragen kann. Aber wenn meine kleine Schwester daran glaubt, dass ihr Leben gut ist, obwohl sie keinen Dad mehr hat und nur noch den Schatten einer Mom, dann hat sich alles gelohnt. Gut komisch. Das ist nicht gerade der Burner. Aber es reicht.

3

Vivi

»Hallo, Vivi.« Whitney stürzt auf die Ladentheke zu. Winzige Haarkringel umrahmen ihr Gesicht, das satte Kastanienbraun hat im hellen Tageslicht einen rötlichen Schimmer. Ich bin sofort neidisch auf den bodenlangen braunen Rock, der sich eng um ihre Taille schmiegt.

»Hallo!«

»Und? Wie laufen die Geschäfte heute?« Sie stellt ein kleines Kästchen mit neuen Farben ab.

»Gut. Fünfzehn Kunden in sechs Stunden? Einer hat zwei Sachen bemalt. Außerdem hab ich neue Freunde gefunden. Uuu-und …«, ich drehe mich zu ihr und lasse meine Augenbrauen verheißungsvoll tanzen, »ich hab einen Jungen kennengelernt.«

Whitney wirbelt zu mir herum, ihr Gesicht strahlt. »Echt?«

Ich rufe mir Jonah in Erinnerung, sein zerzaustes Haar, die dunklen Augen von der Farbe einer randvollen Tasse Kaffee, in den man hineinschaut – tief und braun, fast ins Schwarze übergehend. Köstlich, warm. »Mmm.«

»Kenne ich ihn? Macht er Ferien in Verona Cove oder ist er von hier?« Whitney reibt sich die Hände, als könne sie es kaum erwarten, dass ich ihr alle pikanten Details unserer Begegnung auf dem Silbertablett serviere.

»Von hier. Er heißt Jonah.« Sein Name lässt sich hervorragend in die Länge ziehen – zu einem triumphalen Joooh-naaah. Ich liebe das »Oh« und das »Ah« und den n-Laut, bei dem ich mit der Zunge meinen Gaumen antippen muss. Bei meinem eigenen Namen muss man nur die Unterlippe und die Vorderzähne einsetzen.

Whitneys Augenbrauen gehen mindestens zwei Zentimeter in die Höhe, sodass sie das Deckenlicht einfangen. »Jonah Daniels?«

»Keine Ahnung, ich kenne nur seinen Vornamen. Er ist mittelgroß, hat dunkle Haare und eine süße kleine Schwester namens Leah. Und steht irgendwie neben sich. Also er hat so was Angestrengtes.«

»Ja, das ist Jonah.« Whitneys Begeisterung über meine heißen News ist auf einmal wie weggeblasen, stattdessen sieht sie verwirrt aus. Ich kann mir nicht erklären, was genau sie so aus der Fassung gebracht hat. Oh Himmel, wenn er eine Freundin hat, ist das natürlich ein Schlag ins Gesicht – über den ich hinwegkommen werde, aber trotzdem. Ich werde eine Weile brauchen, um das zu verarbeiten, und Geduld ist nicht meine Stärke. Ich habe Pläne, oh ja. Gute Pläne. Whitney verschränkt die Arme noch fester. »Und er will also mit dir ausgehen?«

»Nein, nicht direkt. Leah hat mich zum Abendessen in ihr Haus eingeladen und Jonah war einverstanden. Er fand die Idee gut, glaube ich – naja, vielleicht bilde ich mir das nur ein, aber auf jeden Fall *wird* er es gut finden, wenn ich beim Abendessen erst mal meinen Charme versprüht habe.« Ich lächle sie entwaffnend an, aber sie wirkt immer noch nicht überzeugt. »Hey, ich bin nicht aussätzig oder so, okay? Was ist denn los? Wenn er ein Axtmörder ist, sag's mir bitte gleich, damit ich mir überlegen kann, ob ich das Risiko heute Abend eingehen soll oder nicht.«

»Nein, es ist nur ...« Whitney verstummt. »Seine Familie hat im vergangenen Jahr viel durchgemacht. Alle hatten Angst, dass ...«

»Nein, bitte, lass nur«, schneide ich ihr schnell das Wort ab. »Ehrlich gesagt wär's mir lieber, wenn du mir nichts erzählst. Ich meine, okay, ich hab nichts dagegen, die Leichen im Keller anderer Leute kennenzulernen. Bin sogar ganz wild drauf. Aber ich schüttle ihnen die dürre Knochenhand lieber selbst.«

Whitney lacht. »Du bist ein gutes Mädchen, Viv.«

»Oh, danke.« Ich deute einen Knicks an. »Außerdem bin ich nicht so schreckhaft, besonders wenn ein Typ keine Ahnung hat, *wie* attraktiv er ist, was ihn in meinen Augen noch viel attraktiver macht. Diese Verantwortungsvoller-großer-Bruder-Nummer ist doch ziemlich sexy. Findest du nicht auch?«

Whitney lacht. »Ich bin sechsundzwanzig, Viv. Ich gebe keine Beurteilung darüber ab, wie sexy ein Sechzehnjähriger ist.«

»Okay, dann musst du mir einfach glauben.« Ich zwinkere ihr zu und greife lachend nach meiner Handtasche.

Als ich den kurzen Weg nach Hause gehe, bin ich froh, dass ich nicht versucht habe, hinter Jonahs Geheimnisse zu kommen. Ich habe letztes Jahr auch einiges durchgemacht und würde nicht wollen, dass andere Leute private Informationen über mich verbreiten wie einen Konzert-Flyer oder einen Gutschein für ein neues Restaurant.

Besonders lustig ist das allerdings nicht, und als ich in den Los Flores Drive einbiege, lege ich innerlich den Schalthebel um und stelle mir stattdessen vor, wie mein Malpinsel über Jonah Daniels' Haut gleitet.

Richards Haus ist ein Strandbungalow, dem man sofort den gut situierten Single mittleren Alters ansieht – extrem minimalistisch, klare Linien. Über der Kücheninsel hängen Industriedesign-Lampen und die Couch steht auf spitz zulaufenden Holzbeinen. Im Prinzip ist das ein cooles Haus, nur sind die Möbel alles andere als gemütlich. Es ist das modernste Gebäude in ganz Verona Cove, was ich irgendwie enttäuschend fand, aber als Hausschnorrer darf man wohl nicht wählerisch sein. Ich habe die Wände in meinem Zimmer mit Lichterketten behängt, um es gemütlicher zu machen.

Die bodenlangen Fenster im Wohnzimmer kriegen allerdings jede Menge Punkte von mir. Eigentlich sind es gar keine Fenster, sondern Wände aus Glas, die in der rechten Ecke zusammenlaufen, der Seite, die direkt aufs Meer geht. Das ist megafantastisch. Wenn abends die Sonne am Horizont versinkt, ist das ganze Wohnzimmer lichtdurchflutet.

Üppige Vorhänge schließen sich per Knopfdruck, aber Mom und ich haben es noch nie übers Herz gebracht, das Meer auszusperren, weil das für uns die reine Verschwendung wäre. Nachts schauen wir auf den Ozean hinaus, überwältigt von der Grenzenlosigkeit und Schwärze, von den Wellen, die unermüdlich ans Ufer rollen, während die restliche Welt im Schlaf liegt. Ach, und erst der Mond – wie er das ganze All ausfüllt! Dieser Ausblick hat etwas Göttliches, so viel steht fest.

Vielleicht hat Mom also doch nicht so unrecht mit ihrer Behauptung, Richard sei ja vielleicht ein superreicher Geschäftsmann, aber er habe eine tiefe Seele – so wie manche Tümpel, deren stille Oberfläche nicht verrät, wie tief sie in Wahrheit sind.

Mom sitzt drinnen an ihrer Staffelei, die sie in einer Ecke des Wohnzimmers aufgestellt hat. Wie ein Kapitän, der in einem meerwärts gerichteten gläsernen Bug am Steuerpult sitzt. Sie arbeitet noch immer an demselben Bild, das sie angefangen hat, als sie diese fantastische Aussicht zum ersten Mal in sich aufnahm, und mein Gefühl sagt mir, dass sie beinahe fertig ist.

Das Bild ist abstrakt, wie ineinander verhedderte Farbbänder, die über die ganze Leinwand verteilt sind. Moms Bilder sehen fast alle ziemlich wild aus. Ein fröhliches, farbenprächtiges, unentwirrbares Chaos. So gesehen fällt es einem nicht schwer, sich vorzustellen, wie sie mich produziert hat.

Endlich dreht sie sich um und nimmt mich wahr. »Hey, Chickie.«

»Heya.«

»Wie war's bei deiner Arbeit?«

»Oh, super.«

Mom steht auf und streckt die Arme über den Kopf. Wahrscheinlich hat sie lange in derselben Haltung gesessen. Sie sieht mich an, dann wird ihr Blick eindringlicher, und sie kommt näher – nahe genug, um ihre weiche Hand an meine Wange zu legen. »Kann es sein, dass du abgenommen hast?«

Ich erstarre unter der Berührung, weiche zurück. »Nein. Ich weiß nicht. Nein.«

»Bist du sicher?«

Ich seufze, weil ich das hasse – aus zwei Gründen. Erstens will ich mich auf keinen Fall zur kurvenlosen Bohnenstange zurückentwickeln. Vollere Hüften sehen toll an mir aus, mein Busen könnte sogar noch ein bisschen runder werden. Und zweitens weiß ich natürlich, worauf ihre Frage abzielt. »Mom, es ist Sommer in Kalifornien, da schwitzt man irgendwie mehr.«

»Viv.« Sie schließt einen Augenblick seufzend die Augen, als würde sie im Stillen um Geduld bitten. »Zwing mich nicht, dich zu fragen.«

»Was heißt hier zwingen?«, sage ich und funkle sie an. »Wie wär's, wenn du einfach *nicht* fragst?«

Ich will nicht, dass sie mich daran erinnert, und erst recht nicht, dass sie immer noch daran denkt. Ich denke nie dran, oder jedenfalls so gut wie nie, weil es zwecklos ist, schlimme Zeiten immer wieder neu zu durchleben. Anfang des Jahres war ich ziemlich down. Und dann plötzlich total aufgekratzt. Ich bekam Medikamente, die mich aus meinem Kaninchenloch herausgeholt haben, und eine der Nebenwirkungen war, dass ich zugenommen habe. Deshalb ist Mom jetzt misstrauisch und unterstellt mir weiß der Teufel was, aber das ist einfach unfair.

Ich habe mir einen Trick ausgedacht, wenn ich mich aufrege und vor Wut fast an die Decke gehe: Ich versuche, meinen ganzen Frust in die Arme hineinzupressen, und schnalze dann mit den Fingern, um die Wut zu zermalmen. Das Geräusch, dieses Schnalzen, bringt mich manchmal auf den Boden zurück.

Mom folgt mir, als ich in mein Zimmer hinaufgehe. Ich schaue über die Schulter, schnalze einmal mit den Fingern jeder Hand. Nein, immer noch wütend. »Ich bin fast siebzehn, Mom. Weißt du eigentlich, wie weh mir das tut, wenn du mir nicht vertraust? Und wie kränkend das für mich ist?«

Wir bleiben vor meiner Tür stehen. Mom sieht traurig aus. Und weil sie so traurig ist, muss sie einfach weiterbohren: »Viv, sag mir, dass du deine Tabletten nimmst. Sag es einfach, dann glaube ich dir.«

Ich bin schon halb im Zimmer, als ich mich rasch noch mal zu ihr umdrehe, die Hand bereits an der Klinke, um die Tür hinter mir zuzuknallen. »Ja, okay. Ja, ich nehme die verdammten, bescheuerten Tabletten.«

Die Tür knallt zu, bebt in ihrem Rahmen, ein Geräusch, das bis in den Flur hinunterhallt. Ich vergrabe mich in mein Bett und weine vor Wut – kein Wunder, denn ich habe meine Mutter mindestens achtzigtausendmal gebeten, nicht wieder davon anzufangen, und ehrlich, was ist so schwer daran, ein einziges Thema auf dieser ganzen, gottverdammten Welt zu vermeiden?

Eine Weile bleibe ich so, hänge wie ein Häufchen Elend auf meinem Bett und vergrabe mein Gesicht in Tannests Plüschfell. Tannest, ein kleiner Hundewelpe, ist mein bester Plüschtierfreund, seit ich denken kann. Er wohnt am Kopfende meines Betts, zusammen mit einem pinkfarbenen Pony namens Rosabelle und einer Plüschschildkröte, die Norman heißt.

Keine Ahnung, wie lange ich schon vor mich hin geschnieft habe, als mein Telefon piepst.

Hey. Hier ist Jonah. Von heute Morgen.

Von heute Morgen ... als müsste er mich daran erinnern! Als bestünde die Chance, dass ich in den letzten paar Stunden einen zweiten, noch schöneren Jonah getroffen haben könnte. Auf meinem Gesicht breitet sich ein Lächeln aus. Wie süß von ihm, dass er denkt, ich könnte ihn innerhalb von ein paar Stunden vergessen. Ich drehe mich auf den Bauch, halte das Telefon mit beiden Händen und tippe:

Hi, Jonah von heute Morgen. Bin ich immer noch zum Abendessen eingeladen?

Pizza gibt's gegen sechs, falls du interessiert bist.

Hmm. Distanziert, total unflirtig. Jonah, Jonah, Jonah – das stachelt mich nur noch mehr an. So wie wenn man durchs Tierheim geht und sich insgeheim wünscht, dass der allerscheuste, allerängstlichste Hund sofort Vertrauen zu einem fasst.

Oh, klar bin ich interessiert.

Cool. 404 Seaside Street. Leah freut sich total.

Oh, Jonah, du Idiot. Na warte, du wirst schon noch mit mir flirten.

Nur Leah? Du nicht?

Ich drehe das Telefon in meiner Hand, warte und lächle in mich hinein. Genau das, was ich für den Sommer brauche – Sonne, Meer, einen krass unverschämten Flirt. Und eine kleine Herausforderung.

Endlich piepst mein Telefon wieder. *Ich natürlich auch.*

Ha – hab ich ihn! Mehr braucht es nicht, um mich wieder in die Höhe zu bringen, und plötzlich hält mich nichts mehr in meinem Zimmer, und ich weiß, dass ich keine Ruhe finden werde, bevor ich mich mit Mom versöhnt habe. Ich schlurfe die Treppe hinunter.

Mom sitzt an der Kücheninsel, als ich um die Ecke biege. Ich verschränke die Arme und lehne mich in den Türrahmen, seufze, aber nur halbherzig. Ich will nicht diejenige sein, die als Erste den Mund aufmacht, schon weil ich gar nicht weiß, was ich sagen soll. Mom spürt meine Gegenwart. Sie steht vom Tisch auf und wendet sich mir zu. Ihre Augen sind ein bisschen rot, sie ist genauso hypersensibel wie ich.

»Du weißt, dass ich dich nur ungern herumkommandiere.« Das stimmt, sie hasst es, mir vorzuschreiben, was ich tun soll. Mom glaubt an den Wert von Instinkten, wie beispielsweise Eigenständigkeit als Weg, über sich selbst hinauszuwachsen. Sie fördert meine Kreativität, meine Spontaneität, mein Ich-Sein. Jedenfalls bis zu einem gewissen Grad. »Ich bin stolz auf dich und liebe dich, wie du bist, und habe sehr wohl Vertrauen zu dir. Aber ich muss auch ein bisschen über dich wachen, weil du meine Kleine bist und bleibst, und ich werde dich immer beschützen, auch wenn du dann wütend auf mich bist.«

»Das weiß ich«, sage ich leise, wie ein kleines Kind, das eine Entschuldigung murmelt, weil es wieder aus seinem Zimmer rauswill. Instinktiv zupfe ich an meinem linken Ärmel, um die lange Narbe zu bedecken. »Tut mir leid, dass ich so gebrüllt habe. Es macht mich einfach fertig, wenn du mich immer wieder daran erinnerst.«

»Ich weiß. Aber wir müssen miteinander reden. Dr. Douglas hat gesagt, wir …«

»Können wir jetzt bitte das Thema wechseln? Bitte, ich … es tut mir echt weh, wenn ich nur dran denke, und …«

»Okay. Okay.« Mom zieht mich an sich, obwohl ich meine Arme über der Brust verschränkt lasse und mich selbst wiege, während sie mich festhält. Ich lege meinen Kopf an ihre Schulter und so bleiben wir eine ganze Weile unter Richards Lichtanlage stehen, die wahrscheinlich mehr gekostet hat als mein ganzes Leben.

Als Mom sich endlich von mir löst, behält sie die Hände auf meinen Armen. »Ich wollte Sushi zum Abendessen bestellen. Was hältst du davon? Avocado-Thunfisch und Surimi-Rollen und ein bisschen Sashimi?«

Ich liebe Sushi – mehr als jedes andere Essen auf der Welt. Das ist Moms Friedensangebot, und normalerweise würde ich sofort darauf eingehen. »Klingt super, aber können wir das auf ein anderes Mal verschieben? Ich habe ganz vergessen, dir zu sagen, dass ich heute Abend zum Essen eingeladen bin.«

»Oh, wie schön!« Mom klatscht in die Hände. Plötzlich ist sie wieder meine beste Freundin und nicht mehr meine nörgelnde Mom. Sie setzt sich auf den nächstbesten Stuhl, und ich stelle mich wieder in den Türrahmen. »Bei Whitney?«

»Nein, bei einer neuen Freundin … oder vielmehr zwei neuen Freunden. Heute Morgen war ein kleines Mädchen im Laden, sehr schüchtern zuerst, aber dann ist sie ziemlich schnell aufgetaut und hat mich zum Abendessen in ihr Haus eingeladen, weil wir doch noch ganz neu hier sind. Sie sagt, bei ihnen zu Hause gibt es das beste Essen hier.«

Mom lacht. »Das ist ja süß. Du hast also ein Abendessen-Date mit einem Kindergartenkind?«

»Ja … plus ihrem viel älteren Bruder, der keine Ahnung hat, wie süß er ist.«

»Aha.« Mom grinst. »Na, das klingt doch fantastisch. Viel besser als Sushi mit deiner alten Mom.«

»Mom …« Ich verdrehe die Augen, weil sie genau weiß, dass ich gern mit ihr herumhänge. Ich mache ja praktisch nichts anderes.

»War doch nur Spaß«, sagt sie. Dann greift sie nach meiner Hand, jetzt wieder ein bisschen traurig. »Zwischen uns ist alles okay, ja? Du würdest es mir doch sagen, wenn etwas nicht stimmt?«

Übersetzt heißt das: Du würdest es mir doch sagen, wenn bei *dir* nicht alles okay wäre. Ich nicke und drücke ihre Hand. »Ja, alles gut.«

4

Jonah

Das Restaurant heißt »Tony's«, weil es Dads Restaurant ist. Ich bin dort genauso daheim wie in meinem wahren Zuhause. Ich kenne jede Schramme in den Holzböden und Fußleisten, jede einzelne Zutat in der Küche. Ich weiß, dass man den Griff des Eisschranks gleichzeitig nach oben und nach rechts drücken muss, um ihn aufzubekommen. Als Dad das Haus gekauft hat, war es eine Pizzabäckerei. Zusammen mit Felix hat er es vor Jahren von Grund auf renoviert, nur der alte Backsteinofen ist geblieben. Vor und nach meinem Dad.

Die Speisekarte besteht aus den Gerichten, die Dad am liebsten gekocht hat, als er das Restaurant vor zwei Jahrzehnten eröffnete. Die meisten Vorspeisen sind italienisch – die Küche, die Dad von zu Hause kannte – oder französisch. Das hat er in der Kochschule gelernt. Geflügel-Piccata, Pfeffersteak, Pesto-Tortellini und so. Er hat die Klassiker so gut zubereitet, dass sie ganz neu schmeckten.

Wenn ich bei den Vorbereitungen für das Mittagessen helfe, läuft alles immer nach demselben Schema ab: Salat waschen und zupfen, Tomaten und Zwiebeln schneiden, Käse reiben. Ich liebe dieses Ritual. Aber heute kann ich mich nicht richtig konzentrieren. Keine guten Voraussetzungen, wenn man mit mehreren Messern hantiert. Ich denke die ganze Zeit nur an das Essen heute Abend. Ich habe meine Hände in der großen Spüle geschrubbt wie immer, aber ich habe höllisch aufgepasst, dass die blaue Telefonnummer nicht abgewaschen wird.

Meine Schicht ist fast zu Ende, als Felix zur Hintertür hereinstürmt, mit zwei Kartons im Arm. Ich kann sein Gesicht nicht sehen, nur seine gebräunten Arme an den Seiten. »*Holà, amigos*!«

Alle brummen ein Hallo. In einer Restaurantküche wird der Chef »Chef« genannt. Das ist so üblich. Fußballspieler sagen ja auch nicht »John« oder »Eric« zu ihrem Coach, sondern »Coach«. Aber Dad war fast zwanzig Jahre lang der »Chef« hier. Noch mit vier dachte ich, das sei sein Vorname. Und dass er »Chef« geworden sei, weil er schon so geheißen hatte. Im »Tony's« kann es jedenfalls keinen anderen Chef geben. Felix besteht darauf, dass wir ihn Felix nennen, obwohl er jetzt der Chef ist.

Felix ist Dads bester Freund. War. Nein – ist. Ich weiß nie, was richtig ist. Wenn jemand stirbt, ist er nicht mehr dein bester Freund. Er war es. Aber der, der zurückbleibt – also Felix – ist dann immer noch sein bester Freund. Im Präsens. So wie ich. Tony Daniels *war* mein Dad. Aber ich bin immer noch sein Sohn.

»Haste dir 'n Tattoo machen lassen, *maní*?« Felix starrt auf meinen Arm, als er die Kartons auf die Theke neben meinem Platz stellt. Dad nannte mich immer »Peanut«, als ich noch in der Grundschule war, bis ich ihn angefleht habe, damit aufzuhören, weil es mir so wahnsinnig peinlich war. Ich hätte nie gedacht, dass es mir eines Tages mal fehlen würde, in hundert Jahren nicht. Deshalb finde ich es schön, dass Felix mich immer noch so nennt, wenn auch auf Spanisch.

»Ist das eine Telefonnummer?« Felix beugt sich vor, um die Zahlen auf meinem Arm zu lesen. »Von einem Mädchen?«

»Ja«, sage ich möglichst beiläufig.

»Ich glaub's ja nicht.« Er wartet ab, dass ich zurückrudere und behaupte, das sei nur ein Witz gewesen. Als nichts kommt, boxt er mich gegen den Arm. »Im Ernst? Du hast ein Mädchen nach seiner Telefonnummer gefragt?«

Gabe, einer der Hilfsköche, hört mit. »Ey, Daniels. Hast du dir 'ne heiße Frau geangelt?«

Er tanzt ein bisschen herum, wiegt die Hüften, und die anderen Jungs johlen begeistert. Aber ehrlich gesagt bin ich froh, dass sie mich aufziehen. Nach Dads Tod konnten sie mir kaum in die Augen sehen. Die ganze Küche war immer so still.

»Gute *moves*«, sage ich zu Gabe, der immer noch seine bescheuerte Tanznummer abzieht. »Aber du hast ja auch jede Menge Übung im Solo-Abhotten.«

Gabe winkt ab und grinst, und die anderen hacken jetzt auf ihm herum. Selbst Felix lacht. Ein lautes, herzhaftes Lachen, wie das von Dad. Sie waren so lange befreundet, dass sie sich mit der Zeit immer ähnlicher wurden. Felix verwendet oft dieselben Ausdrücke oder macht dieselben Witze wie Dad. Manchmal betont er ein Wort, wie Dad es getan hätte. Oder vielleicht hat Dad sich auch manchmal wie Felix angehört. An guten Tagen ist mir Dad dadurch näher. An schlechten vermisse ich ihn so sehr, dass mir fast das Herz bricht.

»Also dann raus mit dir, Maní«, sagt Felix, bevor er in seinem Büro verschwindet. Das Büro ist eigentlich nur eine Besenkammer, in die ein Schreibtisch und ein Regal hineingequetscht wurden. Dad sah immer total lächerlich darin aus, so groß, wie er war. »Geh und ruf dein Mädchen an.«

Ich komme mit zwei Tüten voller Zutaten für meine Pizza nach Hause. Ich mache mehrere Sorten – eine einfache für Silas, Bekah und Isaac, die Peperoni-Puristen. Und eine für Vivi, falls sie Fleisch isst. Wenn nicht, kann sie die Variante mit Artischocken, Spinat und Fetakäse essen. Mom ist ganz scharf darauf, und Naomi mag das auch, weil sie Vegetarierin ist. Hoffentlich nimmt Vivi diese Pizza – es ist meine kreativste, die am meisten hermacht. Für Leah gibt es noch eine kleine Käsepizza, weil sie es eklig findet, wenn die anderen Sachen ihre Pizza auch nur berühren. Nicht mal Tomatensauce mag sie wirklich. Es ist eigentlich nur ein rundes Pizzabrot. Ich selbst esse, was übrig bleibt, weil mir alles schmeckt.

Als ich in unsere Straße einbiege, rennt Silas auf dem Rasen vor dem Haus herum. Er wirft Isaac einen Baseball zu, der in die Höhe zischt und durch die Sommerluft saust. Bekah steht auf dem Spielfeld und lacht und Leah kriegt nichts mit. Wahrscheinlich soll sie Pässe abfangen, aber sie tanzt nur im Gras herum. Als ich dazukomme, schmettert Isaac gerade Silas' nächsten Ball ab. Silas verfehlt den Ball und tut so, als hätte er sich wahnsinnig angestrengt. Isaac stolpert zur First Base vor, die von einer flachgedrückten Cornflakes-Packung markiert wird.

In letzter Zeit betteln sie nur noch Silas an, mit ihnen Baseball zu spielen, und nicht mich. Als ich im Frühjahr zum letzten Mal in meiner Mannschaftsuniform nach Hause kam, habe ich ihnen gesagt, dass ich keine Lust mehr auf Baseball hätte und deshalb nicht mehr zum Training ginge. In Wahrheit hatte ich aufgehört, um bei ihnen zu Hause bleiben zu können. Naomi war am College, Mom kam nicht aus dem Bett und Silas konnte nicht alles alleine machen.

»Hey, ihr«, sage ich und ernte mehrere Reaktionen auf einmal. Isaac will wissen, ob ich seinen Schuss gesehen habe. Bekah fragt, was es zum Abendessen gibt, und Leah, wann Vivi kommt. »Ja, ich hab den Ball gesehen, das war der Hammer. Es gibt selbst gemachte Pizza, und ich hab Vivi gesagt, dass sie gegen sechs kommen soll.«

»Wer ist Vivi?«, fragt Silas, der den Ball zurückholt.

»Meine Freundin!«, sagt Leah.

Ich fange Silas' Blick auf. »Erzähl ich dir später.«

Und damit bin ich abgehakt. Isaac bettelt Silas an, noch mal zu werfen, und Bekah protestiert, dass sie jetzt an der Reihe sei. Dann folgt das übliche Geschrei. Ich höre mir das nicht länger an. Auf keinen Fall. Habe mich heute schon genug abgerackert.

Drinnen breite ich die Zutaten aus dem Laden aus, zusammen mit den Vorräten, die ich schon dahabe. Ich nehme Dads Pizzasaucen-Rezept, das er meiner Großmutter abgeguckt und nur leicht variiert hat. Granny ist noch in Sizilien geboren und dieses Rezept ist echt Gold wert. Nicht dass ich es noch brauche. Das Besondere daran ist eine Messerspitze Honig und eine Prise Majoran. Ein bisschen süß, ein bisschen pikant. *So wie ich, was?,* hat Dad immer gesagt, wenn er hinter dem Küchentresen seine Vorträge hielt. Mom hat dann nur was gebrummt und lächelnd die Augen verdreht.

Ich versinke sofort in einer Art Kochtrance. Wenn ich die einzelnen Schritte des Rezepts im Kopf durchgehe, blende ich alles andere aus. Ich darf mich nicht ablenken lassen, weil das Essen sonst nicht gut wird. Sobald ich mit einem Arbeitsschritt fertig bin – Teig vermengen, damit er Zeit zum Gehen hat, Peperoni auftauen –, setze ich in Gedanken einen weiteren Schritt unten auf die Liste. Meine Hände müssen schnell sein, um mit den jeweiligen Arbeiten Schritt zu halten. Ich mache gern eine komplette Mahlzeit auf einmal, weil es komplizierter ist, als nur einen Gang zuzubereiten. Heute kommen noch ein Salat und ein Dessert dazu.

In der Küche ist Dad immer noch überall präsent. In den Holzgriffen der Messer, in den schweren Pizzasteinen. Seine Hände haben diese Dinge tausendmal berührt. Es klingt vielleicht kitschig, aber wenn ich koche, höre ich seine Stimme am deutlichsten. *Jonah, nimm dieses Messer für die Zwiebeln. Gute Arbeit, Junge. Nicht umsonst heißt es: Wenn man einen Topf im Auge behält, kocht er nicht über; aber ein unbewachter Topf lässt die Pasta matschig werden. Lass ihn ja nicht aus den Augen!*

Ich kann nicht sagen, wie viel Zeit vergangen ist, als ich mit den Pizzavorbereitungen fertig bin und den Salat mische. Irgendwann stürmen Bekah und Isaac ins Wohnzimmer, um ein Videospiel zu machen, und Silas lehnt am Küchentresen. Ich schaue von den Kirschen auf, die ich für den Kuchen entsteine.

»Dann stimmt es also wirklich? Leah hat eine Freundin zum Abendessen eingeladen?«, fragt er. Ich wusste, dass er so reagieren würde. Wir machen uns beide Sorgen um sie.

Als ich nicke, sagt er: »Das ist super. Hat sie diese Freundin kennengelernt, als ihr heute Morgen zusammen weg wart?«

»Ähm, so ähnlich. Im Töpferladen.«

»Noch besser.«

»Sie ist ein bisschen ... älter als Leah.«

»In Isaacs Alter?«

Da klopft es an der Haustür. Ich lehne mich zurück, um durch den Windfang zu schauen. Vivi steht dort, winkend und mit einer Flasche im Arm, vermutlich Wein oder Prosecco. Sie ist fast eine Stunde zu früh dran. Shit. Sie soll doch nicht mitkriegen, wie viel Arbeit ich in dieses Abendessen steckte. Es soll alles ganz locker und mühelos wirken. Wie ein Festmahl in Hogwarts. Nein, halt! Dann wäre ich ja Dobby. Bloß nicht. »Nein. Eher so alt wie das Mädchen da draußen. Das ist sie nämlich.«

Silas starrt mich an, dann zuckt er mit den Augenbrauen und

geht zur Tür, um Vivi aufzumachen. »Das musst du mir nachher noch erklären.«

Vivi trägt die gleichen Sachen wie am Morgen, kurze Shorts und einen lockeren Pulli, der den BH darunter mehr betont als verbirgt. Sie stellt sich Silas vor und sagt etwas wie: Ich wusste gar nicht, dass Jonah einen Bruder hat. Als Silas ihr erklärt, dass wir insgesamt sechs Geschwister sind, lacht sie. Ich hätte sie wahrscheinlich vorwarnen müssen. Vielleicht ist sie ja der schreckhafte Typ. Wenn ja, wird sie nicht mal bis zum Salat durchhalten.

»Hey, Jonah«, sagt Vivi strahlend und stellt die Flasche auf den Tisch. »Ich bin in meinem ganzen Leben noch nie zu früh gekommen, aber ich dachte mir, kann ja nichts schaden, wenn ich vor dem Essen noch ein bisschen mit dir abhänge, weil ich unbedingt von zu Hause wegmusste, verstehst du? Und ich hab 'ne Flasche Prickelsaft dabei, weil ich das für 'ne gute Idee hielt, aber da wusste ich noch nicht, dass du fünf Geschwister hast. Ich fürchte, es gibt gerade mal ein Schnapsglas voll für jeden.«

Sie lacht wieder, ihr helles, perlendes Lachen. Silas starrt von ihr zu mir und sucht nach dem fehlenden Verbindungsglied in dieser Geschichte. Dann kommt Leah um die Ecke und knallt fast gegen Vivis nackte Beine.

»Vivi!«, ruft Leah. »Da bist du ja! Hi! Willst du mein Malbuch sehen?«

Vivi nickt, ohne auch nur eine Sekunde zu zögern, und sagt begeistert: »Ja klar! Wie hast du nur erraten, dass ich deshalb extra früher gekommen bin?«

Sie zwinkert mir zu, als Leah sie am Arm zerrt. Mein Gesicht ist wahrscheinlich so rot wie eine Tomate. Als die beiden verschwunden sind, beuge ich mich wieder über meine Kirschen und spüre die bohrenden Blicke meines Bruders auf mir.

»Jonah, lüg mich nicht an. Wie hast du dieses Mädchen dazu gekriegt, zu uns nach Hause zu kommen?«

»Was? Keine Ahnung. Ich weiß nicht, was du meinst.«

»Hast du sie adoptiert? Oder irgendwie engagiert?«

Ich überzeuge mich, dass keines von den Kleinen herschaut, dann zeige ich Silas mit beiden Händen den Stinkefinger.

»Hey, chill dich.« Er schlägt mich auf die Schulter. »Bin nur beeindruckt, dass du so ein süßes Mädchen nach Hause eingeladen hast.«

»Hab ich doch gar nicht. Das war Leah.«

»Jetzt ist mir alles klar«, sagt er und zeigt auf den Küchentisch. »Ich meine, warum du 'nen Kirschkuchen raushaust. Wow.«

»Ach, halt die Klappe.« Mann, was bin ich für ein Loser.

Ich müsste doch eigentlich ganz locker mit Mädchen reden können. Oder jedenfalls so einigermaßen. Bin schließlich mit drei Schwestern aufgewachsen – da weiß man, dass Mädchen keine geheimnisvollen Wesen von einem fremden Stern sind, sondern ganz normale Menschen. Das hab ich früher auch immer meinem Freund Zach geraten: *Frag sie doch irgendwas, du Idiot, so wie jeden anderen auch. Zum Beispiel, wofür sie sich interessiert. Was sie gern macht. So schwer ist das doch nicht.* Ich bin also wahrscheinlich nur ein bisschen eingerostet.

Leah und Vivi setzen sich auf eine der Bänke an unserem riesigen Familientisch. Am Kopf- und Fußende stehen Stühle, einer für Mom und einer für Dad. Ich fand die Bänke immer ziemlich unbequem bei unseren gemeinsamen Mahlzeiten. Man kann kaum hin und her rutschen, ohne dass mindestens zwei von den anderen sich mitbewegen müssen. Aber jetzt würde ich alles dafür geben, wieder mal zu acht am vollen Tisch zu sitzen. Einer von uns Älteren setzt sich immer auf Dads Stuhl und einer auf Moms. Es ist eine

Notlösung, die sich irgendwie nicht richtig anfühlt, aber immer noch besser, als auf zwei leere Stühle zu starren.

Mit einem ganzen Stapel Malbücher bewaffnet, erklärt Leah jedes einzelne Bild.

»Hier, guck mal«, sagt sie zu Vivi. »Da geht sie in den Schnee raus und trägt das grüne Kleid.«

Ich versuche mich auf den Nachtisch zu konzentrieren, aber ich lausche unwillkürlich. Vivi fragt Leah nach uns allen, wie alt wir sind und was wir gern machen. Vivi ist eine Schlangenbeschwörerin, die Sätze aus Leahs Mund hervorzaubert. Meine Schwester plappert fröhlich weiter, aber zum Glück erwähnt sie unsere Eltern nicht.

»Das riecht super, Jonah«, ruft Vivi, als die Pizza heiß genug ist, dass der Käse schmilzt.

»Danke.« Ich beuge mich schnell wieder über meinen Kirschkuchen, weil meine Small-Talk-Erfolgsbilanz ein Flopp ist und ich mich praktisch im Sturzflug befinde.

Vivi drückt die Schultern durch und wendet sich wieder an Leah. »Okay, ich glaub, jetzt hab ich's. Also: Naomi, Silas, Rutherford, Bekah, Isaac und Leah.«

Leah kichert. »Nein, nein! Nicht Rutherford. Jonah!«

»Ach so, ja.« Vivi schlägt sich an die Stirn. »Mann, Viv. Okay, dann sag sie mir alle noch mal.«

Leah holt tief Luft und zählt alle unsere Namen auf: »Naomi, Silas, Jonah, Bekah, Isaac und ich.«

»Naomi, Silas, Jonah, Bekah, Isaac und ich.«

Erneuter Kicheranfall. »Nein, *ich* … Leah.«

»Aber ich bin doch nicht Leah«, sagt Vivi. »Ich bin Vivi.«

Leah kann nicht mehr, sie hängt praktisch über der Bank vor Lachen. Ich spüre, wie ich lächle.

»Hey, macht ihr Party hier drin?« Naomi taucht in der Küchentür auf, ihre Arbeitstasche über der Schulter. Sie hält abrupt inne, als sie eine Fremde am Küchentisch sieht. »Ähm. Hallo.«

»Hallo«, sagt Vivi und richtet sich auf. »Du musst Naomi sein.«

Naomi erstarrt. Vielleicht, weil sie von diesem Überraschungsgast, der noch dazu ihren Namen weiß, völlig überrumpelt ist. Oder vielleicht auch, weil sie von Natur aus kein offenherziger Mensch ist. Oder sie ist einfach todmüde vom ständigen Hin- und Herpendeln zwischen zu Hause und ihrer Praktikumsstelle. Aber wie auch immer, meine Schwester ist ganz offensichtlich nicht erfreut.

»Vivi«, sagt sie nur, als würde der Name alles erklären. Was in gewisser Weise auch stimmt, wie mir später noch aufgehen wird.

»Sie ist meine Freundin«, verkündet Leah und reckt ihr Kinn hoch.

»Leah hat mich zum Abendessen eingeladen, weil sie mich auf der Main Street aufgelesen hat wie eine streunende Katze, die dort hilflos herumschlich, ohne eine Menschenseele, die ihr etwas zu essen geben wollte. So war's doch, Leah, oder nicht? Miauuu!« Vivi schaut meine kleine Schwester an, die heftig nickt, weil sie vor Kichern kaum reden kann.

»Ähm … okay.« Naomi ringt sich noch nicht mal zu einem höflichen Lächeln durch. »Jonah, ich glaube, wir haben noch Mineralwasser im Kühlschrank in der Garage draußen. Das ist genau das Richtige für die Pizza. Hilfst du mir tragen?«

Sie wirft mir einen vielsagenden Blick zu. Statt einer Antwort sehe ich Silas an. Was gar nicht nötig war – er hievt sich bereits von der Couch hoch. Wir springen immer für einander ein. Silas und ich streiten uns nur selten, aber wir haben beide ab und zu Krach mit Naomi.

Als wir in der Garage sind, stemmt meine Schwester die Hände in die Hüften. »Also, ich wäre dir sehr dankbar, wenn du in Zukunft keine wildfremden Leute in unser Haus einladen würdest!«, pflaumt sie mich an.

»Sie ist nicht wildfremd. Und Leah hat sie eingeladen, nicht ich.«

»Aber das war so abgemacht. Wir hatten beschlossen, wegen Mom hier alles ruhig zu halten.«

»Ja, und man sieht ja, wohin es führt. Außerdem mag ich sie. Sie ist so ... fröhlich.«

Naomi schnaubt. »Ehrlich, ich fass es nicht. Du magst ein Mädchen, das *so* aussieht und sich *so* anzieht!«

Okay, das reicht jetzt – als wäre ich nicht schon angepisst genug. Mein Gesicht wird ganz heiß. »Weißt du was, Naomi? Es ist mir scheißegal, was du von ihr hältst.«

»Wie reizend von dir, Jonah. Und so erwachsen.«

»Was willst du überhaupt? Du bist doch die meiste Zeit gar nicht da. Und dann denkst du, du kannst den Sommer über wieder bei uns einziehen und uns vorschreiben, wo's langgeht. Wir haben das alles monatelang ohne dich gemacht.«

Ihre Augen werden schmal. »Dann zählt also meine Meinung nicht mehr, nur weil ich einen Teil meiner Zeit am College verbringen muss?«

»Hey, das hast *du* gesagt, nicht ich. Das hier ist unsere Vollzeit-Realität. *Du* kommst und gehst.«

Naomi weicht zurück. Ihre Stimme sinkt zu einem angstvollen Flüstern herab. »Ich komme, sooft es geht. Andere Leute in meinem Alter verreisen in den Ferien oder studieren im Ausland, nur ich bin hier. Weißt du überhaupt, wie wahnsinnig anstrengend das ist, dieses ewige Hin- und Herpendeln?«

»Na und? Ich habe Baseball sausen lassen, damit ich nach der

Schule zu Hause sein kann.« Ich deute auf Silas, um ihn mit ins Boot zu holen. »Wir stehen morgens megafrüh auf, wir helfen ihnen bei den Hausaufgaben und Schulprojekten. Wir …«

»Es reicht«, sagt Silas ruhig. »Das ist doch kein Wettbewerb, wer von uns am meisten für die Kleinen geopfert hat.« Naomi und ich öffnen beide den Mund, um weiter zu argumentieren, aber Silas hält eine Hand hoch. »Stopp. Jonah, du kannst Naomi kein schlechtes Gewissen einreden, nur weil sie den größten Teil des Jahres am College sein muss, okay?«

Naomi wirft mir einen triumphierenden Blick zu, aber Silas fügt hinzu: »Und du, Naomi, kannst nicht alles bestimmen, nur weil du die Älteste bist. Jonah hat recht: Mir ist jeder willkommen, der es schafft, Leah so zum Lachen zu bringen.«

Naomis Augen bohren sich wütend in meine. »Okay, meinetwegen.«

»Passt.« Ich spucke das Wort aus, spüre, wie meine Kiefer mahlen.

Wir gehen wieder ins Haus, mit den Wasserflaschen als Alibi im Arm. Vivi hat das Tischdecken zu einer Art Spiel gemacht, und Leah ist so begeistert, dass Isaac und Bekah in die Küche geschlendert kommen, um sich auch an dem Spaß zu beteiligen. Ich werfe Naomi einen vielsagenden Blick zu: Na bitte, ist doch gut, oder? Aber sie wendet den Kopf ab.

Als Vivi gerade nicht herschaut, tippe ich Isaac auf die Schulter und drücke ihm einen Teller mit Essen für Mom in die Hand. Er dreht sich wortlos um und bringt ihn nach oben. Das machen wir jeden Abend so, obwohl sie meistens nichts isst. Manchmal kommt sie zu den unmöglichsten Zeiten in die Küche heruntergeschlurft, auf der Suche nach einem Häppchen. Wenn einer von uns dazukommt, zuckt sie zusammen wie eine Einbrecherin, die auf frischer Tat ertappt wird.

»Oh! Fast hätte ich es vergessen!« Vivi springt auf, als die anderen sich alle um den Tisch versammeln. Ich habe bereits das Essen aufgetragen, damit wir gleich anfangen können, und wundere mich, was sie vergessen haben kann. »Der Prickelsaft! Jonah, hast du irgendwo ein paar kleine Gläser?«

»Ich glaube schon.« Ich krame im Schrank herum, bis ich ein paar winzige Champagnergläser finde, die meiner Granny gehört haben müssen. Mit einem Plopp! öffnet Vivi die Flasche und gießt in jedes Glas ein bisschen von dem Sekt.

Es ist wie ein Festtag. Was fünf Minuten zuvor weiß Gott nicht so war.

Vivi setzt sich wieder auf die Bank neben Leah. Ich rutsche zwischen Isaac und Bekah. Silas und Naomi sitzen an den Tischenden.

»Vielen Dank, dass ihr mich zu euch nach Hause eingeladen habt«, sagt Vivi und hebt das Glas. »Ich habe keine Geschwister und bin total happy, dass ich heute Abend mal so tun kann, als ob ich zu eurer Familie gehöre.«

Zu unserer Familie gehören – das hätte hier in den letzten sechs Monaten garantiert niemand gewollt. Vivis Unbefangenheit ist ein Geschenk für uns. Solange sie hier ist, können wir vergessen, dass wir um unseren Dad trauern. Wir können in unserem stickigen, trübsinnigen Zuhause endlich mal aufatmen.

»Und ganz besonders danke ich Jonah für die schönste Mahlzeit, die mir seit einer Ewigkeit unter die Augen gekommen ist. Ich schwöre beim Mann im Mond, wenn es nur halb so gut schmeckt, wie es aussieht, komme ich jeden Tag an eure Haustür zurückgemaunzt, um die Reste aufzuschlabbern, die von eurem Tisch abfallen.« Sie zwinkert Isaac zu und sein Gesicht wird rot bis unter die Brillengläser. »Also … Prost!«

Vivi hält ihr Glas hoch und stößt mit allen anderen an. Leah strahlt, als wäre sie zu einer Teeparty bei Alice im Wunderland eingeladen.

Bekah studiert ehrfürchtig Vivis Gesicht. »Schimpft deine Mom nicht mit dir, wenn du Lippenstift nimmst?«

Oh Gott, bitte lass mich sofort tot umfallen. Mach, dass mich jemand umbringt, egal wer. Hauptsache, es hört auf. Meine kleine Schwester hat offenbar die Absicht, Vivi wegen ihrer Aufmachung vorzuführen. Und – noch viel schlimmer – das Thema Eltern zur Sprache zu bringen.

Vivi lächelt, was ihre Lippen wie einen Apfelschnitz aussehen lässt. Rote Delizius. »Meine Mom ist Malerin, also kann sie sich nicht ernsthaft darüber aufregen, wenn ich mir die Lippen anmale, oder?«

»Cool«, haucht Bekah. Sie legt ihre Hand in den Schoß, so wie Vivi es macht.

»Oh, mein Gott«, sagt Vivi, nachdem sie den ersten Bissen genommen hat. »Das ist der beste Salat, den ich je in meinem Leben gegessen habe. Wirklich. Was in aller Welt ist da drin? Manna oder so?«

»Was ist Manna?« Leah schaut stirnrunzelnd auf ihre Schale. »Der Käse hier schmeckt wie Kotze.«

»Leah«, zischt Naomi. »Das sagt man nicht.«

Vivi lacht nur. »Manna ist Essen, das vom Himmel fällt. Und Stinkkäse ist einfach köstlich, aber das erkennt man erst, wenn man älter ist. Glaub mir, Leah. Eines Tages wirst du diesen Salat noch mal essen, und dann – hokuspokus – merkst du, dass er mit Zauberstaub bestreut ist.«

Ich räuspere mich. »Das ist einfach nur Blattsalat. Dazu Gorgonzola, mit Honig glasierte Pecannüsse und Birnenspalten. Das Dressing ist mit Pflaumenessig angerührt.«

»Er macht das Dressing immer selbst«, wirft Bekah ein.

Ich bin positiv überrascht, dass sie mit mir angibt. »Eigentlich ist es mehr ein Herbstsalat«, erkläre ich, »wegen …«

»Oh, nein.« Bekah stöhnt und schaut Vivi an. »Jetzt hab ich ihn in Fahrt gebracht. Und das bedeutet, dass wir uns den ganzen Abend Kochrezepte anhören müssen.«

Okay. Doch nicht so positiv.

Vivi setzt zu einer Geschichte an, wie sie eines Tages aus Versehen Gürteltier gegessen hat, und alle prusten los. Sogar Naomi muss lachen. Na ja, nicht direkt – sie zerpflückt ihre Pizzakruste und kaut verbissen darauf herum. Ich sehe ihr an, dass sie gern lachen würde. Aber wenn meine Schwester erst mal sauer ist, lässt sie sich nicht so leicht aus ihrem Schmollwinkel locken. Als hätte sie Angst, ihr Gesicht zu verlieren.

Mein Blick wandert im Uhrzeigersinn von einem zum anderen. Die Küche fühlt sich irgendwie wärmer an, voller. Vivi zieht Silas und Isaac auf, die halb verlegen, halb geschmeichelt darauf reagieren. Bekah macht sie Komplimente und Naomi fragt sie nach ihrem Praktikumsjob. Meine Geschwister sind fasziniert von ihr, umkreisen sie wie eine Sonne. Ich auch. Ich kann kaum meinen Blick von ihr abwenden.

»Oh, mein Gott, Jonah, was ist das denn? Jetzt seht euch diesen Kuchen an! Machst du Witze, oder was?« Vivi fällt über das Dessert her. »Kirschen esse ich für mein Leben gern. Im Ernst. Das ist mein absolutes Lieblingsobst. Ich bin süchtig danach, ich habe mich in den letzten Wochen pausenlos damit vollgestopft.«

»Jonah und ich sind auch süchtig danach«, piepst Leah. »Wir essen im Sommer jeden Tag Kirschen, aber das macht nichts, weil wir ja die Kerne ausspucken.«

Silas wirft mir einen Blick zu. Er ist tief beeindruckt, dass Vivi es geschafft hat, Leah so weit aus ihrem Schneckenhaus hervorzulocken.

Nach dem Essen verkündet Vivi, dass sie noch eine Weile dableiben und mit Leah malen will. Meine Brüder und ich räumen das Geschirr ab, und Naomi verschwindet nach oben; sie ist immer noch sauer auf mich. Bekah sitzt auf der Couch und hält sich ein Buch vor die Nase, aber in Wahrheit staunt sie die ganze Zeit Vivi an, als wäre sie ein Einhorn in freier Wildbahn. Meine Hände versenken die Teller im warmen Spülwasser, aber in Gedanken bin ich bei Vivi und versuche immer wieder, einen Blick ins Wohnzimmer zu erhaschen. Vivi liegt auf dem Bauch und malt neben Leah auf dem Fußboden. Ihre Knie sind angewinkelt, die Füße wippen in der Luft. Meine Augen folgen ihrem Körper von den roten Zehennägeln über die Beine bis zu den kurzen Shorts hinauf. Manchmal lacht sie über etwas, das Leah sagt, und es klingt laut und fröhlich und verändert ihr ganzes Gesicht. Das Messer in meiner Hand rutscht klappernd ins Spülbecken.

»Jonah!«, brüllt Leah. »Komm und schau mal!«

Ich sehe schnell weg, damit Vivi nicht merkt, dass ich schon die ganze Zeit hergeschaut habe. Oh Mann. Ich habe mal ein Online-Video von einem Hund gesehen, der in eine Fliegentür geknallt ist. Immer und immer wieder. Er hat es einfach nicht gecheckt. So wie ich, der verzweifelt vor diesem Mädchen den Coolen zu spielen versucht.

»Komm und schau dir mein Bild an!«, verlangt Leah.

Zum Glück habe ich jede Menge Erfahrung als Leahs persönlicher Kunstkritiker. Ich lobe sie, wie schön alles aussieht, und frage sie nach den Farben, die sie genommen hat. Aber das Unglaublichste ist, dass Vivi eines ihrer heiß geliebten Prinzessinnen-Malbücher benützen darf. So was hat es noch nie gegeben.

»Wow! Deine Meerjungfrau sieht genau wie die im Kino aus«, sage ich zu Leah und werfe einen verstohlenen Blick auf Vivis Malseite. Ihre Prinzessin hat lila Haare, eine dickrandige Brille und ein Lippenpiercing.

Leah studiert jetzt auch Vivis Bild. »Belle hat keine lila Haare. Und auch keine Brille.«

»Das ist nicht Belle«, sagt Vivi. »Das ist ihre Zwillingsschwester, Claudette. Sie geht an die Uni und studiert Meeresbiologie. Und sie trägt eine Brille, weil sie weitsichtig ist und wahnsinnig viele Lehrbücher liest.«

»Aber warum hat sie lila Haare?«

»Weil sie manchmal tauchen geht, und da hat sie gesehen, wie viele verschiedene Farben es unter Wasser gibt.«

»Wie bei Fischen?«

»Ja, Regenbogenfische und Korallen und Unterwasserpflanzen und all das. Ich meine, sie kann doch nicht einfach mit mausgrauen Haaren in diesem schillernden Märchenreich erscheinen, verstehst du? Da wäre sie ja völlig fehl am Platz.«

Leah nickt, als würde ihr das sofort einleuchten. »Cool. Wie heißt das noch mal? Meeresbialogie?«

»Meeresbi-o-lo-gie«, korrigiert Vivi. »Was willst du mal werden, wenn du groß bist?«

»Lehrerin.« Das ist Leahs Standardantwort auf die Frage, die viele Erwachsene an Kinder stellen. Außerdem ist es wahrscheinlich der einzige Beruf, den sie kennt, abgesehen von Küchenchef. »Vielleicht. Ich weiß nicht.«

Vivi dringt weiter in sie. »Okay, dann verjagst du mal alle deine Gedanken. Lass deinen Kopf ganz leer werden. Und? Was ist? Siehst du nichts? Rein gar nichts? Nur endlose Schwärze?«

Leah kneift die Augen zu. »Hmmm.«

»Du kannst alles sein, Leah – alles auf der Welt. Stell dir unseren blauen Planeten mit wirbelnden weißen Wolken vor, so wie er aus dem All aussieht. Was würdest du von allem, was es auf dieser riesigen Erde gibt, am liebsten werden?«

Leah denkt einen Augenblick nach. »Ein Pfau.«

Ich pruste beinahe los. Leah ist so ein witziges, fantasievolles Kind. »Was? Ein Pfau willst du werden?«, sage ich.

Leah nickt, die Augenbrauen zusammengezogen. Ich kenne diesen Blick. Er bedeutet: *Wehe, du lachst mich aus.* Was ich natürlich niemals machen würde. »Weil sie so blau sind und so schöne Federn haben.«

Vivi schaut sie an, todernst, die Lippen neugierig gekräuselt. »Und warum meinst du, dass du keiner werden kannst?«, sagt sie schließlich, als wäre es in ihren Augen völlig normal, Pfau als Beruf zu wählen.

»Also ich …« In Leahs kleinem Gesicht erscheint eine Falte zwischen den Augenbrauen und neben ihrem Mund. »Also ich weiß nicht, wie.«

»Oh.« Vivi zuckt die Schultern. »Ich schon.«

»Ehrlich?«

Ich versuche mir vorzustellen, wie Vivi meine kleine Schwester in einen Pfau verwandelt, aber in meinem Kopf taucht kein Bild auf. Wer weiß, vielleicht feuert Vivi Zauberstaub auf Leah ab, um einen Pfau aus ihr zu machen, sobald ich wegsehe. Inzwischen wundert mich gar nichts mehr.

»Ja klar. Wir arbeiten bald mal dran, okay?«

»Okay!« Leahs strahlendes Lächeln geht in ein Gähnen über.

»Ab ins Bett, kleiner Schlafbär«, sage ich, und zu Bekah gewandt: »Und du auch.«

»Ich wollte sowieso gerade raufgehen«, verkündet Bekah und

schleudert ihre Haare herum, während sie widerwillig von der Couch aufsteht. Leah dagegen wirft mir einen mörderischen Blick zu, als hätte ich sie total bloßgestellt.

»Oh, Jonah«, heult sie auf, »neeeeiiiin!«

Vivi zieht sich auf die Knie hoch. »Leah, wenn du nicht ins Bett gehst«, sagt sie und stellt sich sofort auf meine Seite, »wie sollen wir dann morgen zusammen spielen?«

Leah dreht sich um. »Oh, machen wir das echt?«

»Na klar. Wenn du willst.«

Leah umschlingt Vivis Beine, drückt sie ganz schnell und springt die Treppe hinauf.

Ich schüttle den Kopf, als Leah um die Ecke verschwindet. Jetzt bin ich mit Vivi allein und weiß nicht, was ich sagen soll. Ich fürchte, meine Flirtkünste beschränken sich darauf, ein gutes Essen auf den Tisch zu stellen. »Ein Pfau. Leah ist manchmal echt zum Brüllen.«

Vivi zuckt die Schultern. »Vielleicht war sie in ihrem letzten Leben ein Pfau. Ihr Wesen ist immer noch ein bisschen vogelartig.«

Ich ziehe die Augenbrauen hoch. »Glaubst du an Reinkarnation?«

Jetzt gehen auch ihre Augenbrauen in die Höhe. »Du etwa nicht?«

Ähm, nein. Nicht wirklich. »Und? Was warst *du* dann in deinem früheren Leben?«

»Der Punkt ist nicht, *was* ich war, sondern *wer*«, antwortet Vivi. »Ich war mal ein Delfin und eine Ballerina, so in den Zwanzigerjahren, denke ich, und einmal war ich eine Wolke in einer Stratocumulus-Herde. Das sind jedenfalls die Leben, die ich noch in Erinnerung habe.«

Ups. Dieses Mädchen ist entweder nicht zurechnungsfähig,

oder sie will mich verarschen. Aber das Verrückteste ist, dass ich mir das alles gut vorstellen kann. Ich sehe Vivi im glatten Körper eines grauen Delfins vor mir, der übermütig durch die Wellen springt, oder im Ballettröckchen oder als Wolkengebilde über der Stratosphäre. Und plötzlich bin ich mir seltsam fremd, weil ich keine Ahnung habe, was ich früher mal war. Oder *wer*, wenn Vivi recht hat. »Ich bin wahrscheinlich noch ganz neu auf der Welt.«

Vivi schüttelt heftig den Kopf. »Nein, nein. Ich spüre das sofort, ob jemand in seinem ersten Leben ist. Bekah zum Beispiel – die ist zum ersten Mal hier, und deshalb musst du Geduld mit ihr haben, weil es verdammt hart ist, sich in diesem Leben zurechtzufinden, wenn man keine präexistenten Instinkte hat.«

»Und wer war ich dann deiner Meinung nach?«

Vivi legt den Kopf schief und ihre Locken berühren den Boden. Ihre Augen sehen durch mich hindurch. Sie legt ihre Hände auf meine Brust, ihre Handflächen sind ganz warm. Ich mache mich ein bisschen steif, damit die Muskeln dort (soweit vorhanden) deutlicher hervortreten.

»Hmm«, sagt sie schließlich. »Kann sein, dass du in deinem letzten Leben viele Jahre lang als … Eiche ausharren musstest. Deshalb bist du so tief in diesem Leben hier und mit deiner Familie verwurzelt. Dein Baumleben hat so lang gedauert, dass du immer noch starke Beschützerinstinkte gegenüber Jüngeren in dir trägst. Du selbst erinnerst dich vielleicht nicht mehr daran, aber deine Schultern schon.«

Sie lässt ihre Hand über meine Schultern gleiten, natürlich aus rein wissenschaftlichem Interesse, das ist mir klar. Als wollte sie auf diese Weise meine früheren Leben diagnostizieren. Ich weiß nicht, wo ich hinschauen soll, so dicht an ihrem Gesicht. Milchweiße Haut, dunkle Augenbrauen. Mom hat früher immer alte

Schwarz-Weiß-Filme angesehen, mit denen ich nie viel anfangen konnte. Aber im ersten Sextraum, den ich je hatte, kam Brigitte Bardot vor. Oh nein! Denk ans Kochen, Mann! An Gemüse! An Steckrüben! Das Ekelhafteste, was du dir vorstellen kannst.

»Wow, dein Baumleben ist immer noch sehr präsent in dir.« Vivis Lachen trillert in meinem Ohr. »Deshalb bist du manchmal auch ein bisschen … unbeweglich.«

Ich runzle die Stirn. Unbeweglich? Was soll das jetzt wieder heißen? Langweilig? Vivi berührt meine Nasenspitze, als wäre ich ein kleines Kind. »Aber das Beste kommt noch, denn vor deinem Baumleben warst du Hochseekapitän. Und davor ein … Otter.«

»Und warum soll das gut sein?«

»Weil es noch da drin ist!«, sagt sie triumphierend und klopft mit der Faust an meine Brust. »Alles. Zuerst warst du ein Otter, das verspielteste Geschöpf der Welt. Dann bist du als Menschenjunge wiedergekommen und Kapitän geworden, weil das Wasser dich magisch anzog, ein Überbleibsel aus deiner Otterzeit. Aber das alles ist noch da drin, Jonah. Dein Baumleben ist mehr im Vordergrund, aber tief in dir haust ein Otter, der am liebsten den ganzen Tag nur im Garten rumrutschen würde, ohne je was anderes zu machen.«

Wow, ganz schön schräg, ihre Ideen. »Okay. Und wann soll ich deiner Meinung nach Hochseekapitän gewesen sein?«

Vivi zuckt die Schultern. »Das kann man nicht so genau sagen. Um die vorletzte Jahrhundertwende oder vielleicht auch etwas früher.«

»Vielleicht bin ich eines Tages nach New York City gesegelt, wo du als Ballerina aufgetreten bist.«

Sie zieht scharf die Luft ein, fast ein Schnappen, und lächelt dann strahlend. »Ja, genau. Vielleicht hast du mich tanzen sehen.«

Demonstrativ steht sie auf und geht auf die Zehenspitzen. Sie bewegt anmutig ihre Arme, dann lässt sie sich wieder auf den Boden zurückfallen und lächelt mich an. »Ich habe zwei Jahre lang Ballettstunden genommen, weil ich mein früheres Ballerinaleben so sehr vermisst habe, dass ich es eine Weile wiederbeleben musste.«

Ich gehe lächelnd darauf ein. »Ja, und ich habe dich garantiert nicht zum ersten Mal tanzen sehen.«

Vivi rückt wieder näher, strahlend und vibrierend vor Energie. »Vielleicht bist du nach der Vorstellung hinter die Bühne gekommen. Und ich habe dich in eine meiner verrufenen Lieblingsspelunken abgeschleppt – es war ja die Zeit der Prohibition –, und wir haben zusammen Badewannen-Gin geschlürft. Dann haben wir uns wahrscheinlich zu cooler Jazz-Musik sinnlos betrunken und sind irgendwann auf die Straße rausgetorkelt und in meine Wohnung gegangen, wo wir uns die ganze Nacht geliebt haben, schweißüberströmt, denn damals gab es noch keine Klimaanlagen. Wahrscheinlich kommen die Erinnerungen zurück, sobald wir Wacholder riechen, jedenfalls bruchstückhaft, meinst du nicht auch?«

Was zum Teufel soll ich darauf antworten? Hat sie wirklich *lieben* gesagt? Ich weiß nicht, was verwirrender ist – dass sie dieses Wort verwendet, das höchstens noch unsere Mütter gebrauchen, oder dass sie so nebenbei einfließen lässt, wir hätten das vielleicht in einem früheren Leben mal gemacht? Mir fällt nur eine Antwort darauf ein: »Vielleicht.«

»Okay, ich muss jetzt gehen«, sagt sie. »Hast du morgen Vormittag schon was vor? Ich habe frei.«

»Nein, nichts. Bin nur zu Hause bei den anderen.«

»Gut. Ich bring alles mit, was wir brauchen.«

»Wofür?«

»Für eine Wasserrutsche.« Sie wirft mir ein leuchtendes Erdbeerlächeln zu. »Halt die Ohren steif, Jonah, okay?«

5

Vivi

Wer je auf einer weiten, offenen Wiese im Gras gelegen, zum blauen Himmel aufgeschaut und gespürt hat, wie der Planet um ihn herumsummt, der weiß, wie sich meine Tage hier anfühlen. Die Welt dreht sich ein paar Takte langsamer – so langsam, dass meine Bewegungen mehr wie ein Schwirren sind, wie knisternde Energie, die durch die Straßen flirrt.

Als ich gestern Jonah Daniels begegnet bin, hat sich die Flugbahn meines Sommers magisch verschoben. Er ist der Ring für meinen Frodo, der Kleiderschrank für meine Lucy Pevensie. Dass er in mein Leben getreten ist, hat mich auf meinen Weg gebracht, zu einer wichtigen Mission, die – das spüre ich – in meinen Knochen pulsiert. Der Junge hier braucht mich. Also hab ich in dem kleinen Baumarkt das ganze Zubehör gekauft und bin damit zu seinem Haus gegangen: weil ich wusste, wie überrascht er sein würde, dass ich Wort halte.

Alle sind schon im Garten hinten, und die Kleinen quietschen vor Freude, als Jonah den Schlauch auf sie richtet.

»Vivi!«, ruft Leah. »Hi!«

In null Komma nichts habe ich die Plane an einer leicht abschüssigen Stelle in Jonahs saftig-grünem Garten ausgebreitet. Wir blasen ein kleines Plantschbecken auf, ziehen es zum Ende der Plane und füllen es mit Wasser. Jonah tastet den Boden unter der Rutsche nach Steinen ab – klar, was anderes hätte ich auch nicht von ihm erwartet – und ruft: »Alles gut.«

Die Welt riecht nach frisch gemähtem Gras, Seeluft und Schlauchwasser und mein Magen flattert vor Aufregung.

»Wer will als Erster?«, frage ich und lasse den Verschluss einer gigantischen Flasche Spülmittel aufploppen. Die Rutsche wird noch ordentlich eingeseift, damit sie optimal gleitfähig ist. Ich weiß, Eigenlob stinkt, aber ich finde mich echt gut mit meinem breitkrempigen Sonnenhut und dem Leoprint-Body, den ich als Badeanzug benütze. Der Body ist superanliegend, sodass ich ihn ganz ohne Unterwäsche tragen kann, und er hat lange Ärmel, die meine Narben kaschieren. Isaac bringt ein Retro-Radio heraus und stellt einen Oldie-Sender ein, und ich schwinge begeistert meine Leoprint-Hüften.

Silas hechtet kopfüber die Plastikrutsche runter – was für ein Kerl, der Junge! – und kracht am unteren Ende ins Plantschbecken.

»Bravo!«, rufe ich ihm zu.

Bekah hält vier Finger an jeder Hand hoch. »Der Schiedsrichter gibt acht von zehn Punkten.«

»Komm schon, Leah, auf geht's«, feuert Isaac seine kleine Schwester an und spielt den fürsorglichen großen Bruder, aber in Wahrheit ist ihm selbst ein bisschen flau. Jonah tritt ans Ende der Rutsche und gibt Leah mit erhobenem Daumen das Startsignal. Wenn jemand erst mal losgezischt ist, kann man ihn nicht wirklich auffangen, aber das weiß Leah nicht.

Leah nickt und setzt sich am oberen Ende auf die Plane. Sie rutscht sachte herunter, platscht ins Becken und kichert übermütig. Ich rutsche rückwärts hinunter, salutiere dabei, um alle zum Lachen zu bringen, und die beiden anderen Kleinen folgen hinter mir, ein bisschen ängstlich zuerst, dann immer mutiger und wilder. Unser Kreischen lockt ein paar Nachbarskinder an, die schnell nach Hause laufen, um sich in ihre Badesachen zu werfen.

Alle sind schon zweimal gerutscht, bis ich Jonah endlich zum Mitmachen überreden kann. Ich halte den Schlauch voll auf seinen Bauch. »Na, komm schon, Seemann. Du bist dran.«

»Ist ja gut.« Er streift sein T-Shirt ab, und mein Gehirn spuckt nur zwei Wörter aus: *Ähm, hallo!* (Natürlich nicht laut.)

Jonah setzt sich oben auf die Plane und dreht sich wieder zu mir. »Gibst du mir 'nen Schubs?«

Hm, klar. Ich hätte ihn ja eher für den Draufgängertyp gehalten, der mit Anlauf runterhechtet, aber egal. Ich lege den Schlauch oben ab, sodass er die Rutsche hinunterspritzt, und fasse Jonah an den Schultern.

Bevor ich kapiere, was er vorhat, packt er mich und reißt mich mit sich. Wir schlittern zusammen hinunter und ich kreische vor Lachen. Jetzt sind wir ein Knäuel aus Armen und Beinen, glitschig von der Seife, und unser doppeltes Gewicht reißt uns in einem Affenzahn nach unten. Wir schießen sogar noch über das Plantschbecken hinaus – eisig kalt – und landen im Gras. Ich liege mit dem Gesicht nach oben, den Kopf am blauen Rand des Plastikbeckens. Vor lauter Lachen laufen mir Tränen über die Wangen.

»Alles okay bei euch?«, ruft Silas.

»Ja!« Jonahs Stimme ist dicht neben mir, dann schaut er auf mich herunter, voll in der Sonne, sodass es aussieht, als hätte er einen Heiligenschein.

»Wahnsinn!«, keuche ich, immer noch lachend. »So krass war es noch nie. Habe ich's dir nicht gesagt? *Otter.*«

Jonah fallen die Haare in die Stirn, und er lächelt zu mir herunter. Kein scheues Lächeln – kein bisschen zögerlich und verkniffen, so wie gestern. Nein, diesmal breitet sich ein richtiges Grinsen in seinem Gesicht aus, zum ersten Mal strahlt er mich richtig an.

Ich glaube, ich würde alles tun, nur um diesen verschlossenen Jungen so lächeln zu sehen. Heute die Wasserrutsche und morgen was anderes. Ich habe noch so viel vor. Ich werde meinen ganzen Sommer darauf verwenden, Jonah Daniels' Gesicht zum Leuchten zu bringen.

Am nächsten Morgen die übliche Routine – eine Tablette ins Meer werfen, den Wind im Gesicht spüren und den Gestirnen danken, dass ich das alles so intensiv wahrnehmen kann. Als ich dann wenig später meine Schlüssel heraushole, um den Töpferladen aufzuschließen, fällt mein Blick auf die Bank vor dem Laden. Eine braune Papiertüte steht dort, mit meinem Namen in schwarzem Filzstift darauf. Neugierig sehe ich mich um, halte nach eventuellen Verschwörern Ausschau, bevor ich mich auf der Bank niederlasse. Die Tüte ist ziemlich schwer, der Boden wird von etwas Rechteckigem ausgebeult. Vorsichtig rolle ich sie oben auf, jederzeit sprungbereit, falls etwas darin explodiert. Aber es ist nur eine To-go-Box aus einem Restaurant.

Ein Sandwich mit saftigen Tomatenscheiben, weichem Mozzarella und frischem Basilikum kommt zum Vorschein. Oder vielleicht ist es was Raffinierteres, das ich nicht kenne – Focaccia oder so? Ciabatta?

Jonah.

Ich starre auf die kleine Schachtel hinunter, wie auf eine Schatztruhe voller Edelsteine, die mich verheißungsvoll anfunkelt. Jonah hat mir ein Lunchpaket gemacht?

Ich sehe seine Hände vor mir, wie sie behutsam das Messer führen, ganz locker aus dem Handgelenk, wie sie mit sicheren Bewegungen rote Tomaten und weißen Mozzarella schneiden und ein perfektes restaurantreifes Gebilde daraus machen. Um das Sandwich herum türmen sich goldene Kartoffelchips in der Box. Und an einer Seite steckt ein selbst gemachtes Plätzchen.

Ist das seine Art, mich zu hofieren? Ein Snack-Flirt? Muss es ja wohl sein, oder? Auch wenn das normalerweise eher etwas ist, das Eltern für ihre Kinder machen – eine Lunchbox packen. Ich will nicht, dass er sich jetzt auch noch um mich kümmern muss. Ich will keinen Kümmerer, ich will, dass ich ihm etwas *bedeute*. Dass er mich mag.

Den ganzen Vormittag denke ich darüber nach. Als es Zeit für die Mittagspause ist, klappe ich das Sandwich auseinander, als könnte es mir die Antwort auf meine Fragen geben. Bist du eine romantische Roma-Tomate? Oder ist es nur ein platonisches Gericht? Eine nette Geste unter Freunden?

»Mir ist die lila Farbe ausgegangen.«

»Häh?«, stottere ich und schaue zu der Besucherin auf. Ich hatte fast vergessen, wo ich bin. »Oh, Entschuldigung – es gibt noch mehr. Ich hole es gleich.«

Beim ersten Bissen schmecke ich Balsamico, Salz, die fast süßliche Tomate und frischen Basilikum. Superlecker, irgendwie würzig und zugleich cremig. Und ich fühle mich … so umsorgt. Als gehörte ich zur Familie. Essen … was für ein einfaches Bedürfnis! Und wie genial, einen Menschen zu haben, der mit so viel Liebe und Hingabe eine Mahlzeit für einen zubereitet!

Es ist ja nicht so, dass nur das Essen einen satt macht, sondern auch das gute Gefühl, das damit verbunden ist.

Auf dem Heimweg, ich bin zum Platzen voll mit diesem wunderbaren Gefühl, mache ich einen Abstecher zum Restaurant, das richtig gemütlich aussieht. Ich nehme es als weiteres Puzzleteil zu dem Bild, das ich mir von der Familie Daniels machen kann.

»Hallo«, sage ich und halte dem Mann, der hinter der Empfangstheke Notizen macht, die Hand hin. »Ist Jonah Daniels da?«

Der Mann starrt mich einen Augenblick an, dann breitet sich ein amüsiertes Lächeln in seinem Gesicht aus. »Klar ist er da. Kommen Sie mit nach hinten.«

Er lässt mich im Gang vor der Küche warten. Vor lauter Nervosität beiße ich auf meinem roten Nagellack herum, bis Jonah in einer Schürze auftaucht, mit einem einfachen weißen T-Shirt darunter, das an den Armen ziemlich eng ist. Aus der Küche hagelt es spöttische Kommentare, und Jonah grinst seine Kollegen an, bevor die Tür zufällt.

»Idioten«, sagt er. »Nimm's bloß nicht persönlich.« Seine Hände sind eindeutig frisch gewaschen, noch nass und nach oben gedreht, wie die eines Chirurgen vor einer Operation, und ich frage mich, wobei ich ihn gestört habe. Aber er scheint sich über meinen Überraschungsbesuch zu freuen, ist entspannter als zu Hause. »Hey.«

»Hey«, sage ich, ohne zu lächeln. »Du hast mir ein Sandwich gemacht. Warum?«

»Warum? Ähm … weiß nicht. Ich musste sowieso ein Lunchpaket für Naomi machen, und da dachte ich, dass du auf der Arbeit vielleicht auch eins gebrauchen kannst. Und das *Fired Up* liegt auf meinem Weg.« Er sieht mich unsicher an. »Hat es einigermaßen gehalten? Die Tomate lässt das Brot manchmal ein bisschen matschig werden, aber …«

Ich komme noch näher, lasse den Abstand zwischen uns zusammenschmelzen. Dann packe ich ihn am T-Shirt und drücke ihm einen Kuss auf die Lippen, schnell, aber gezielt und kräftig genug, um einen roten Fleck auf seinem Mund zu hinterlassen.

»Es war perfekt«, sage ich. »Bis morgen.«

Zwei Gesichter erscheinen in dem Bullauge der Küchentür, und Knutschgeräusche dringen heraus. Jonah knallt mit aller Kraft seine Hand dagegen und lächelt mich an. »Bis morgen.«

Ich spüre ein Flattern in meiner Brust und feuchte Handabdrücke auf meinem Shirt, dort, wo er mich an den Hüften gefasst hat, und ein warmes, leuchtendes Gefühl erfüllt mich, weil ich diese Situation nicht annähernd so gut im Griff habe, wie ich dachte. Ein Gefühl, das winzige Champagnerbläschen in mir aufsteigen lässt, sprudelnd, süß und lustvoll.

6

Jonah

Mein Kopf war in den letzten drei Tagen wie ein Zementmischer. Wenn ich zu lange nicht an Vivi denke, erstarrt mein Leben wieder zu dem grauen Block, zu dem es im letzten halben Jahr geronnen war. Und als ich gestern das Lunchpaket für Naomi gemacht habe, musste ich an Vivis lautes Lachen denken und dass sie sich kein bisschen von unserer Familie oder was auch immer einschüchtern ließ. Das mit dem Sandwich ist einfach so passiert. Und hinterher habe ich mich fast die ganze Schicht über zu Tode geärgert: *Super, du Idiot. Machst einem Mädchen wie Vivi ein Lunchpaket, als wäre es ihr erster Kindergartentag oder so.*

Aber dann ist sie ins Restaurant gekommen, hat mich geküsst und ist wieder verschwunden.

Im Kino wird der erste Kuss immer als was ganz Großes hingestellt, was ja auch stimmt. Es haut dich einfach um, klar. Aber dann kommt der Stress mit dem zweiten Kuss, und davon ist nie die Rede – dass man Tag und Nacht daran denkt und himmelhohe Erwartungen aufbaut, dass man sich unablässig ausmalt, wie das nächste Treffen sein wird. Wenn also ein zweiter Kuss folgen soll, muss *ich* die Initiative ergreifen, und es muss verdammt gut sein. Das ganze Frühstück über habe ich darüber nachgedacht.

Die Kleinen haben schon gegessen und spielen draußen mit ein paar alten Wasserpistolen, die wir in der Garage gefunden haben. Ich schüttle den letzten Rest Haferflocken aus der Packung und bestreue sie mit braunem Zucker und Pecannüssen.

Zu meiner Überraschung treffe ich Mom nicht im Bett an, als ich nach oben komme. Sie sitzt vor ihren Bücherregalen auf dem Boden, umgeben von einem Stapel Bücher.

»Danke, Jonah«, sagt sie, als ich die Schale mit den Haferflocken auf die Kommode stelle. »Ich bin gerade dabei, mein Zimmer ein bisschen zu entrümpeln. Da sind jede Menge Bücher, die weggegeben werden können. Ich werde sie sowieso nicht mehr lesen. Ich will Platz für die Stapel schaffen, die hier am Boden liegen.«

»Gute Idee«, sage ich ein bisschen zu beflissen. Aber wer weiß, vielleicht ist das der Durchbruch, den wir alle so sehnlich erwarten. Mom hat ihren Lieblingsroman von García Marquez in der Hand und liest darin. Aber schon im nächsten Moment höre ich das erste Aufschluchzen, einen erstickten Laut, den sie nicht unterdrücken kann.

Ich nehme ihr das Buch aus der Hand. Auf der Innenseite entdecke ich Dads Handschrift: *Für dich, amore mio. Natürlich.* Ich stelle das Buch ins Regal zurück, helfe Mom auf und bringe sie ins Bett.

»Tut mir leid«, wispert sie. »Es tut mir so leid.«

Mom verkraftet es nicht, wenn wir sie in diesem Zustand sehen, also lasse ich sie allein, zusammengerollt auf dem Bett, mit bebenden Schultern. In der Küche setze ich mich auf einen Hocker am Tresen und stütze die Stirn in meine Hände. Keine Ahnung, wie lange ich schon so dagesessen habe, als plötzlich die Tür aufgeht.

»Hey«, sagt Vivi. Ihre Stimme ist viel leiser als sonst. Sie hat sofort gemerkt, dass etwas nicht stimmt. Und das soll nun der große Moment sein, wenn man ein süßes Mädchen nach dem ersten Kuss wiedersieht?

»Hey.« Meine Stimme klingt niedergeschlagen.

Vivi setzt sich auf den Hocker neben mir. »Die Kleinen draußen haben mir verraten, dass du hier bist. Alles okay?«

Ich würde es gern überspielen. Aber ich bin zu müde.

Also schüttle ich nur den Kopf. Ich habe ihr noch nicht erzählt, was mit unserer Familie los ist, denn ich will auf keinen Fall, dass sich irgendwas zwischen uns ändert. »Meiner Mom geht's heute nicht so gut.«

Vivi geht zum Herd, füllt den Wasserkessel und findet auf Anhieb den Schrank, in dem wir Kaffee und Tee aufbewahren. Ein Becher Tee für mich, einen für sie. Sie stellt die Becher vor uns hin und setzt sich wieder neben mich. Wir trinken langsam unseren Tee, nehmen die Stille in uns auf. Als wir fertig sind, füllt sie einen frischen Becher. Ich bringe ihn zu Mom hoch, die sich für ihr Weinen vorhin entschuldigt. Ich will schon aus dem Zimmer huschen, um sie nicht zu stören – und um Vivi nicht warten zu lassen. Aber irgendwie spüre ich, dass ihr das nichts ausmacht. Also erzähle ich Mom von dem Spaß mit der Rutsche gestern, obwohl ich weiß, dass Leah schon alles ausgeplaudert hat.

Als ich wieder hinunterkomme, hat Vivi das ganze Frühstücksgeschirr vorgewaschen und in die Spülmaschine eingeräumt. Ich bin darauf gefasst, dass sie jetzt irgendeine Ausrede erfindet, einen Grund, um meiner komplizierten Familie zu entkommen. Oder dass sie mich ausfragt. Aber stattdessen hält sie mir eine Hand hin, die andere ist voller Papierschnipsel.

»Hinweise für die Schnitzeljagd.«

Ich komme echt nicht mehr mit, und mir wird auf einmal klar, wie unterschiedlich unser Sommer ist. Und nicht nur der Sommer, sondern unser ganzes Leben. »Gute Idee, aber ich muss heute noch Großeinkauf machen. Vorräte auffüllen. Das Küchenkrepp ist fast aus. Außerdem brauche ich alles Mögliche für das Abendessen in den nächsten Tagen. Und ...«

»Hey, lass mich doch erst mal erklären, okay?«, sagt Vivi und lächelt. »Hast du einen Stift?«

Die Schnitzeljagd führt die Kleinen zuerst zu Patterson's Minimarkt. Vivi lenkt sie ab, während ich den Einkaufswagen fülle. Im Gang für die Spiel- und Schreibwaren treffe ich sie wieder. Als Vivi mich mit dem vollen Wagen kommen sieht, reißt sie einen Hula-Hoop-Reifen von einem Gestell. »Okay, alle mal herhören – damit ihr den nächsten Hinweis kriegt, muss einer von euch wie ein Delfin durch diesen Hula-Hoop-Reifen springen.«

»Ich!«, schreit Isaac und wirft sich nach vorne, landet ein bisschen wacklig auf der anderen Seite.

»Okay, jetzt kommt der nächste Schritt«, verkündet Vivi, und Leah klatscht in die Hände. »Der Hinweis ist ... im Einkaufswagen! Ihr müsst Jonah helfen, alles aufs Kassenband zu laden, sonst findet ihr ihn nie!«

Die Kleinen stürzen auf mich zu, sogar Bekah, die sonst immer so tut, als wäre sie schon viel zu cool für solche Spiele. Vivi lächelt mich an und zuckt mit den Schultern. Sie sprudelt über vor Ideen und passt ihre Schnitzeljagd immer der jeweiligen Situation an.

Selbst Silas macht mit, als wir nach Hause kommen. Den ganzen restlichen Tag folgen wir irgendwelchen Hinweisen und landen schließlich am Spätnachmittag im Kino. Vivi bezahlt für alle, unter dem Vorwand, dass das der Hauptgewinn für die Schnitzeljagd sei. Als der Film zu Ende ist, ist es draußen schon dunkel geworden.

»Das war der beste Film, den ich je gesehen habe«, seufzt Leah, wie nach jedem Film.

»Finde ich auch«, stimmt Vivi zu. »Da war einfach alles drin! Abenteuer! Schwertkampf! Magie! Romantik!«

Wir schlendern nach Hause, die Bäuche vollgestopft mit Popcorn und Limo. Die Kleinen spielen unterwegs die Charaktere nach, die sie gerade im Film gesehen haben – einen Ritter, eine Prinzessin, eine Hexe. Ohne Vorwarnung springt Vivi auf meinen Rücken und treibt mich an, als wäre ich ein Schlachtross. Die anderen gallopieren lachend neben uns her.

Schließlich begegnen wir Officer Hayashi. Er ist in Uniform, aber ohne seinen Hund. Wir hören auf zu rennen. Isaac schiebt seine Brille über die Nase hoch und Silas richtet sich kerzengerade auf.

»Guten Abend«, sagt der Officer.

»Guten Abend«, murmeln wir alle, außer Vivi, die »'n Abend, Officer« sagt.

Er mustert Vivi auf meinem Rücken, zögert einen Augenblick. »Soso«, sagt er schließlich, »du lässt dich also mit diesem Troublemaker ein?«

Shit! Der Officer hält mich für einen Troublemaker? Mich? Als würde ich je Ärger machen! Meine Augen weiten sich, und Vivi schnaubt entrüstet auf.

»*Ich* lasse mich mit *ihr* ein?«, platze ich heraus. »Ja, Sir, das stimmt.«

»Vorsicht, Junge. Das Mädchen steckt voller Unfug.«

»Ja, Sir, und wie.« Woher kennt er sie überhaupt?

»Ja, ja …« Vivi lacht ein bisschen, ihre Brust schmiegt sich an meinen Rücken. »Dann bis morgen.«

»Was? Du siehst ihn morgen?«, flüstere ich, als wir außer Hörweite sind.

»Wir frühstücken manchmal zusammen.«

Bevor ich genauer nachfragen kann, springt uns Bekah in den Weg und feuert mit einem imaginären Stab einen Zauber auf Isaac ab, der sich schnell wegduckt.

»*Ich* will die Hexe sein!«, ruft Leah.

»Nein, das geht nicht, du bist die Prinzessin. Und jetzt Ruhe!« Bekah schwenkt ihre Hände in weitem Bogen herum, als wollte sie Leah verhexen.

»Silas!«, schreit Leah. »Das ist gemein! Bekah ist böse zu mir!«

Ich warte darauf, dass Vivi endlich von meinem Rücken herunterrutscht. Ich meine, wer will sich schon an einem schönen Sommerabend so ein Gezeter anhören? Und mitverfolgen, wie Silas den Streit zu schlichten versucht, ohne dass es Tränen gibt? Aber Vivi klammert sich noch fester an meinen Hals, schlingt ihre Beine noch höher um meine Hüften. Sie bleibt, wo sie ist.

7

Vivi

Ich hätte nie gedacht, dass ich so was mal erleben würde: Liebe auf den ersten Blick, und das für eine ganze Familie. Aber das Leben ist voller Überraschungen. Es bringt dich dazu, die Augen zu schließen und die Kerzen auszublasen, und knallt dir dann plötzlich das Gesicht in die Torte, noch ehe du dir etwas wünschen konntest. Aber manchmal, von Zeit zu Zeit, wird dein Wunsch erhört. Du wünschst dir einen Jungen, mit dem du den Sommer verbringen kannst, und was macht das Leben? Es schenkt dir nicht nur diesen Jungen, sondern eine ganze wunderbare Familie dazu!

Ein Glück, dass ich so verrückt nach ihnen bin, weil sie nämlich immer, immer dabei sind, wenn ich Jonah treffe. Es ist jetzt eine Woche her, seit ich Jonah geküsst habe, und wir waren nur ein einziges Mal allein, und dann auch noch im falschen Moment. Als er mir jetzt zulächelt und seine Strandtasche über die Schulter streift, fühlt sich die Sonne auf meinem Gesicht noch heißer an.

Sobald wir am Strand sind, rennen Leah und ich los, dass der Sand nur so hinter uns aufspritzt. Kreischend laufen wir ins Wasser, und ich stemme sie in die Höhe und wirble sie herum, sodass sie mit den Zehen das Wasser aufschäumt. Irgendwann wird es uns zu kalt, und wir schlagen mit Bekah Räder im Sand. Jonah stellt den Strandschirm auf, und Isaac wirft sich sofort darunter und vertieft sich in sein Buch.

»Hey!«, ruft Jonah von unserem Lager aus. »Sonnenmilch!«

Die Truppe meldet sich zurück, versammelt sich brav um ihn. Bekah wühlt in der Kühltasche, die Jonah mitgebracht hat. Sorgfältig studiert sie die Eispackungen, schaut nach den Farben unter dem weißen Papier, dunkle Waldbeere und Mandarine.

»Sag mal, gibt es vielleicht auch Mango? Oder Passionsfrucht?«, frage ich und schmiere noch eine Schicht Sonnenmilch auf meine Arme und Beine.

»Oder Granatapfel?« Bekah inspiziert ihr Ananaseis. »Jonah kann das garantiert machen.«

Ich werfe einen Blick auf Jonah, die Augen hinter einer großen Katzenaugen-Sonnenbrille verborgen.

Leah reibt sich Sonnenmilch auf die Nase, während Jonah sie von hinten an den Armen packt. Er nimmt ihren Pferdeschwanz hoch und schlingt ihn auf dem Kopf zu einem kleinen Knoten zusammen. Ein ziemlich schlampiger Knoten, aber seine Hände streifen das Haargummi mit geübten Bewegungen darüber. Das ist so süß, dass es mir einen Stich ins Herz gibt. Ehrlich, wie soll einen das nicht umhauen – dieser hinreißende Junge, ohne Hemd in der Sommersonne, der seine kleine Schwester eincremt, damit sie sich nicht den Nacken verbrennt?

Er behält fast die ganze Zeit die Kleinen im Auge – schaut zu, wie Leah am Wasserrand herumplantscht, überwacht den Bau der Sandburg und verhindert aufflammende Konflikte. Unglaublich, wie gut er die Stimmungen und Bedürfnisse seiner Geschwister errät. Nur hin und wieder ertappe ich ihn dabei, wie sein Blick auf mir ruht. Dann schenkt er mir jedes Mal ein vielsagendes Lächeln, als hätten wir ein Geheimnis miteinander. Jonah Daniels' Blick ist so intensiv, dass ich mich fühle, als sei ich gerade mitten im schäumenden Ozean aus einer riesigen Venusmuschel gestiegen. Und vielleicht bin ich das ja auch – keine Ahnung, wie meine Geburt verlaufen ist, aber meiner verrückten Mutter würde ich so eine Inszenierung jederzeit zutrauen.

Und außerdem, warum soll ich so tun, als wüsste ich nicht, wie megagut ich in meinem Badeanzug aussehe? Es ist ein Einteiler mit Pünktchenmuster, der mein missglücktes Tattoo kaschiert und meinen Busen hervorragend zur Geltung bringt. An meinem linken Handgelenk trage ich ungefähr tausend Armreifen, die dem Ganzen mehr Glamour geben.

Wir plantschen herum, graben Isaac im Sand ein und modellieren ihm einen Meerjungfrauenschwanz. Die Stunden am Strand schmelzen zusammen wie das klebrige Eis am Stiel in der Kühltasche, und als es Zeit für den Heimweg wird, entferne ich mich ein paar Meter, um den letzten Punkt auf meiner To-do-Liste abzuhaken. Mit einem kleinen Zweig, den Isaac auf den Uferbänken zwischen dem Wasser und den Klippen gefunden hat, male ich in kunstvollen Buchstaben *Vivi war hier* in den Sand, obwohl ich weiß, dass die nächste Flut meine Inschrift wegspülen wird.

»Schon wieder?« Jonah steht auf einmal neben mir und bewundert mein Werk. Offenbar beobachtet er mich nicht zum ersten Mal dabei. Zu Beginn der Woche hatte ich Jonah überredet, mehr Blumen im Garten hinter seinem Haus zu pflanzen. Wir haben den Kleinen geholfen, die Erde mit dem Spaten umzugraben, und ich habe ihnen erklärt, wie aus Samen Pflanzen wachsen. Einiges davon war frei erfunden, aber das macht nichts. Als wir mit dem

Einpflanzen fertig waren, habe ich eine alte Quittung aus meinem Geldbeutel genommen und »Vivi war hier« an den Rand geschrieben. Den Zettel habe ich zu den Sonnenblumen in die Erde gesteckt. Wenn sie aufblühen, wird irgendwie noch ein Stück von mir hier sein. Wir sahen aus wie Erdmonster, als die Pflanzen endlich alle im Boden waren, aber wir gingen der Reihe nach unter die Außendusche, die laut Jonah seit einer Ewigkeit nicht mehr benutzt worden war. Eine Außendusche, wow! Strandleben, wie es besser und schöner nicht geht.

»Viv.« Jonah stößt mich mit dem Ellbogen an, und ich kehre in die Gegenwart zurück. »Warum machst du das? Diese ganzen Vivi-war-hier-Botschaften?«

»Weil alles so flüchtig ist, verstehst du? Das Meer hat so lange vor uns existiert und wird noch ewig nach uns da sein, genau wie die meisten Bäume und ein paar Tierarten. Ist das nicht verrückt? Meine Klamotten werden länger leben als ich!« Mir entschlüpft ein Seufzer, ehe ich mich bremsen kann. Ich würde so gerne für immer in diesem einen Leben bleiben! »Ich bin nur auf der Suche nach etwas, das überdauert, damit meine Spuren noch lange in der Welt sind, wenn ich selbst nicht mehr da bin – überall dort, wo ich glücklich war. Verstehst du?«

Jonah steckt seine Hände in die Taschen seiner Badehose und wippt auf den Zehen. Er hat eine schwarze Sonnenbrille auf, aber er studiert immer noch die Buchstaben, das kann ich sehen. »Ja. Ich hab's mir nur noch nie überlegt.«

Da. Da ist es wieder. Der Schmerz, der Jonahs Gesicht verdüstert – der sich in seine Haut brennt wie eine glühende Zigarette, wann immer ihn etwas daran erinnert –, und jetzt bin ich bereit, mir anzuhören, was ihn so bedrückt. Die Vorfreude, bald mit ihm allein zu sein, brodelt in mir wie Dampf in der Luft. Aber nicht wegen dieser Hitze will ich mit ihm zusammen sein, jedenfalls nicht in erster Linie. Nein, ich will wissen, ob er fähig ist, mir den verborgenen Kummer anzuvertrauen, den ich in dieser hinreißenden Familie spüre, wie eine Unterströmung, die uns in die Tiefe zieht.

Als wir den Heimweg antreten, geht gerade die Sonne unter, färbt den Himmel rosa wie Himbeerbrause, und ich habe einen Plan. Leah schläft an Jonahs Schulter, ihr kleiner Mund steht offen. Bekah und Isaac sind erschöpfte kleine Zombies, die zu ihrem Zuhause zurückstapfen.

Ich liebe das Haus der Daniels. Es ist ein Stück von der Straße zurückgesetzt und von niedrigen Bäumen und Büschen umgeben, die so tiefgrün sind, dass sie fast blau wirken. Jonah sagt, es ist ein altes amerikanisches Holzhaus, aber für mich ist es einfach weiß und urgemütlich. Besonders wenn Glühwürmchen im Garten herumschwirren, fühle ich mich wie in einem verzauberten Märchenhaus.

»Da seid ihr ja alle.« Silas lehnt in der offenen Tür. »Ich dachte schon, der Ozean hätte euch verschlungen.«

Isaac huscht hinein, gefolgt von Bekah, die unsere riesige Strandtasche in den Eingang stellt. Als Jonah Leah absetzt, bleibt sie zwar stehen, aber ohne die Augen zu öffnen. Silas nimmt sie lachend in seine Arme, dreht sich um und geht mit ihr ins Haus.

»Lass uns draußen bleiben.« Ich greife nach Jonahs Hand. Er zuckt ein wenig zusammen, als hätte ich eine unsichtbare Schranke zwischen uns eingerissen. »Das können jetzt Silas und Naomi übernehmen. Lass uns noch mal losziehen, nur wir beide.«

»Okay.« Er lächelt, aber nur schwach, weil er müde ist. Nicht nur müde, nein, erschöpft, und ich will wissen, warum. »Silas! Vivi und ich gehen noch mal weg.«

Jonah weiß, dass Silas nichts dagegen hat, weil wir die Kleinen den ganzen Tag beschäftigt haben und Jonah längst eine Verschnaufpause braucht. Nach einer Woche mit den Daniels durchschaue ich allmählich die Regeln von Geben und Nehmen unter den drei Älteren, die sich offenbar um die ganze Familie kümmern. Als wir die Straße hinuntergehen, nimmt Jonah meine Hand und ich tauche mit meinen Gedanken ganz in ihre kleine Welt ein.

Ich bin vernarrt in Leah, klar, in ihre sprudelnde Fantasie, ihr ansteckendes Kichern und die unbefangene Art, wie sie mit meinen Haaren spielt. Ich mag Isaac, den Bücherwurm, ich mag seine Brille, mit der er wie ein kleiner Gelehrter aussieht, und sein gegeltes Stachelhaar (das Gel klaut er sich definitiv von einem seiner älteren Geschwister). Und ich liebe Bekah mit ihrer vorpubertären Launenhaftigkeit, ihrem genervten Augenverdrehen – und dass sie trotzdem noch ein übermütiges Kind sein kann, bis sie sich wieder fängt und in ihre Kratzbürstigkeit zurückfällt. Ich mag auch Silas – seine dummen Witze, die in seltsamem Widerspruch zu seinem fürsorglichen Umgang mit den Kleinen stehen. Ich mag sogar Naomi, die es mir so schwermacht, ihre Freundschaft zu gewinnen. Bisher ist mir das nicht gelungen, aber ich arbeite umso härter daran.

Und Jonah. Oh, Jonah. Der Junge, der mich gleich an jenem ersten Abend bei ihm zu Hause komplett verhext hat – als ich ihn in seiner gewohnten Umgebung erlebt habe, mit seiner lärmenden Familie, für sie kochend. Dieses ganze Gefüge ist sehr zerbrechlich und trotzdem hat er mich einfach reingelassen. Wenn das nicht großherzig ist! Und weil Jonah manchmal so ernst ist, muss ich ihn mit unseren langen gemeinsamen Nachmittagen ein bisschen aus der Reserve locken, muss ihn mit der Hüfte anstoßen, wenn wir nebeneinander hergehen … Oder jetzt, in diesem Moment, indem ich ihn ansehe und mir dabei auf die Lippen beiße, als wäre es irgendein Tick. Was nicht der Fall ist.

Weil er so erschöpft ist, merkt Jonah natürlich nicht, dass andere ihn sehen. Wenn wir zusammen die Straße entlanggehen, werfen ihm alle Mädchen verstohlene Blicke zu. Und sobald wir vorüber sind, drehen sie die Köpfe nach ihm um, versuchen noch einen Blick zu erhaschen. Warum auch nicht? Jonah sieht wirklich gut aus, allein diese megaschönen Haare, die olivfarbene Haut, die starken Arme, mit denen er randvolle Einkaufstüten und seine kleine Schwester trägt. Und dann diese tiefen, dunklen Augen, die deutlich verraten, dass er auch viel Schweres mit sich herumschleppt.

Wir landen in der Eisdiele, wo wir uns zwei Eis in der Waffel kaufen – Minze-Chocolate-Chip für Jonah und Haselnuss mit Marshmallows für mich. Wir waren diese Woche schon mal da, um Bananensplit zu essen, und Isaac hat so viel davon in sich reingestopft, dass er fast gekotzt hätte, was irgendwie komisch war, obwohl er mir natürlich leidtat.

»Danke, Patty«, sagt Jonah zu der Frau, die uns das Eis reicht. Er hält den Blickkontakt mit ihr und deutet zur Treppe. »Was dagegen?«

»Nein.« Die Frau zwinkert ihm zu. »Aber seid vorsichtig.«

Ich trotte hinter Jonah her, der die Treppe hinten im Laden hinaufgeht. Oben sieht es mehr wie in einem alten Wohnhaus aus und nicht wie in einer Eisdiele. Ein paar gerahmte »Malen-nach-Zahlen«-Bilder hängen an der Wand, und mein Blick fällt auf eine Tür – vielleicht eine Toilette? –, dann auf eine zweite Tür, die Jonah in diesem Moment öffnet. Sie führt auf ein flaches Teerdach, das einigermaßen stabil wirkt. Die Aussicht ist spektakulär, ein

Platz in der ersten Reihe, wenn man zuschauen will, wie die knallrote Sonne ihren runden Bauch ins Meer taucht.

»Wow«, hauche ich und setze mich neben Jonah auf die Dachkante. Wir lassen unsere Beine über den Rand baumeln. Zu meiner Enttäuschung entdecke ich eine Feuerleiter direkt unter uns. Sollte etwas passieren, stürzen wir also nicht ab, was irgendwie schade ist – leckeres Eis, süßer Junge, Sonnenuntergang –, da fehlt nur noch ein Hauch von Gefahr, um das Ganze perfekt zu machen. Ich glaube, so lange habe ich in meinem ganzen Leben noch nie geschwiegen. Wir sind still hierhergegangen, den ganzen Weg, und jetzt schaue ich Jonah an, dessen Augen vor Müdigkeit ganz verschwommen sind.

»Oh Mann, Jonah. Du siehst vielleicht müde aus.«

Er lächelt schief. »Bin ich ja auch. Ich bin seit Monaten nur noch müde.«

»Dann passen wir zusammen wie Minzeeis und Chocolate Chips. Bei mir dauert es nämlich verdammt lange, bis ich müde werde. Ich kämpfe jede Nacht mit den Sternen, wer von uns länger durchhält, und in einer normalen Woche geht es fifty-fifty aus, würde ich sagen. Weißt du was? Gönn dir einfach ein bisschen Extraschlaf, und ich bleibe für uns beide wach. Wie findest du das?«

Jonah blinzelt mich von der Seite an, schafft es nicht, mir in die Augen zu sehen. »Darf ich dich mal was fragen?«

»Du kannst mich alles fragen, Jonah.«

Ich wusste, dass er sich öffnen wird, wenn wir allein sind, und ich war jetzt lange genug still. Ich trete mit meinen Füßen gegen die Dachrinne und warte gespannt. Der Seewind zerzaust sein Haar, als würde die Kaltfront meine schmutzigsten Gedanken kennen und wäre gewillt, sie zu ergründen. Ich bin so scharf auf Jonahs dicke Locken, dass selbst die Atmosphäre es merkt.

Jonah starrt auf sein Eis, statt daran zu lecken, obwohl das Minzeeis zusehends weicher wird und zu tropfen anfängt. »Warum hast du mich nie nach meinen Eltern gefragt?«, sagt er endlich, ohne mich anzusehen.

Dass bei den Daniels irgendwie keine Eltern auftauchen, ist mir natürlich nicht entgangen. Den Gesprächen konnte ich entnehmen, dass ihre Mom im oberen Stock liegt und krank ist. Von ihrem Vater sprechen die Kleinen in der Vergangenheit: »Dad hat immer«, oder so ähnlich, aber ich weiß nicht, ob er tot ist oder ob er sie verlassen hat oder was ihn sonst von der Familie fernhält. Vielleicht ist er in einer Anstalt oder er wurde irgendwo hinversetzt. Jonah sieht mich nicht an, während ich nachdenke. Hin und wieder schleckt er an seinem Eis und starrt auf die Wellen hinaus.

»Na ja, weißt du, ich habe auch so meine wunden Punkte, die ich lieber für mich behalte.« Ich lecke an meinem Eis, lasse die Waffel in meiner Hand kreisen, um die Kugel zu glätten. »Aber wenn du mir was zu erzählen hast, wirst du es irgendwann schon tun, denke ich mir.«

Jonah wirkt ehrlich erleichtert. »Okay, gut. Ich dachte, du fragst nicht, weil du es schon weißt – also, weil es dir jemand im Ort erzählt hat.«

Streng genommen hat Whitney tatsächlich etwas gesagt, als ich Jonah zum ersten Mal begegnet bin. Und so wie sie reagierte, konnte man meinen, dass ein Fluch auf Jonah liegt, dass er von Gespenstern heimgesucht wird oder so.

»Mein Dad ist gestorben. Vor sechs Monaten. Ich wundere mich nur, dass dir das niemand erzählt hat. Herzinfarkt.«

Das haut mich um, als hätte mir jemand ein Knie in den Magen gerammt, und ich stöhne beinahe auf. Es raubt mir buchstäblich den Atem, obwohl der Seewind mir voll ins Gesicht bläst. Ich sehe die süßen Gesichter der Daniels-Geschwister vor mir, besonders natürlich das von Jonah, und ringe nach Luft. »Oh, Jonah.«

»Ich rede nicht gern drüber. Ich meine, ich kann es nicht wirklich.« Die Waffel fällt ihm fast aus der Hand. »Und meine Mom ist … keine Ahnung. Sie bleibt die meiste Zeit im Bett. Wir hoffen immer noch, dass es besser wird, aber ich weiß nicht, wie lange wir das alles noch schaffen. Silas soll im Herbst ans College gehen, und … na ja. Ich kann die Kleinen nicht allein versorgen.«

Er schluckt, sodass sein Adamsapfel sich leicht in seiner Kehle bewegt. Dann hebt er die Hand, als wolle er seine Augen beschirmen, und reibt sich stattdessen über die Stirn, massiert die Stelle zwischen seinen Augenbrauen. »Manchmal hat sie auch gute Tage. Am Sonntag geht sie meistens in die Kirche. Und manchmal steht sie auf und duscht oder geht sogar einkaufen. Wir haben versucht, sie zu einer Therapie zu überreden, aber sie weint nur, sobald jemand das Thema anschneidet. Naomi meint, dass es eine Depression ist und Mom auf jeden Fall Medikamente braucht. Aber Mom will nichts davon hören. Oh Gott, wie das klingt. Total verrückt. Ich kann kaum fassen, dass ich so was sage.«

»Jonah, ich verwette mein Lieblings-Vintagekleid darauf, dass mir das alles kein bisschen verrückt vorkommt. Traurig vielleicht. Und schwierig, das ja. Aber an so einem Schmerz ist nichts Verrücktes, besonders wenn er absolut gerechtfertigt und normal ist, so wie in eurem Fall.«

»Im Ernst? Du findest es normal, dass man sich sechs Monate lang einfach so hängen lässt?« Schnaubend isst er sein Eis auf und wischt sich die Hände ab.

»Vielleicht.« Ich zucke die Schultern. »Wie soll ich das wissen? Ich war noch nie zwei Jahrzehnte lang mit meinem Traummann zusammen, habe sechs Kinder von ihm bekommen und ein Leben mit ihm aufgebaut, bis er dann plötzlich von meiner Seite gerissen wurde. Von einem Moment zum anderen. Also kann ich auch nicht sagen, was in so einem Fall ›normal‹ ist oder nicht.«

Jonah runzelt die Stirn und lässt meine Worte auf sich einwirken. »Na super, dann bin ich wieder mal das große Arschloch, was?«

»Wieder mal?«

Er fasst erneut mit der Hand an die Stelle zwischen seinen Augenbrauen. »Etwa einen Monat nach Dads Tod hat Felix mir erklärt, dass es einen Unterschied zwischen Kummer und Depression gibt. Felix' Sohn hatte eine Depression, er weiß also, wovon er redet. Und du hast recht: Mom trauert. Das weiß ich. Ich fürchte nur, sie ist mittlerweile in eine Depression abgerutscht. Woher soll man das auch wissen? Sechs Monate nicht aus dem Zimmer gehen, das ist verdammt lange.«

Ich will schon sagen, dass es ein gutes Zeichen ist, wenn sie noch weinen kann, wie er mir erzählt hat. Aber ich klappe meinen Mund schnell wieder zu, weil es vielleicht herzlos klingt. Dabei will ich doch nur damit ausdrücken, dass die Depression sich wie ein Schatten über den Körper legt, wenn man schläft, dass sie häufig in Leere übergeht, in eine Art Nebel. Die Leute denken immer, ein Depressiver kann nicht lachen, aber ich konnte erst recht nicht weinen, weil ich nämlich gar nichts gespürt habe.

Ich gebe den Ball an Jonah zurück. »Bist du wütend auf sie?«

»Ja.« Er sieht mich an, schuldbewusst und verunsichert, als wäre ihm die Antwort aus dem Mund geschlüpft, ohne zuvor das Gehirn um Erlaubnis zu fragen. »Ich hab das noch nie zugegeben, noch nicht mal vor mir selbst. Okay, vielleicht nicht direkt wütend. Sie kann ja nichts dafür. Aber ich hasse es einfach. Ihretwegen und meinetwegen und vor allem wegen Leah und Isaac und …«

»Du tust, was du kannst, ehrlich. Kümmerst dich um alle, übernimmst die ganze Verantwortung, damit sie Zeit zum Trauern hat?« Ich streiche über sein Bein. »Mehr geht nicht, Jonah, glaub mir.«

Jonah nickt, als würde er mir zustimmen, wirkt aber nicht überzeugt. Ich bin so traurig für ihn, bin ganz davon durchdrungen, und zugleich erfüllt mich noch immer dieses Staunen, dieses magische Gefühl, hier oben auf dem Dach der Welt neben ihm zu sitzen. Ich denke an andere Jugendliche, irgendwo in Madrid oder Sidney oder Hongkong, und frage mich, ob sie ihren Sommer auch damit verbringen, den Sternen so nahe wie möglich zu kommen.

»Ähm, sorry«, seufzt Jonah. »Ich bin mal wieder der totale Spielverderber … mache den schönen Strandtag kaputt.«

»Ach, hör auf.« Dann entschlüpft auch mir ein Seufzer, weil mir das, was ich jetzt gleich sagen muss, zutiefst gegen den Strich geht. Ich hasse den bloßen Gedanken daran, geschweige denn, dass ich fähig wäre, darüber zu reden. Aber für ihn werde ich es tun. »Du denkst wahrscheinlich, ich hätte überhaupt keine Sorgen … aber Jonah, ich kenne mich aus mit Kummer und Leid, ich hab mich in den dunkelsten Gassen der Traurigkeit herumgetrieben, okay? Und ich weiß, wie es ist, in diesen elenden Gassen um sein Leben zu kämpfen. Wenn du also was loswerden willst oder jemanden brauchst, dem du die Ohren vollquatschen kannst, dann bist du bei mir an der richtigen Adresse. Ich fürchte mich nicht vor dunklen Winkeln.«

»Danke, Viv.« Jonah wirkt tatsächlich erleichtert, lehnt sich zurück, auf die Arme gestützt, sodass sein Brustkorb sich zum Himmel wölbt. »Ich dachte, du ergreifst vielleicht die Flucht, wenn du Bescheid weißt. Es ist momentan … verdammt viel, meine Familie und alles.«

»Ich bin auch nicht ohne, Jonah.« Ich lehne mich ebenfalls zurück, sodass wir Schulter an Schulter im Sonnenuntergang sitzen. »Aber mach dir meinetwegen keine Sorgen. Ich glaube, wenn mir ein Typ begegnen würde, der vollkommen ist und in Top-Kondition, ohne jede Macke … also ich schwöre dir, ich würde vor Langeweile auf der Stelle einschlafen. Und du weißt ja, das ist bei mir nicht so einfach.«

Jonah beobachtet mich aus den Augenwinkeln und ein verschmitztes Lächeln breitet sich auf seinem Gesicht aus.

»Was ist?«

»Nichts.« Er kann das Lächeln nicht wegscheuchen. »Es ist nur … ich bin so froh, dass du jetzt da bist.«

Und so bleiben wir, hoch über Verona Cove, im Hier und Jetzt, bis zum allerletzten Moment. Bis der letzte winzige Sonnenstrahl uns den Weg über das Dach zurück leuchtet – hin zu dem, was als Nächstes kommt.

Als ich später allein bin, wünsche ich mir, Jonah hätte mich auf dem Dach geküsst, obwohl wir über traurige Dinge geredet haben – Dinge, die einem die Seele auswringen, die einen total herunterziehen. Es ist schon spät, rein technisch gesehen, aber nicht für meine Begriffe – vielleicht ein Uhr morgens oder so –, und ich sitze in meinem Zimmer und nähe, weil, na ja, was soll ich sonst um diese Zeit tun? Ich reiße den Saum eines alten Kleides auf, arbeite es um, damit es kürzer und sexyer wird, eine ziemlich langweilige Arbeit. Also male ich mir verschiedene Szenen aus, in denen Jonah richtig zur Sache kommt, und gerade im schönsten Moment piepst mein Telefon und eine Nachricht kommt rein. Oh, hoffentlich ist es Jonah, denke ich – und bingo, er ist es tatsächlich. Er fragt, ob ich wach bin. Natürlich bin ich das. Wieder piepst mein Telefon. Schau mal raus! Funkelnd vor Erwartung stoße ich mein Fenster auf, und – ich kann es kaum glauben – Jonah Daniels steht unten in der Einfahrt.

»Hey.« Der Nachtwind wühlt in seinem Haar, und er steckt die Hände in die Taschen, als wäre er furchtlos den ganzen Weg hierhergegangen und ausgerechnet jetzt verließe ihn der Mut. Verlegen scharrt er mit den Füßen.

»Hey.« Es soll beiläufig klingen, was aber nicht einfach ist, wenn man aus dem Fenster brüllen muss. »Was gibt's?«

»Ich kann nicht schlafen. Obwohl ich so müde bin. Also, ähm, hast du Lust auf einen Spaziergang? Zum Strand runter?«

»Mit dir?«, frage ich grinsend. Er wirft mir einen Blick zu, als wollte er sagen: *Oh, Mann, Viv, kannst du das bitte lassen? Ich strenge mich hier echt an.* »Immer doch. Bin gleich unten.«

Ich bin im Nachthemd, dunkelblau mit dünnen Trägern und schmalen weißen Spitzen. Es bedeckt mindestens so viel von mir wie jedes normale Sommerkleid, also kann ich es auch anlassen. Ich schlüpfe noch rasch in eine cremefarbene Jacke, schließe die Augen und frage mich, wie sich das anfühlt. Ungefähr so, als hätte ich mich gerade aus dem Bett gewälzt und einen Pulli übergestreift, um zum Briefkasten zu gehen. Das kommt meiner Vorstellung schon ziemlich nahe, aber etwas fehlt noch. Perlen. Also schlinge ich mehrere dicke Ketten um meinen Hals. Ja, genau, ich bin ein Mädchen, das sich gerade aus dem Bett gewälzt hat, um spontan einen Spaziergang mit einem Jungen zu machen.

Ich stürze die Treppe hinunter und sehe Moms Silhouette im Lichtschein des Fernsehers. Sie schaut einen französischen Film mit Untertiteln an, ein Glas Weißwein in der Hand. Als ich um die Ecke biege, dreht sie den Kopf und fängt über die Couchlehne hinweg meinen Blick auf. Ein Lächeln spielt um ihren Mund. »Wo in aller Welt willst du hin?«

»Ich schleiche mich hinaus«, sage ich und streiche mir durch die Haare. »Siehst du das nicht?«

»Oh, ja. Sehr subtil.« Sie mustert mich. »Wieder dieser Junge? Jonah?«

»Ja, genau der – immer noch derselbe«, gebe ich verletzt zurück.

»Ich möchte ihn gern kennenlernen, Viv. Wirklich.«

»Was – jetzt?« Darauf war ich nicht gefasst.

»Warum nicht? Ist er denn hier?«

»Nein.« Eine sehr durchsichtige Lüge, die mir einfach rausgerutscht ist. Normalerweise kann ich das besser. »Na ja. Ja. Wir wollen nur spazieren gehen. Er konnte nicht schlafen.«

»Dann will ich ihn sehen.« Als ich mich nicht rühre, erhebt sie sich aus dem Sessel und drückt die Schultern durch. »Tut mir leid, wenn dir das nicht passt, aber Dr. Douglas hat gesagt …«

»Na gut«, fauche ich, um dieses Thema sofort zu beenden. Ich drehe mich zur Haustür, dann überlege ich es mir anders und wirble wieder zu Mom herum. »Kannst du … kannst du bitte *nicht* nach seinen Eltern fragen?«

Moms Kopf neigt sich leicht und ihre langen Haare fallen zur Seite. Ich kann sehen, wie sie im Geist die Puzzleteile zusammensetzt: Ich bin die ganze Zeit mit Jonah und seinen Geschwistern zusammen, von den Eltern ist nie die Rede. Er ist mitten in der Nacht hier, kann nicht schlafen.

»Es ist echt kompliziert«, sage ich leise. »Und noch so neu. Okay?«

Mom nickt, ihr Blick wird weicher, sie hört auf, die strenge Mutter zu spielen. Jonah ist nicht länger der Gegner, keine Bedrohung mehr für ihre Tochter. Vielleicht weil sie ein Kind in ihm sieht, das Kind einer anderen Mutter.

Jonah steht in der Einfahrt, die Hände immer noch in den

Taschen seiner Khaki-Hose, die bis über die Knöchel hochgekrempelt ist. Das gefällt mir – dass er schon beim Anziehen, also bevor er das Haus verlassen hat, wusste, dass er mit mir zum Strand gehen will. Vorsichtig gehe ich über die Einfahrt, auf der Hut vor scharfkantigen Kieselsteinen. Ich grinse vor mich hin. Denn eines ist klar: In einer Nacht wie dieser werde ich auf keinen Fall Schuhe anziehen. Das wäre eine grobe Missachtung dieser funkelnden Sommernacht.

»Hey«, sagt Jonah, noch bevor ich bei ihm bin.

»Hey. Perfektes Timing. Habe gerade an dich gedacht.« Ich packe seine Hand, presse meine Lippen zusammen. »Aber zuerst noch was anderes. Meine Mom will dich kennenlernen.«

»Oh. Ähm. Jetzt?«

»Ja – ich weiß, das ist total strange, aber so ist sie nun mal. Macht's dir was aus, schnell reinzukommen? Wirklich nur ganz kurz? Ich schwör dir, dass sie dich nicht ausfragt. Sie will sich nur überzeugen, dass du ein normaler, zivilisierter Mensch bist, dann können wir machen, was immer wir wollen.«

»Ja, okay.« Aber seine Augen verraten mir deutlich, dass er sich den Abend anders vorgestellt hat. Ehrlich, Mom, vielen Dank auch! Ohne ihre Einmischung hätte es so romantisch werden können.

Im Fernsehen diskutieren die französischen Schauspieler gerade leidenschaftlich über irgendwas. Mom steht von der Couch auf, den Wein noch in der Hand. Weil ich ja immer mit ihr zusammen bin, vergesse ich manchmal, wie gut sie aussieht. Sie hat taillenlanges Haar und einen beschwingten Gang in ihren fließenden, weiten Gewändern.

Jonah schluckt schwer, ich kann es beinahe hören. »Mom, das ist Jonah.«

»Hallo, Jonah«, sagt Mom und fasst ihn ins Auge. Ich kann ihre

Gedanken erraten: Hm. Ein Junge in Khakihosen. Kein halbseitig geschorenes Haar, keine sichtbaren Piercings und Tattoos – nicht dass sie was dagegen hätte. Jonah ist nur der erste, sagen wir mal »schmucklose« Typ, der es bei mir bis zu dem Level geschafft hat, ab dem eine Vorstellung bei Mom erforderlich wird. Ich kann nicht sagen, ob sie enttäuscht oder beeindruckt ist.

»Siehst du?« Ich präsentiere Jonah wie eine Trophäe. »Normal. Und süß. Alles gut. Also, gehen wir.«

Ich packe seine Hand und will ihn wegzerren, aber Jonah stemmt die Füße in den Boden.

»Freut mich, Sie kennenzulernen.« Er hält Mom seine andere Hand hin. »Sorry – Vivi hat mir gerade erst gesagt, dass ich normal sein soll. Ich hatte nicht genug Zeit, um mich auf diese Rolle vorzubereiten.«

Mom lächelt über seine Bemerkung – ein ehrliches, warmes Lächeln – und gibt ihm amüsiert die Hand. »Freut mich auch, Jonah. Ich bin Carrie. Vivi hat mir schon viel von deinen fünf Geschwistern erzählt.«

»Oh, ja.« Er sieht mich an, fast mitleidsvoll, als ob ich nicht jeden Moment mit den Kleinen aus vollen Zügen genießen würde. »Wir sind eine große Familie.«

»Und an welcher Stelle kommst du?«

Also wirklich! Und deshalb müssen wir hier rumstehen? Ich möchte endlich mit meinem süßen Lover am Strand spazieren gehen. Ich frage Mom auf telepathischem Weg (versuche es zumindest): Weißt du eigentlich, was du mir antust?

Aber Jonah beantwortet bereits ihre Frage, steht völlig unbefangen da, während ich seine Hand drücke und ihn stumm anschreie: Jetzt komm endlich. »In der Mitte. Wir sind drei große und drei kleine Geschwister. Ich bin der jüngste Große.«

»Klingt lustig. Ich bin froh, dass Vivi euch kennengelernt hat. Okay.« Sie lächelt Jonah an, dann mich, und damit sind wir entlassen. »Danke, dass du mir den Gefallen getan hast. Und bitte nicht zu spät, Viv. Nur ein Spaziergang.«

»Hmmpf«, mache ich, mit dem Rücken schon zu Mom.

»Hat mich sehr gefreut!«, ruft Jonah ihr noch zu.

Ein Pfad aus ausgetretenen Holzstufen führt zum Meer hinunter. Jonah erzählt mir von seiner Arbeit im Restaurant, von der Hektik in den Stoßzeiten, von den Gästen und den witzigen Köchen, die mit ihm arbeiten. Als wir den Strandabschnitt erreichen, der mit Treibgut übersät ist, bückt er sich, um mich Huckepack zu nehmen. Er hievt mich hoch und trägt mich bis zum Wasser, dann rutsche ich von seinem Rücken herunter und drücke meine Füße in den Sand.

Eine einzelne gelbe Flagge knattert im Seewind, der Himmel dehnt sich meilenweit über dem Meer aus, und dann immer noch weiter und ferner. Wir sind die einzigen Menschen, so weit das Auge reicht, und die ganze Welt ist wie eine private Performance, eingerahmt vom endlosen schwarzen Himmel. Das ganze Universum entfaltet sich vor uns, die Arme weit und verheißungsvoll ausgestreckt.

Meine Füße berühren das Wasser. »Ich muss es einfach spüren, verstehst du? Das ist der Delfin in mir.«

»Vorsicht.« Jonahs Stimme ist leise, wie eine Warnung in der warmen Luft. Gott, was ist er für eine Glucke! Anscheinend kann er nicht anders. »Die Strömung kann verdammt stark sein.«

Ich weiß das natürlich. Dafür ist die gelbe Flagge ja da – als Warnung an die Touristen, dass das Wasser reißend sein kann und gnadenlos.

»Mich fasziniert die Vorstellung, dass die Gezeiten vom Mond regiert werden«, sage ich mit meinem verführerischsten Lächeln, um ihn ein bisschen aufzutauen. »So fern, und doch so schön. So mächtig. Ich spüre richtig, wie er auch an mir zerrt.«

»Ähmm …« Jonah lacht, aber nicht spöttisch. Ich glaube, Jonah wäre gar nicht fähig, sich über andere lustig zu machen, jedenfalls nicht so wie die meisten Leute.

»Du spürst es vielleicht nicht, weil du ein größeres Gewicht hast. Aber ich schon … ganz deutlich, wie ein Lasso um meine Taille.« Ich halte meine Arme hoch, als hätte sich ein Seil um meine Körpermitte geschlungen, und gehe tiefer ins Wasser, dem Mond entgegen. Ich stehe schon bis zu den Waden drin, als Jonah mich noch mal warnt.

»Nicht so weit …«, sagt er. »In Verona Cove gibt es keine Strandwächter, okay?«

Ich werfe meine Jacke in den Sand zurück, damit sie nicht nass wird. »Ach, Strandwächter sind ziemlich überschätzt.«

»Was? So ein Blödsinn! Wir haben hier nur keine.«

Meine Knie sind jetzt nass, und ich drehe mich zu ihm um, damit er mich hören kann. »Glaubst du echt, dass ein Strandwächter – ein einzelner kleiner Mensch – das Universum daran hindern kann, dich zu holen, wenn es dich wirklich will?«

»Na klar, die können einen mit Mund-zu-Mund-Beatmung wiederbeleben.« Er betont dieses lange Wort, als wäre damit alles gesagt.

»Ja, okay, manchmal gibt das Universum dich zurück, wenn es dich noch nicht wirklich will – so als Mahnung, dass es dich jederzeit holen könnte, wenn es wollte.« Das Wasser schwappt gegen den Saum meines Nachthemds, und meine ganze untere Körperhälfte fühlt sich schwerelos an, wie hochgehoben. Ach ja, meine Seele kennt das Gefühl des Eintauchens, des Verfließens, der bodenlosen Freiheit.

»Vivi, du wirst doch ganz nass. Und du kannst verdammten Ärger kriegen, wenn du ins Wasser gehst, nachdem der Strand geschlossen ist.«

Jonah ist inzwischen knöcheltief ins Wasser gewatet, aber ich bin bis zur Taille drin, und wir müssen schreien, damit wir uns hören. Es ist eisig kalt, aber ich spüre die Kälte nicht wirklich, weil ich alles hier viel zu sehr liebe.

»Gott, Jonah, du warst doch mal ein Otter! Überlass dich einfach deinen Instinkten.« Ich breite meine nassen Arme aus, und das Mondlicht spiegelt sich darin, die dunklen Sommersprossen sind wie Nadelstiche auf meiner Haut. »Lass dich gehen, Jonah Daniels!«

Er schafft es bis zu den Knien, und ich verstehe nicht, warum er sich so sträubt. Diese Küstenbewohner wissen das Meer nicht zu schätzen, die grandiose Schönheit, die quasi bis an ihre Hintertür reicht. Ich sehe förmlich, wie Jonahs Verstand rattert: *Es. Ist. Gefährlich.* Aber ich will, dass er die Vernunft abschüttelt, die er braucht, um für seine Familie zu sorgen, dass er sich endlich mal bei etwas spürt.

Ich bin verzaubert von seinem dunklen Haar, das der Sommerwind zerzaust, und verzeihe ihm seine Nüchternheit. Langsam gehe ich auf ihn zu, bis ich nur noch schenkeltief im Wasser stehe, und presse meine nassen Handflächen gegen seine trockene Stirn. Ein Tropfen Salzwasser gleitet an seiner Nase herunter, und ich sage: »Jonah Daniels, ich taufe dich im Namen des Gottes der Mitternachtsschwimmer, möge er …«

»Des Gottes der Mitternachtsschwimmer?«

»Na ja«, sage ich, »du kennst ihn wahrscheinlich als Mond, aber er hat viele Titel, die ich jetzt nicht alle auflisten will. Wo war ich noch mal? Ach ja, richtig. Möge er dich beschützen und leiten, damit du kein ewiger Spielverderber mehr bist, sondern zu der Supernova mutierst, die in Wahrheit in dir steckt.«

Jonah starrt mich an, als wäre ich komplett übergeschnappt. Oder vielleicht ist sein Blick auch ehrfurchtsvoll, vielleicht sieht er eine ganze Galaxie in mir, glitzernd und riesig und unentdeckt. Aber dann lächelt er in einer Weise, die mir das Gefühl gibt, gesehen zu werden. Ich denke an den Nachmittag am Strand, als wir Kirschen gegessen haben und wie er sich den Saft von der Unterlippe leckte.

Kurz bevor er mich küsst, schließe ich die Augen und fasse ihn am T-Shirt, um in dem wogenden Wasser an ihn gepresst zu bleiben. Seine Hände liegen um meinen Hals, ziehen mich zu ihm hin, und der Meeresboden sackt unter uns weg. Selbst der Mond wispert »Wow«.

Das hier ist ganz anders als der erste, schnelle Kuss, den ich ihm spontan gegeben habe. Es ist ein Austausch, bewusst und emotionsgeladen: ja, wir machen das, ja, ja. Das neulich war wie ein heiterer Sommertag, und das hier ist wie eine wilde, heiße Sommernacht. Wir stehen knietief im Meer, und ich glaube, dass ich mich gerade Hals über Kopf verliebe.

Also schlinge ich meine Arme um Jonah, klammere mich an ihm fest, küsse ihn leidenschaftlich, ohne mich zu fragen: *Wo in aller Welt soll das hinführen?*, oder: *Mag er mich?*, oder: *Was hat das zu bedeuten?* Und ich weiß, es gibt Leute, die das unmöglich finden. Selbst Ruby hat mich mal gefragt: *Mann, Viv, hast du eigentlich noch den Überblick, wie viele Jungs du küsst?* Nein, habe ich nicht! Ich sage nur eins, Schwestern aller Länder: Es ist Sommer und der Junge hier ist schön und megasüß, und ehrlich, ich küsse alles, was mir das Gefühl gibt, gesehen zu werden. Na, wie schmecken dir die Kirschen?

Als wir endlich auseinanderweichen, atmen wir schneller als vor dem Kuss. Jonahs Augen sind jetzt offener. Nein, tiefer. Als wäre er wacher. Mund-zu-Mund-Beatmung, ha!

Seltsamerweise bleibt das Triumphgefühl aus, das ich erwartet hätte; ich kann nur zurückstarren, immer noch an ihn geklammert. In mir kippt etwas, die Perspektive verändert sich, als wäre alles, was ich sehe, um ein Grad verschoben – endlich eingerastet. Wie eine Opernsängerin, die sich für die Hauptdarstellerin auf der Bühne hält und dann verwundert feststellt, dass das Orchester – in seiner ganzen Ernsthaftigkeit und Beseeltheit – sie zu Tränen rührt. Man glaubt, man sei die Gebende, aber stattdessen nimmt man und nimmt, saugt alles in vollen Zügen in sich auf.

»Okay, *gut*.« Jonah fasst grinsend meine Hand, wir laufen ins tiefere Wasser, schnappen nach Luft vor Kälte und Glück.

8

Jonah

Ich jogge nicht gern, mache es aber trotzdem, wann immer Silas morgens zu Hause bleiben kann. Meine Füße stampfen über den Sand. In Wahrheit ist es nur ein zügiges Dahinschlurfen. Ich habe einen alten iPod mit einer beschissenen Batterielebensdauer, aber er funktioniert. Wenn ich am Strand jogge, höre ich Metal. Früher fand ich die Musik grässlich, dieses ewige Schreien, aber jetzt hilft es mir, weil es alle meine Gedanken abwürgt – normalerweise jedenfalls. Heute nicht.

Vivi ist schon seit fast zwei Wochen an meiner Seite, aber heute Morgen muss ich mit meiner Angst allein sein. Meine Sorgen haben mich in aller Frühe aufgeweckt, haben mich gequält, wie Leah, wenn sie einem am Weihnachtsmorgen keine Ruhe lässt. Ich bin durch die Stille in unserem dunklen Haus geschlichen, habe eine Nachricht hinterlassen, dann bin ich mit dem Wagen ein paar Meilen die Küste hinuntergefahren. Ich wollte nicht in Verona Cove laufen, die Main Street runter oder am Strand entlang, so wie sonst immer. Ich wollte irgendwo laufen, wo ich nicht auf

Schritt und Tritt von Erinnerungen verfolgt werde, von den Gespenstern der Vergangenheit, die mich wie die Zuschauer bei einem Marathon beobachten.

Ich folge einer Spur von drängenden Fragen, die über den langen Sandstrand führt: Was zum Teufel sollen wir machen? Muss Silas wirklich das College aufschieben? Soll ich Felix endlich sagen, dass Mom Hilfe braucht? Und Dads Herzprobleme – ich weiß, das ist erblich. Kann ich mich wenigstens daraufhin untersuchen lassen?

Nach Dads Tod habe ich recherchiert, wie man sich ernähren muss, um einem Herzinfarkt vorzubeugen. Und jetzt koche ich meistens Porridge zum Frühstück. Ich glaube, meine Geschwister verstehen, wie wichtig mir das ist … dass ich einfach was tun muss. Ich denke mir ständig neue Kombinationen aus, um das Frühstück ein bisschen abwechslungsreicher zu gestalten: Erdnussbutter-Banane, Ahornsirup-Walnuss, Erdbeer-Puderzucker. Wenn sie ausnahmsweise Pfannkuchen wollen, nehme ich ein Rezept mit Hafermehl und Schokosplittern. Keine Ahnung, ob es wirklich die beste Herz-Diät ist, möglichst viel Hafer in sich reinzustopfen, aber egal. Immer noch besser, als nichts zu tun.

Dad war ein sehr kräftiger Mann. Nicht dick, sondern groß und stämmig. Vivi würde wahrscheinlich sagen, dass er in seinem früheren Leben eine Rotholztanne war. Wir Kinder haben alle Moms Statur geerbt – mittelgroß und schlank. Naomi und ich haben Dads dunkle sizilianische Haare und Augen, die anderen Geschwister sind heller, sie schlagen mehr nach Moms Seite. Seit Dad tot ist, suche ich immer nach Ähnlichkeiten bei Silas und Isaac, fahnde in ihren Gesichtern nach seiner Nase, seiner Mimik, seinen Augenfältchen. Felix sagt, ich werde Dad von Tag zu Tag ähnlicher, aber ich weiß nicht … mir selbst fällt das nicht auf.

Vivi befreit mich aus diesem Gedankenkarussell. Sie läuft praktisch immer auf Hochtouren, und ich muss mich verdammt anstrengen, um dieses Tempo durchzuhalten. Das kostet mich so viel Energie, dass ich mich kaum noch auf mein eigenes beschissenes Leben konzentrieren kann. Vivi füllt alles mit neuen Erfahrungen, sodass mein Leben jetzt nicht mehr nur exakt so ist, »wie es früher war, nur ohne Dad«. Sie bringt mich dazu, wie ein Irrer zum nächsten Discounter zu fahren, nur damit wir mit den Fahrrädern durch die Gänge sausen können, bis der Geschäftsführer uns hinauskomplimentiert. Mit Isaac schreibt sie ein Theaterstück über einen altmodischen Bäcker namens Paunchy Paul und die ganzen Kreaturen, die sich nachts in die Backstube schleichen, um sein Brot aufzufressen. In der – einmaligen – Abendvorstellung war Isaac Paunchy Paul, mit Dads Kochmütze auf dem Kopf, einem voluminösen Kissen unter dem T-Shirt und einem Schnurrbart, den Vivi ihm mit einem Kajalstift aufgemalt hatte. Vivi war Kostümbildnerin, Beleuchterin und oberste Maus in einem. Bekah hat in einer Szene eine Maus gespielt, in einer anderen einen Waschbären. Und Leah war das Eichhörnchen, das Paunchy dazu überredete, winzige Minibrote, gefüllt mit Ahornsamen, für alle zu backen. Das Brot habe natürlich ich beigesteuert, und Silas und Naomi haben geklatscht und gepfiffen, als die Truppe sich zum Schluss verneigte. Mom ist nicht runtergekommen. Aber am nächsten Tag haben die Kleinen das Stück in ihrem Zimmer nachgespielt. Mom hat zuerst gelacht, weil alle so ausgelassen und fröhlich waren, und dann geweint, bis ich alle aus dem Zimmer scheuchen musste, damit sie sich wieder fangen konnte.

Bei dieser Erinnerung stoße ich mich noch fester vom Boden ab, bis meine Beine zu brennen anfangen. Vivi reagiert nie komisch, wenn ich traurig oder frustriert oder angepisst bin, weil meine Familie mir über den Kopf wächst. Ich weiß nicht viel über Mädchen, aber auf jeden Fall genug, um froh zu sein, dass Vivi mich nicht unter Druck setzt.

Letztes Jahr war ich mit einem Mädchen namens Sarah zusammen. Das war meine bisher längste Beziehung, und ehrlich, Sarah war wie eine menschliche Abrissbirne, sie mich echt fertiggemacht. Ich mag sie immer noch, aber nicht mehr als meine Freundin. Sarah ist klein und quirlig, ein bisschen wie ein Yorkshire-Terrier. Ihre Energie ist unglaublich: Sie managt die Hälfte aller Schul-Clubs, und früher, in der Grundschule, hat sie sämtliche Pfadfinder-Abzeichen gewonnen und beim Kuchenbasar immer die höchsten Erlöse erzielt. Erfolg ist in Sarahs Augen ganz einfach: Man nimmt sich etwas vor und macht es. Ruck, zuck.

In den ersten Tagen nach Dads Tod war ich froh, Sarah um mich zu haben. Weil sie grundsätzlich jeder Situation gewachsen ist, nach dem Motto: allzeit bereit. Zum Beispiel hatte sie an Dads Beerdigung eine ganze Handtasche voll Tempos dabei, und sogar eine Packung Aspirin, als hätte sie gewusst, dass meine Schwester schluchzen würde, bis ihr fast der Kopf platzte.

Aber dann wurde ich zu Sarahs Projekt. Sie war immer demonstrativ fröhlich, das positive Denken in Person – Kopf hoch und weitermachen. Aber ich konnte nicht fröhlich sein, und einfach weitermachen ging schon gar nicht. Mein Schmerz war kein leicht zu überwindendes Hindernis, und da … also mir dröhnten von ihrem ewigen Genörgel irgendwann die Ohren.

Jonah, sei doch mal ein bisschen fröhlich – du gibst dir überhaupt keine Mühe.

Fröhlich?, dachte ich. Wie zum Teufel soll ich fröhlich sein? Glück ist ein fremder Kontinent für mich. Ich kämpfe mitten in einem Orkan um mein Leben. Aber Sarah hat das nicht verstanden, sie hatte keine Ahnung von meinem Leben. Ich *wollte* nicht aus dem Schmerz herausgerissen werden, auf den ich doch ein Anrecht hatte.

Und deshalb habe ich mit ihr Schluss gemacht.

Und ich werde Mom nicht aus ihrem Kummer herausreißen, der ihr gutes Recht ist.

Sarah hat nicht geweint, als ich mit ihr Schluss machte. Sie war nur eingeschnappt und wütend. Wahrscheinlich war ich das einzige Projekt, das je gegen sie rebelliert hat. Und auch das einzige, das sie nicht mit Anstand zu Ende bringen konnte.

Mein Leben war danach immer noch beschissen. Aber zumindest gehörte es wieder mir.

Der Schweiß kühlt an meinem Körper ab, als ich zum Auto zurücklaufe. Ich fühle mich wie aufgespießt von meinen eigenen Gedanken, und ich muss schleunigst nach Hause zurück, um mich wieder abzulenken. Wenn ich gerade nicht kochen kann, um den ganzen Müll aus meinem Kopf zu bekommen, denke ich mir Rezepte aus. Zum Beispiel Rucolasalat mit Grapefruitschnitzen und Avocadoscheiben. Und Feta. Das Ganze mit einer Champagner-Vinaigrette angemacht. Vielleicht eine Handvoll Nüsse dazu? Macadamia? Bin mir noch nicht sicher. Ich kann die Rezepte nicht immer ausprobieren, weil einige der Zutaten, die ich gern verwenden würde, zu teuer sind, oder zu aufwändig für eine siebenköpfige Familie. Aber ich glaube, ich habe noch ein bisschen Trinkgeld vom Restaurant, weil ich letzte Woche eine Schicht für Felix übernommen habe.

Geld ist momentan ein großes Problem. Dad hat unser Haus von den Großeltern geerbt, sodass es zumindest abbezahlt ist. Und da wir alle drei arbeiten – Naomi, Silas und ich –, kommt genug Geld zusammen, um jede Woche Lebensmittel und Benzin zu kaufen. Naomi kümmert sich um den Finanzkram und redet mit

Mom, wenn Rechnungen anstehen. Außerdem bekommen wir Geld von einer Lebensversicherung, was aber nicht ewig vorhalten wird. Drei Monate nach Moms Ausstieg aus der Wirklichkeit hat Naomi unser sowieso schon knappes Handy-Budget gekürzt und den Festnetzanschluss, der Dad so wichtig war, und das Kabelfernsehen gekündigt. Sie macht die Buchhaltung für das Restaurant, und als die Steuer fällig wurde, hat sie ein bisschen gejobbt.

Felix' Auto ist schon da, als ich in den Parkplatz vor dem Restaurant einbiege. Komisch, dass er so früh anfängt – um acht! – und mit dem Auto da ist. Normalerweise geht er zu Fuß. Ich krame Dads Schlüssel hervor (jetzt meiner), um die Hintertür zu öffnen, und zu meiner Überraschung finde ich nicht Felix in der Küche vor, sondern Ellie, seine Tochter, die geschäftig in der Kühltheke kramt. »Hey, Jonah, ich dachte schon, da kommt ein Einbrecher.«

»Hey, Ellie. Was machst du denn hier?«

»Kühlthekeninventur. Bin gerade fertig.« Sie deutet auf ein Stück Papier auf der Theke.

»Wollte das nicht dein Dad irgendwann machen?«

»Ja. Aber ich hab 'ne Wette verloren. Beim Spieleabend zu Hause, verstehst du? Dad und Lina haben Mom und mich abgezogen. Und wir hatten um die Kühlthekeninventur gewettet. Deshalb hab ich das gemacht.«

Sie kommt um die Theke herum, und irgendwie schießt mir der Gedanke durch den Kopf, dass sie ihrer Mutter immer ähnlicher wird. Ellie ist beinahe so groß wie ich, besteht fast nur aus Armen und Beinen und einem schmalen Oberkörper. Und sie hält eine Bratpfanne in der Hand.

»Machst du auch Omelett?«

Ellie schaut auf die Bratpfanne und rümpft die Nase. »Das war nur so ein Reflex. Falls du ein Einbrecher gewesen wärst.«

»Ein Einbrecher mit einem Schlüssel?«

»Man kann nie wissen.« Sie wirbelt die Pfanne einmal herum, als wollten wir uns ein Duell liefern, was mich zum Lachen bringt. »Und du? Was machst du hier?«

»Trinkgeld aus dem Safe holen«, sage ich. »Hab letzte Woche eine Schicht für deinen Dad gemacht.«

»Ah.« Ellie lächelt, geht auf die Zehenspitzen, um die Pfanne zurückzustellen. Ich bin mir fast sicher, dass sie Yoga macht oder so. Alles an ihr ist so relaxt. Ihre Bewegungen, der Klang ihrer Stimme. »Also jedenfalls bin ich froh, dass wir uns mal wieder sehen. Wie läuft denn dein Sommer so?«

»Ganz okay … danke. Und bei dir?«

Ellie zuckt die Schultern. »Ziemlich gut. Ich war gerade ein paar Tage bei Granny, und der restliche Sommer ist noch völlig offen. Bisschen jobben vielleicht. Ich habe gehört, du hast eine neue Freundin – schön für dich.«

»Äh, ja.« Ist Vivi wirklich meine Freundin? Ich kenne sie erst zwei Wochen, aber mir kommt es wie ein ganzer, langer Sommer vor. Nur weiß ich nicht, ob ich sie wirklich als meine Freundin bezeichnen soll – und Vivi würde mich sicher auslachen, wenn ich das Thema anschneiden würde. Manchmal behandelt sie mich wie ihren Freund und dann wieder wie ein wissenschaftliches Experiment. Sie stochert und pikst an mir herum, stellt mir seltsame Fragen.

»Kommt ihr beide nächste Woche zum Sommerfeuer? Ich würde sie gern kennenlernen.« Ellie huscht ins Büro und legt die Inventurliste ab.

Das Sommerfeuer ist eine alte Tradition in Verona Cove und zwei anderen kleinen Ortschaften in der Nähe. Es findet direkt nach dem vierten Juli statt. »Ja, wahrscheinlich schon. Wir haben gelost, und Silas hat den Kürzeren gezogen, also muss er bei den Kleinen zu Hause bleiben.«

Ellie sieht mich stirnrunzelnd an. »Ist deine Mom nicht da?«

Ich Idiot. Ich verdammter, hirnverbrannter Idiot. Jetzt hab ich mich verplappert und durchblicken lassen, dass Mom nicht fähig ist, sich um ihre drei kleineren Kinder zu kümmern. »Nein. Ja. Also mehr oder weniger. Sie fährt nur an dem Abend zu einer Freundin, die ein Stück weiter unten an der Küste wohnt, oder so was Ähnliches.«

»Oh. Okay.« Ellie kommt wieder aus dem Büro, huscht an mir vorbei und lächelt zögernd. »Okay, Jonah, bis dann. Wir sehen uns.«

Ich kann es nicht fassen, dass ich Ellie angelogen habe. Ausgerechnet Ellie, die immer für mich da war. Zum Beispiel damals, als ich mir das Knie aufgeschürft hatte, weil ich unbedingt mit Silas und Ellies großem Bruder Diego Schritt halten wollte. Ich war elf und Ellie erst zehn, aber sie hat mich verarztet – hat mit einem Wattetupfer Wundgel auf die Wunde aufgetragen und ein Pflaster draufgeklebt. Ellie ist der beste Mensch, den ich kenne.

Ich gehe ins Büro, bücke mich zu dem Kassenschrank hinunter und krame einen kleinen Plastikbeutel mit meinem Namen heraus. Beim Hinausgehen schüttle ich grinsend den Kopf. Chaos pur, wie üblich. Überall auf dem Schreibtisch sind Papiere verstreut und sogar an die Wand gehängt. Felix ist wie mein Dad. »Solange ich weiß, wo alles ist«, sagt er immer, »kann man nicht von Unordnung sprechen.«

Aber dann bleibt mein Blick an etwas hängen. Ein roter Stempel auf einem Umschlag, der mir praktisch ins Gesicht springt und MAHNUNG schreit. Er ist halb unter einem anderen Kuvert versteckt, aber ich nehme ihn hoch. Darunter kommen noch mehr Umschläge zum Vorschein, alle leuchtend rot abgestempelt. An

Dad adressiert. Ich bekomme fast einen Herzinfarkt. So viel zu meiner megaguten Haferdiät und den Strandläufen.

Ein Klopfen an der Tür draußen gibt mir den Rest. Erschrocken greife ich mir an die Brust, und es dauert eine ganze Weile, bis ich mich beruhigt habe. Schnell schiebe ich die Umschläge unter die anderen Papiere zurück.

Wahrscheinlich ist Ellie zurückgekommen, weil sie was vergessen hat, denke ich, aber stattdessen steht Vivi vor der Tür, als ich aufmache. »Ähm … hey.«

»Ich bin auf dem Weg zur Arbeit und habe deinen Wagen hier stehen sehen«, sagt sie, aber es klingt alles andere als erfreut. Vielleicht täusche ich mich, aber irgendwie sieht sie gekränkt aus. »Wer war das Mädchen, das gerade rausgekommen ist?«

»Ach, nur Ellie. Felix' Tochter.«

Ich könnte schwören, dass Vivis Lippe zittert. »Warst du mit ihr allein hier?«

Ah, Mist. Jetzt sitze ich in der Klemme. »Ich war nicht mit Ellie hier. Bin nur kurz reingekommen, um mein Trinkgeld zu holen, und sie hat gerade Kühlthekeninventur gemacht.«

Vivi starrt mich immer noch an, registriert jede meiner Bewegungen. »Sie ist hübsch.«

Ich habe Vivi noch nie anders als … fröhlich gesehen und kann nicht einschätzen, ob sie es ernst meint oder mich nur aufziehen will. Vielleicht ist sie ja wirklich eifersüchtig oder wütend. Obwohl ich nichts falsch gemacht habe, soweit ich es beurteilen kann – es gibt schließlich kein Handbuch dafür. »Ich kenne sie mein ganzes Leben lang, Viv.«

Vivi überlegt einen Moment. »Also ist sie so eine Art Schwester für dich?«

Nein, nicht wirklich. »Ja.«

»Das war nicht sehr überzeugend, Jonah.« Vivi verschränkt die Arme, wartet darauf, dass ich mich rechtfertige.

Okay. Ich ändere die Taktik, und statt mich zu verteidigen, starte ich einen Charme-Angriff. Es ist nicht mal geschleimt, weil ich es ernst meine. »Viv?«

»Was?«

»Du bist das einzige Mädchen, an das ich denke.« Das ist die Wahrheit.

Ich entlocke ihr ein Lächeln, fast schüchtern, was nicht gerade eine typische Eigenschaft von Vivi ist. Das Lächeln wird breiter, rotglühend und verschmitzt.

Ehe ich weiß, wie mir geschieht – und bevor ich mich gegen ihren Angriff wappnen kann –, stürzt sie sich auf mich und schlingt ihre Arme um meinen Hals. Sie küsst mich, so gierig wie eine Lungenkranke, deren einzige Sauerstoffquelle ich bin.

Wenn mich jemand in meinem Leben vor Vivi gefragt hätte: *Hey, Jonah, willst du ein Mädchen, das dich komplett vernascht?*, dann hätte ich mit Ja geantwortet. In meinem Leben mit Vivi ist vieles seltsam, aber ihre plötzlich ausbrechende Kusswut ist das Verwirrendste für mich, weil ich nie weiß, woran ich bin. In knapp drei Sekunden kommt sie von null auf hundertachtzig und springt mich förmlich an. Und ich bin jedes Mal überrumpelt. Erst beachtet sie mich kaum, und dann packt sie mein Gesicht, als wäre ich der erste Mann, der ihr seit Jahren auf einer einsamen Insel über den Weg gelaufen ist.

Nicht dass ich mich beklage. Aber ich kann das nicht … hier in Dads Küche und mit diesen Umschlägen im Kopf. Mein Geist kann nicht genügend abschalten, um Vivi auch zu küssen. Es ist, als würde Dad jeden Moment hier reinspazieren und mir Hausarrest bis zum Jüngsten Tag erteilen. Was natürlich Quatsch ist, und das macht alles noch schlimmer. Aber an dem Ort, wo Dad mir so nahe ist, wo er sich am lebendigsten anfühlt, ist Sex echt das Letzte, woran ich denken kann.

»Viv«, sage ich und setze sie auf der Arbeitsplatte ab, aber sie lässt ihre Beine um meine Hüften geschlungen. »Ich kann nicht, okay? Nicht hier. Wo mein Dad … Ich … es ist nur … Tut mir leid.« Ich winde mich vor Angst, weil sie jetzt wahrscheinlich gleich davonstürmt.

Aber Vivi stürmt nicht davon, sie nimmt ihre Beine herunter und wischt mir die Lippenstiftflecken vom Mund. »Ja, klar. Dann halt ein anderes Mal. Ich konnte dir einfach nicht widerstehen. Warum bist du auch so supersexy?«

Wir bleiben einen Moment lang so, sehen uns in die Augen. Vivi lässt ihre Finger durch meine Haare gleiten, als wollte sie von meinem Gehirn Besitz ergreifen. Dann mustert sie mich mit ihrem typischen Vivi-Blick, ihre blauen Augen durchbohren mich förmlich. Erforschen mich.

»In Ordnung. Was geht da drin vor sich?«

Ich schüttle den Kopf und ihre Hände wandern zu meinem Hals hinunter. So wie sie mich umfasst, könnten ihre Daumen mühelos meinen Puls fühlen. »Das Restaurant … es läuft nicht so gut, wie ich dachte. Wir haben ziemliche Geldprobleme.«

»Oh.« Ihre Mundwinkel zucken eine winzige Sekunde lang nach unten. Dann springt sie vom Tisch herunter. »Das musst du in Ordnung bringen.«

»In Ordnung bringen?«

»Ja. Du musst dir was einfallen lassen, damit das Geschäft wieder läuft.«

Ich breite meine Arme aus, weil ich es nicht fertigbringe, »Was denn?« zu sagen. Und weil ich genervt bin, dass sie so tut, als ob das alles ganz einfach wäre. Dads Erbe, sein Lebenswerk – kurz vor dem Bankrott. Und ich bin machtlos. »Ich bin kein Wirtschaftsexperte, Viv. Ich habe keine Ahnung von Finanzen.«

»Jonah.« Vivi legt ihre Hände flach auf meine Schultern. »Du kennst das Restaurant besser als die meisten Leuten in deiner Umgebung. Und du weißt genau, was es dort braucht, so wie du Leahs Bedürfnisse kennst. Oder etwa nicht?«

Okay, stimmt, für Leah kann ich sorgen, aber ich kann mich nicht um alles kümmern. Zum Beispiel um Mom. Woher soll ich wissen, was sie braucht? Es ist nicht alles so einfach, wie Vivi es immer hinstellt.

»Okay, hör zu, ich weiß, was du denkst.« Sie nimmt einen Lippenstift aus ihrer Handtasche und zieht ihre Lippen nach. »Du willst keine Veränderungen, weil das hier von deinem Dad ist. Weil du damit zugeben würdest, dass nicht alles an seiner Arbeit perfekt war und dass er folglich auch seine Schwächen hatte. Und das kann ich verstehen, ehrlich. Aber du entwertest seine Arbeit nicht, wenn du etwas hinzufügst. Du trägst nur dazu bei, dass sein Traum weiterwächst, anstatt begraben zu werden.«

So hatte ich das noch nie gesehen. Aber jetzt werde ich darüber nachdenken. So kann es jedenfalls nicht weitergehen.

»Okay«, sagt Vivi und geht auf die Zehenspitzen, um mich auf die Wange zu küssen. »Ich muss jetzt zur Arbeit, aber wer so genialen Kaffee kocht, kann schon mal ein paar gute Ideen hochsprudeln lassen. An deiner Stelle würde ich als Erstes die Terrasse umgestalten, und zwar bald, damit du meine Geburtstagsparty dort schmeißen kannst. Das ist nämlich mein offizieller Geburtstagswunsch, okay? Und du kannst froh sein, weil ich ursprünglich eine Vespa wollte. Aber jetzt hab ich's mir anders überlegt – ich will nur eine Geburtstagsparty auf der Terrasse von Tony's Restaurant. Also, sorg dafür, dass was vorwärtsgeht. Okay, bis heute Abend. Dann können wir endlich weiterknutschen – diesmal kommst du nicht drum herum, verlass dich drauf.« Sie dreht sich um und winkt mir zu, dann verschwindet sie zur Tür hinaus.

Vivi hat ein Talent, mich sprachlos zurückzulassen. Was ihr nie auffällt. Oder vielleicht ist es ja Absicht – ich habe keine Ahnung.

In der Stille von Dads alter Küche ringe ich mich zu der Erkenntnis durch, dass Vivi recht hat. Insgeheim, in einem Winkel meines Gehirns, sammle ich seit Jahren Ideen für das Restaurant. Auch schon vor Dads Tod – lange vorher. Ich behaupte nicht, dass diese Ideen umsetzbar sind. Aber ich habe welche: die Speisekarte abwandeln, die Räumlichkeiten modernisieren, außerdem diverse Strategien, um Touristen anzulocken.

Ich schlendere auf der Terrasse herum, an die ich nie einen Gedanken verschwendet habe. Sie ist auch nichts Besonderes. Es ist einfach nur eine Loggia, die von zwei senkrechten Backsteinmauern gebildet wird. Dad hat den Boden vor Jahren betoniert und einen niedrigen Maschendrahtzaun an den beiden offenen Seiten angebracht. Aber das ist auch schon alles. Im Moment steht hier draußen ein Grill, eine rostige Leiter, ein Reservegastank und anderer Schrott.

Man kann die Terrasse von der Straße aus sehen, wenn man von der Ortsmitte kommt. Deshalb hat Vivi sie auch entdeckt. Ich weiß nicht, ob mehr Gäste kommen würden, wenn sie draußen essen könnten. Oder ob sich die Mühe lohnt. Aber es würde mir guttun, mich mal wieder voll in etwas reinzuknien. Warum also nicht die heruntergekommene alte Terrasse für Vivis Geburtstag aufpolieren?

Ich setze mich auf den Hocker an einem der Arbeitstische, mit einem Blatt Papier aus dem Büro bewaffnet. Ich kann nicht sagen, wie lange ich dort gesessen und meine Ideen hingekritzelt habe.

Einige Vorspeisen, die nie wirklich gut liefen, könnten durch andere ersetzt werden. Gerichte, nach denen die Gäste fragen, könnten wir endlich in die Karte aufnehmen.

Ich bin immer noch am Schreiben, als Felix zur Hintertür hereinkommt. »Hey, Maní. Hab dein Auto gesehen. Ich dachte, du hast heute frei.«

»Ich wollte nur kurz reinschauen.« Jetzt oder nie, Daniels. Keine Ausreden. Ich kann nur hoffen, dass Felix mich ernst nimmt, dass er auf Augenhöhe mit mir redet. »Aber dann sind mir ein paar Ideen zur Terrasse gekommen. Wir könnten sie ohne großen Aufwand neu herrichten, um mehr Gäste anzulocken.«

»Hm«, sagt Felix. »Ehrlich gesagt, hatten wir das schon immer vor, aber irgendwie sind wir nie dazu gekommen.«

»Das wär sicher gut fürs Geschäft, oder? Tische draußen?«

Felix nickt. »Schon möglich.«

»Das Geschäft läuft doch gut, oder? Ich meine, einigermaßen.« Noch während ich das sage, schießt mir wieder dieser ominöse Brief durch den Kopf: MAHNUNG. MAHNUNG.

»Oh, klar.« Felix weicht aus, aber ich sehe ihm in die Augen, die ich genauso gut kenne wie Dads. Er will mich nur schonen. »Die Gastronomiebranche ist wie Ebbe und Flut. Aber wir kommen gut klar.«

Ich kaufe ihm das keine Sekunde ab. »Also jedenfalls hab ich mir noch ein paar andere Sachen überlegt, wo ich schon mal dabei war.«

»Na dann, schieß los«, sagt Felix und setzt sich auf den Hocker neben mir. Er streicht sich über die Augenbrauen und schüttelt den Kopf, lächelt aber dabei: »Junge, Junge. Manchmal kommt's mir so vor, als würde dein Dad vor mir sitzen.«

Ich nehme es als gutes Omen.

9

Vivi

Heute Nacht gaukelt mir der Schlaf Bilder von meinen Freundinnen in Seattle vor. Ruby und Amala. Ich bin bei Amala zu Hause, es ist gerammelt voll, die Musik dröhnt. Ich weiß, dass ich spät dran bin. Alle sind in der Küche. Ruby trägt ein Geburtstagskrönchen aus Plastik mit einem unförmigen rosa Stein in der Mitte. Ich überreiche ihr mein Geschenk, und sie kreischt vor Freude. Wir kippen alle einen Drink hinunter, der nach Limette schmeckt, aber süß wie Sirup ist. Dann bin ich wieder auf der Restaurant-Terrasse, inhaliere Rauch tief in meine Lunge und kichere wie verrückt, als ich Jonah das Hemd über den Kopf ziehe. Ich fühle mich wie ein Vamp und schreie mein Unbewusstes an: Nein, nein, hör auf damit.

Dann bin ich draußen, und alle wissen, was ich getan habe, obwohl ich mich nicht erinnere, wie es passiert ist. Amala schluchzt, umringt von einer geschockten Menge, die sich zusammendrängt, um das Drama mitzuverfolgen. Ich bin auf der anderen Seite des Rasens, stehe ihnen ganz allein gegenüber. Das Krönchen auf

Rubys Kopf wirkt so lächerlich und fehl am Platz, als sie ihren Arm um Amala schlingt, um sie zu beruhigen. Amalas langes Haar schwingt herum und sie schreit mit verzerrtem Gesicht: »Wie konntest du mir das antun, Vivi? Verschwinde aus meinem verdammten Leben, okay?«

Ich bin schon weg. Bin schon weg.

Keuchend schrecke ich in meinem Bett in Richards Haus hoch, meine Handflächen und meine Stirn sind schweißnass.

Ein Albtraum, eine Erinnerung. Es kann immer beides sein.

Ich starre an die Decke. Weiß, weiß, weiß. Die Leere ist so grenzenlos, dass es wehtut.

Als die Sonne am Vormittag herunterknallt, balanciere ich auf einer Leiter mitten im Zimmer.

»Was zum Teufel machst du da?« Mom lehnt in der Tür, die Arme missbilligend verschränkt, was überhaupt nicht zu ihr passt.

»Ich habe was total Faszinierendes in einer Zeitschrift gefunden: eine Akzentwand, aber an der Decke. Keine Angst, ich hab Richard angerufen.«

»Du hast was? Er hat die Nummer nur für Notfälle dagelassen!«

Ich weiß. Ich weiß. Aber das hier *war* ein Notfall, Alarmstufe eins. Ich habe ihm erklärt, dass ich in diesem verdammten Zimmer nicht schlafen kann. Zu viel leerer Raum, als wären die Wände weißes Rauschen, das mir in die Augen schreit. Ich konnte chinesische Sprachfetzen im Hintergrund hören, ernste Stimmen, die wahrscheinlich über Aktien und Obligationen redeten oder sonstige (wie ich das gerne nenne) seelenaussaugende Aspekte eines Lebens, das aus den falschen Gründen gelebt wird. Aber Richard hat mir schnell fünf magische Worte entgegengeschleudert, was ich ehrlich gesagt ein bisschen unhöflich fand: »Mach, was immer du willst.«

Das ließ ich mir nicht zweimal sagen. Sobald der kleine Baumarkt aufhatte, war ich dort. Ich habe Farbrollen, Malerklebeband, einen großen Eimer »Mitternachtsblau« und einen kleineren mit »Sterlingsilber« gekauft. Dann habe ich mir eine Leiter aus Richards Garage geholt und in der Mitte der Decke angefangen – lange, schwungvolle Striche –, und jetzt sieht es aus wie ein dunkelblaues Loch in einem grenzenlos weißen Universum. Allein dafür hat sich alles gelohnt – der Krampf in meinem Nacken, meine tauben Arme und das Gefühl, dass mein Rückgrat aus knirschendem Metall besteht, statt aus Fleisch und Knochen.

»Vivian«, sagt Mom hartnäckig. »Willst du mich veräppeln?«

»Ich musste es tun. Hat mich einfach in den Fingern gejuckt. Weißt du noch, wie du letzten Winter gesagt hast, dass das Badezimmer *sofort* eine schicke neue Tapete braucht? So ist das jetzt bei mir. Und Richard war dankbar für den kostenlosen Design-Tipp und die ganze Arbeit, die ich ihm abnehme.« Vielleicht stimmt das ja sogar. Er kann wirklich froh sein, finde ich.

Mom mustert mich mit schmalen Augen. »Schläfst du nicht gut?«

»Könnte nicht besser sein. Und du?«, sage ich mit einem Anflug von Schärfe in der Stimme. Die unterschwellige Botschaft in meiner Frage lautet: Warum tust du so, als wäre meine Schlaflosigkeit ein Symptom von was Schlimmerem? Du schläfst doch auch nicht gut, wie viele Künstler, außer wenn du ein Beruhigungsmittel namens Wein in dich reinkippst.

»Nicht so gut, leider.« Mom seufzt resigniert, lässt mir meine Launen, so wie die meisten Leute. »Ich fahre jetzt zum Bauernmarkt. Wollte nur nachsehen, ob du auf bist, damit du nicht zu spät zur Arbeit kommst.«

»Ich geh gleich, nur noch ein paar Minuten.«

Als sie fort ist, steige ich von der Leiter und schrubbe die dunkelblauen Farbflecken vom Parkettboden. Ich habe Zeitungen im Zimmer verteilt, hatte es aber zu eilig, um den Boden ganz abzudecken. Ich war ganz besessen davon, mit der »Verdunkelung« der Decke anzufangen. Ich schlüpfe aus der übergroßen Männerhose heraus, die ich als Malerkluft benutze. Darunter kommt ein megaschöner Overall zum Vorschein. Im Prinzip ist er nicht viel anders als mein Vintage-Body – Neckholder und eng anliegend, nur die Hose ist ein bisschen länger, und der geblümte Stoff ist aus Baumwolle. Ich schlüpfe in ein Paar schicke goldene Ballerinas, denn heute bin ich eine Alchemistin, die eine gnadenlos weiße Decke in goldenen Nachtschlaf verwandelt. Dann setze ich einen Fedora-Hut auf, streife eine Jacke mit Ellbogenflicken über und kichere leise, als ich am Spiegel vorbeikomme. Es ist aber auch zum Totlachen, wenn man oben herum wie ein Opa aussieht und unten wie ein Vierziger-Jahre-Vamp, der an der französischen Riviera Badeurlaub macht. Wenn das nicht fantastisch ist!

Dann mache ich meinen üblichen Abstecher auf die Klippen. Heute stehe ich knapp am Rand, so dicht, dass ein einziger Schritt nach vorne das Ende der Fahnenstange bedeuten würde. Ich lege eine Tablette auf meinen Daumennagel und schnippe sie mit dem Mittelfinger weg. Danke für deine guten Dienste, kleine Pille, aber du wirst nicht mehr gebraucht! Dann renne ich hinunter, springe über Moos und Gras und schleudere meinen Triumphschrei – Aye-jiiiiii! – in die Luft. Der Ozean lässt meine Stimme auf seinen Wassern widerhallen. Ja, doch, denn der Ozean hat sofort erkannt, dass ich eine wilde Kreatur bin, ein Geisterkind aus einer riesigen sternentrunkenen Welt. HURRA!

Die Tabletten heißen Lithium, und ich mag das Wort, das sich so schön in meinem Mund anfühlt: klar, unprätentiös, ja beruhigend. Li-thi-um. Als der Arzt es mir zum ersten Mal verschrieben hat, war ich ganz fasziniert davon. Wie ist der Pharmakonzern nur auf diesen Namen gekommen? Vielleicht gibt es dort ein Komitee, das nichts anderes macht, als sich schöne, beruhigende Wörter auszudenken. Aber warum »Lith« – wie in Lithografie oder Monolith? Es bedeutet »Stein« auf Griechisch, das habe ich gegoogelt. Lithium ist kein Markenname, sondern ein chemisches Element (Li) im Periodensystem, aber wenn es nach mir ginge, müsste es »Linie« heißen, weil die Tabletten meine Höhen und Tiefen zu einer schönen, flachen Linie auslaufen lassen.

Aber jetzt geht es mir besser. Viel besser. Und ich nehme ja schließlich noch meine andere Tablette, weil sie die Schattenwesen in Schach hält. Letztes Jahr hatten sie sich wie Tintenarme um mich geschlungen und meine leuchtende Technicolorwelt nach und nach zu grauem statischem Rauschen entfärbt. Bis ich nur noch Leere in mir spürte.

Später, als ich schon fast im Töpferladen bin, summt das Telefon in meiner Tasche, und ich sehe zu meiner Freude, dass Jonah anruft – eines meiner Elixiere, ohne die ich nicht existieren kann. Wenn ich ihn küsse, ist das wie ein Beruhigungsmittel, ein warmes Gefühl, das durch meinen Körper rauscht und mein Gehirn umnebelt. Weil er so prüde ist, wirkt alles, was ich mache, irgendwie anrüchig, was ein Vorteil ist. Gott, wie geschockt er war, als ihn nach einem Strandausflug letzte Woche auf eine bestimmte Weise berührt habe. Aber ich konnte ihn dann schnell dafür erwärmen. »Halloooo.«

»Viv?« Jonah klingt ganz anders als sonst, nicht beherrscht und zurückgenommen, sondern total panisch. »Bist du auf der Arbeit?«

»Ich schließe gerade die Tür auf. Warum? Was gibt's?«

»Kannst du – oh Mann, es ist mir total unangenehm, dass ich dich darum bitten muss, aber … Kannst du vielleicht zu Patterson's rüberkommen? Jetzt gleich?« Ich öffne den Mund, aber er redet schnell weiter: »Mom ist heute Morgen hingegangen, und ich dachte, es sei ein gutes Zeichen. Aber jetzt hat Mr Patterson angerufen und gesagt, dass sie im Laden zusammengebrochen ist oder was auch immer. Ich soll sofort kommen, weil er sie nicht nach Hause fahren will, aber Mom hat den Wagen dabei, und ich sitze bei den Kleinen fest, und Naomi ist im Praktikum, und Silas geht nicht ans Telefon, und ich ... ich ...«

Mein Verstand braucht ein paar Sekunden, um alle Infos zu verarbeiten. Als ich es endlich kapiert habe, versenke ich meine Schlüssel wieder in der Tasche. »Jonah, hör zu, ich geh jetzt zu Patterson's rüber, und alles wird gut. Du fragst eine Nachbarin, ob sie für eine halbe Stunde oder so bei den Kleinen bleiben kann, und dann kommst du nach, okay?«

»Okay.«

Ich laufe die Straße entlang und danke meinem Ich von vor einer halben Stunde, dass es mir die flachen Ballerinas eingeflüstert hat statt High Heels. Vor Patterson's Minimarkt läuft ein Mann mit einem grauen Schnurrbart hin und her. Er trägt ein grünes Polohemd mit einer Art Gemüselogo, vielleicht Mr Patterson höchstpersönlich.

»Hallo«, sage ich so ruhig und erwachsen wie möglich. »Ich bin eine Freundin von Jonah Daniels. Er kommt gleich selbst, aber er hat mich gebeten, solange für ihn einzuspringen.«

»Sie ist hinten. Die Tür rechts.« Der Mann schüttelt verwirrt den Kopf, ist sichtlich schockiert. »Ich kann nicht sagen, was passiert ist. Habe sie auf den Knien vorgefunden, völlig aufgelöst, mit einer Packung Brotbrösel in der Hand. Eine Panikattacke, nehme ich an. Ich wusste nicht, was ich tun soll. Hab ihr eine leere Tüte hingehalten, so wie man es immer im Fernsehen sieht.«

Ich nicke und setze ein ernstes Gesicht auf, um ihm zu signalisieren: *Das bleibt aber unter uns, ja? Das wäre sonst wirklich nicht die feine Art, und ich müsste dann leider ein paar Gerüchte verbreiten, dass Ihre Ware voller Würmer und Salmonellen ist.*

Der Pausenraum des Minimarkts ist ein Ort, an dem jede Lebensfreude stirbt, sodass ich mich frage, warum Mr Patterson Jonahs Mom ausgerechnet hierhergeführt hat. Eine braune Stoffcouch, die schon vor fünfzig Jahren altmodisch war, steht darin, plus ein Kühlschrank und zwei Getränke- und Snackautomaten. Die Schränke sind mit lauter Notizen vollgeklebt. Jonahs Mom sitzt aufrecht auf einem Plastikstuhl hinter einem runden Küchentisch, die Hände im Schoß gefaltet. Ich bin froh, sie endlich mal in echt zu sehen und nicht nur auf Fotos, auch wenn sie so unsagbar traurig aussieht. Ich kenne dieses Gefühl, ein Gespenst im eigenen Leben zu sein – niemand sieht einen, niemand spürt einen, und deshalb verhält man sich ganz still, als könnte man jeden Moment ganz verschwinden.

»Hallo.« Meine Stimme klingt hart, obwohl ich sanft zu reden versuche. »Ich bin Vivi.«

Sie sieht mich an, bringt ein schwaches Lächeln zustande, das mich an Jonah erinnert, so ein angestrengtes Lächeln, das er immer aufsetzt, wenn er es nicht schafft, seine Traurigkeit zu unterdrücken. »Oh. Hallo. Du liebe Güte.«

Sie wischt mit den Händen über ihr T-Shirt, als wollte sie sich schnell ein bisschen zurechtmachen. »Meine Kinder haben mir viel von dir erzählt. Es ist fast so, als würde ich dich schon kennen.«

»Ja, mir geht es genauso. Aber ich freue mich sehr, Sie endlich persönlich kennenzulernen.« Ich setze mich auf einen Plastikstuhl neben ihrem und betrachte ihr Gesicht. Ihre Augen sind rotgerändert und entzündet vom vielen Weinen, aber sie ist sehr schön –

helles Haar und blaue Augen wie Leah, vielleicht etwas zu dünn. »Jonah kommt gleich, aber ich war gerade in der Nähe, und da dachte ich, ich setze mich ein bisschen zu Ihnen, bis er da ist.«

Mrs Daniels versagt die Stimme und sie schlägt die Hände vors Gesicht. »Gott, ist das peinlich.«

»Ach, ich hab schon Schlimmeres erlebt.«

Sie stößt ein hartes, bitteres Lachen aus und deutet auf sich, vom Kopf bis zu den Füßen hinunter, als wollte sie auf diese Weise ihre momentane Situation zusammenfassen. »Das bezweifle ich, aber danke, es ist nett, dass du das sagst.«

Ich halte ihr mein linkes Handgelenk hin und streife meinen Ärmel hoch. Die Narbe windet sich wie ein bleicher, krummer Fluss an meinem Arm entlang, und ich möchte sie am liebsten ausradieren, so wie immer, wenn mein Blick darauf fällt. Zum ersten und wahrscheinlich auch einzigen Mal bin ich geradezu dankbar für diesen Beweis meiner einstigen Verzweiflungstat.

Jonahs Mom verengt die Augen und legt den Kopf schief. Nicht angewidert, sondern fragend. Ich bin froh, dass sie von dieser Hässlichkeit nicht abgestoßen ist. Das heißt, ich weiß nicht, ob die Narbe als solche hässlich ist – darüber habe ich nie nachgedacht –, aber sie steht für etwas Schlimmes, Abgründiges. »Das wusste ich nicht«, wispert Mrs Daniels mit tonloser Stimme.

»Mir geht's jetzt besser. Schon eine ganze Weile.«

»Hast du … musst du Medikamente nehmen?« Sie klingt wie ein Kind, das Angst vor der Spritze hat, die ihm der Arzt geben will, was ich ihr nicht verübeln kann. »Tut mir leid. Bitte vergiss einfach, dass ich gefragt habe. Das war sehr unhöflich von mir.«

»Kein Problem. Ja. Ich wurde auf Medikamente gesetzt. Ein Antidepressivum.«

»Und hilft das?«

Sag's ihr, Vivi. Sie erzählt es Jonah nicht weiter; und sie braucht das jetzt, sie muss es hören. Spuck's einfach aus. Es ist das einzig Richtige, los, tu's! »Ja, es hilft wirklich. Das erste Mittel, das ich bekommen habe, war ein Albtraum.« Es hat mich irrsinnig aufgeputscht, hat alle Leinen gekappt, mich abzischen lassen wie eine Rakete. Damit fing der Sturmwind an. »Aber das hier ... also ich bin immer noch ich selbst, wenn ich es nehme.«

»Das Problem ist, dass ich so müde bin. So unsagbar erschöpft, die ganze Zeit.« Eine Träne rollt über ihr Gesicht und tropft von ihrem Kinn, und sie wischt die Tränenspur nicht weg.

Ich denke daran, wie es war, in diesem Dschungel herumzuirren, verloren im Dunkeln, im wildesten Teil davon, dort, wo hinter jedem Baum grässliche Monster und fleischfressende Pflanzen lauern. Ich konnte nichts anderes tun, als mich auf die nassen Blätter zu legen. Käfer krabbelten an meinen Beinen hoch, und ich brachte nicht die Kraft auf, sie wegzuwischen.

»Oh ja, das kenne ich. Aber mit der Tablette konnte ich wenigstens so viel spüren, dass ich wütend wurde«, sage ich. Ich verrate ihr nicht, dass Wut stark macht. Ich bin irgendwann aufgestanden und habe mich Hieb um Hieb durch die Ranken gekämpft. Ich habe geschrien, bis mein Gesicht lila wurde, denn in diesem Moment war ich selbst eine gefährliche Bestie. Ich hatte die Schwärze und die Einsamkeit überlebt und war brüllend wieder aufgetaucht, um alles zu attackieren, was mir in die Quere kam.

Mrs Daniels bleibt ein paar Augenblicke stumm. »Ich bin nur wütend auf mich selbst.«

»Na, das ist doch immerhin ein Anfang.« Es ist still im Zimmer, bis auf das Brummen des Kühlschranks, und mir wird klar, dass es etwas Wichtiges gibt, das sie hören muss. »Ihre Kinder sind übrigens meganett, das wollte ich Ihnen schon die ganze Zeit sagen.

Ich glaube, meine Mom ist froh, dass sie es geschafft hat, *eine* halbwegs normale Tochter durchzubringen, und Sie haben gleich sechs wunderbare Kinder großgezogen. Darauf können Sie stolz sein.«

»Ja«, sagt sie mit bitterer Stimme. »Eine schöne Mutter bin ich.«

»Hey.« Wir schauen beide hoch und Jonah steht in der Tür. Er ist noch ein bisschen außer Atem, aber nicht so schlimm, als wäre er den ganzen Weg hierher gerannt. Wie lange wartet er schon in der Tür?, frage ich mich.

Jonahs Mom ist sofort ganz zerknirscht, als wäre seine bloße Gegenwart ein Vorwurf für sie. Und prompt fließen ihre Tränen wieder. »Ich habe Jim gesagt, dass ich allein nach Hause fahren kann, aber er wollte unbedingt, dass ich mich hierhersetze und auf dich warte. Es tut mir so leid, Junge. Ich weiß nicht, was passiert ist – erst war alles ganz in Ordnung, und plötzlich wurde meine Brust so eng, und ich konnte nicht mehr atmen. Ich wollte doch nur Plätzchen für euch alle backen, und …«

»Mom, hey. Hey.« Jonah kauert sich zu ihr nieder, und ich mache ihm schnell Platz. »Du musst dich nicht entschuldigen. Es ist okay. Alles ist gut. Lass uns jetzt nach Hause fahren, ja?«

»Aber … der Einkaufswagen …«

»Die Zutaten für die Plätzchen hole ich später.« Jonah hilft ihr auf und führt sie aus dem Raum, lässt seine Hand hinter ihrem Rücken schweben. Auf dem Parkplatz nehmen wir sie in die Mitte wie zwei Bodyguards, die einen Promi vor den Paparazzi beschützen. Jonah öffnet die Beifahrertür und macht sie wieder zu, nachdem seine Mom eingestiegen ist.

»Tut mir leid, dass ich dich von der Arbeit wegrufen musste«, flüstert er mir zu, als wir um den Wagen gehen. Der Wind zerrt an meiner Jacke, so wild, dass ich sie enger um mich ziehe.

»Kein Thema, Jonah. Ich habe dir doch gesagt, dass ich mit dem Kummer anderer Leute umgehen kann.«

Jonah lässt seine Fingerspitzen über seine Augenbraue gleiten, drückt so fest zu, dass einen Augenblick lang rote Striemen zu sehen sind. »Ich glaube, ich muss es jetzt Felix sagen.«

»Frag lieber deine Mom, was sie braucht. Rede mit ihr.«

Er schaut zum Himmel, als würde die Lösung seiner Probleme auf ihn herunterregnen und die staubigen Pollen der Verzweiflung wegwaschen. Aber in Verona Cove regnet es nie. »Ich hätte längst mit ihm sprechen müssen.«

»Wie du meinst, Jonah.« Ich schnippe mit den Fingern. Vielleicht hört er mich, aber nicht wirklich. »Ich muss jetzt zur Arbeit.«

»Hey!«, ruft er mir nach. »Was ist los? Was hab ich denn gemacht?«

»Hast du mir überhaupt zugehört? Ich finde es unmöglich, dass du so tust, als könne sie nicht für sich selber reden! Stell ihr doch einfach mal Fragen, Mann!«

Er wirft beschwichtigend – oder genervt – die Hände hoch. »Okay, okay …«

Ich stürme davon, höre gerade noch, wie der Wagen startet, aber ich drehe mich nicht um, als sie davonfahren, weil er das nicht verdient hat.

Ich kann es nicht ausstehen, wenn jemand eine Depression mit Schwäche verwechselt – das ist mir in tiefster Seele verhasst. Diese Dummköpfe, die sich einbilden, »traurige« Menschen müssten verhätschelt werden wie hilflose Kleinkinder. Wie kann also Jonah – mein Freund, mein Lover oder was auch immer – allen Ernstes glauben, dass er besser weiß, was seine Mom braucht, als sie selbst? Nur weil sie trauert, ist sie nicht ansprechbar, nicht zurechnungsfähig? Das ist so verletzend!

Meine dunklen Tage haben mich stark gemacht. Oder ich war schon stark und wurde gezwungen, mich zu beweisen. Jonah Daniels hat seinen eigenen Schmerz, aber er versteht nicht, wie es ist, in einem dunklen Verlies zu verrotten, mit schweren Eisenketten an bröckelnde Mauern gefesselt. Und wenn die Drachen näher kommen, hat man nur noch einen Gedanken: *Gut. Hauptsache, es ist endlich vorbei.*

Ich bin so aufgewühlt, dass meine Hände zittern – nicht gerade die beste Voraussetzung, um in einem Töpferladen zu arbeiten. Ich darf mir den Scherbenhaufen gar nicht vorstellen, die kostbare Arbeit, von einem zornbebenden, einst traurigen Mädchen zertrümmert.

Nein, ich muss mich auf mich selbst konzentrieren, auf meine Freude, meine Ziele. Ich brauche einen Vivi-Tag, also einen Ferientag, nur noch besser. Ich muss mir eine gute Ausrede einfallen lassen, dann leiht Mom mir das Auto und ich kann nach San José fahren. Das ist drei Stunden südlich von hier, aber ich werde ihr einreden, dass ich dringend shoppen muss. Was in gewisser Weise auch stimmt. In San José gibt es einen Vespa-Laden, also genau das, was ich jetzt brauche. Ich spüre förmlich, wie mein Körper sich im Fahrtwind in den kalifornischen Wind stemmt, und ich werde einen Schal um meine Haare wickeln wie die schönen Frauen in alten Filmen, die im offenen Cabrio durch die Landschaft zischen. Ich nehme die schnellste Vespa, so schnell, dass ich alle schmutzigen Erinnerungen abhängen und wie Müll über die Straße verstreuen kann. Und ich fahre den ganzen Weg nach Verona Cove zurück, rase an Jonah Daniels vorbei, als lebender Beweis, dass traurige Menschen alles können. Dass wir fahren können, besser als zuvor.

10

Jonah

Ich lag auf meinem Bett, als das Telefon klingelte. Meine Augen waren geschlossen, aber ich schlief nicht, versuchte es gar nicht erst. Nach dem Desaster im Minimarkt habe ich Mom nach Hause gefahren und in ihr Zimmer hochgebracht. Dann hab ich mich auf mein Bett geworfen, das Gesicht im Kissen vergraben, und versucht, an gar nichts zu denken. Ich hatte nur einen Wunsch: dass mein Bett lebendig werden und mich in eine andere Welt transportieren möge. Wie in einem Kinderbuch.

Keine Ahnung, woher Whitney meine Nummer hatte, aber sie wollte wissen, ob Vivi bei mir war.

»Ich hab sie seit heute Morgen nicht mehr gesehen«, sagte ich und setzte mich auf.

»Sie ist nicht zur Arbeit gekommen und geht auch nicht ans Telefon. Ich mache mir langsam Sorgen.«

Ich machte mir nach diesem Anruf auch Sorgen, und wie – bis Whitney wieder anrief, um mir mitzuteilen, dass sie Vivi inzwischen erreicht hatte.

»Sie hat einen Ausflug gemacht«, erklärte Whitney. »Hat offenbar ganz vergessen, dass sie zur Arbeit musste.«

Das stimmte nicht. Vivi wusste genau, dass sie zur Arbeit musste. Aber sie war so wütend auf mich, dass ich sie praktisch vertrieben habe. Was mich ehrlich gesagt nicht wundert – das war nur eine Frage der Zeit.

Jetzt sitze ich mit Leah und einer Schachtel Straßenmalkreide in unserer Einfahrt. Leah malt das Meer und einen Delfin, der durch die Wellen taucht. Ich zeichne ein Knäuel von Fragezeichen in jeder erdenklichen Farbe. Dazwischen lauter Pfeile, die in unterschiedlichen Winkeln daraus hervorstechen. Als Nächstes: ein Selbstporträt, wie ich mir jedes Haar einzeln ausreiße.

Irgendwie bin ich auch wütend auf Felix, weil er nicht merkt, dass wir ein Problem haben. Im ersten Monat nach Dads Tod kam er jeden Tag vorbei, füllte unseren Kühlschrank und redete mit Mom. Und dann auf einmal … nichts mehr. Stattdessen fragte er mich jeden Tag dasselbe: Wie geht's deiner Mom?

Ich brachte die Wahrheit nicht über die Lippen. Ich konnte ihm nicht sagen, dass Mom fast den ganzen Tag in einem Bett voller zerknüllter Taschentücher schlief. Ich dachte, es wäre noch zu früh, um mir ernsthaft Sorgen zu machen. Und es wäre mir wie Verrat an Mom vorgekommen, wenn ich mit Felix über sie geredet hätte. Also sagte ich: Mom geht's gut. Außerdem hatte ich keine Lust, ihn um etwas zu bitten. Sollte er doch von selbst zu uns kommen und nach ihr sehen. Ich wollte, dass er einfach bei uns hereinschneite und alles in Ordnung brachte. *Er* war schließlich der Erwachsene.

In einem verzweifelten Moment etwa zwei Monate nach Dads Tod hatte ich Felix eines Abends zum Essen eingeladen. Ich war wild entschlossen, ihn beiseitezunehmen und ihm zu gestehen, dass Mom mehr Hilfe brauchte, als wir ihr geben konnten.

»Ich würde gern mit euch zu Abend essen, Maní«, sagte er zu mir. »Aber deine Mom hat mich gebeten, in nächster Zeit lieber nicht mehr herzukommen.«

Ich war plötzlich wieder der kleine Junge, der einfach alles hervorsprudelt, was ihm durch den Kopf schießt. »Wirklich? Wann? Warum?«, stieß ich hervor.

»Vor ungefähr einem Monat.« Felix seufzte. »Sie braucht Zeit, um mit dem Alleinsein fertigzuwerden, Maní. Ich weiß, das klingt hart. Aber wenn ich bei euch ein und aus gehe und mich um die Dinge kümmere, die dein Dad immer gemacht hat, nehme ich ihr das.«

»Hat sie dir das gesagt?«

»Ja.« Felix legte seine großen Hände ineinander. »Ich rede mit dir von Mann zu Mann, Maní, ja? Das muss natürlich unter uns bleiben.«

Blieb es aber nicht. Ich erzählte es Naomi und Silas, als wir darüber diskutierten, wie es weitergehen sollte. Wie üblich zogen wir nicht an einem Strang: Naomi wollte, dass Mom eine Therapie machte, und Silas sagte, dass wir sie verdammt noch mal in Ruhe lassen sollten. Ich stand irgendwo dazwischen und holte mir eine blutige Nase.

Ein Brummen draußen lenkt meinen Blick auf die Straße. Das Geräusch wird immer lauter, bis eine eisblaue Vespa vor unserem Haus hält. Der Fahrer ist barfuß, und als er seinen Helm abnimmt, kommt zu meiner Überraschung eine weißblonde Lockenmähne darunter zum Vorschein.

Leah springt quietschend auf, um auf Vivi zuzurennen und ihr ein paar durchaus begründete Fragen zu stellen, zum Beispiel: Wo hast du die Vespa her? Aber Vivi stolziert aufgekratzt zu uns her. Wir haben wichtigere Dinge zu besprechen.

»Geh hin und schau sie dir an«, sage ich zu Leah, als wir Vivi auf halbem Weg begegnen.

»Kann ich mal drauf sitzen?«

»Nein«, sage ich schnell, bevor Vivi es ihr erlauben kann. »Aber du kannst den Helm aufziehen.«

»Du kannst die blauen Plastikteile anfassen«, sagt Vivi. »Sie ist wie ein Pony, sie lässt sich gern streicheln.«

Vivis Blick wandert an mir herunter, und mir wird bewusst, dass ich voller Kreidestaub bin, salbeigrün und senfgelb. Sie wischt einen Fleck von meinem Unterarm und denkt angestrengt nach. Endlich sieht sie mich an.

»Es war ein aufwühlender Tag«, sagt sie. Ich will sie fragen, was genau ich getan habe, um sie so wütend zu machen. Aber andererseits, warum soll ich es ansprechen, wenn sie gar nicht … wütend ist.

»Ich weiß. Und es tut mir leid. Ich hätte dich nicht in diese Situation bringen dürfen.« Ich presse meinen Finger auf den dumpfen Schmerz, der hinter der Stelle zwischen meinen Augenbrauen pocht. »Das war nicht fair von mir. Es ist nicht dein Problem, und …«

Vivi legt ihre Fingerspitzen auf meinen Mund, um meine holprige Entschuldigung abzuwürgen. »Lass uns nicht mehr drüber reden. Kommst du mit mir nach Hause und machst mir Abendessen? Mom fährt nach San Francisco zu einer Galerie-Eröffnung.«

Und nur für den Fall, dass ich Nein sagen könnte, lässt sie ihre Hand sinken und küsst mich. Ich ziehe sie an mich, die Hände in ihrem Nacken. Dieses Mädchen hat Moms Zusammenbruch miterlebt. Und meinen eigenen, weil ich keine Ahnung hatte, was ich tun sollte. Trotzdem kommt sie wieder her.

»Iiih!«, kreischt Leah vom Rasen herüber. »Das ist mein *Bruder*, Vivi!«

Ich schaue an Vivi hinunter. Wische einen blauen Fleck von ihrem Kiefer ab. »Wow, du bist vielleicht ein Glückspilz! Erst wirst du mit Malkreide vollgeschmiert, und dann musst du dich auch noch von einer Fünfjährigen anmachen lassen!«

Vivi lächelt, als würden wir ein richtig gutes Geheimnis miteinander teilen. »Ich mag das so«, murmelt sie.

Und das Unglaubliche ist, dass sie die Wahrheit sagt.

11

Vivi

»Du hast gesagt, du fährst zum Shoppen nach San José!« Ich hatte gehofft, dass Mom fort sein würde, wenn ich von Jonah zurückkam, aber da war sie, bis zum Anschlag aufgestylt für das Galerie-Event, und stöckelte gerade zum Wagen heraus, als ich auf meiner Vespa um die Ecke sauste. Wütend scheuchte sie mich ins Haus zurück, ihr Gesicht war fast so rot wie ihr Rock.

»Ich war ja auch shoppen! Habe die Vespa gekauft! Du weißt doch, dass ich schon lange eine wollte.« Der sehr nette Vespa-Händler hatte sie in Moms Auto geladen, ich war damit nach Verona Cove zurückgebraust, ein Nachbar hatte mir beim Ausladen geholfen, und jetzt gehört sie mir! Puderblau und ganz und gar mein – das kann mir meine Mutter nicht vermiesen. »Warum regst du dich überhaupt auf? Ich habe einen Helm gekauft!«

Der Kauf war total vernünftig. Ich besitze einen Motorrad-Führerschein, weil ich mit sechzehn mal mit einem Biker zusammen war. Und es ist eine GT, schnell genug für den Highway! Jetzt muss ich mir nicht immer Moms Auto ausleihen.

»Die hat doch sicher Tausende von Dollar gekostet, Vivian.« Ich hasse es, wenn sie meinen Namen ausspuckt wie ein Schimpfwort. »Bezahlt mit einer Kreditkarte, die du aus meinem Geldbeutel gestohlen hast.«

»Das ist *meine* Karte! Und Geld, das Grandma mir vererbt hat! Wie kannst du von Stehlen reden, wenn es doch mir gehört?«

Moms Stimme klingt jetzt gedämpft, angstvoll. »Ich habe dir die Karte weggenommen, weil du nicht verantwortlich damit umgehen konntest. Und wir hatten abgemacht, dass jeder Kauf über mich geht.«

Ich glühe vor Zorn, mein Gesicht ist so rot, dass ich die ganze Küche damit beleuchten kann. »Hör auf, mich wie ein Kind zu behandeln! Merkst du denn nicht, was du sagst? Ich werde nächstes Jahr achtzehn!«

Moms Augen werden schmal. »Du nimmst deine Tabletten nicht, stimmt's?«

»DOCH! ICH NEHME SIE!« Was ja auch stimmt. Also jedenfalls eine davon. Und die andere nehme ich auch. Ich nehme sie auf die Klippe mit, damit ich zuschauen kann, wie sie sich in den Tod stürzt.

»Lass mich mal in deine Tasche sehen.«

»Was? Nein! Warum?« Aber dann fällt mir ein, dass ich nichts zu verbergen habe. »Also gut. Hier, bitte.«

Mom nimmt beide Arzneifläschchen heraus und schüttet die Tabletten auf den Tisch. Sie zählt nach und kommt – da bin ich mir sicher – auf exakt die Anzahl Tabletten, die drin sein müssten, wenn ich sie jeden Tag schlucken würde.

Ich sehe, wie ihre Schultern heruntersacken, aber ich kann nicht sagen, ob sie zerknirscht oder erleichtert ist.

»Du musst doch verstehen, dass ich mir Sorgen mache. Letztes

Mal hat es auch so angefangen. Und als Nächstes lässt du dir dann wieder ein Tattoo ohne meine Erlaubnis machen.«

Meine Augen füllen sich mit Tränen – Tränen des Zorns, der Verletztheit, alles miteinander. Mom weiß, wie sehr ich diese dumme wasserhelle Lotusblüte an meiner Hüfte hasse, dass ich sie mir am liebsten wegmachen lassen würde, dass mir beim bloßen Gedanken daran schlecht wird. »Fang bitte nicht vom letzten Mal an! Das hier ist der Sommer meines Lebens, und es geht mir so gut wie lange nicht mehr, und du verdirbst alles, weil du mir nicht vertraust.«

Sie hat ja keine Ahnung. Sie war da, aber sie ahnt nicht, wie schlimm es wurde – so als wären mein Gehirn, mein Körper, mein ganzes Leben auf Schnellvorlauf, ohne dass ich die Stopp- oder Pausentaste drücken konnte. Nein, Mom hat keine Vorstellung, wie tief ich gesunken war, wie schrecklich es war, hinterher mit all dem zu leben. Und dann die Taubheit, die Gefühllosigkeit. Wie sehr es mir fehlte, Musik in meinen Knochen zu spüren.

Ich erinnere mich an so vieles aus dieser Zeit und würde meine besten Vintage-Nähmuster dafür hergeben, wenn ich es nur vergessen könnte. Mom weiß nichts vom Allerschlimmsten, weil ich es ihr nie erzählt habe, denn dann würde sie mich nie mehr mit denselben Augen ansehen können.

»Ich glaube, ich sage das heute Abend ab«, murmelt sie, aber sie blufft. Es *kann* nur ein Bluff sein. Die Galerie zeigt eines ihrer Bilder.

»Okay, mach, was du willst, ich bin sowieso nicht da«, sage ich so beherrscht und abweisend wie möglich. »Ich gehe zu Jonah. Er kocht mir was zum Abendessen.«

Okay, er kommt hierher, damit wir allein sein können, aber das ist geschenkt.

Mom entspannt sich ein bisschen, ihre Fäuste lockern sich. »Na, das ist nett von ihm. Er ist ein guter Koch, nicht wahr?«

»Ja.« In Moms Augen kann Jonah nichts falsch machen. Er ist normal, gefestigt, der lebende Beweis, dass es mir gut geht. Sie hat ihn neulich mit den Kleinen auf dem Bauernmarkt getroffen und konnte gar nicht mehr aufhören zu schwärmen – was für ein netter, verantwortungsvoller Bruder er sei und wie schön für mich, dass ich den Sommer mit diesem wunderbaren Jungen verbringen könne. Das stimmt natürlich alles, aber so verantwortungsvoll ist er nun auch wieder nicht, dass er nicht zu mir nach Hause kommt, wenn sie nicht da ist, um für mich zu kochen und den restlichen Abend mit mir in meinem Schlafzimmer abzuhängen. Ich lege mir die Hand auf den Mund, als würde ich angestrengt nachdenken. In Wahrheit verberge ich ein Grinsen.

»Also gut«, sagt Mom und nimmt ihre Schlüssel. »Aber wir sind noch nicht fertig miteinander, ja? Die Aussprache ist nur auf später verschoben. Und die Vespa geht natürlich zurück. Das war nicht gut, Vivi.«

Eine Stunde später taucht Jonah mit einer braunen Einkaufstüte auf. Irgendwie wirkt er noch attraktiver auf mich, und ich stelle mir vor, dass er mein Freund ist, mit dem ich zusammenlebe und der den Wochenendeinkauf in unser großes, modernes Strandhaus bringt.

»Gutes Timing«, sagt er. »Hab gerade an ein paar neuen Rezepten für das Restaurant gearbeitet. Du kannst heute Abend eins ausprobieren, statt bis zu deiner Geburtstagsparty zu warten.«

»Was? Ich krieg 'ne Geburtstagsparty?« Ich klatsche vor Freude in die Hände und sehe schon die Deko und die Lichterketten vor mir.

Jonah verdreht die Augen. »Du hast dir doch zum Geburtstag

gewünscht, dass ich die Terrasse für deine Party herrichte, und genau das mach ich jetzt.«

Ich schaue ihm zu, wie er die Lebensmittel auspackt und auf den Tisch legt, darunter viele Sachen, die ich nicht kenne: so was Grünes, Blättriges, das kein normaler Kopfsalat ist, und eine Gemüsesorte, die wie eine Kreuzung aus Kartoffeln und Rettichen aussieht. Wir suchen Töpfe und Pfannen zusammen, stellen Richards ganze Küche auf den Kopf. Mom und ich kochen so selten, dass ich keine Ahnung habe, wo ich nachsehen muss. Jonah schiebt zwei Lachsfilets in den Ofen und gibt die Rettich-Kartoffeln – er nennt sie rote Kartoffeln – in einen Topf mit kochendem Wasser.

Mom hat gesagt, dass sie erst spät nach Hause kommt. Aber trotz unserem Krach vorher ist es gut möglich, dass sie ein paar Gläser Champagner zu viel trinkt und mit einem ihrer schlaflosen Künstlerkollegen nach Hause geht. In diesem Fall schickt sie mir so gegen Mitternacht eine reuevolle Nachricht, ist aber dann trotzdem nicht zerknirscht genug, um es sich anders zu überlegen und nach Hause zu fahren. Nicht dass ich sie verurteile, wirklich nicht. Ich verstehe sie. Ich weiß, dass Mom jemanden braucht, der sie liebt, und eine Tochter ist nicht genug, das ist mir klar. Sie sehnt sich danach, von einem interessanten, warmherzigen, zuverlässigen Mann angebetet zu werden. Mit möglichst vielen Männern nach Hause zu gehen, nur weil es sich gerade so ergibt, ist zwar sicher nicht die beste Methode, um dieses Ziel zu erreichen, aber vielleicht hat sie ja Spaß dabei, und es ist immer noch besser, als zu Hause zu bleiben, wo sie garantiert keinen neuen Mann kennenlernt.

Auf all diese Wahrheiten über Mom bin ich nicht von allein gekommen. Meine Tante konnte noch nie den Mund halten, und sobald sie ein, zwei Gläser zu viel hat, zieht sie über Mom her. Da sie in ihrer Ehe nicht glücklich ist, beneidet sie Mom um ihre Unabhängigkeit – was ich natürlich nicht von ihr habe. Das liegt auf der Hand.

Ich sitze auf dem Küchentresen, baumle mit den Beinen und sehe Jonah beim Arbeiten zu. Es ist alles so schön – wie geschickt er die Pfirsiche für den Salat schneidet und wie mühelos er sich zwischen Herd und Küchentresen und Spülbecken bewegt. »Ich schau dir so gern zu, Jonah, ehrlich. Das ist, als würdest du eine fremde Sprache sprechen, verstehst du? Ungefähr so, wie wenn man an zwei Menschen vorbeigeht, die Spanisch reden, und man versteht nicht jedes Wort, aber der Klang ist wunderschön, und man spürt, dass die beiden sich gut verstehen. So ist das bei dir, wenn du kochst.«

Jonah lächelt, rührt in einer Sauce. »Es ist nicht so kompliziert.«

Ja, klar, weil er mit Kochen aufgewachsen ist.

»Was ist zum Beispiel eine Reduktion? Das steht manchmal auf den Speisekarten … Balsamico-Reduktion oder so.«

»Ach, das ist nur eine bestimmte Saucentechnik. Man erhitzt die Zutaten in einer Pfanne, bis die Flüssigkeit teilweise verdampft ist, und das nennt man Reduzieren. Die Sauce wird dadurch kräftiger und aromatischer. Manchmal auch cremiger.«

»Ah, gut zu wissen.« Hier, auf meinem Platz auf dem Tresen, bin ich auf Augenhöhe mit ihm, was neu für mich ist. Also packe ich ihn am Hemd und ziehe ihn an mich. Wir küssen uns, gierig und wild, wie immer, wenn wir uns so nahe kommen, und meine Hände verirren sich sofort in sein schönes Haar, zerren ihn noch enger an mich. In mir verpufft jeder klare Gedanke. Es ist, als würde ein Hebel umgelegt, und nun schießt der Zug aus dem Bahnhof. Ich bin wie im Rausch, es gibt kein Halten mehr, wir rasen auf diesem Gleis entlang bis zum Ende.

Aber Jonah nimmt seinen Mund von meinem. Vielleicht will er mir was Erotisches zuflüstern?

Aber er sagt nur: »Der Lachs verbrennt.«

Ich brauche einen Moment, bis ich zu mir komme, weil mein Geist total benebelt ist und irgendwo über uns schwebt. Ich könnte jetzt sauer sein, weil meine Küsse offenbar nicht gut genug sind, um ihn vom Kochen abzulenken. Aber ich will keinen Freund, der es mir leicht macht, der einfach auf jeden Scheiß eingeht, der mir gerade durch den Kopf schießt. Jonah Daniels ist mir manchmal ein Rätsel. Mein roter Lippenstift hat Spuren auf seinem Mund hinterlassen, was ihn für mich noch verlockender macht als das ganze Essen in dieser Küche.

Ich beobachte ihn, wie er den Lachs aus dem Ofen nimmt. »Jonah?«

»Ja?«

»Willst du später mal Küchenchef werden?«

»Keine Ahnung, vielleicht.« Er stellt die Pfanne ab und nimmt den Kochtopf vom Herd. Als er das Wasser in die Spüle kippt, quillt Dampf in die Luft. »Ich kann mir jedenfalls nichts anderes vorstellen.«

»Dann wirst du wahrscheinlich in eine Kochschule gehen?«

»Ja, ich hoffe es zumindest. Gut möglich.« Er kippt die roten Kartoffeln in eine Schüssel, fügt etwas Milch und ein Stück Butter hinzu. Ich warte vergeblich darauf, dass er weiterredet. Aber wie ich schon sagte: Jonah Daniels ist mir manchmal ein Rätsel.

Und deshalb pikse ich ihn ein bisschen, obwohl ich weiß, dass wir uns bei diesem Thema auf ziemlich vermintem Gelände bewegen. Aber es ist gut für ihn, über seine Gefühle und Pläne zu sprechen. »Willst du irgendwann das Restaurant übernehmen?«

Jonah runzelt nachdenklich die Stirn, während er die Kartoffeln mit einem silbernen Küchenutensil zermanscht, für das ich keinen Namen habe. Ich beobachte fasziniert, wie seine Armmuskeln spielen. Ich muss mich echt auf meine Hände setzen, damit ich nicht in Versuchung komme, nach ihm zu greifen und ihm das Hemd aufzuknöpfen. »Nein, ich glaub nicht. Jedenfalls nicht so schnell. Ich liebe das Tony's, und ich liebe Verona Cove … aber ich will in einer größeren Stadt leben.«

Die Gerüche erfüllen die Luft, ein Hauch von Knoblauch und geschmolzener Butter, und noch ein anderes, erdiges Gewürz, das ich nicht einordnen kann.

»Es gibt doch Schulen für Kostümdesign, oder?«, fragt er. »Sind die in großen Städten?«

»Na ja, hauptsächlich in New York und L.A., soviel ich weiß. Aber ich kann bestimmt eine Lehrstelle bei einem berühmten Designer ergattern, weil ich schon ziemlich gut im Nähen bin. Ich will mindestens für ein Jahr nach Japan gehen, und danach werde ich vielleicht in Kalifornien leben und arbeiten.« Ich denke einen Augenblick darüber nach, öffne mich den vielen Möglichkeiten, die ich mir für die Zukunft vorstellen kann. »Aber vielleicht auch in New York, wo ich fürs Fernsehen arbeiten oder bei einem interessanten Filmprojekt mitmachen könnte. Kostümdesign, das sind nicht nur schöne Gewänder in Historienfilmen, wie die meisten Leute glauben. Es gibt viele andere Bereiche, Kostümdesign für Fernsehserien zum Beispiel. Dazu muss man sich in die einzelnen Charaktere hineinversetzen und den richtigen Look für sie finden. Man arbeitet also Hand in Hand mit dem Regisseur, den Schauspielern und dem Stylistenteam.«

»Du kannst sicher beides«, sagt Jonah lächelnd. Er schöpft die gestampften roten Kartoffeln auf ein Bett aus Rucolablättern. Ich lerne heute Abend viel über die Zubereitung von Gemüse.

»Du hast recht, ich würde genauso gern für eine Fernsehserie arbeiten wie für einen Kinofilm. Weil nämlich Kleider den Unterschied zwischen einem guten und einem Kultfilm ausmachen können.«

»Ach ja?« Jonah grinst ein bisschen über mein hochtrabendes Statement, aber es stimmt, was ich sage. Mit Kostümdesign kenne ich mich aus.

»Ja, klar. Nimm zum Beispiel Audrey Hepburn. Ohne ihr langes schwarzes Abendkleid mit dem tiefen Rückenausschnitt, ohne die ellbogenlangen Handschuhe und die Kette wäre sie nur ein x-beliebiges Mädchen in New York gewesen.«

»Und ohne die Tiara.«

Ich blinzle ihn ein paarmal an – darauf war ich nicht gefasst. »Was?«

»Sie trägt doch auch eine Tiara? Holly Golightly?« Jonah sieht mich nicht an, weil er gerade behutsam den Lachs auf den Hügel aus Stampfkartoffeln legt.

Ich bin überwältigt. Heilige Mutter Erde, ich könnte schweben vor Glück. »Was? Du hast ›Frühstück bei Tiffany‹ gesehen?«

»Na klar. Mom hat mich die ganzen alten Filme anschauen lassen, als ich noch klein war.« Die beiden Teller sind jetzt fast fertig, und Jonah gibt noch etwas Marinade auf den Lachs. Mir läuft das Wasser im Mund zusammen, und ich kann es kaum fassen, was ich für ein Glückspilz bin: dieser megaschöne Junge kocht mir an diesem schönen Abend so ein wunderbares Essen!

»Hey, Jonah?«

»Ja?«

»Also, ich weiß nicht, wie ich dir das jetzt sagen soll«, fange ich an und springe vom Tresen herunter. »Ich glaube, du verliebst dich gerade ein bisschen in mich.«

Jonah gibt mir den Teller, und ich kann einen Hauch von Selbstzufriedenheit in seinem Lächeln entdecken. »Also ehrlich, Viv, ich hab gerade einen Wildlachs in Mango-Chutney gegart, auf einem Bett aus roten Knoblauchkartoffeln und Rucola, und nebenbei haben wir uns über Audrey-Hepburn-Filme unterhalten. Ich glaube eher, dass du dich in mich verliebst.«

Ich gehe auf die Zehenspitzen, damit ich meinen Mund auf seinen pressen kann. Als ich wieder auf die Fersen zurücksinke, lächle ich zurück. Obwohl die Situation mehr als eindeutig ist und wir das beide wissen, kann ich auch manchmal ein Rätsel sein. »Schon möglich, Jonah, schon möglich.«

12

Jonah

Das Feuerwerk findet in Verona Cove immer am ersten Samstag nach dem vierten Juli statt. Keine Ahnung, woher dieser Brauch stammt. Oder wer das Feuerholz anschleppt und das Bierfass kauft. Oder warum die Polizei es überhaupt erlaubt. Silas meint, die Polizei lässt uns in dieser einen Nacht über die Stränge schlagen, weil das vielleicht viel Ärger den restlichen Sommer über erspart. Das Publikum besteht hauptsächlich aus einheimischen Jugendlichen. Eine unausgesprochene Regel besagt: Die Teilnehmer dürfen nicht unter fünfzehn sein und müssen noch ans College gehen. Ein paar Touris werden auch eingeladen, aber im Wesentlichen nur die, die schon ihr Leben lang in Verona Cove Ferien machen und praktisch wie Einheimische sind.

Naomi ist mit Vivi und mir an den Strand gegangen, was ich nie gedacht hätte. Allerdings hat sie kein Wort mit uns gesprochen. Vivi ist den ganzen Weg neben mir hergehüpft und hat mir Löcher in den Bauch gefragt, wer alles kommt (alle) und ob es ein Feuerwerk gibt (ja, aber nichts Großes). In Vivis Gegenwart fällt es mir noch mehr auf, wie niedergedrückt ich bin, weil sie so voller Leben ist. Ihre Füße berühren kaum den Sand beim Gehen. Es ist, als wäre ihr Körper weniger der Schwerkraft ausgeliefert als der anderer Leute. Mein Blick fällt auf Naomi, die immer dünn war, immer die Schultern ein bisschen hängen ließ. Dass sie eine schlechte Haltung hat, ist mir natürlich nicht neu. Aber zum ersten Mal geht mir der Gedanke durch den Kopf, dass sie vielleicht genauso deprimiert ist wie ich, nur schon viel länger. Naomi macht sich immer Sorgen wegen irgendwas, auch schon vor Dads Tod, so als wäre es ihr Hobby. Wegen ihren Noten, dem College, der Umweltverschmutzung. Echt wahr.

»Wow«, sagt Vivi. »Schau dir mal die Sterne an. Die sehen beinahe unwirklich aus. Du hast ja keine Ahnung, wie schön es ist, so weit weg von den ganzen Großstadtlichtern. Es kommt mir vor, als könnte ich direkt von den Klippen auf die Sterne treten, wie auf Seerosenblätter im Wasser, und dann von einem zum anderen springen und auf diese Weise das ganze Sonnensystem durchqueren.«

Dann schlingt sie einen Arm um mich und springt hoch, um mich auf die Wange zu küssen. Ich weiß, dass Naomi die Augen verdreht, ohne dass ich sie ansehen muss. Trotzdem lächle ich, obwohl mir der Rücken wehtut, als Vivi an mir zerrt.

Mir tut einfach alles weh von der Schufterei auf der Restaurant-Terrasse. Ich habe die Arbeit zusätzlich zu meinen Schichten und meinen Aufgaben zu Hause gemacht. Am ersten Tag habe ich den ganzen Schrott weggeschafft, der sich dort angesammelt hatte. Die eine Hälfte habe ich hinter dem Schuppen deponiert, die andere auf der Müllkippe. Dann habe ich Silas angerufen, der mit dem Transporter gekommen ist und mir geholfen hat, den kaputten alten Ofen auf den Schrottplatz zu fahren. Gestern habe ich das ganze überwucherte Unkraut ausgerupft, nur den Efeu habe ich gelassen. Irgendwann ist Silas aufgetaucht und hat mit angepackt, obwohl ich ihn gar nicht darum gebeten hatte. Wir arbeiteten schweigend nebeneinander her, ich an meiner Unkrautvertilgungsaktion, während Silas die Elektrokabel verlegte und anschließend testete, welche Lichter noch funktionieren.

Heute habe ich mir den Hochdruckreiniger von Mr Thomas ausgeliehen, dem Besitzer des kleinen Baumarkts neben dem Restaurant. Die Terrasse ist jetzt zumindest sauber und leer. Alle, die den Weg dahinter als Abkürzung benutzen, sagen, es sieht toll aus. Mrs Kowalski wollte gleich für den Eröffnungsabend einen Tisch reservieren. So weit hatte ich noch gar nicht gedacht, aber ich habe mich trotzdem bei ihr bedankt. Auch wenn das jetzt irgendwie lahm klingt: Es tut echt gut, für etwas zu schwitzen, das einem am Herzen liegt. Die Terrasse sieht jeden Tag ein bisschen besser aus, ein deutlicher Fortschritt direkt vor meinen Augen. Nicht mal die Rückenschmerzen stören mich. Ich bin daran gewöhnt.

Das Feuer prasselt in der Ferne, dunkle Silhouetten bewegen sich durch die Nacht. Ich rieche schon den Rauch, höre das Lachen und den Stimmenlärm. Letztes Jahr war ich mit meinem Freund Zach und ein paar anderen Jungs aus der Baseball-Mannschaft hier. Ich habe fast den ganzen Abend mit ihnen herumgeblödelt und mit Sarah geflirtet. Seit ich nicht mehr in der Mannschaft bin, sehe ich die Jungs kaum noch. Wenn ich mir vorstelle, wie viel sich in einem Jahr ändern kann! Mir wird ganz schwindlig davon, als hätte mir jemand die Faust auf die Nase geknallt, in einem Straßenkampf, in den ich hineingeraten bin, ohne zu wissen, wie und warum.

Wir bahnen uns einen Weg durch die Menge, und die Leute rufen uns zu, na ja, hauptsächlich Vivi. Wir bleiben einen Augenblick stehen, weil Naomi auf ihre alte Clique trifft, einschließlich Adam, mit dem sie in der Highschool zusammen war. Als ich mich nach Vivi umsehe, steht sie ein paar Meter entfernt bei Dane Farrow und redet mit ihm, als würde sie ihn kennen. Und sie hat bereits ein Bier in der Hand.

Dane Farrow ist ein Typ, den mein Dad als echten Abschaum bezeichnet hätte. Er verteilt Drogen an die Leute in der Schule, weil sein älterer Bruder dealt. Und Dane folglich auch, glaube ich. Nur den härteren Stoff überlässt er seinem Bruder. Solche Typen wie Dane tauchen normalerweise nicht auf meinem Bildschirm auf. Es ist mir auch egal, was er macht. Verona Cove ist eine Art Hippieparadies, und Gras ist hier keine große Sache. Aber es gefällt mir nicht, dass Vivi mit ihm redet.

»Woher kennst du Dane Farrow?«, frage ich sie, als sie zurückkommt.

»Hm«, antwortet sie gedehnt und scheint zu überlegen, wie viel sie zu verraten bereit ist – ob und wie weit sie mich anlügen soll. »Wir haben einen gemeinsamen Freund.«

»Eine Freundin, meinst du – Mary Jane?«

Vivi kichert, als hätte ich einen Witz gemacht. »Er kennt Whitney. Hab ihn auf der Arbeit getroffen. Oh Mann, entspann dich, Jonah. Und schau mich nicht so an. Dane dealt mit total schrottigem Gras, ich würde nie welches bei ihm kaufen.«

Aber vielleicht bei jemand anderem? Wir haben nie darüber geredet. Früher habe ich hin und wieder mit Freunden geraucht, aber ich habe nie Gras gekauft. Und momentan sowieso nicht – nichts liegt mir ferner.

»Jonah, Naomi, hey!« Ellie, die mit ein paar Zehntklässlerinnen zusammensteht, kommt zu uns herüber. »Schön, dass ihr da seid!«

Sie umarmt Naomi und winkt mir verlegen zu. »Ich hab die Terrasse gesehen, Jonah. Super, ehrlich.«

Ich nicke. »Danke. Es wird so langsam. Ellie, das ist Vivi.«

»Seine Freundin«, fügt Vivi hinzu.

Das haben wir bisher nie so direkt ausgesprochen, und ich versuche, mir meine Überraschung nicht anmerken zu lassen. Oder bin ich erleichtert?

»Freut mich, Vivi«, sagt Ellie und hält ihr die Hand hin. Es klingt warm und aufrichtig. Vivi nimmt Ellis Hand mit spitzen Fingern, als wäre es ihr unangenehm. »Leah hat mir pausenlos von dir erzählt, als ich sie das letzte Mal gesehen habe.«

Vivi wirft ihr wieder dieses wie angemalte Lächeln zu, was aber nicht nur an ihrem Lippenstift liegt. Sie sieht aus wie eine Puppe mit aufgebogenen Mundwinkeln und eingefrorenen Zügen. »Huch, ich habe noch nie von dir gehört.«

Ich runzle die Stirn. Das stimmt natürlich nicht. »Ellie ist Felix' älteste Tochter, schon vergessen?«

»Ah ja.« Vivi lächelt noch immer so künstlich. »Richtig.«

Ich komme mir vor wie eine Gazelle, die gleich von zwei Löwinnen zerfleischt werden wird.

»Komm, El«, sagt Naomi und fasst nach Ellis Hand. »Lass uns was trinken gehen.«

Ohne ein weiteres Wort an Vivi zu verschwenden, machen sich die beiden aus dem Staub. Vielleicht wollte Naomi mich retten, was sie vermutlich auch getan hat. Aber trotzdem habe ich das Gefühl, dass sie Vivi bewusst geschnitten hat.

»Tut mir leid wegen Naomi.« Ich setze mich auf einen Baumstamm und Vivi kuschelt sich an mich. Diese Stämme sind eine weitere Besonderheit von Verona Cove. Sie sind riesig, wie versteinertes Holz. Und sie bilden einen Kreis um das Feuer, der sonst das ganze Jahr über ungenutzt bleibt. »Das hat nichts mit dir zu tun. Sie ist einfach so. Es dauert eine Ewigkeit, bis sie Fremden gegenüber auftaut, und Ellie kennt sie von klein auf.«

»Ach, vergiss es, Jonah.« Vivi trinkt einen großen Schluck Bier. »Ihr Jungs seid manchmal so was von vernagelt – ehrlich. Du hast ja keine Ahnung, wie viel leichter dein Leben wäre, wenn du mehr auf die Körpersprache der Leute achten würdest.«

Leicht angepisst starre ich sie an. »Was?«

Seufzend sieht sie zu Adam hinüber. »Du hast natürlich nicht gemerkt, wie aufgekratzt Naomi plötzlich war, als dieser Typ mit ihr geredet hat? So nett und freundlich habe ich sie noch nie erlebt, aber es ist ihr verdammt schwergefallen. Ich weiß nicht, wer der Typ ist, aber auf jeden Fall hatte seine Gegenwart eine enorme Wirkung auf sie.«

»Er ist ihr Ex.« Naomi hat mir nichts Genaueres über ihre Trennung erzählt, und ich habe sie nie danach gefragt. Sie hat es nur mal erwähnt, ganz beiläufig, kurz bevor sie letztes Jahr ans College ging. Wenn jemand sich den Magen verdorben hat und kotzen muss, fragt man ja auch nicht näher nach. Man kann sich denken, dass es nicht angenehm war, und mehr will man gar nicht wissen. »Du meinst, sie steht noch auf ihn?«

»Das vielleicht nicht – eher verletzt.« Vivi schaut mich an und verdreht die Augen. »Ehrlich, Jonah, wie kannst du im selben Haus mit jemand leben, der Liebeskummer hat, ohne es zu merken? Ich wusste es gleich am ersten Abend, als ich Naomi gesehen habe, weil ich ein gebrochenes Herz buchstäblich riechen kann. Es riecht wie Weihrauch, süß, aber verbrannt.«

Ich hätte ihr am liebsten gesagt, dass Naomi nicht die Einzige im Haus mit gebrochenem Herzen ist – ich meine, Mom ist richtig krank davon geworden.

»Wie auch immer.« Sie schaut kurz zu Naomi, die gerade zurückkommt. »Ich geh schnell mal zu Tasha. Sei nett zu deiner Schwester.«

Wer zum Teufel ist Tasha? Vivi rauscht davon, ein Wirbel aus wehenden blonden Haaren und langen, nackten Beinen. Ich hatte erwartet, dass Naomi meckern würde, wenn ich heute Abend was trinke, aber sie hält zwei Bierdosen in der Hand.

»Hier«, sagt sie und nimmt Vivis Platz auf dem Baumstamm ein. »Ich habe uns was Anständiges gebracht, statt dieser Pisse aus dem Fass.«

Sie gibt mir eine Dose und öffnet die andere. »Prost. Darauf, dass wir dieses endlose, verdammte Horrorjahr überleben.«

Auf die Hoffnung. Ich stoße mit meiner Dose gegen ihre, was ein dünnes, metallisches Pling! verursacht, und wir trinken beide einen großen Schluck.

»Sie ist vielleicht 'ne Nummer, was?« Die dunklen Augen meiner Schwester beobachten Vivi, die mit einem Typ redet, der definitiv nicht Tasha ist. Sie lacht, stößt ihn dabei in die Seite. Sie *flirtet* mit ihm – ganz offen. Aber dann merkt sie, dass ich herschaue, schürzt die Lippen und wirft mir aus mehreren Metern Entfernung einen Kuss zu. Ihre roten Lippen leuchten im Mondlicht.

»Ja.« Ich riskiere einen Seitenblick zu Naomi. »Du würdest sie auch mögen, wenn du sie besser kennen würdest.«

Das Feuer vor uns knackt und ein Holzscheit zerbirst. Naomi schweigt lange, dann sagt sie: »Ich versuche nur, die Dinge im Griff zu behalten.«

Das ist nicht wirklich eine Erklärung für ihre ewige schlechte Laune. Aber ich weiß, was sie meint. »Vivi auch.«

Keine Ahnung, woher ich das weiß, aber es ist so. Ich habe sie nie nach der Narbe an ihrem linken Handgelenk gefragt, diese gezackte Narbe, die nicht nach einem Unfall aussieht. Sie trägt fast immer lange Ärmel, und wenn sie im Badeanzug ist, hat sie den ganzen Arm voller Armreifen. Isaac hat sie mal nach der Narbe gefragt, und Vivi hat ihm eine haarsträubende Geschichte erzählt von wegen, sie sei beim Campen in der Nähe von Mount Rainier von einem Grizzly angegriffen worden. Die wahre Geschichte hat sie mir nie erzählt, nur dass sie keine Angst vor der Dunkelheit hat. Ich glaube ihr. Schon wegen ihrer gelegentlichen Wutausbrüche. Als müsste sie die ganze Zeit ihre Dämonen niederringen, sodass ihr manchmal einfach die Puste ausgeht.

Ich weiß nicht, wie lange ich schon mit meiner Schwester zusammensitze. Fast, als wären wir die Einzigen hier, die einfach an ihrem Platz bleiben und noch einigermaßen nüchtern sind. Alle anderen um uns herum verschwimmen zu einem lauten, rauchigen Wirbel. Seltsamerweise ist es nicht unangenehm, mit meiner Schwester zu trinken, wie ich im ersten Moment befürchtet hatte. Im vergangenen Jahr ist so viel passiert – das hat uns beide älter werden lassen. Weil wir echte Probleme haben. Nicht das übliche Zeug – »Mein Freund hat mit mir Schluss gemacht« oder »Hab den Bio-Test verhauen«. Naomi und ich sind die leicht angegrauten Erwachsenen, die an der Bar schweigend ihre Drinks schlürfen, während die wilde College-Meute sich auf der Tanzfläche austobt.

Als Vivi wieder auftaucht, hat sie den Typ im Schlepptau, mit dem sie gerade geflirtet hat. Na super.

»Naomi, das ist Ethan«, sagt sie mit einem durchtriebenen Lächeln. »Hab ihm gerade gesagt, dass du ein Praktikum für dein Umwelttechnologie-Studium machst.«

»Ich bin an der Stanford, erstes Jahr.« Ethan redet schnell und scheint aus irgendeinem Grund ganz aufgekratzt zu sein. Er schlägt sich mit der Hand an die Brust, als wäre Naomi nicht in der Lage, das Wörtchen »Ich« zu verstehen. Und er klebt mit den Augen an meiner Schwester, dass ich ihm am liebsten eine reinhauen würde. »Mein Hauptfach ist auch Umwelttechnologie.«

Und siehe da, Naomis Gesicht hellt sich auf. Es wird weicher, sie schaut Ethan erwartungsvoll an. Meine Schwester ist der totale Wissenschafts-Nerd, und bei uns zu Hause will niemand was davon hören. Sie hat es längst aufgegeben, uns für irgendetwas zu begeistern. »Ich bin an der California Polytechnic!«

»Oh, super, und was hast du als Praktikumsschwerpunkt?«, fragt der Typ. Vivi verschränkt triumphierend die Arme.

»Ich hab jede Menge Daten zum Thema Umweltverschmutzung gesammelt – diffuse Emissionen und Indikatorbakterien. Aber ich kann bald mit ein paar Grundwassersanierungsprojekten anfangen.«

»Hey, cool. Ich jobbe diesen Sommer in einer Umweltrechtsbehörde, weil ich vielleicht noch Jura studieren will. Wir sind gerade an was Großem dran – Wasserverschmutzungsskandal.«

»Hoffentlich kriegst du das jetzt nicht in den falschen Hals, Captain Planet«, sagt Vivi und fasst Ethan ziemlich distanzlos am Arm. »Aber das ist ja noch langweiliger, als zuzusehen, wie eine Ladung Kleber trocknet.«

Vivis Offenheit kann sehr charmant sein, aber manchmal auch verdammt unhöflich. Naomi sieht aus, als würde sie Vivi am liebsten in den Pazifik werfen, aber dann lacht Ethan: »Sie hat recht.«

Er schaut weiter Naomi an. »Ich habe ehrlich gesagt Hunger. Hast du Lust, mit zum Diner zu gehen? Ich glaube, der hat noch offen. Ich würde gern dein Wissen über Umwelteinflüsse in Verona Cove anzapfen.«

»Kein Problem.« Naomi steht auf. So offen und unbefangen habe ich das Gesicht meiner Schwester selten gesehen. »Gern.«

Dann schlendern die beiden Richtung Ortsmitte davon, ohne auch nur Tschüs zu sagen. Ich höre noch, wie Ethan erzählt, dass er im küstenfernen Colorado aufgewachsen ist, dass er aber das Meeresleben und die unterschiedlichen Landschaftsformen von Verona Cove total faszinierend findet. Ich stehe auf, als wollte ich ihm nachjagen und ihm drohen: Wenn du meiner Schwester auch nur ein Härchen krümmst, schlage ich dich mit einem abgesägten Ast zusammen. Oder ich ersäufe dich in verseuchtem Wasser. Oder was immer einen angehenden Umwelttechniker am meisten treffen würde.

»Lass mal«, sagt Vivi und tätschelt meinen Arm. »Er ist ein Eagle Scout, wirklich wahr. Wir haben darüber geredet.«

»Ich hab diesen Typ noch nie gesehen! Wer sagt mir denn, dass er kein … kein Serienkiller ist?«

Vivi verdreht die Augen. »Violet Cunningham ist seine Cousine. Also komm runter, er wird schon kein Irrer sein, der mit einer rostigen Sichel hier aufgetaucht ist.«

Violet ist eine der Beinahe-Einheimischen und so beliebt in Verona Cove, dass sie eine Einladung zum Sommerfeuer bekommen hat. Aber trotzdem.

»Und außerdem«, sagt Vivi und stößt ihren Ellbogen gegen meinen. »Schau dir das mal an.«

Naomi geht mit Ethan zusammen an Adam und seiner Clique vorbei, ohne ihn eines Blickes zu würdigen. Und vielleicht glaubt Vivi jetzt, sie hätte die beiden verkuppelt. Aber okay, vielleicht braucht Naomi ja wirklich einen Freund – ein Gedanke, der mir bisher nie in den Kopf gekommen ist. Ich meine, was hat sie schon vom Leben? Kümmert sich um die Kleinen, wenn sie von ihrem Praktikum zurückkommt. Regelt den ganzen finanziellen Kram mit Mom, hält das Haus in Ordnung, macht die Wäsche und die Einkäufe so wie wir anderen auch. Ich kann mich nicht erinnern, wann ich sie das letzte Mal mit Gleichaltrigen gesehen habe.

»So was nennt man zwei Fliegen mit einer Klappe schlagen. Ich meine, ich könnte keine Fliege umbringen, geschweige denn zwei, das ist also nicht das richtige Bild. Aber für so was gibt es auch keine Redewendung – der einen Fliege einen süßen Typ wie Ethan in die Hände spielen und die andere Fliege namens Adam eifersüchtig machen. Ach, übrigens: Ich bekomme doch meine Geburtstagsparty auf der Terrasse, oder?«

Mir verschlägt es einen Moment lang die Sprache bei diesem rasanten Themenwechsel. »Ja, klar.«

»Super, okay, ich hab nämlich Leah versprochen, dass wir zusammen ein Pfauenkostüm für sie nähen, aber sie will es zu einem besonderen Anlass tragen, und mein Geburtstag ist doch *die* Gelegenheit, oder? Und deshalb müssen sich alle, die zum Abendessen kommen, als ihr Lieblingstier kostümieren, dann wäre ich wunschlos glücklich.«

»Meinetwegen. Warum nicht?« Zum tausendsten Mal, seit ich Vivi kenne, frage ich mich: Worauf zum Teufel habe ich mich da nur eingelassen?

»Super! Ach, und vergiss nicht, Officer Hayashi einzuladen!«

Als könnte ich das je vergessen. Mir ist immer noch nicht klar, was die beiden miteinander verbindet, außer dass sie morgens zusammen frühstücken. Und dass Officer Hayashi, als er das Tony's beim letzten Mal verlassen hat, mit dem Finger auf mich gezeigt und zu mir gesagt hat: »Sei nett zu dem Mädchen, verstanden?« Dann hat er drohend die Handschellen an seinem Gürtel getätschelt.

»Hey, Vivi!«, ruft jemand, der näher am Wasser steht. Obwohl ich mein Leben lang in diesem Ort wohne, hat Vivi jetzt schon mehr Freunde als ich.

»Bin gleich wieder da!«, sagt sie und küsst mich auf die Wange. »Rühr dich nicht vom Fleck, okay? Wir müssen noch ein bisschen über meine anthropomorphische Geburtstagsparty sprechen. Ist das nicht ein tolles Wort, anthropomorphisch? Manchmal würde ich mir am liebsten eine eigene Sprache erfinden, es gibt ja schließlich keine Behörde, die mir das verbieten kann.«

»Viv«, sage ich. »Da ruft dich jemand.«

»Ach ja, richtig.« Diesmal küsst sie mich auf den Mund, die Hände um mein Kinn, bevor sie wegrennt.

Dann sitze ich allein da, ohne mich nach irgendwelchen Leuten umzusehen, die ich kenne, mit denen ich reden könnte. Die Gründe, warum ich hier bin, sind ehrlich gesagt ziemlich schräg. Nicht etwa, weil ich Spaß haben will. Nein, ich dachte, ich muss meine Familie vertreten. Damit es so aussieht, als ob bei uns alles okay wäre. Ich habe ja sogar eine Freundin. Aber jetzt finde ich es nur noch bescheuert. Bei uns *ist* nun mal nicht alles okay, und warum sollten wir dann so tun, als ob? Ich trinke mein Bier aus, dann reicht es mir. Am liebsten würde ich abhauen. Ich habe meine Pflicht erfüllt, hab mich auf dem Fest blicken lassen und Hallo gesagt. Nicht gerade mit strahlendem Gesicht, aber okay. Leider sieht selbst mein Okay-Gesicht todmüde aus.

Vivi reißt mich aus meinen Gedanken, als sie sich wieder neben mich setzt und an meiner Hand zerrt, so wie Leah immer. »Komm schon, wir gehen alle nackt baden!«

Es dauert eine Sekunde, bis ich das verarbeitet habe. Nackt baden, das gab es angeblich vor ein paar Jahren mal beim Sommerfeuer, aber damals war ich noch zu jung, um dabei zu sein. »Was? Nein.«

»Oh doch! Komm endlich, macht doch Spaß!« Vivi tippt mir mit ihrer Fingerspitze auf die Nase und schaut vielsagend nach unten. »Nichts, was ich nicht schon gesehen hätte.«

Meint sie das jetzt ernst, oder zieht sie mich auf, um meine

Reaktion zu testen? Bei ihr weiß ich das nie so genau. »Vergiss es, Viv. Ich denke gar nicht dran, mich vor allen hier auszuziehen.«

»*Oh my god*, Jonah!« Sie verdreht die Augen, sodass ich mir wie ein Idiot vorkomme. »Es ist dunkel! Und du bist im Wasser. Niemand sieht dich.«

»Und ob die mich sehen.« Normalerweise bin ich ganz verrückt nach Vivi. Mein Kopf fährt Karussell, und ich will mehr, mehr, mehr. Aber manchmal ist es auch wie ein höllischer Hangover, mit ihr zusammen zu sein. Oder bin ich nur so festgefahren in meiner Rolle als Spielverderber? »Außerdem will ich nicht, dass dich hier jeder nackt sieht.«

»Okay. Dann lass ich meine Unterwäsche an. Für dich. Aus Liebe.« Bevor ich ihr sagen kann, dass ich das so nun auch wieder nicht gemeint habe, rennt sie los und streift schon mal ihr Shirt ab. Ich würde ihr am liebsten nachrufen: Hör auf damit, das ist total daneben! Aber die Worte kleben mir am Gaumen fest wie Hafermehl. Ich will ja kein Klotz am Bein sein, kein totaler No-Fun-Typ. Aber Mann, ich habe noch nie was anderes an Vivi gesehen als super durchsichtige Spitzen-BHs, und es passt mir nicht, dass die anderen jetzt alle … also ähm … durchschauen. Ich will der Einzige sein, der das bunte Tattoo an ihrer Hüfte zu sehen bekommt, das Tattoo, das sie so hasst.

Am Wasser ist eine Gruppe von mindestens zehn Leuten versammelt und zieht sich aus. Und ständig kommen noch mehr dazu, sobald sie merken, was hier abgeht. Der Anblick dieser ganzen nackten Körper hat etwas Surreales. Ich will instinktiv wegschauen, weil mir das Hinstarren irgendwie falsch vorkommt. Die Jungs sind splitternackt, aber die meisten Mädchen haben ihre Unterwäsche angelassen. Vivi hat recht: im Dunkeln sieht man nicht viel. Als alle ins Wasser rennen, verschwimmen sie zu einem hellen Knäuel.

Und natürlich werden sie vom Strand aus angefeuert. Ich bin froh, dass Naomi fort ist, weil es mir so was von peinlich wäre, wenn meine Freundin nackt vor meiner Schwester herumspringen würde. Resigniert gehe ich an meinen Platz auf dem Baumstamm zurück. Sie sind jetzt ganz in den Wellen. Ich seufze schwer.

»Hey.« Eine schlanke Gestalt taucht neben mir auf. Als ich aufschaue, lächelt Ellie zu mir herunter.

»Hey.«

»Mein Dad sagt, du probierst gerade ein paar neue Rezepte für die Speisekarte aus.« Ellie setzt sich neben mich auf den Baumstamm und rückt ihren Rock zurecht. »Er ist irre stolz auf dich.«

»Danke.« Stolz – wie ein Vater. Ich weiß nicht wirklich, wie ich das finden soll. Aber es bringt mich auf eine Idee.

»Sag mal«, ich senke meine Stimme, obwohl kein Mensch in der Nähe ist, »kann ich dich mal was fragen, auch wenn es vielleicht komisch klingt?«

Sie nickt.

»Weißt du eigentlich, wem das Restaurant gehört? Also halb deinem Dad und halb meinem? Aber was ist jetzt? Ich meine, nachdem mein Dad …«

Ellie lächelt kaum merklich. »Ich habe mal ein Gespräch mitgehört. Wenn man einen Bruder hat, der so oft in Schwierigkeiten geraten ist wie Diego, wird man verdammt gut im Lauschen.«

»Dann hast du also … ähm … gehört, wie dein Dad darüber geredet hat? Ob das Restaurant gut läuft und so?«

Ellie überlegt lange. Ihre Augenbrauen ziehen sich zusammen, ihr Mund wirkt plötzlich verkniffen. »Nein. Aber er war immer so gestresst, und wenn ich mal in ihre Gespräche reingeplatzt bin, sind Mom und Dad ganz schnell verstummt. Ich dachte, es ginge um Diegos neue Freundin oder so. Warum?«

Wenn Felix wollen würde, dass Ellie Bescheid weiß, hätte er es ihr erzählt. Und ich möchte ihr mit meinen Fragen auch nicht unnötig Angst machen. Aber so wie sie mich ansieht, ist das wahrscheinlich schon passiert. »Sag deinem Dad bitte nichts davon, aber ich bin zufällig auf ein paar Mahnungen gestoßen. Offenbar sind wir mit unseren Zahlungen ein bisschen hinterher.«

»Oh.« Die Flammen spiegeln sich in ihren dunklen Augen. »Das wusste ich nicht. Ehrlich, ich hatte keine Ahnung.«

»Dein Dad soll nicht erfahren, dass ich Bescheid weiß, aber seither zerbreche ich mir dauernd den Kopf, was ich tun kann.«

Ellie nickt langsam. Es ist sicher nicht leicht für sie, das zu verarbeiten. Ich habe fast sechzehn Jahre lang keinen Gedanken an Geld verschwendet, geschweige denn, mir Sorgen darüber gemacht. Geldsorgen machen alt. Ellie schweigt lange, dann gibt sie einen schwachen Seufzer von sich. »Ich will auch helfen, Jonah. Ich werde mir was überlegen.«

»Ohne dass dein Dad es mitbekommt?«

Ellie lächelt mich an. Ich glaube, sie weiß, dass ich ihn nur schützen will. Und nicht nur ihn, sondern irgendwie auch meinen eigenen Dad. »Von mir erfährt er nichts.«

Die Nacktbader sind jetzt aus dem Wasser und versammeln sich in der Nähe des Feuers, um sich wieder anzuziehen. Eine üppige Blonde schlägt Räder in BH und Höschen – eigentlich nur ein String. Ah, ja. Und meine Freundin hüpft mit nacktem Hintern vor allen Leuten hier herum … Ich möchte am liebsten ins Feuer springen.

»Na ja«, sage ich, als ob ich es witzig finden würde, »so ist Vivi nun mal.«

Ellie lacht, und ich bin auf einen missbilligenden Blick gefasst, den ich meiner Meinung nach verdient hätte, aber ihr freundliches

Lächeln bleibt. »Gut für sie. Würde ich auch machen. Nackt baden, meine ich. Aber Diegos bescheuerte Kumpel sind hier, und die würden mich womöglich bei meinen Eltern verpetzen. Vielleicht nächstes Jahr.«

Ich lächle zurück. Ich bin vielleicht zu kritisch. Vivi will Spaß haben, das ist alles. »Ich glaube, sie hatte ein paar Bier zu viel. Tut mir leid, dass sie vorher so … komisch zu dir war.«

Ellie winkt ab. Sie blickt sich einen Augenblick um, schaut auf die lachende Menge, auf unseren Ort. »Erinnerst du dich, wie wir letzten Sommer darüber geredet haben, von Verona Cove wegzugehen?«

»Ja.« Wir hatten gerade Feierabend gemacht und die Tische abgewischt.

Ellie beobachtet mein Gesicht im Feuerschein. »Willst du immer noch weg? Sogar an einem Abend wie heute?«

Ich nicke. Wir hatten beide zugegeben, dass wir nach der Highschool wegwollten, auch wenn wir unsere Familien liebten und uns in Verona Cove wohlfühlten. Aber, wie Ellie ganz richtig sagte, manchmal glaubt man hier zu ersticken. »Und ich komme mir deshalb immer noch wie ein Verräter vor, sogar noch mehr als früher. Ich meine, wie kann ich von hier wegwollen, von dem Ort, wo … von meinem Dad?«

»Er würde wollen, dass du gehst.« Ellie rafft ihren Rock und steht auf. »Wir können doch jederzeit wieder zurückkommen! Einfach mal ausprobieren, was da draußen auf uns wartet. Verona Cove bleibt trotzdem mein Zuhause. Also bis dann, Jonah.«

Wahrscheinlich ist es besser, dass sie geht, bevor Vivi zurückkommt. Ich sehe mich um, und da posiert Vivi für ein Foto mit einem Typen, den ich noch nicht mal kenne. In BH und Höschen! Ich weiß nicht, wie viel sie getrunken hat, aber es war definitiv zu viel.

Ich gehe hin, nicht gerade erfreut, aber sie redet ohne Punkt und Komma, während sie ihre Shorts zuknöpft. »Hey, Jonah! Das war so ein Spaß – du hast echt was verpasst. Ehrlich.«

Ihre übliche Nummer – charmantes Energiebündel –, aber diesmal funktioniert es nicht. Ich finde das alles nur peinlich und bin stocksauer. »Na super. Also komm jetzt, wir müssen nach Hause.«

»Was? Nein! Auf keinen Fall, jetzt wird's doch erst interessant.«

Ich senke meine Stimme. »Vivi, du bist betrunken. Und es ist besser, wenn wir jetzt gehen. Bevor noch mehr Leute hier Nacktfotos von dir machen.«

»Also entschuldige mal.« Vivi schnippt mit den Fingern, und ich wundere mich, dass ich den Alkohol nicht an ihr riechen kann. Ihr Blick ist glasig, verschwommen, als könnte sie nicht richtig fokussieren. »Ich bin kein Kind mehr, und das ist *mein* Körper, und ich kann so viel Spaß haben wie ich will, und du bist ein Arsch, wenn du mich verurteilst. Was geht es dich überhaupt an, was ich mache? Du flirtest ja sowieso nur die ganze Zeit mit deiner Ellie.«

Ich stehe fassungslos da. »Was? Ich hab nicht mit ihr geflirtet.«

Vivi verzieht angewidert das Gesicht. »Ellie. So heißen doch nur kleine Mädchen.«

»Das ist eine Abkürzung für Eliana.« Shit, Vivis Augen verengen sich gefährlich. Hätte meinen verdammten Mund halten sollen.

»Oh, wow, wie exotisch! Und hat sie vielleicht auch einen Zweitnamen? Und was ist ihre Lieblingsfarbe? Wahnsinn, was du alles von ihr weißt!«

Ich bin einfach nur sauer und schlage zurück. »Carmen. Lieblingsfarbe Grün. Sonst noch was? Mach dich nicht lächerlich. Und jetzt komm endlich.«

Was natürlich genau das Falsche war. Ich finde nie die richtigen Worte.

»Nein, nein, nein!«, schreit sie so laut, dass ich knallrot werde. »Ich will dich gar nicht mehr sehen, so wie du dich benimmst, Jonah. Echt, das ist nicht okay.«

»Danke, gleichfalls, Viv«, flüstere ich. »Aber ich lasse dich nicht hier, so fertig, wie du bist.«

»Na klar lässt du mich nicht hier – weil *ich* nämlich gehe, und zwar total nüchtern.« Bevor ich auch nur ein einziges Wort herauskriege, rennt sie den Hang hinauf zum Ort zurück. Ich versuche gar nicht erst, sie aufzuhalten. Oder ihr zu folgen. So viel zu meinem Plan, Familienpräsenz beim Strandfeuer zu zeigen. Die Leute hier haben alle unseren Streit mitbekommen und starren Vivi nach.

Ich stapfe nach Hause, und die Worte meiner Schwester hallen in meinem Kopf wider. Ich will nur noch eins: dieses endlose, beschissene Horrorjahr überstehen.

Ich weiß nicht, wie lange ich geschlafen habe, als plötzlich der Riegel an meiner Zimmertür klappert.

»Ist schon gut, Leah«, murmle ich. »Du hast nur geträumt. Es ist nichts passiert. Alles ist gut.«

Aber Leah antwortet nicht. Ich höre, wie die Tür aufgeht, und setze mich auf, plötzlich hellwach. Vivi schwebt herein, zusammen mit dem Geruch vom Lagerfeuer und einer gigantischen Bierfahne. Sie kriecht auf mein Bett und plötzlich liegt ihr warmer Körper neben mir. »Bist du sauer auf mich?«

»Wie bist du reingekommen?« Mein Zimmer ist im obersten Stock, eigentlich nur ein Dachboden mit niedrigen Deckenbalken, wo mein Bett und mein Schreibtisch steht. Es würde mich nicht wundern, wenn sie übers Dach hereingeklettert wäre.

Vivi seufzt, als wäre meine nüchterne Art eine echte Herausforderung für sie. »Silas hat mich reingelassen. Er ist auf der Couch eingeschlafen. Und? Bist du's? Bist du sauer?«

»Weiß nicht.« Ich weiß es wirklich nicht. Und im Moment beschäftigt mich nur die Frage: Was ist, wenn Mom oder die Kleinen uns erwischen? »Ich bin … durcheinander.«

»Okay. Und warum?«

»Ich dachte, das zwischen uns wäre was wirklich Gutes. Und dann ziehst du dich vor den ganzen Jungs aus? Bist sauer, weil mir das nicht passt? Und gleichzeitig flippst du total aus, nur weil ich mit einem anderen Mädchen spreche!«

Mann, Jonah, hör dich doch mal reden! Bescheuerter geht's wohl nicht. Aber ich nehme nichts zurück. Es ist die Wahrheit.

»Jonah.« Vivis Flüstern vibriert in der Luft zwischen uns. »Ich will doch nur leben, aus vollen Zügen. Ich will alles spüren, alles kennenlernen. Erfahrungen machen – das ist mir wichtiger als alles andere. Kann sein, dass das für dich schwer zu akzeptieren ist, und das tut mir auch leid, aber so bin ich nun mal.«

Eine Entschuldigung, die keine ist. Ich hatte auch keine erwartet. Nicht ihr Stil.

Vivi robbt über mein Bett, setzt sich rittlings auf mich und schaut mir voll in die Augen. »Jonah, du bist ein klasse Typ. Deine Seele ist so viel tiefer, als es deinem Alter entspricht. Und es wäre wahrscheinlich das Beste für dich, wenn ich die Finger von dir lassen würde, weil ich nie die verantwortungsvolle, gut erzogene Freundin sein werde, die du verdienst. Aber ich *will* nicht die Finger von dir lassen.«

Wie soll ich einen klaren Gedanken fassen, solange sie so auf mir hockt? »Verantwortungsvoll? Wie kommst du denn darauf? Als ob ich das je gewollt hätte!«

»Okay. Dann lass mich doch einfach so sein, wie ich bin, und ich lasse dich, wie du bist. Wir leben einfach unsere Gefühle aus und entschuldigen uns für nichts. Wenn wir sauer aufeinander sind, dann schreien wir uns an. Und versöhnen uns hinterher.«

Und das stimmt: Bei Vivi darf ich ich selbst sein. Sie versucht nie, mich aus einer traurigen Stimmung herauszureißen oder mir meinen Frust auszureden. Vivi ist pure Action: Lass uns zum Strand gehen, lass uns ein Stück schreiben, lass uns eine Eisdiele zu Hause aufbauen, mit den Kleinen spielen oder »Willy Wonka und die Schokoladenfabrik« anschauen.

Jetzt beugt sie sich zu mir herunter, bringt ihren Mund ganz dicht an meinen. »Jonah, sei doch nicht mehr sauer.«

Ich ziehe sie an mich und küsse sie, meine Zähne an ihren Lippen. Weil ich immer noch angepisst bin. Und weil wir so gut zusammenpassen. Oder auch nicht, denn je mehr wir aneinandergeraten, desto heftiger fliegen die Funken.

Im Kino setzt in diesem Moment die Musik ein – langsam lauter, dröhnende Bässe. Wenn ein Mädchen in dein Zimmer schleicht, ist es überraschend still. Umso lauter hört sich alles an, aus Angst, dass man ertappt werden könnte – Mund auf Haut, Kleidungsstücke, die auf den Boden fliegen. Jetzt passiert es, jetzt! Und schließlich das Geräusch deiner eigenen Stimme, wenn du fragst: Bist du sicher? Die Antwort ist ein ersticktes Kichern, gefolgt von: *Ja. Gott, bist du süß. Der Wahnsinn, echt …* Du verdrängst schnell den Gedanken, dass es für sie offenbar nichts Großes ist. Willst dir einreden, dass du genauso fühlst. Aber das stimmt nicht. Deine Gefühle flammen im Zimmer auf wie ein wütendes Feuer, sie könnten das Glas aus den Fensterscheiben sprengen.

Als ich am nächsten Morgen aufwache, ist sie fort. Die Laken auf ihrer Seite sind zurückgeschlagen, auf dem Boden liegt ein schwarzer Marker, der vermutlich vom Schreibtisch gefallen ist, als ich nach einem Kondom gekramt habe. Erst als ich schon angezogen bin, entdecke ich die winzigen Buchstaben im Kopfteil meines Betts: *Vivi war hier.*

Als könnte ich das je vergessen.

13

Vivi

In den zwei Wochen nach dem Sommerfeuer male ich alles mitternachtsblau und golden und kastanienbraun und pink. Leidenschaftlich, tief, metallisch. Ich trenne ein altes Kleid auf, schwarz mit dünnen goldenen Streifen, und nähe ein Bustier und Shorts daraus, die mir supergut stehen. Mom erlaubt mir, die Vespa zu behalten, unter der Bedingung, dass ich immer meinen Helm aufsetze und die Benzinkosten von dem Geld bezahle, das ich mit meinem Job verdiene. Im Töpferladen glasiere ich die Scherben aus dem Brennofen und mache ein Mosaik für Whitney. Ich bringe Jonahs jüngeren Geschwistern Swing-Tanzen bei. Wir machen ein Picknick im Garten, backen Kekse und malen sie mit Lebensmittelfarbe an, oder bauen eine Sandburg am Strand.

Ich küsse Jonah Daniels viertausendmal, in jeder Sekunde, in der seine Familie nicht hinschaut. Wir streiten uns über alles und jedes auf diesem Planeten und darüber hinaus. Ich zum Beispiel liebe Quallen – sie sind wunderschön, wenn sie so zart und durchsichtig und in hauchdünnen Fransenröcken unter Wasser tanzen.

Jonah dagegen würde sie am liebsten alle tot auf den Meeresgrund sinken sehen. Ich mag Käsemaccaroni aus der Packung mit dicker gelber Käsesauce. Und Jonahs Gesicht wird krebsrot vor Wut, wenn er das hört, und dann kocht er mir selbst gemachte Käsemakkaroni, um mir zu beweisen, dass er recht hat. Und natürlich glaube ich an Außerirdische! Ich bin mir hundertprozentig sicher, dass sie schon mal hier waren, behaupte ich, aber Jonah schüttelt den Kopf.

Einmal schleppe ich ihn spätnachts zum Strand hinunter – nein, eher schon frühmorgens –, weil ich den Sonnenaufgang mit ihm erleben will. Doch stattdessen fallen wir übereinander her, Zunge, Haut, Hände, Keuchen, ja, ja, ja, und als ich die Welt um mich herum wieder wahrnehme, ist die Dunkelheit bereits hellem Tageslicht gewichen. Aber es ist mir egal, dass ich den Sonnenaufgang verpasst habe, weil ich viel lieber selber einen machen würde.

Endlich kommt mein Geburtstagskleid und ich hänge es an einem Nagel an die Wand, weil es ein Kunstwerk ist. Ich bestelle online weiße Schmetterlingsflügel und brauche drei Anläufe, um das perfekte Blau zusammenzumischen.

An meinem Geburtstagsmorgen öffne ich die Augen, als Mom ziemlich falsch »Happy Birthday« singt. Ich habe nicht wirklich geschlafen, nur im Bett gelegen und geträumt. Mom hält ein überdimensionales Erdbeermuffin in den Händen, und die goldene Kerze darauf flackert, während sie auf mich zukommt.

»Wünsch dir was, meine Süße«, sagt sie.

Ich setze mich auf, blase die Kerze aus, nachdem ich mir in Gedanken etwas gewünscht habe, dann legen wir uns entspannt in meine Kissen, essen das Muffin und lassen die Krümel achtlos auf meine Daunendecke fallen. Dann öffne ich Moms Glitzerumschlag. Ein Gutschein für meinen Lieblings-online-Künstlershop fällt heraus. Außerdem ein Stück Papier mit dem Aufdruck: Abholschein. Bitte sorgfältig aufbewahren.

»Es ist noch nicht ganz fertig. Ich hole es am Samstag.« Moms Lächeln ist sehr selbstzufrieden, was mich natürlich neugierig macht. »Ach, und fast hätte ich es vergessen! Das hier ist auch noch für dich gekommen.«

Sie reicht mir einen weißen Umschlag mit meinem Namen, in einer Handschrift, die ich gut genug kenne, um sie fälschen zu können. Absender: Ruby Oshiro, Seattle, WA. Mein Atem setzt aus.

»Sie hat mich letzte Woche angerufen und nach deiner neuen Adresse gefragt«, sagt Mom. Ich will den Brief nicht vor ihren Augen öffnen, weil ich keine Ahnung habe, was drinsteht. »Ich war so froh, dass ihr beide wieder normal miteinander umgeht. Ruby sagte, du hättest dich nie bei ihr gemeldet.«

Ich hatte Mom erzählt, dass Ruby und Amala nach der Sache im März nicht mehr mit mir reden wollten. Was auch gestimmt hätte, hundertprozentig, wenn ich ihnen nicht zuvorgekommen wäre. Amala hat nicht versucht, Kontakt zu mir aufzunehmen, aber Ruby hat angerufen und geschrieben und an meine Haustür geklopft. Ich habe ihr nie aufgemacht.

»Meine Kleine«, sagt Mom leise. »Ruby weiß doch Bescheid, oder? Über deine bipolare Störung?«

Mein Schweigen ist Antwort genug, zumal ich ihr nicht in die Augen sehen kann.

Ich spüre, wie Mom vor mir zurückweicht. »Vivian! Ruby ist deine älteste Freundin! Wie kannst du ihr das verschweigen? Nach allem, was passiert ist?«

»Wieso? Ich muss ihr doch nicht alles erzählen! Und dir auch nicht!« Bevor sie etwas erwidern kann, stoße ich hervor: »Du sagst mir ja nicht mal, wer mein Dad ist. Aber von mir erwartest du, dass ich dir alles erzähle, was gerade mit meinen Freundinnen läuft.«

»Das, meine Liebe«, antwortet Mom mit dunkler Stimme, »ist etwas vollkommen anderes. Ich will dich nur beschützen, bis du alt genug bist, um mit gewissen … Realitäten fertigzuwerden.«

»Vielleicht beschütze ich dich ja auch.« Gott, wenn sie wüsste! Ich meine, klar, sie weiß einiges – das Tattoo, das irrsinnig viele Geld, das ich für Klamotten und Geschenke rausgehauen habe. Aber was an Rubys sechzehntem Geburtstag im letzten März passiert ist – was ich mir da geleistet habe –, davon ahnt sie nichts.

»Okay, ich weiß, du würdest gern in Verona Cove bleiben. Und ich habe dir versprochen, es mir zu überlegen. Was ich auch tun werde, wenn es wirklich das Beste für dich ist.« Ihre Augen verengen sich, nehmen einen triumphierenden Ausdruck an, als würde sie gleich einen Trumpf aus dem Ärmel ziehen. »Aber eins steht fest: Ich werde auf keinen Fall hierbleiben, wenn du dich nur verstecken willst.«

Als würden diese beiden Möglichkeiten sich gegenseitig ausschließen.

»Das ist nichts, wofür du dich schämen musst, Viv. Du hast eine Krankheit …«

»STOPP! Du bist ja direkt besessen davon!« Meine Augen füllen sich mit Tränen, und ich spüre, wie meine Hände sich verkrampfen und die Karte verbiegen. »Ich hab *Geburtstag*, Mom!«

»Tut mir leid«, wispert sie. »Ich hätte nicht … Ich mach mir nur Sorgen, und … na ja. Komm nach unten, wenn du richtig frühstücken willst. Ich habe alles für Pfannkuchen vorbereitet.«

Ich öffne den Umschlag, als sie weg ist. Eine selbst gemachte

Karte – na klar. Ich bewundere Rubys Scherenschnitte seit Jahren, total fein und mit winzigen Details. Sie verwandelt ein Zeitschriftenfoto von einer Ölpest in eine winzige Lederjacke, in eine bauschige Wolke oder einen bunt getupften Heißluftballon.

Diese Karte ist sentimentaler als Rubys übliche Arbeiten, und das Papiermädchen, das aus seinem Zimmerfenster schaut, ist Ruby selbst. Der lackschwarze Pony, der ihr fedrig in die Stirn fällt, der rote Lippenstift (ihr Markenzeichen), die schwarzen Leggings, das gestreifte T-Shirt.

Auf der Brust klebt ein Herz, knallrot wie ihr Mund. Im Fenster ist statt blauem Himmel ein rechteckiges Stück von einer Landkarte zu sehen. Ein winziges rotes Herz an der Spitze von Kalifornien.

Ich kann vor Tränen kaum lesen. Oh, Roo. Warum brichst du mir nicht gleich mein Herz? *Happy Birthday, Viv* in ihrer Kalligrafie-Schrift. *Vermisse dich.* Nicht mehr, nicht weniger. Keine Bitte um Erklärungen, keine Vorwürfe, kein noch so winziger Hinweis darauf, ob Amala mich tatsächlich so grenzenlos hasst, wie ich befürchte.

Meine Finger umklammern die Karte, ich bin versucht, sie in Fetzen zu reißen. Aber Ruby würde so etwas nie schicken, um mir Schuldgefühle zu machen, sie will mir einfach nur zeigen, dass sie mich mag. Trotzdem rauscht das schlechte Gewissen durch meine Adern, brodelnd und giftig, und breitet sich immer weiter in mir aus.

Seit dem letzten März weiß ich, dass ich solche Freundinnen nicht verdient habe. Ich verdiene überhaupt keine Freunde, wenn ich sie doch nur betrüge und verrate.

Aber *eine* Nachricht erlaube ich mir jetzt. Zeile um Zeile hat Ruby versucht, Kontakt zu mir aufzunehmen, und ich habe das meiste noch nicht mal gelesen. Endlich tippe ich die drei Worte, die sich all die Monate so schmerzlich in mir angestaut haben. *Vermisse dich auch.*

Im Haus der Daniels verdränge ich diese Gedanken, weil ich mich darauf konzentrieren muss, ein kleines Mädchen in einen Vogel mit Federschleppe zu verwandeln.

»Dreh dich«, sage ich zu Leah, und sie wirbelt bereitwillig herum. »Ja, du bist das prächtigste Pfauenkind, das die Welt je gesehen hat.«

Jonah ist nicht zu Hause, weil er im Restaurant die Party für mich vorbereitet, aber Silas, Bekah und Isaac sind genauso geblendet von Leahs Pfauenpracht wie ich: von dem glänzenden blauen Leotard und der aufgefächerten Federschleppe bis hin zu ihren Augen, die ich mit weißer und schwarzer Gesichtsfarbe umrandet habe. Aufgeregt tanzt sie herum, genauso aus dem Häuschen wegen meiner Party wie ich. Die anderen drei verraten mir nichts über ihre Kostümwahl, weil Jonah es ihnen verboten hat.

»Also gut«, verkünde ich. »Ich muss jetzt nach Hause und mich umziehen.«

Ursprünglich wollte ich als Delfin gehen, als Hommage an meine frühere Seelengestalt, aber es ist viel schwieriger, ein Delfinkostüm für eine fast Siebzehnjährige zu kreieren, als man denken sollte – selbst für ein Designgenie wie mich.

Außerdem will ich Flügel, weil … na ja, wer will das nicht? Manchmal verdrehe ich die Arme nach hinten, um meine überstehenden Schulterblätter abzutasten – die Scapulae, wie der Fachterminus lautet –, und sie fühlen sich wie kleine Flügelstummel an. Die Wissenschaft behauptet, dass wir vom Affen abstammen, aber ich bin mir nicht sicher, ob wir nicht irgendwann Flügel hatten, jedenfalls einige von uns.

Eine einzige Nacht lang will ich meine Flügel wiederhaben. Nicht die eines mächtigen Vogels, die kräftig genug schlagen, um Geräusche in der Luft zu machen. Nein, ich will verträumt im Wind schweben, mich von der Brise dahintreiben lassen. Okay, ich weiß, dass Schmetterlinge ständig als kitschige Verwandlungsmetaphern herhalten müssen – wie sie ihren Kokon aufsprengen, in Licht und Luft wiedergeboren werden und sich zum Himmel aufschwingen. Aber ich verkleide mich nicht als Schmetterling, um zu beweisen, dass meine Raupentage hinter mir liegen, nein. Kein Symbolismus. Mir genügt es, etwas um seiner Schönheit willen auszuwählen.

Meine Flügel sind breit und durchsichtig. Nylon, auf dünnen, gebogenen Draht gespannt. Die inneren Teile habe ich mit dem gleißenden Blau eines sonnigen Sommertags bemalt, aber die Ränder sind wie in schwarze Tinte getaucht. Zwischen den beiden Farben sind kleine Adern eingezeichnet, wie an der Oberfläche eines Blattes.

Doch das wahre Paradestück sind nicht meine sorgfältig bemalten Flügel, sondern mein Vintage-Kleid. Ich habe ein kleines Vermögen dafür ausgegeben, aber das war es mir wert. Es ist ein eng anliegendes Charleston-Kleid aus den 1930er-Jahren mit glänzenden schwarzen Perlen. Der Saum endet in einem Fransenabschluss direkt über meinen Knien, und die Träger bilden eine wunderschöne V-Form über meinen bloßen Schultern.

Okay, zugegeben, ich trage einen *extrem* wattierten trägerlosen BH darunter, aber dieses Kleid verdient ein wahrhaft göttliches Dekolleté, so viel steht fest.

Ich trage spitze schwarze Satinschuhe, die nicht gerade bequem sind, aber sie sehen toll aus, und ich fühle mich gut darin, also, was soll's? Ich habe dicke schwarze Wimpern an meine Augenlider geklebt und sie mit schimmernder dunkelblauer Farbe umrandet. Ausnahmsweise trage ich einen kirschblütenrosa Lippenstift statt dem roten auf, weil mein Make-up-Geist es mir so einflüstert.

Jonah wollte mich abholen, aber ich habe es ihm ausgeredet. Weil … gibt es eine bessere Gelegenheit, auf meiner Vespa durch den Ort zu brausen, als die Nacht, in der ich der glamouröseste Schmetterling bin, der je auf der Erde herumgaukelte? Ich fahre langsamer als sonst, damit meine Flügel ganz nach hinten klappen, und fühle mich wie Superhero und zugleich wie eine heidnische Göttin. Also wie mein wahres Ich.

Jonah wartet vor dem Tony's, hochelegant in einem schwarzen Smoking mit Frackschößen, weißer Fliege und Weste, *und ach du lieber Himmel!* Meine Hände werden ganz zittrig, als ich die Vespa parke.

»Happy Birthday«, sagt er, noch bevor ich abgestiegen bin. »Wo ist dein Helm?«

Oh, bitte – als würde ich mir meine kunstvolle Frisur, für die ich eine gute Dreiviertelstunde gebraucht habe, wegen einer zweiminütigen Fahrt bei 30 Stundenkilometern ruinieren! Wie üblich stellt Jonah alle Helikopter-Eltern der Welt in den Schatten. »Und? Was stellst du dar? Einfach nur Mr Beautiful?«

Jonah grinst und versteift seine Arme an den Seiten, während er von einem Fuß auf den anderen wackelt. »Einen Pinguin.«

Als ich nicht gleich reagiere – aus purer, fassungsloser Begeisterung –, erlischt sein schüchtern-stolzes Lächeln. Er wirkt plötzlich unsicher.

»Ich dachte, es passt zu deinem Kleid, und …«

Ich bringe ihn mit einem Kuss zum Schweigen, weil er einfach perfekt ist und weil ich noch nie einen Jungen im Smoking geküsst habe, und Wahnsinn! Ich könnte mich daran gewöhnen. Ich schlinge meine Arme um seinen Hals und ziehe mich ein bisschen zu ihm hoch, berauscht von dem widersprüchlichen Gefühl, dass ich voll in der Öffentlichkeit mit ihm herumknutsche, und das im formellen Abendkleid. Gott, o Gott, vergiss diese Party, ich nehme ihn mit nach Hause und feiere ein Fest nur für uns beide. Aber Jonah richtet sich auf, fängt sich wieder. Ich bin überrascht, dass mein Lippenstift keinerlei Spuren auf seinem Mund hinterlassen hat. Nächstes Mal werde ich mich mehr anstrengen müssen.

»Du siehst wirklich …«, fängt er an und verschlingt mein Kleid mit den Augen. »Also … na ja, du weißt ja selbst, wie du aussiehst.«

»Stimmt.« Mit einem Knicks nehme ich seine Sprachlosigkeit als Kompliment.

Dann führt mich Jonah den Weg hinter dem Restaurant entlang, der vom Gelächter und Stimmengewirr der Gäste und den Lichtern der Terrasse erfüllt ist. Ich halte vor Aufregung den Atem an, und mein Herzklopfen bricht alle Rekorde.

Jonah öffnet das Gartentor, und die Gäste schreien so laut »Happy Birthday!«, dass ich das Gefühl habe, in eine Schallmauer zu laufen. Mir schießen die Tränen in die Augen, alles verschwimmt zu Farb- und Lichtklecksen.

Zwei Picknicktische sind der Länge nach zusammengeschoben, mit hohen, von Windlichtern geschützten Kerzen in der Mitte. Der wilde Wein, der an den Holzspalieren hinaufkriecht, schimmert in einem dunklen Jadegrün, und überall sind weiße Lämpchen und chinesische Laternen angebracht und leuchten wie Planeten in der Galaxie. Und auf den Bänken sitzt meine Mom in dem rosa Flamingokostüm, an dem sie heute Morgen noch etwas verbessert hat, und um sie herum all die wunderschönen Menschen, die mich kaum kennen und trotzdem hier sind, und zwar verkleidet!

Schade, dass es kein Wort für dieses Gefühl gibt – *Spektakularität* oder *Wahnsinnigkeit*. Das alles ist einfach zu viel, um es in mir zu behalten, und als ich mir die Hände vors Gesicht schlage, schießen mir auch schon die Tränen in die Augen. Und wenn schon. Ich will meine Gefühle nicht unterdrücken, ich will so sein, wie ich bin. Man wird schließlich nur einmal siebzehn. Ich will in vollen Zügen leben, solange es nur geht. Eine Welle von Glück steigt in mir auf, die Gewissheit, dass ich offenbar etwas richtig mache.

»Viv«, wispert Jonah. »Bitte sag mir, dass du vor Glück weinst.«

Ich lasse meine Hände sinken. Jonahs Brauen sind zusammengezogen, seine dunklen Augen versuchen angestrengt, meine Stimmung zu ergründen.

»Nein, wirklich, so was Schönes hat noch nie jemand für mich gemacht«, stoße ich hervor. Dann lache ich, teils, damit alle wissen, dass ich okay bin, teils, weil ich halb hysterisch vor Liebe und Dankbarkeit bin. »Das ist jetzt schon der schönste Abend meines Lebens, obwohl er doch gerade erst anfängt!«

Jonah führt mich zu meinem Platz am Kopfende der Tafel, und ich wische mir die Tränen ab, um mir die Gäste genauer anzusehen. Isaac ist eine Eule, er hat sich ein Dreieck aus gelbem Papier über den Brillensteg geklebt. Silas' Nasenflügel sind schwarz angemalt und er trägt ein Schweißband mit zwei langen schwarzen Socken um den Kopf: ein Paar Hundeschlappohren, die seine eigenen Ohren verdecken. Bekah trägt ein Hummelkostüm, das gekauft aussieht, vielleicht ein Überbleibsel vom letzten Halloween. Whitneys Kleid ist mit aufgeklebten weißen Wattebällchen übersät, und aus ihren wilden Locken ragen zwei kleine schwarze Schafsohren hervor. Dann natürlich Mom, der Flamingo. Leah, mein Pfau, meine jüngste Freundin. Und mitten unter ihnen Officer Hayashi in einem unscheinbaren blauen Pullover.

»Welches Tier sind Sie?«, ziehe ich ihn auf. Ich finde ihn zum Sterben süß, wie er da zwischen Leah und meiner Mom sitzt. Immerhin hat er sich sein weißes Haar gekämmt.

»Alter Brummbär«, sagt er, und ich lache und lache, bis mich jemand sanft am Arm berührt.

»Tut mir leid, dass ich zu spät komme«, sagt Naomi, klingt aber überhaupt nicht zerknirscht. Sie ist auch nicht kostümiert, aber ich mag ihr braunes Kleid mit den weißen Tupfen. Sie setzt sich neben Silas, greift in ihre Handtasche und zieht ein Stirnband mit zwei vorwitzigen kleinen Öhrchen zu beiden Seiten hervor. Sie ist ein Rehkitz, na klar, mit ihren langen, schlaksigen Armen und Beinen und ihrem Tupfenkleid. Mir schießen fast schon wieder die Tränen in die Augen, aber jetzt kommt das Essen, und ich konzentriere mich darauf.

Ellie, unsere Kellnerin für diesen Abend, trägt ein weißes Shirt und eine schwarze Weste, und ich bin so glücklich, dass es mir nicht mal was ausmacht, wie wunderbar bernsteinfarben ihre Haut im Kerzenlicht schimmert. Sie bringt uns das Essen, das Jonah gekocht hat, ganz familiär, in großen Schüsseln und auf Platten – ein köstlicher grüner Salat mit Champagner-Vinaigrette, Kokosnuss-Tilapia, paniert und gebraten und mit einer Art pikantem Ananas-Relish angerichtet, das ich nicht einordnen kann. Aber es schmeckt köstlich, und ich speichere den Geschmack in meinem Gedächtnis ab.

Meine Augen werden feucht, als ich schließlich die Geschenke öffne – ein Buch von Isaac, rosa-silberner Nagellack von Bekah, ein selbst gemaltes Bild von Leah und ein Becher von Whitney, ebenfalls selbst gemacht.

»Hier. Gib ihr das.« Hayashi lässt mir von Leah eine kleine Pflanze überreichen, noch im Plastiktopf von der Gärtnerei. »Das ist ein …«

»Ich weiß.« Es ist ein japanischer Ahornschössling. Wenn ich schon vorläufig nicht nach Japan komme, hat er mir zumindest ein kleines Stück davon geschenkt, und plötzlich habe ich einen Kloß im Hals.

»Ich weiß ja, wie sehr du Bäume magst«, knurrt er. »Wenn du dir selber einen pflanzt, kommst du vielleicht nicht mehr in Versuchung, den Baumbestand von Verona Cove zu verunstalten.«

»Was?«, fragt Mom entsetzt, und auch mir bleibt die Luft weg. Dann hat er also meinen Baum im Irving Park entdeckt?

»Ach, nichts«, sagt Officer Hayashi zu Mom. »Nur ein dummer Witz.«

Meine Augen sind immer noch tränenfeucht, als Jonah den Kuchen herausbringt. Schwarzkirschen und zwei Schichten Schokolade, mit Wunderkerzen statt Geburtstagskerzen. Ich lasse sie sprühen und wünsche mir nichts. Wie könnte ich es wagen? Ja, wirklich, es wäre vermessen, wo ich doch schon all das hier habe?

Jonah und ich gehen erst, nachdem ich alle Gäste mindestens zweimal umarmt habe, sogar Naomi, die prompt zurückzuckt. Wir brausen auf der Vespa los, Jonah fährt, obwohl er das streng genommen nicht darf. Und natürlich besteht er darauf, einen Abstecher zu mir nach Hause zu machen, um die Helme zu holen. Noch eine Überraschung, kündigt er an, und ich schließe die Augen, meine Arme um seine Taille geschlungen, während die Flügel auf meinem Rücken wild herumflappen.

Er fährt weiter, immer weiter die Küste entlang, bis er schließlich vor einem Gebäude anhält, das wie eine kleine Kirche mit einem Spitzturm aussieht. Nein, halt. Es ist ein Leuchtturm. Das Licht ist nicht an, aber ich kann die Form erkennen: ein Turm mit einem runden Laufgang und schwarzem Eisengeländer. Ein gläserner Planet, gefangen in einem Vogelkäfig.

»Komm«, sagt Jonah und zieht mich an der Hand hinter sich her, nachdem wir von der Vespa abgestiegen sind.

»Da rein? Wie denn? Kannst du uns irgendwie reinschleusen?«

»Ja. Mein Dad kennt den Leuchtturmwächter. Kannte ihn, meine ich.«

Jonah kramt einen Schlüssel an einem altmodischen Schlüsselband aus seiner Tasche und öffnet die Tür. Drinnen ist es schmutzig, die Luft riecht modrig. Alles ist vollgestopft mit Kartenständern und Modellschiffen. Jonah beobachtet mich, während ich mich umsehe und meine Hände an den Regalen entlanggleiten lasse. »Dads Freund hat hier ehrenamtlich gearbeitet, als er in Rente ging. Der Leuchtturm wird natürlich nicht mehr für Schiffe benützt, aber der Heimatkundeverein von Verona Cove hat das Gebäude und die Lichtanlage restaurieren lassen – da war ich noch nicht mal auf der Welt. Es kommen jede Menge Touristen hierher.«

»Fan-tas-tisch.« Meine Stimme ist nur ein Wispern, um die wunderbar gruselige Atmosphäre nicht zu stören. »Können wir raufgehen?«

»Wohin denn sonst? Oder hast du gedacht, ich bring dich in den Keller?« Er grinst mich an, ein bisschen schief, aber sehr zufrieden mit sich. »Soll ich dir meine Jacke geben?«

Ich fahre mir durch die Haare. »Oh Jonah, als ob ich dieses Kleid unter einer Jacke verstecken würde!«

Er führt mich eine Wendeltreppe hinauf, und ich sehe ihm von hinten an, dass er vor sich hin lächelt, weil er weiß, wie sehr ich auf all das hier abfahre. Mein Herz überschlägt sich fast – b-bumm, b-bumm – vor lauter Aufregung. Der Wind fegt mir voll in die Ohren, als wir auf den Laufgang des Leuchtturms hinaustreten, aber die Luft, die vom Pazifik kommt, ist warm. Ich halte den Atem an bei dem Ausblick. Eine Sekunde lang wird mir schwindlig, bis ich die ungewohnte Höhe mit den Sternen und dem Meer in Einklang bringen kann. Jetzt weiß ich auch, warum mir das Geländer bis über die Hüfte reicht.

»Wow.« Meine Stimme ist nur ein Hauch in der Nacht. Bei all der Freude, die mir dieser Abend beschert hat, bei all der Fülle und Herzlichkeit und Wärme – das hier ist eine andere Geschichte. Ich stehe am Bug von Planet Erde, am äußersten Küstenpunkt, und steuere direkt ins All. Der taubengraue Mond wacht über mich, sein sanftes Haupt gesenkt, und ich frage mich unwillkürlich, ob das *j_ugen* ist, ein japanisches Wort für die tiefe Schönheit der natürlichen Welt – so subtil, dass sie ein Gefühl des Staunens hervorruft, ohne es zu benennen. Das Wort hat keine Entsprechung in meiner Sprache, genauso wenig wie das Gefühl, also stehe ich hier als stummer Zeuge des Universums, ohne einen Gedanken, und genieße meinen Platz in der ersten Reihe.

»Mach die Augen zu«, sagt Jonah, und ich gehorche ihm sofort, ich schließe die Augen, und das Erste, was ich höre, ist Musik, die aus einem knisternden alten Radio zu kommen scheint. Dann spüre ich einen Lichtblitz an meinen Augenlidern, eine Sonne, die direkt vor mir explodiert. Ich öffne die Augen in Richtung Meer, und plötzlich merke ich, dass ich von hinten angestrahlt werde. Das Licht ist eingeschaltet, so blendend, dass ich nicht hineinsehen kann.

Jonah taucht neben mir auf, seine Hände auf dem Geländer. »Die Gemeinde hat irrsinnig viel Geld dafür ausgegeben, den Leuchtturm instand zu halten. Er wird nur bei besonderen Anlässen angeschaltet.«

»Und du darfst ihn zu meinem Geburtstag anschalten?« Ich kann das nicht glauben, ehrlich nicht. Wie dumm war ich, mir einzubilden, dass Jonah mich braucht, um glücklich zu sein!

Ein Lächeln spielt um seine Lippen. »Sagen wir mal, ich bitte lieber hinterher um Verzeihung, als vorher um Erlaubnis zu fragen.«

Wir stehen lange zusammen, zumindest meinem Gefühl nach, und das Radio lässt seine Melodien über das weiße Rauschen der Brandung hinweg erklingen.

»Dad hat mich oft hierher mitgenommen«, sagt Jonah endlich. »Er hat das Radio hier oben angebracht, damit wir Baseballspiele hören konnten. Ich bin als kleiner Junge voll auf Baseball und Schiffe abgefahren. In Verona Cove gibt es keine Schiffe, klar, aber wir haben so getan, als ob.«

»Natürlich liebst du Schiffe.« Ich rücke die Träger meiner Flügel zurecht. »Du warst doch mal Kapitän auf hoher See.«

»Ich war seither nie mehr hier.« Es klingt wie eine Beichte, als würde er eine Schwäche oder einen Makel eingestehen.

Ich weiß, was er mir sagen will: Er möchte, dass ich ihn sehe. Und ich sehe ihn: in vollem Licht, mit seinen gesenkten Augen und dem Mund, der sich, das spüre ich, zu einem Lächeln verzogen hat, dem prächtigen Haar, das im Wind tanzt. Ich weiß auch, wie schwer es ihm fällt, über den Tod seines Vaters zu reden, als würden ihm die Worte in der Kehle stecken bleiben. Ausnahmsweise halte ich meinen blöden Mund, um ihm Zeit zu geben.

»Kennst du das Sprichwort: ›Schiffe liegen sicher im Hafen, aber dafür sind sie nicht gemacht‹?«

Ich nicke, obwohl ich nicht weiß, wo oder wann ich das schon mal gehört habe. Vielleicht ist es etwas, das im kollektiven Unbewussten aller Menschen existiert, und besonders wenn sie sich wie wir zum Meer hingezogen fühlen, die den Gesang der Sirenen im Wasser hören.

»Mein Dad hat sich diesen Spruch in die Unterseite der Uhr eingravieren lassen, die ihm sein Dad geschenkt hat. Er meinte, das hätte ihn dazu gebracht, sein ganzes Geld in das Restaurant zu stecken, meine Mom so jung zu heiraten und uns Kinder zu bekommen.« Seufzend schaut er auf den Ozean hinaus. »Ein Mann wird an seinen Entscheidungen gemessen, hat er gesagt. Bleibst du mit deiner Familie im sicheren Hafen? Oder wagst du dich hinaus, um den Stürmen zu trotzen?«

Bei diesem letzten Satz lege ich meine Hand auf den Ärmel seiner Smokingjacke. »Er muss ein toller Dad gewesen sein.«

»Ja, das war er. Ich frage mich immer, ob es irgendwann weniger wehtun wird. Dieses … dieses Loch in unserem Leben.«

»Oh, ich glaube schon, dass der Schmerz irgendwann nachlässt. Nur das Loch wird wahrscheinlich bleiben. Aber weißt du, Spitze ist einer der schönsten Stoffe der Welt – voller Löcher und Lücken, und trotzdem irgendwie vollkommen, trotzdem schön.«

Das entlockt ihm zumindest ein Lächeln. »So habe ich das noch nie gesehen. Tut mir leid, Viv, ich bin der totale Stimmungskiller. Dabei kann ich froh sein, dass ich meinen Dad so lange haben durfte. Das weiß ich.«

Ich wende den Kopf von ihm ab und runzle die Stirn, als mir aufgeht, was er meint. »Jonah, du musst dich nicht dafür entschuldigen, dass du deinen Dad vermisst, nur weil ich keinen habe. Das sind zwei völlig verschiedene Dinge.«

Er fängt meinen Blick auf, riskiert eine Frage: »Hast du deinen Dad je vermisst?«

»Kann man jemanden vermissen, den man nie gesehen hat?«, frage ich zurück. Und trotzdem ist es so. Ich vermisse ihn. Oder jedenfalls frage ich mich, was ich alles versäumt habe, dadurch, dass ich ihn nicht kenne. Von Zeit zu Zeit, wenn meine Gefühle zu brodeln anfangen, werde ich wütend auf ihn oder auf Mom und versinke in Selbstmitleid. »Ja, doch, ich glaube schon. Weil ich sogar *deinen* Dad manchmal vermisse, obwohl ich ihn doch auch nie gesehen habe. Aber es ist fast so, als würde ich ihn ein bisschen kennen, weil ich alles, was ihr mir erzählt habt, mit oder ohne Worte, gesammelt und zusammengefügt habe, und voilà, da ist er – ein Mosaik aus einzelnen Teilen von euch.«

Ich ernte ein Lächeln von ihm, wenn auch ein trauriges. »Was weißt du eigentlich über deinen Dad?«

»Er war Musiker, glaube ich. Einiges hab ich mir zusammengereimt, obwohl Mom nie über ihn reden will. Ich habe sie so oft ausgefragt, als ich noch klein war, habe sie so lange angebettelt, mir wenigstens *etwas* von ihm zu erzählen, bis sie schließlich rausgelassen hat, dass sie ihn auf einem Konzert kennengelernt hat.« In Gedanken sehe ich Mom vor mir, gerade mal neunzehn, und daneben eine verschwommene Stelle, hinter der mein Vater, den ich nie gesehen habe, verschwindet. Ich stelle ihn mir mit langen Haaren und stoppligem Rockstar-Bart vor, vielleicht auch enge Jeans und Tattoos. »Ich bin ihm nicht wirklich böse, dass er nicht da ist, verstehst du? Er ist wahrscheinlich ein kreativer Mensch, ein Freigeist, und ich glaube, dass ich meine wilde Ader von ihm habe. Was soll ich sagen? Er ist, wie er ist, wo immer er lebt, und mir gefällt meine künstlerische Abstammung.«

Ich drücke die Hüfte heraus, posiere vor Jonah, eine Hand in meinem Haar. »Der Typ tut mir ehrlich gesagt sogar leid. Er weiß ja nicht, was er versäumt!«

Jonah sieht mich so bewundernd an, dass mein Herz wie eine Flipperkugel von meinem Magen in meine Kehle hüpft und dann in meinem Brustkorb hin und her rattert. Ich weiß, dass ich etwas Besonderes bin, schon deshalb, weil ich mich mächtig dafür ins Zeug lege, und es ist schön, so gesehen zu werden, wie ich ihn sehe.

Ich drehe mich zum Ozean, und Jonah schlingt beide Arme um mich, sein Kinn auf meiner Schulter. Wenn wir jetzt zusammen über das Geländer ins Wasser stürzen würden, denke ich, dann müsste ich mich nur an Jonah klammern, wie an eine Boje, und er würde mich an die Oberfläche zurückbringen.

Die Jungs, mit denen ich früher zusammen war, haben oft versucht, mich festzulegen, wollten mir alles Mögliche aufzwingen, wo und wann und wie wir zusammen zu sein hätten, als ob man Gefühle vorausplanen könnte. Oder aber sie ließen mich einfach in ihrem Leben ein und aus gehen und waren froh, dass sie keine Pläne für die Zukunft machen mussten, kein Ticket für ein Konzert irgendwann später im Sommer, keine Einladung zum Abschlussball Monate im Voraus.

Jonah macht weder das eine noch das andere. Wir sind JETZT zusammen, über dem kabbeligen schwarzen Wasser und den schäumenden weißen Wellen, und das ist genug.

Plötzlich schießt mir der Gedanke durch den Kopf, wie gern ich Ruby und Amala von ihm erzählen würde, und ich versuche ihn schnell zu verdrängen. In meiner Erinnerung sind wir immer in Amalas Zimmer, tönen Rubys Haarspitzen in einer total abartigen Farbe und lachen uns schlapp über irgendeinen dummen Witz. Dabei haben wir so tolle Sachen gemacht – wir waren zusammen in Kunstmuseen, in den hippsten Cafés und Klamottenläden und Konzerten –, aber trotzdem sehe ich uns immer in den unspektakulären Momenten im Pyjama bei Amala.

»Viv«, fragt Jonah. »Alles okay?«

»Ja«, sage ich beinahe zögernd. »Hattest du mal eine Freundesclique? Ich meine, bevor dein Dad gestorben ist?«

Er nickt an meiner Schulter. »Supergute Jungs. Sie sind nicht weg oder so. Ich bin nur immer beschäftigt. Und … du weißt schon. Irgendwie wissen sie nicht, wie sie mit mir über alles reden sollen.« Ich will etwas sagen, aber er kommt mir schnell zuvor. »Du sprichst nie über deine Freunde zu Hause. Du musst doch Tausende haben, nachdem es hier in Verona Cove schon mindestens hundert sind.«

Ich hebe eine Schulter, zum Glück kann er mein Gesicht nicht sehen. »Wir hatten so eine Art Streit, bevor ich weggezogen bin. Aber das ist Schnee von gestern. Jetzt bin ich hier.«

Und warum wünsche ich mir dann – wünsche es mir aus tiefstem Herzen –, ich könnte ein Foto von Jonah und mir machen, es an Ruby und Amala schicken und darunterschreiben: So sieht Verliebtsein mit einem GUTEN TYP aus.

Wir stehen lange so da, eng aneinandergepresst, bis mein Geburtstag vorbei ist. Ich denke an Schiffe, wie mächtig sie sind, und doch so zerbrechlich auf dem launischen Meer. Ich denke an Leuchttürme, an sichere Häfen, wie leicht man zerschellen kann. Ich denke an Liebe und was ich verdient habe und dass ich mich wahnsinnig anstrenge, alles anzunehmen, was das Universum mir zu geben bereit ist.

Jonahs Stimme ist dicht an meinem Ohr. Ich kann sein Lächeln hören. »Ich mag diesen Song.«

Zuerst bleiben wir noch aneinandergeschmiegt stehen, aber dann setzt der Refrain ein, so frei und lebendig. Also nimmt Jonah, der Junge im Pinguinanzug mit den ernsten Augen, das Schmetterlingsmädchen an den Händen und wirbelt es herum. Wir wiegen die Hüften und stampfen mit den Füßen, als wollten wir im Rausch saure Trauben in Wein verwandeln. Unsere Körper verdecken den Strahl des Leuchtturms, als wir die Arme schwenken, und obwohl wir es nicht sehen können, werfen wir Schatten in den Himmel.

Und genau da bin ich, irgendwo zwischen der totalen Schwärze der Nacht und dem gleißenden Licht, tanzend, leuchtend, und der Nachtwind wirbelt Jonahs Haare auf. So gut die Party auch war, was sind schon meine Geburtstagskerzen und alle Lichterketten der Welt gegen Jonah Daniels? Er hat meine ganze Welt angezündet!

Selbst die Sternbilder können uns jetzt sehen. Wir sind siebzehn Jahre alt, zu Tode erschöpft und tanzen trotzdem weiter. Wir haben chaotisch trommelnde Herzen, und wir sind stärker, als man es je für möglich halten würde.

14

Jonah

Ich wachte vom prasselnden Regen auf. In meinem halb komatösen Erschöpfungszustand dachte ich zuerst, dass das Dach einstürzt oder meine Klimaanlage krepiert. In Verona Cove regnet es nie im Sommer. Das passiert einfach nicht.

Aber nein, der Himmel vor meinem Fenster im dritten Stock ist betongrau. Das ist kein Sommerschauer. Mein Wecker zeigt zehn Uhr an, was nicht sein kann.

Auf dem Weg in die Küche hinunter komme ich an Leahs Zimmer vorbei. Sie liegt noch im Bett, zu einer Kugel zusammengerollt wie ein schläfriges Kätzchen. Mir war bis zu diesem Moment nicht klar, dass das helle Sonnenlicht sie morgens immer so früh aufweckt. Unten sind Bekah und Isaac in ein Brettspiel vertieft, das ich seit Jahren nicht gesehen habe. Sie sind still. Streiten nicht.

Ein seltsamer Tag.

Ich dusche, mache uns Eiertoast zum Frühstück statt Haferbrei, weil, hey – die Welt ist sowieso aus den Fugen. Es regnet, meine Geschwister sind friedlich, und wir stopfen uns mit extrem cholesterinhaltigem Essen voll. Leah verzieht das Gesicht, als sie in ihren Eiertoast beißt, also bringe ich ihn Mom hinauf. Sie sitzt auf ihrem Bett, einen Stapel Papiere um sich aufgefächert. Aber sie ist ausnahmsweise nicht im Pyjama. Und ihre Haare sehen anders aus. Glänzend irgendwie. Gebürstet?

»Hey, Jonah«, sagt sie und schaut auf. Ihre Augen sind hellwach. Schwer zu sagen, warum die Veränderung sofort sichtbar ist. Wenn jemand so lange nur traurig war, fehlt ihm sogar die Kraft, auch nur den winzigsten Gesichtsmuskel zu bewegen. Heute Morgen zuckt etwas in Moms Gesicht. Ihre Stirn ist nicht umwölkt.

»Hey. Habe dir einen Frühstückstoast gebracht. Ist leider schon ein bisschen angeknabbert. Von Leah. Aber noch warm.«

»Danke.« Ein richtiges Lächeln.

Ernsthaft. Bin ich in einem fremden Leben aufgewacht?

Ich schaue mir die Papiere um sie herum an, kann mir die Frage nicht verkneifen: »Was machst du da?«

Mom streicht eine Haarsträhne hinter ihr Ohr. »Ach, weißt du, Naomi hat die ganze Zeit eine Menge finanziellen Kram für mich erledigt.«

Ich erstarre, alle meine Muskeln sind zum Zerreißen gespannt. Beim Thema Geld bricht mir sofort der Schweiß aus, mehr als jedem Marathonläufer.

»Sie hat das ganz großartig gemacht, aber diesen Monat brauchte sie ein bisschen Hilfe. Und deshalb wollte ich die Rechnungen noch mal überprüfen, nachsehen, ob alles im grünen Bereich ist.« Vielleicht spürt sie meine Anspannung, denn sie fügt hinzu: »Was zum Glück der Fall ist.«

»Weißt du eigentlich, warum ich in der Schule Buchhaltung als Fach gewählt habe?«, fragt sie und kritzelt etwas auf den Block in ihren Händen.

Doch, ja, ich weiß es. Ich habe nur in den letzten Monaten vergessen, wer meine Mom ist. Ihr Kummer ist wie eine Maske, hinter der sie verschwindet. »Weil du Mathe so liebst.«

»Ja, stimmt. Und ich liebe Mathe, weil es da immer die richtige Lösung gibt. Für Interpretationen bleibt kein Raum, und nichts ist subjektiv. Am Ende steht ein korrektes Ergebnis, auch wenn man sich oft mühsam durchbeißen muss, um dorthin zu gelangen. Das ist im Leben nicht immer so.«

Ich bin froh, dass sie auf ihre Zahlen und Ziffern starrt. So sieht sie wenigstens nicht, wie mir der Kiefer herunterklappt und ich praktisch mit offenem Mund dastehe. Mom ist definitiv ansprechbar und philosophiert sogar – unglaublich! – über das Leben? Aber es wäre irrsinnig, Hoffnung daraus zu schöpfen. Es ist nur eine Fata Morgana, so wie neulich, als sie in Patterson's Minimarkt war. Ich hielt das für ein gutes Zeichen und es endete in einem Weinkrampf.

»Du hast recht«, sage ich dumpf. »Also, gib mir Bescheid, wenn du was brauchst.«

Ich schüttle noch immer fassungslos den Kopf, als mein Telefon piepst. Vivi vermutlich. Überhaupt … komisch eigentlich, dass sie noch nicht aufgetaucht ist. Dass sie nicht in Regenmantel und Gummistiefeln vor der Haustür steht und uns bestürmt, sofort rauszukommen und mit ihr zu tanzen. Wahrscheinlich arbeitet sie im Töpferladen. Trotzdem, es kommt selten vor, dass ich morgens aufwache, ohne jede Menge anzügliche oder fantastische Nachrichten von ihr vorzufinden. Vivi schläft nicht viel.

Aber es ist Felix. *Der Laden brummt. Kommst du?* Und schon ist er wieder weg.

Das Restaurant ist mittags fast nie voll, schon gar nicht an Sommerwerktagen. Die meisten Touris wissen nicht, dass wir mittags geöffnet haben. Aber die morgendlichen Strandgänger kommen auf dem Rückweg in den Ort am Restaurant vorbei. Wahrscheinlich haben sie sich zum Mittagessen reingeflüchtet, bis der Regen aufhört.

In allen Urlaubsprospekten von Verona Cove wird das »ideale« Wetter gerühmt. Im Sommer ist es nie stickig heiß, und im Winter nie besonders kalt. Aber heute spüre ich die Kaltfront.

Ich laufe mit dem alten Schirm, den ich im Flurschrank gefunden habe, durch den Regen. Bis ich die Main Street erreiche, sind meine Jeans vorne klatschnass.

Über der Menütafel des Restaurants ist ein Schirm aufgespannt, damit die Schrift nicht verfließt. Ich kann die blendend weißen Buchstaben sogar im strömenden Regen lesen. REGENTAG-SPECIAL: Heiße Suppen und hausgemachtes Brot.

Wir haben noch nie Brot gebacken und bieten immer nur eine Tagessuppe an. Ich kneife mich fest in den Arm, weil ich mich wie in einem dieser absurden Träume fühle, in denen man ziellos in seiner vertrauten Umgebung herumirrt, die aber völlig auf den Kopf gestellt ist.

In der Küche ist es heute besonders dampfig. Ein würziger, ungewohnt kräftiger Geruch schlägt mir entgegen. Es riecht aromatisch, nach frischem Hefegebäck. Felix hackt Gemüse wie ein Irrer. Gabe rührt am Herd in riesigen Suppentöpfen.

»Jonah!«, ruft Ellie. »Hey!«

Sie steht neben dem großen Backofen und streicht vier Teiglaibe mit glänzendem Olivenöl ein. Ihr Haar ist locker unter einer zu großen Basecap zurückgebunden, die eindeutig Felix gehört. Sie trägt eine geblümte Schürze, die sie offenbar von zu Hause mitgebracht hat.

»Hey, kommst du mich ablösen?«

Ihre Hände bewegen sich so schnell, dass es aussieht, als hätte sie vier oder sechs Arme – wie eine durchgeknallte Comicfigur. Aber sie redet ganz konzentriert und sachlich: »Wir machen sechs Suppen: klassische Tomatensuppe, Minestrone, Hühner-Nudel, scharf und sauer, Tortilla und eine spezielle Thai-Kokos, die ich ein bisschen gewagt finde, aber Dad hat sie super hingekriegt. Die Gäste sind ganz verrückt danach. Außerdem haben wir vier Brotsorten zur Auswahl: französisches Baguette, Maisbrot, Asiago und Rosmarin-Knoblauch-Ciabatta.«

Ellie hält inne, um Atem zu schöpfen. Ihre Hände streuen Kräuter auf die Teiglaibe, die sie fachkundig flachklopft. »Eine Schale Suppe und Brot nach Wahl als kleiner Imbiss für fünf Dollar. Und für drei Dollar extra gibt es gegrillten Käse zur Suppe. Wer mehr als eine Käsesorte will, kann welchen für fünfzig Cent pro Sorte dazubestellen. Wir haben folgende Käsesorten vorrätig …«

»Weiß ich doch.« Ich war im letzten Jahr für die Kühltheke mit den Milchprodukten zuständig und kann alle Käsesorten im Schlaf aufzählen, entweder in alphabetischer Ordnung oder nach Geschmacksrichtung, von mild bis scharf. Hey, ich sollte es in meine College-Bewerbungen aufnehmen: Jonah Daniels, Käsearrangeur. Ich habe zwar alle schulischen Aktivitäten gestrichen, um auf meine Geschwister aufzupassen, aber ich bin der Käsespezialist, der verhindert, dass das Küchenpersonal im *Tony's* Provolone mit Mozarella verwechselt. Bringt mir mit Sicherheit ein volles Stipendium.

»Ach ja, richtig.« Ellie lacht und schüttelt den Kopf über sich selbst, während sie Rosmarinflecken von ihren Händen abschrubbt. »Ich bombardiere dich hier mit Informationen, als wärst du ein Gast. Wir brauchen noch Bodenpersonal, also wenn du die Brote hier fertig machst, gehe ich raus und nehme Bestellungen auf. Es sei denn, du willst lieber bedienen.«

»Nein. Kochen ist gut.« Ich bin schon ganz berauscht von der Hektik in der Küche, und meine Hände schalten auf Autopilot um, während ich mir die Schürze im Rücken zubinde. Der beste Moment in der Küche ist, wenn alle kurz vor dem Zusammenbruch stehen, am Rande des Chaos. Unterbesetzung wirkt wie ein gigantischer Adrenalinstoß. Leider kommt es nicht so oft vor.

Nachdem Ellie mich beim Brotbacken eingewiesen hat und gegangen ist, stehe ich einen Augenblick nur da. Ganz schön viel auf einmal. Felix lacht mir zu, während er einen Berg Gemüse von seinem Schneidebrett in einen riesigen Topf gleiten lässt. »Was sagst du dazu? Gut organisiert, das Mädchen.«

Okay, Spielzeit. Ich schiebe das Asiago-Brot mit der inzwischen perfekten Kruste in den Wärmeofen und nehme als Nächstes den Maisbrotteig in Angriff. »Wie bist du denn auf das alles gekommen?«

Wieder schnaubendes Gelächter von Felix. »Ach, komm, Maní, du glaubst doch nicht, dass ich das war? Hat sich alles meine Kleine ausgedacht. Sie ist heute Morgen in aller Früh aufgewacht, hat den Regen gerochen wie ein Dachshund. Und ehe ich wusste, wie mir geschieht, kam sie schon mit den Brotrezepten von ihrer *abuela* daher und hat mich zu der ganzen Aktion überredet. Okay, ich lauf jetzt schnell zu Patterson's rüber, Karotten und Sellerie nachkaufen, und … was hatten wir noch gesagt?«

»Kokosmilch!«, ruft Gabe vom Herd her. Als Felix zur Tür hinaus ist, schaut Jack, einer der Hilfsköche, von den Suppen auf, die er mit dem gegrillten Käse anrichtet. »Wie alt ist Ellie?«

»Sechzehn. *Nein*, Jack.«

»Ja, Jack!«, sagt er. »Ich bin erst achtzehn. Was? Ich glaube, ich bin verknallt. Sie ist ein cooles Mädchen.«

»Mann, die würde dich bei lebendigem Leib auffressen.«

»Was?«

»Ellie ist taff, mit ihr kannst du keinen Scheiß machen.« Ich schiebe das Maisbrot in den Ofen. »Und was anderes hast du doch nicht im Kopf.«

Jack und Gabe blödeln die ganze Zeit in der Küche herum, sie sind manchmal auch wirklich witzig. Aber wie zur Bestätigung meiner Worte schwingt im selben Moment die Küchentür auf und Ellie streckt den Kopf herein. »Los, beeilt euch, ihr Clowns.«

Das Restaurant bleibt die ganze Mittagszeit über voll. Brot in den Ofen, Brot heraus, Hühnerbrühe würzen, immer und immer wieder. Mein Kopf schaltet ab, wird vollkommen leer. Das schaffe ich wirklich nur in der Küche. Oder mit Vivi. Trotz der Hektik stehle ich mich einen Moment davon, um zur Küchentür hinauszuschauen. Es ist eine Schwingtür zum Speiseraum, mit einem Plexiglas-Bullauge, das mich früher immer an ein U-Boot erinnert hat. Alle Tische sind mit Familien besetzt, die Suppe löffeln, Brot mit Butter bestreichen, die Köpfe unter lautem Gelächter zurückwerfen. Im Gastraum herrscht Hochbetrieb, und trotzdem bleibt es ruhig und gemütlich. Niemand hat es eilig, und warum auch? Sie sind ja zusammen. Plötzlich vermisse ich Dad so sehr, dass es mir fast den Magen umdreht. Ich muss in Bewegung bleiben, weiterarbeiten.

Gegen vier Uhr nachmittags sind alle fort und die Abendschicht trudelt ein.

»Geht nach Hause, ihr beiden«, sagt Felix zu Ellie und mir. »Ihr habt lange genug gearbeitet.«

»Okay.« Ellie küsst ihren Dad auf die Wange. Dann dreht sie sich zu mir um. »Gehst du zu Fuß nach Hause? Ich muss dir was zeigen.«

»Ja, ähm, okay.« Ich schaue kurz zu Felix hinüber, um zu checken, ob er mit Ellie unter einer Decke steckt. Er grinst vor sich hin.

»Du bist so ein Arsch«, sagt Jack und zeigt auf mich.

Draußen wartet Ellie auf mich. Der Regen hat aufgehört. Die Luft riecht nach nasser Erde. Als wir zur Tür hinausgehen, reicht sie mir ein zusammengefaltetes Blatt Papier, das mit ihrer schönen, ordentlichen Handschrift in blauer Tinte vollgeschrieben ist.

»Ein paar Notizen. Na ja, Anmerkungen eher.« Sie zeigt auf die erste Zeile. »Habe mir Gedanken über neue Trends gemacht, die ich beim Bedienen aufschnappe. Weil ich immer nach bestimmten Gerichten gefragt werde, verstehst du? Oder weil die Gäste mir erzählen, welche Vorspeisen oder Hauptgänge sie am liebsten essen.«

Ich fange oben an:

Überblick. Gästetypen.

Einheimische Stammgäste: was Leichtes, Gesundes.

Touris und andere Leute: wollen einfach möglichst viel Essen auf dem Teller haben

Meine Augen schnellen zum unteren Seitenrand. *Schlussfolgerungen*, steht da, wie bei einem Essay für die Schule:

Eine offizielle Kinder-Speisenkarte mit ein paar einfachen Angeboten kreieren

unsere Salatkarte erweitern, damit die Gäste gegrilltes Hähnchen/Putenfleisch oder Shrimps dazubestellen können

vegetarische und glutenfreie Menüs in die Karte aufnehmen

plus ein paar zusätzliche Snacks oder Beilagen, die vegetarisch und glutenfrei sind …

Und das ist noch nicht alles. »Ähm … wow …«

Ellie räuspert sich. »Nach dem Ansturm heute bin ich auch dafür, dass wir eine Sandwich-Suppen-Kombi für die Mittagszeit in Erwägung ziehen.«

»Ja, super.« In meiner Wörterbank herrscht gähnende Leere nach der hektischen Mittagsschicht. Aber es *ist* super. Und kommt total unerwartet. Okay, Ellie hat gesagt, dass sie mithelfen will, aber ich hatte keine Ahnung, wie sehr sie sich reinhängen würde. »Super.«

»Hoffentlich bin ich dir jetzt nicht irgendwie auf die Zehen getreten. Es ist nur … nach unserem Gespräch beim Sommerfeuer ist mir klar geworden, dass ich einen ziemlich guten Einblick habe, was unsere Gäste gern mögen und so.«

»Nein!«, sage ich. »Das ist super, Ellie. Echt. Es ist alles so durchdacht … und logisch.«

Ellie wirkt einen Augenblick verlegen, aber dann lächelt sie so unbefangen, dass ich es mir wahrscheinlich nur eingebildet habe. »Was soll ich sagen? Das hat mich inspiriert!«

»Freut mich. Es ist wirklich super.«

Sag doch gleich noch mal super, du Trottel. Ehrlich!

»Ach, und noch was, Jonah. Ich glaube, die Touristen wissen nicht, wie sie das Tony's einordnen sollen. Ich weiß, das wäre eine große Veränderung, aber ich dachte mir … was hältst du davon, wenn wir es in Zukunft Tony's Bistro nennen?«

»Hmm.« Ich denke darüber nach. »Ja. Das bringt es auf den Punkt. Zwanglos, gemütlich. Meinst du, dein Dad ist damit einverstanden?«

Sie nickt. »Ja, ganz sicher.«

Ich falte den Zettel zusammen und stecke ihn in meine Tasche. Als wir am Töpferladen vorbeikommen, werfe ich einen Blick hinein, um nach Vivi zu sehen. Aber nur Whitney ist da und winkt uns zu. Ich checke mein Telefon, ob Nachrichten von Viv eingetroffen sind, finde aber nichts. Das ist ganz untypisch für sie.

»Wie geht's eigentlich deiner Mom?«, fragt Ellie in diesem

Moment. »Hab sie nur ein- oder zweimal in der Kirche gesehen, seit ich vom Camp zurück bin.«

»Ach, na ja … gut.«

Die meisten Leute nicken ernst, wenn ich das sage, und sind froh, dass diese Höflichkeitsfrage abgehakt ist. Ellie schweigt, und ich sehe sie an. Ihre Augen werden schmal, so schmal, dass ich kaum durch ihre Wimpern sehen kann.

»Jonah«, fängt sie an und bremst ihre Schritte. »Wie geht es deiner Mom wirklich?«

Wir bleiben beide stehen. Ich verschränke die Arme.

»Gut«, sage ich wieder, diesmal etwas überzeugender. Aber es fühlt sich noch verlogener an. Ellies dunkle Augen mustern mich abwartend. »Nicht gut. Überhaupt nicht«, gebe ich schließlich zu.

Ich gehe weiter, um diese Sätze so schnell wie möglich hinter mir zu lassen. Ich habe die Schranke zwischen unserer Familie und der Außenwelt eingerissen. Uns bloßgestellt. Ellie läuft hinter mir her, bis sie mich eingeholt hat.

»Was heißt das, nicht gut?« Ihr Gesicht ist ganz weich, und ihre mitfühlende Frage lässt mich in meinen eigenen Augen noch jämmerlicher erscheinen.

»Das heißt, dass sie kaum noch aus dem Bett kommt, okay?« Meine Stimme klingt böse, obwohl ich Ellie niemals bewusst anfauchen würde. Ich will nur ihrem Urteil zuvorkommen, dem Vorwurf, dass ich gnadenlos versagt habe, dass ich unfähig bin, mit der Situation klarzukommen. Ich hasse mich selbst dafür.

»Wusste ich es doch«, flüstert sie vor sich hin, so wie man unterdrückt »Verdammte Scheiße!« brummt, wenn einem was runterfällt.

»Es tut mir so leid, Jonah«, sagt sie nach einer Weile. »Vielleicht geht es mich ja nichts an, aber ich hatte die ganze Zeit so ein ungutes Gefühl …«

»Oh Mann, du musst dich nicht entschuldigen.« Ich versuche zu lachen, aber es klingt bitter. Ich bin ja auch verbittert. »Wir haben alles getan, um ihr Zeit zu lassen – Naomi, Silas und ich. Aber Ende August müssen die beiden wieder ans College, und ich kann mich doch nicht allein um die drei Kleinen kümmern. Silas redet schon davon, dass er das College auf nächstes Jahr verschieben will. Ich will das nicht, aber ich weiß nicht, was wir sonst machen sollen.«

Wir gehen langsam weiter, und ich bin total hin und her gerissen. Einerseits tut es gut, endlich mal über alles zu reden, aber andererseits will ich meiner Familie natürlich nicht in den Rücken fallen.

»Hallo, ihr beiden!«, ruft plötzlich Mrs Albrecht von der anderen Straßenseite herüber; ihr Hund Edgar legt gerade eine Pause ein, um an einem Hydranten zu schnüffeln. Ellie und ich winken ihr zu, aber mein Gesicht glüht. Wie peinlich, in so einem vertrauten Moment ertappt zu werden, fast so, als würde jemand ohne Klopfen ins Badezimmer reinplatzen.

Wieder außer Hörweite bleiben Ellie und ich an der Ecke stehen, wo unsere Wege sich trennen.

»Ich meine, ihr könnt euch doch denken, dass wir nach den ganzen Problemen mit Diego einigermaßen Bescheid wissen über Depressionen, Medikamente, Therapien, einander zuhören und darüber reden und so …« Sie zieht die Augenbrauen zusammen, aber ich kann nicht sagen, ob sie verwirrt oder verletzt ist. Oder beides. »Warum habt ihr denn nicht mit meinem Dad gesprochen?«

»Weil … weil es doch erst sieben Monate her ist. Und weil wir das Gefühl haben, dass es *ihr* Problem ist und nicht unseres, auch wenn das jetzt vielleicht komisch klingt. Außerdem will ich sie nicht in Verlegenheit bringen. Es gibt viele Gründe, verstehst du?«

Ellie nickt langsam. »Ja, okay, das kann ich verstehen. Sag mir, ob ich was tun kann?«

»Nein, nichts.« Womm. Ich lasse die Rollläden wieder runter, einfach so. Das geht ganz automatisch, nach sieben Monaten. »Danke, aber wir kommen zurecht.«

Wir müssten jetzt nach Hause gehen, jeder in seine Richtung, aber keiner von uns rührt sich von der Stelle. Ellie schaut abwartend zu mir hoch, als wollte sie mich mit ihrem Schweigen ausräuchern. Wenn ich noch länger nichts sage, wird es megapeinlich statt nur ein bisschen. Ich müsste ja nur »Okay, bis später dann« stammeln und weggehen, aber mein Mund und meine Beine gehorchen mir nicht.

»Ehrlich gesagt«, platze ich heraus, ehe ich mich bremsen kann, »drücke ich mich schon die ganze Zeit darum herum, endlich mit deinem Dad zu reden. Okay, Mom hat die Buchhaltung für das Restaurant einfach hingeschmissen, nach allem, was passiert ist, aber es würde ihr guttun, wenn er sie mal wieder um Hilfe bitten würde. Meinst du, du könntest ihm das vorschlagen?«

Ellie nickt, als wäre es völlig normal, dass ich sie auf ihren Dad ansetze, damit er Mom nicht nur die Buchhaltung für das Restaurant machen lässt, sondern sie praktisch um ihre Hilfe anfleht. »Ja, klar. Ich spreche es ganz vorsichtig an. Vielleicht öffnet das sogar wieder die Tür zwischen meinem Dad und deiner Mom. Und, Jonah, bitte sag mir Bescheid, wenn du mal jemand zum Babysitten oder Einkaufen brauchst oder so. Ich will euch wirklich helfen, wenn ich kann. Und wenn du mal jemand zum Reden brauchst, also …«

»Danke. Wir kommen zurecht. Mir macht es nur Angst, wie das alles weitergehen soll, wenn Naomi und Silas fort sind. Aber Vivi will ihre Mom dazu überreden, noch länger in Verona Cove zu bleiben, dann könnte sie ja auch hin und wieder aushelfen.«

Ellie lächelt. »Das wäre super.«

»Und danke, dass du dir ein paar gute Ideen für das Restaurant einfallen lassen hast.« Endlich gehen wir auseinander.

»Hat Spaß gemacht. Denk mal darüber nach, wenn du dazu kommst. Dad hab ich es auch schon gezeigt. Wir können am Donnerstag darüber sprechen, wenn du willst. Bis dann!«

Sie ist schon ein paar Schritte weiter, als ich stutze. »Wieso am Donnerstag?«

»Da überschneidet sich unsere Schicht das nächste Mal.«

Ich drehe mich wieder um, und sie macht dasselbe, nachdem sie mir noch zugewinkt hat. Vielleicht müsste ich ein schlechtes Gewissen haben, dass ich Mom geoutet habe, ohne Naomi und Silas zu fragen, aber ich bereue es nicht. Ich habe eher das Gefühl, dass wir jetzt einer mehr im Team sind. Und ich frage mich, warum ich nicht längst kapiert habe, dass da jemand ist, der nur zu gern helfen würde.

15

Vivi

Warum ich das Zimmer meiner Mutter durchwühlt habe? Ich musste es einfach wissen. Seit meinem Geburtstag, als Jonah und ich auf dem Leuchtturm über unsere Väter gesprochen haben, konnte ich an nichts anderes mehr denken. Jonahs Dad war immer in seinem Leben präsent, sodass sein Tod ein Verlust für ihn war, ein schmerzliches Minus. Und mich quält jetzt die Frage: Könnte *mein* Dad vielleicht ein wichtiges Plus in meiner Welt sein?

All die Jahre habe ich mir eingeredet, dass ich nichts über ihn wissen will. Aber das war offenbar ein Mythos, den ich mir selbst geschaffen habe, um mir zu beweisen, dass ich keine arme vaterlose Halbwaise bin, kein dummes kleines Mädchen, das sich in eine Identitätskrise flüchtet. Ich doch nicht. Aber vielleicht bin ich genau das? Was wäre, wenn ich mir einen Moment lang eingestehen würde, dieses Mädchen zu sein?

Gedacht, getan. Ich habe mir ein winziges Zeitfenster geöffnet, um meine wahren Gefühle zuzulassen, und siehe da, ein Windstoß fegte herein, ein sehr seltsamer Wind. Ich habe gestern mein Gesicht im Spiegel betrachtet und nach Hinweisen auf *ihn* in meinen Zügen gesucht. Ich habe Moms Knopfnase geerbt, ihre vollen Lippen, aber ihre Augen sind dunkel, und meine blau. Dann sind es also seine Augen, seine Gene sind direkt hier, in meinen Augenhöhlen, und ich weiß noch nicht mal seinen Vornamen. Meine natürliche Haarfarbe ist ein sehr dunkles Blond, wie das von Mom. Aber meine Augenbrauen … Ja, die sind voll, und Moms schmal. Sie zeichnet ihre mit einem Augenbrauenstift nach, wann immer sie das Haus verlässt. Mom hat lange, schlanke Finger, meine Hände dagegen sind klein. Ich habe seine Augen, seine Augenbrauen, seine Hände, und was noch? Als ich wieder aus dem Badezimmer herauskam, war über eine Stunde vergangen.

Wenn Mom einen anderen Mann geheiratet hätte, dann hätte ich meinen biologischen Vater vielleicht komplett vergessen. Aber es gab nur einen, als ich noch klein war, den ich jemals als Stiefvater gewollt hätte. Er hieß Adesh und Mom liebte ihn so sehr, dass sie ein anderer Mensch wurde, als er fort war. Ich liebte ihn auch, weil er so schön und so unglaublich nett war. Ich glaube, ich hätte ihn ausgelacht, wenn er je herumgeschrien hätte, weil sich durch seinen Akzent alles immer so nett anhörte. Aber er hat nie geschrien, kein einziges Mal. Stattdessen sang er und spielte mir Musik vor und kochte mir *makki paneer pakora*, mein Lieblingsgericht. Er ging dann nach Indien zurück, um seine alten Eltern zu versorgen, und ich weiß noch, wie ich ein Gespräch belauschte, in dem Mom ihn anflehte: Lass mich doch einfach mitkommen. Aber er sagte, das komme nicht infrage, weil er sie nicht aus ihrem Leben herausreißen wolle, und mich schon gar nicht. *Was sein soll, findet einen Weg*, fügte er hinzu. Sie haben sich lange geschrieben, richtige Briefe, und Mom bewahrt alle diese Briefe als Bündel verschnürt im Unterwäschefach auf.

Ich habe das Versteck gefunden und die Briefe schon vor Jahren gelesen, weil ich ihn auch sehr vermisste, und Mom wurde immer so traurig, wenn ich nach ihm fragte. In seinem letzten Brief teilt er ihr mit, dass er sich mit einer Frau namens Saanvi verlobt hat, dass er aber seine Liebe zu Mom immer in seinem Herzen bewahren wird. Als ich diesen letzten Brief gelesen hatte, bekam ich Gewissensbisse. Nicht dass ich es bereute, die Briefe entdeckt zu haben, aber diesmal hatte ich eine Grenze überschritten, die nicht meine war, das spürte ich, war in fremdes Territorium eingedrungen. Dass Adesh gegangen ist, war jedoch auch in meinem Leben ein Verlust, und ich hatte es verdient, das Ende zu erfahren. Im Winter trägt Mom immer noch einen wunderschönen Schal, den Adesh ihr von Mumbai geschickt hat. Sie schlingt ihn langsam um ihren Hals, als wolle sie den weichen, luxuriösen Stoff genießen, und vielleicht hofft sie, dass er noch ein bisschen nach ihm duftet, nach süßen Gewürzen und warmer Luft und den Tagen, als die Liebe noch nicht verloren war.

Auf jeden Fall brachte mich das jetzt auf die Idee, im Unterwäschefach nachzusehen. In Seattle bewahrte sie dort ihre allergeheimsten Dinge auf. Falls es irgendetwas in diesem Haus hier gibt, das sich zu finden lohnt, dann doch wohl da, oder?

Geduld ist nicht meine Stärke, aber ich wusste, dass ich den exakt richtigen Moment abpassen musste. Ich habe bis heute Morgen gewartet, bis ich sicher sein konnte, dass sie fort ist. Mom ist schon früh nach San Francisco gedüst, eine Fahrt von drei Stunden, um ein paar Utensilien in einem Laden für Künstlerbedarf zu kaufen.

Und prompt finde ich Adeshs Briefe in ihrer Unterwäscheschublade. Außerdem einen Stapel Fotos mit Moms krakeliger Schrift auf der Rückseite. *Mom und ich*: ein verblichenes Foto von

Mom als kleinem Mädchen, mit ihrer Mutter, die sehr jung gestorben ist. *Carrie & Adesh:* ein Foto von Mom und Adesh, Nase an Nase, mit geschlossenen Augen und selig lächelnd, als wären sie high bis an die Zähne vor lauter Liebe. *Meine Viv.* Ein Bild von mir mit vier oder fünf, rosa Sonnenbrille auf der Nase, eine Eistüte in die Kamera haltend. Diese Fotos sind für meine Mutter die kostbarsten. Aber nichts von meinem Vater, nichts von Mom mit neunzehn, als sie mit mir schwanger war.

Ich gebe auf, akzeptiere mein vorläufiges Schicksal, nichts über meinen Vater zu erfahren. Der Himmel ist noch kaum hell und ich presse meine Hände gegen die Glasscheiben im Wohnzimmer – die mir immer vor Augen führen, dass mich nur wenige Zentimeter Baumaterial von der Natur draußen trennen. Ganz egal, woraus ein Haus besteht, ob aus Holz, Mörtel, Isolierstoff oder Glas, alles bleibt immer Teil eines größeren Ökosystems. Die Vorstellung, wir könnten losgelöst von der Natur existieren, ist einfach absurd. Idiotisch.

Keine Ahnung, wie mein wildes Gehirn funktioniert, welche Punkte darin mit anderen Punkten verbunden sind, aber diese Vernetztheit bringt mich auf den Begriff »Bürokratie«, weiß der Himmel wieso. Aus irgendeinem Grund pocht ein neuer Gedanke gegen meine Schläfen: Wo sind unsere wichtigsten Dokumente? Unsere Sozialversicherungskarten und die Geburtsurkunden? Zu Hause bewahrt Mom das alles in einem Safe auf, dessen Zahlenkombination ich nie herausgefunden habe. Mom ist nicht der Typ, der Aktenordner oder Kartons voller Unterlagen nach Verona Cove mitschleppen würde, aber im Notfall will sie schon alles Wichtige zur Hand haben. Die Dokumente müssen also hier sein.

Dieser Hinweis bringt mich wieder auf die Beine, und ich wühle den ganzen Schrank durch. Nichts, nichts, nichts. Ich leere alle

Schubladen, sodass die Kleider durchs Zimmer fliegen wie in einem Tornado. Endlich, ganz hinten im Schrank, wo Moms weniger gebrauchte Klamotten hängen, finde ich einen unbeschrifteten braunen Umschlag. Unsere Geburtsurkunden, unsere Sozialversicherungskarten, eine Lebensversicherungs-Police auf Moms Namen. Und ein länglicher kleinerer Umschlag. Der Absender ist eine Anwaltskanzlei in Washington.

Vor lauter Ungeduld zerreiße ich fast die Geburtsurkunde: Vivian Irene Alexander (ich bin nach Moms beiden Großmüttern benannt, was ich immer toll fand, weil meine Initialen quasi ein Wort ergeben – *via*). Geboren in Olympia, Washington, am 23. Juli, genau am Übergang vom sensiblen Krebs zum wilden Löwen. Ich identifiziere mich allerdings mit dem Löwen. Groaaa! Mutter: Carrie Rose Alexander.

Vater: James Bukowski.

Tief Luft holen, einatmen; ausatmen, pusten. Brustkorb heben und senken, keuch, keuch.

Mein ganzer Körper vibriert, wie unter den warnenden Vorboten eines Erdbebens. Tränen schießen mir in die Augen, noch ehe ich zu Ende gelesen habe.

... atme ich noch?

Mit zitternden Händen ziehe ich ein Blatt Papier aus einem weiteren Umschlag. Das Dokument spricht Mom das alleinige Sorgerecht zu, sodass mein Vater nicht irgendwann auftauchen und Ansprüche auf seine Tochter, also mich, erheben kann. Das Dokument ist im Jahr meiner Geburt notariell beglaubigt. Mein Dad hat unterschrieben, flüchtig, als wollte er die Sache möglichst schnell hinter sich bringen.

Sein Name ist James Bukowski. Aus Berkeley, Kalifornien. Mein ganzes Gesicht kribbelt bei dieser Information, das Blut rauscht mir durch die Adern, meine Nervenenden summen. Er hat einen Namen, James, auf seinen Nachnamen wäre ich nie gekommen, obwohl er meiner hätte sein können, wenn die Dinge anders gelaufen wären. Wie nennt er sich? Jim oder Jimmy? Wohnt er noch in Berkeley? Und warum, warum, warum hat Mom mir das angetan? Warum hat sie ihn mir vorenthalten? War er gefährlich? Wollte sie mich vor ihm beschützen?

Ich dachte immer, ich hätte mich in tiefster Seele damit abgefunden, nie etwas über ihn zu erfahren, und nun frage ich mich, ob ich es überhaupt wollte. Doch, irgendwie schon. Ich will es immer noch. Nein, ich weiß nicht. Ich weiß gar nichts mehr.

Sosehr ich mich manchmal nach meinem früheren Leben als Ballerina in den Zwanziger-Jahren zurücksehne, bin ich doch froh über das Internet. Ich suche und suche, meine Finger hämmern in die Tasten. Okay, es ist kein gutes Gefühl, dass man so viele persönliche Infos online finden kann. Aber heute kommt mir das gelegen, ich gebe es zu.

Ich finde einen James Bukowski in Berkeley. Er arbeitet am Berkeley College. Professor, für Musik oder so? Vielleicht hat er seine Rock-Karriere gegen einen Lehrstuhl an der Uni eingetauscht? So was kommt vor, oder nicht?

Ich muss es herausfinden. Selbst wenn er es nicht ist. Ich muss es einfach wissen.

Meine Gedanken werden von meinen geheimsten Wünschen verdrängt, die ich immer hatte, auch wenn ich nie gewagt habe, sie mir voll auszumalen. Dass mein Dad vielleicht einen alten Plattenspieler und eine supercoole Sammlung von Schallplatten besitzt, die wir zusammen anhören und dazu im Zimmer herumtanzen. Dass er nichts von feiner Küche versteht, sondern Rühreier als seine »Spezialität« bezeichnet und im Sommer einen Veggie-Burger zaubert, der den ganzen Garten mit Grillgeruch überzieht. Dass er eine Sammlung von Hüten hat, Bowler und Fedoras und Basecaps, die er mir ausleiht. Vielleicht hat er Tattoos? Und wenn ja, welche? Oder wir lassen uns gemeinsam eines machen, etwas, das unseren freien Geist symbolisiert, uns daran erinnert, dass wir verbunden, aber unabhängig sind und dass wir einander verstehen.

Also sattle ich Cherie – das ist meine Vespa – und setze meinen Helm auf, weil mein Haar total zerzaust wird, wenn ich auf dem Highway keinen aufziehe. Ich fühle mich wie eine Traumvision von mir selbst, mit meinen geliebten T-Riemen-Pumps, der weißen Bluse und vor allem dem schönsten Rock der Welt. Er fällt mir bis auf die Waden und flattert so schön im Fahrtwind. Ich habe ihn selbst genäht, aus weißem Stoff mit roten, pfirsichfarbenen und blauen Blüten. Ich muss meine Beine fest an die Vespa pressen, damit der Rock mir nicht über den Kopf fliegt. Aber selbst wenn, wen interessiert das schon? Ich habe ganz andere Sorgen, die um mich herumschweben wie die Wolken am Himmel entlang der Küste, und wir driften immer weiter davon.

Ich habe nichts gepackt, weil ich nichts brauchen werde, wenn ich erst dort bin. Entweder ist er nicht mein Dad, dann kehre ich um und fahre heim, oder er *ist* es, dann hat er alles, was ich brauche. Also reicht mein Smartphone, mein Lippenstift, meine Notfallkreditkarte und mein Ausweis, was sowieso alles in meiner kleinen Lieblings-Handtasche ist. Ich habe mir die Adresse von diesem James Bukowski aus Berkeley auf einem Papierfetzen notiert. Und so fahre ich, ich weiß nicht, wie lange, bis ich das Haus finde und meine Vespa in der Nähe der Einfahrt parke. Ich bin angekommen.

Es ist ein heimeliges Haus, irgendwie ländlich. Ein rechteckiger Backsteinbau, aber luxuriöser, als ich gedacht hätte. Aber egal. Das ist er, mein großer Moment. Vielleicht lerne ich jetzt endlich meinen Dad kennen. Ich weiß, es kann ein Flop sein, aber wenn er es ist, wird er ausflippen vor Glück. All die Jahre musste er sich von mir fernhalten, nur weil es diese idiotische Sorgerechtsvereinbarung gibt. Aber ich habe ihn gefunden, und jetzt kann er mich kennenlernen. Jetzt können wir die Löcher in unserer Seele füllen, Löcher, die entstanden sind, weil er sein Kind nie sehen durfte und ich nie meinen Vater. Beim Anblick der Veranda vor dem Haus fühle ich mich ganz klein, wie eine Hausiererin, die etwas verhökern will. Aber meine Fingerknöchel finden die Tür, und es dauert nur eine Sekunde, bis jemand aufmacht.

»Hi«, sage ich. Meine Stimme klingt wie die eines verschüchterten kleinen Mädchens. »Sind Sie James Bukowski?«

»Ja? Was kann ich für Sie tun?« Das kann nicht mein Vater sein. Er ist älter, als mein Dad jetzt wäre, älter als Mom. Er trägt eine Krawatte und ein Hemd, dessen Ärmel aufgekrempelt sind. Sein Haar ist an den Schläfen bereits grau und er hat einen gestutzten Bart. Aber seine Augen sind blau, er hat volle Augenbrauen wie meine, genau wie meine. Nein.

»Sind Sie …«, fange ich an. »Sind Sie der Musiker James Bukowski?«

»Nein. Ich bin Professor …« Er ist verwirrt, vielleicht hält er mich für ein Groupie oder eine Stalkerin oder was auch immer. »Für Wirtschaftswissenschaften.«

Dann ist er es nicht. Ich glaube, ich bin erleichtert. Oder doch nicht? »Okay. Okay, trotzdem danke. Hat sich schon erledigt.«

Ich drehe mich um, will weggehen, aber er steht immer noch in der halb offenen Tür. Etwas zwingt mich, herumzuwirbeln wie eine Ballerina in einer Spieluhr. »Ich bin Vivi. Das sagt Ihnen wahrscheinlich nichts, oder?«

Gleich wird er den Kopf schütteln, denke ich, aber dann verändert sich sein Ausdruck, so als würde sein Gesicht auf den Betonboden vor uns fallen und zerspringen. Seine Augen, eben noch verwirrt, flammen vor Wut, was ich nicht verstehe. Endlich bin ich da, seine Tochter – habe ihn endlich gefunden, damit er mich kennenlernen kann. Er tritt auf die Veranda heraus, zieht die Tür hinter sich zu. Aber ich kann gerade noch einen Blick ins Haus werfen. Entdecke Kinderfotos im Eingang. Fotos von seinen richtigen Kindern.

»Was machst du hier? Du darfst doch nicht hier sein!«

Ich stehe da wie gelähmt, eine Skulptur, starr vor Schreck.

Ihm schießt das Blut in den Kopf, sein Gesicht ist ganz rot, pulsiert. »Du darfst hier nicht sein!«

Oh mein Gott, er ist es. Oh mein Gott, dieser Mann ist mein Dad, und er hasst mich, und seine Familie weiß nichts von mir. Ich würde ihn am liebsten anschreien: *Und du, was machst DU hier? Du darfst erst recht nicht hier sein! So eine lächerliche Figur wie du, so ein langweiliger Nicht-Rockstar-Professor, mit einem total festgefahrenen Leben?* Er ist kein wilder Musiker, kein Herumtreiber.

»Carrie hat mir geschworen, dass das niemals vorkommen wird«, sagt er, als könnte er so meine Anwesenheit wegdiskutieren. »Ich habe ihr jeden Monat den Unterhalt bezahlt. Geht es etwa darum?«

Mir entfährt ein Schluchzer, die Luft wird aus mir herausgepresst, als hätte ich einen Schlag unter die Gürtellinie bekommen. Ich weine nicht, oder vielleicht doch? Ich verstehe nicht, was hier vorgeht, sehe nur diesen wütenden Mann, der meine Augen hat, und ich hasse ihn so sehr, dass ich vor mir selbst erschrecke.

»Es tut mir leid«, flüstere ich, aber der Klang meiner Stimme bringt mich wieder zu mir, ist für mich der Beweis, dass ich hier bin. Ich bin ich, ein Mensch, der ein Recht hat zu existieren, ein Recht auf eine eigene Meinung, und nein, es tut mir *nicht* leid. Kein bisschen. Ein tiefer Atemzug füllt meinen Bauch, und ich glaube, ich schreie. »Ich bin ein Mensch aus Fleisch und Blut, und kein Versprechen, das jemand irgendwann mal gegeben hat! Und Sie … wissen Sie was? Sie sind so jämmerlich, dass einem die Worte fehlen! Und ich scheiß drauf, dass Sie mich nicht wollen. Ich will Sie nämlich jetzt auch nicht mehr!«

»Wirst du wohl deine Stimme senken?«, zischt der Typ mich an, und jetzt weine ich wirklich. Ich schluchze hemmungslos, gebe so krasse, primitive Laute von mir wie eine trauernde Kuh, die unter seinem Verandadach steht und brüllt.

Meine Stimme senken? Als ob er das Recht hätte, mir Vorschriften zu machen! Als ob er mein Dad wäre! Ich hole tief Luft, setze zu einer Antwort an. Oh ja, und ob ich antworten werde! Meine Lungenflügel wirbeln herum wie ein Windsturm, sammeln die Worte auf wie fliegende Blätter, tragen sie mit wilder Gewalt zusammen. »SENKEN SIE DOCH SELBST IHRE VERDAMMTE STIMME! SIE SIND DIE GRÖSSTE ENTTÄUSCHUNG MEINES LEBENS. MEINETWEGEN KÖNNEN SIE IHRE FAMILIE DA DRIN BEHALTEN, DAS IST MIR SO WAS VON EGAL. ICH WEISS JETZT ZUM GLÜCK, dass ich nichts versäumt habe. IM GEGENSATZ ZU IHNEN, JAMES BUKOWSKI. Weil Sie nämlich nie erfahren werden, was für eine fantastische Tochter Sie in die Welt gesetzt haben. SIE TUN MIR EINFACH NUR LEID, und ich wünsche Ihnen ein WUNDERBARES LEBEN. Ich werde NIE MEHR AN SIE DENKEN.«

Meine Beine tragen mich in langen Schritten davon, während ich mich verfluche, dass ich Pumps mit Absatz trage, wenn auch keine hohen. Ich konnte ja nicht wissen, dass ich flüchten muss, dass ich vor diesem Mann, der alles ist, was ich nie sein will, um mein Leben rennen muss. Ich schluchze so heftig, dass mir der Rotz warm unter der Nase baumelt.

»Jim, was in aller Welt geht hier vor sich?«, höre ich eine zitternde Frauenstimme hinter mir, während ich die Einfahrt hinunter zu meiner Vespa renne. Ich werfe einen Blick über die Schulter und sehe gerade noch, wie die Tür zugeht. Gut. GUT. Zumindest weiß seine Frau jetzt Bescheid. Wenn er schon in den ganzen siebzehn Jahren nicht die Eier hatte, ihr die Existenz seiner Tochter zu beichten, bin ich froh, dass sie es jetzt erfahren hat. Vielleicht bin ich der Todesengel für seine Ehe, was mir nicht mal leidtun würde, bei Gott nicht, das schwöre ich. HÖRST DU MICH? ICH ENTSCHULDIGE MICH NICHT DAFÜR, DASS ICH AUF DER WELT BIN. ICH ENTSCHULDIGE MICH NICHT FÜR MEIN LEBEN!

16

Jonah

Als Vivi anruft, kann ich ihre Worte kaum verstehen. Nur Schluchzen und so eine Art Singsang, der halb nach meinem Namen klingt, halb wie bitte, bitte, bitte. *Jonah, Jonah, kannst du kommen und mich holen? Bitte, Jonah. Ich kann nicht … ich … Bitte komm und hol mich.*

»Vivi.« Ich keuche, als wäre ich gerade am Strand entlanggejoggt. »Viv, alles in Ordnung?«

»Ja. Weiß nicht. Jonah, bitte komm und hol mich.«

»Okay, ich komme. Wo bist du?«

»Cloverdale?« Schniefen. »Glaub ich jedenfalls.«

Cloverdale ist über eine Stunde entfernt. »Hast du deine Mom angerufen?«

»NEIN. Nicht meine Mom, Jonah, bitte, nur du.«

»Okay, okay. Bring dich irgendwo in Sicherheit, ja? Du suchst jetzt eine große Kreuzung irgendwo in deiner Nähe und gibst mir durch, wo ich genau hinmuss. Ich fahre gleich los.«

Zum Glück ist Naomi heute früher von der Arbeit gekommen.

Ich kann also gleich Richtung Süden brettern. Ich fahre und fahre, ohne zu wissen, was mich erwartet. Die Sonne geht langsam unter, mein Magen hängt auch immer tiefer. Sobald ich die Ortschaft erreiche, die Vivi mir genannt hat, suche ich jede Kreuzung nach der unverwechselbar schrillen Kombi von hellem Haar, heller Haut und knallroten Lippen ab. Ich wähle ihre Nummer, bekomme aber nur die Mailbox.

Endlich entdecke ich die Vespa und das kleine Häufchen Elend daneben. Vivi sitzt auf dem Gehsteig vor einem verwahrlosten Apartmentkomplex. Sie hat die Beine angezogen und unter dem Rock versteckt, der am Saum ganz zerfetzt ist. Ihr mascaraverschmiertes Gesicht ist gegen ihre Knie gepresst. Ich stürze aus dem Auto wie in einem Actionfilm, meine Füße berühren den Boden, noch ehe es wirklich zum Halten kommt. Ich mache mir nicht die Mühe, die Tür hinter mir zu schließen.

»Viv! Viv, hey!«, rufe ich. »Hey.«

Sie rappelt sich auf und läuft mir auf nackten Füßen entgegen. Ihre weiße Bluse hängt aus dem Rock, ist völlig verschmutzt. Ich habe kaum Zeit, das alles aufzunehmen, da stürzt sie sich schon in meine Arme und vergräbt ihr Gesicht an meiner Schulter. Ihre Tränen durchtränken mein T-Shirt, warm und feucht auf meiner Haut.

»Warum hast du dich nicht irgendwo reingesetzt?«, sage ich. Vivi weint und weint. Falsche Frage. »Wo ist dein Helm?«

»Auf … auf … seinem Rasen, glaube ich. Ich … ich wurde … rausgewinkt, weil ich ihn nicht aufhatte …«

Moment mal, was? »Viv, was machst du hier eigentlich?«

»Ich hasse ihn«, heult sie los. »Ich *hasse* ihn.«

»Wen?«

»Meinen … Dad.«

Ich spüre ihren Atem, ihre Brust, die sich gegen meine presst, gegen meine Arme. Oh mein Gott. Sie hat ihren Dad gefunden? Hier in Berkeley?

»Ist schon gut«, sage ich zu ihr, und sie schluchzt weiter. Was natürlich eine glatte Lüge ist. Oder vielmehr Wunschdenken.

»Wenn ich ihm nur nie begegnet wäre«, murmelt sie in meinen Hals. »Ich wünschte, er wäre tot.«

Heilige Scheiße, sie hat ihn wirklich gefunden. Ich halte sie, hier auf dem Gehsteig, und sie schluchzt und schluchzt, kann einfach nicht aufhören. Endlich schaffe ich es, sie ins Auto zu bugsieren. Ein alter Mann bleibt stehen und fragt, ob er helfen kann. Er hält eine XXL-Packung Milch aus dem Supermarkt um die Ecke in der Hand, stellt sie auf dem Gehsteig ab, bevor ich etwas antworten kann. Gemeinsam hieven wir die Vespa hinten in den Lieferwagen. Vivi hängt schlaff auf dem Vordersitz, die Arme um ihren Körper geschlungen. Sie ist vollkommen reglos, als schlafe sie, aber ihre Augen sind offen, starren ins Nichts.

»Alles in Ordnung?«, fragt der Mann, nachdem wir die Heckklappe zugeschlagen haben. »Wollt ihr vielleicht mitkommen und euch ein paar Minuten ausruhen, bevor ihr weiterfahrt? Meine Frau und ich wohnen nur ein kleines Stück die Straße hinunter, falls ihr eine Tasse Kaffee braucht.«

»Es geht schon.« Mann, was bin ich dankbar für dieses Angebot. Irgendwie tut es gut, einen Erwachsenen um mich zu haben, der sich um uns sorgt. »Aber danke, das ist sehr nett von Ihnen. Sie hat nur einen langen, schweren Tag hinter sich.«

Er lacht leise und klopft mir auf die Schulter, als wären wir eingeschworene Männerfreunde. »Kopf hoch, Junge. Meine Frau kriegt auch immer einen Nervenzusammenbruch, wenn wir eine Autopanne haben. Morgen geht es Ihrer Freundin wieder besser.«

»Ja, hoffentlich«, sage ich. Im Wagen drinnen schaukelt Vivi ein bisschen auf ihrem Sitz hin und her. Sie hat die Hand vor dem Mund geballt, als wollte sie am Daumen lutschen. »Noch mal danke.«

Ich starte den Wagen, ohne zu wissen, was ich sagen soll. *Alles in Ordnung?* Offensichtlich nicht. *Willst du reden?* Das garantiert auch nicht.

So wie es vielen Leuten mit mir und meiner Familie geht – sie wissen einfach nicht, was sie sagen sollen. Manchmal stelle ich mir vor, dass man ein Handbuch für solche Fälle in die Hand gedrückt bekommen müsste, sobald man vierzehn ist. Das wäre genau das richtige Alter: der Übergang zur Highschool, wenn man sich von seiner Kindheit verabschieden und erwachsen werden muss. Die Schule müsste einen *Ratgeber für gebrochene Menschen* herausgeben. Vivi und ich könnten allein schon mehrere Kapitel dazu beisteuern. Toter Dad. Gar kein Dad. Depressive Mutter. Abwesende Mutter. Aber jeder gebrochene Mensch ist anders, und den einen richtigen Weg für alle gibt es nicht. Nur jede Menge falsche Wege.

Viv rührt sich neben mir. Ich erkenne sie kaum wieder, das Mädchen, das gerade noch übermütig am Strand entlanggerast ist. Das sich mitten in der Nacht in mein Haus geschlichen, meine kleine Schwester wieder zum Reden, Tanzen und Lachen gebracht hat. Am liebsten würde ich rechts ranfahren und sie in den Arm nehmen. Ich will sie in ihrer Traurigkeit finden, so wie sie es bei mir geschafft hat. Für uns. Nach einem weiteren Blick auf sie schießt mir der Gedanke durch den Kopf, dass sie ein Trostessen braucht. Das hab ich von Dad, der die Leute auch immer mit Essen glücklich machen wollte. Am liebsten natürlich mit was Selbstgemachtem, aber dafür ist jetzt keine Zeit.

»Viv, hast du heute schon was gegessen?«

Ich nehme den Blick von der Straße, um ihr ins Gesicht zu

sehen, wenn sie antwortet. Sie schüttelt einmal den Kopf. Ihr Ausdruck verändert sich nicht. Sie sieht dünner aus als bei unserer ersten Begegnung. Ich weiß nicht, warum mir das nie aufgefallen ist.

Ich fahre vom Highway herunter und halte an einem Drogeriemarkt, um ihr ein Paar Flipflops für zwei Dollar zu kaufen. Ich frage nicht, was mit ihren Schuhen passiert ist. Ich kaufe noch diese Dinger, die Naomi im Badezimmerschrank aufbewahrt … Make-up-Entferner-Pads. Als ich zum Auto zurückkomme, streife ich die Flipflops über Vivis schmutzige Füße. Sie macht keinen Mucks. Dann wische ich ihr Gesicht sauber. Sie starrt vor sich hin, als wäre ich gar nicht da. Als nähme sie meine Berührung gar nicht wahr.

In dem Diner auf der anderen Straßenseite starrt sie stumm aus dem Fenster und ich bestelle für uns beide. Draußen ist es schon so dunkel, dass wir uns in den Fensterscheiben sehen können. Aber Vivi starrt durch ihr Spiegelbild hindurch. In die jüngste Vergangenheit. In die Zukunft. Was weiß ich? Als ihre Pfannkuchen kommen, nimmt sie einen Bissen, krümmt sich dabei, als würde ich sie zwingen, aufgeweichte Pappe zu essen.

»Hey«, sage ich und greife nach ihrer Hand. »Ich weiß, dass du keinen Hunger hast, aber es würde mich beruhigen, wenn du wenigstens eine Kleinigkeit im Magen hättest. Okay? Bitte!«

Naserümpfend schlürft sie ein bisschen von der Schlagsahne auf ihrer heißen Schokolade herunter. Ich habe Kakao statt Kaffee für sie bestellt, damit sie auf der Heimfahrt schlafen kann.

»Ja, gut«, sagt sie leise. Aber ihre Hand macht keine Anstalten, das Besteck aufzunehmen.

Ich teile ein Würstchen mit meiner Gabel in zwei Hälften und ziehe es durch einen Klecks Ahornsirup. »Zwing mich nicht dazu, Viv. Ich mach es, ehrlich.«

Sie zieht die Augenbrauen zusammen und schaut mich finster an.

»Brrrrbrrrr.« Ich spiele Flugzeug, um sie aus der Reserve zu locken. Steuere die Gabel vor ihren Mund. Ein Trucker am Nebentisch dreht sich zu uns um. Ich spiele den Piloten und kündige laut an: »Wurstlieferant bittet um Landerlaubnis.«

Viv unterdrückt ein Lächeln. »Willst du mich veräppeln, oder was?«

»Nein! Wurstgabel an Tower: Das hier ist ein Notfall. Erbitten dringend Landeerlaubnis.« Ich versuche ein knisterndes Funkgerät zu imitieren. Dann Störgeräusche. »Neeeer, neeer, ahhh, ahhh.«

Vivi lacht und öffnet ihren Mund gerade lange genug, dass ich die Wursthälfte hineinbefördern kann. Ihre Wange ist ganz ausgebeult. »Okay, okay. Ich esse es.«

Sie isst ihr ganzes Würstchen und trinkt ihre heiße Schokolade aus, bis unten der pulvrige Satz zum Vorschein kommt. Dann lacht sie plötzlich wie aus heiterem Himmel. Ein Kichern, das ein bisschen irre klingt und – weil sie Vivi ist – zugleich melodisch.

Dann spuckt sie ein paar Worte in einem Atemzug aus. »Ich habe meine Schuhe gegen seine Haustür geschmissen. Ich fasse es nicht, dass ich zu so was fähig bin.«

»Du hast deine Schuhe geschmissen?«

»Ja, habe ich. Alles andere ist nur ein verschwommenes Chaos in meinem Kopf. Ich kann mich kaum an irgendwas erinnern, als ob ich das Bewusstsein verloren hätte. Aber das mit den Schuhen weiß ich noch genau … hallo, meine Pumps sind fort!« Sie tupft sich den Mund mit einem Papiertaschentuch ab und blinzelt, als versuchte sie, sich angestrengt an etwas zu erinnern, das Jahre her ist und nicht erst wenige Stunden. »Ich bin von seinem Haus weggerannt, und er hat mir die Tür vor der Nase zugeknallt, damit seine Frau nichts mitbekommt und er ihr ungestört seine Lügen auftischen kann. Aber mit meinen Schuhen konnte ich nicht schnell rennen, und weil ich so wütend war, hab ich sie ausgezogen, bin zum Haus zurückgerannt und hab erst den einen – PÄNG! – gegen seine Haustür geknallt, dann den anderen gleich hinterher. Ich glaube, der Absatz hat eine Delle hinterlassen. Gott, hat mir das gutgetan! Daran erinnere ich mich genau. Dann bin ich auf meiner Vespa davongebraust. Ich hab mich als strahlende Siegerin gefühlt. Im ersten Moment jedenfalls. Danach wurde ich so traurig, dass ich dachte, mein Brustkorb zerspringt.«

Ich kenne dieses Gefühl. Und okay, ich weiß, dass Emotionen im Gehirn entstehen. Aber warum hat man dann echte Schmerzen in der Brust? Warum glaubt dann jeder, er würde seine Gefühle im Innersten tragen – im Herzen?

Ich bezahle unser Essen und wir fahren auf den Highway zurück. Es sind nur wenige Autos unterwegs und Vivi lässt leise das Radio spielen. Sie redet nonstop, verarbeitet ihre Gefühle in einem wilden Wortschwall. Ich versuche gar nicht erst, etwas einzuwenden. Wenn sie reden will, bin ich der Letzte, der sie bremst.

Ihr ist jetzt klar, dass ihre Mom sie nur beschützen wollte. Trotzdem ist sie wütend. Sie weiß nicht, was sie davon halten soll, dass ihr Dad die ganze Zeit Unterhalt gezahlt und es seiner Frau verheimlicht hat. Kann sie froh sein, dass sie ihm wenigstens den Unterhalt wert war? Oder war das nur ein Deal, damit ihre Mom seiner Frau nichts erzählt? Wie auch immer, eins steht fest: Es tut ihr *nicht* leid, dass sie vielleicht seine Ehe zerstört hat. Dass man Geheimnisse hat, findet sie verständlich. Aber nicht solche. Der eigenen Frau die uneheliche Tochter verschweigen, das ist für sie das Letzte. Dafür hat sie kein Verständnis.

»Gott, was für eine Ratte. Ich fass es nicht, Jonah. Wirklich«, sagt sie kopfschüttelnd. Sie ist immer noch außer sich, aber ich bin froh, dass sie wieder redet, dass sie wieder auflebt. »Weißt du, manche Leute tun so, als hätte jedes Kind ein Recht auf zwei verantwortungsvolle, liebende Elternteile. Für mich ist das nicht selbstverständlich. Wir werden allein geboren und sterben allein. Wer einen Erwachsenen hat, der wirklich für ihn da ist, der ist ein verdammter Glückspilz. Und deshalb bin ich nicht verbittert, dass ich bei einer alleinerziehenden Mom aufgewachsen bin, ehrlich nicht. Mom genügt mir, und ich bin stolz auf alles, was sie für uns macht, auch wenn ich manchmal so wütend auf sie bin, dass ich am liebsten ihre Bilder abfackeln würde. Also das ist es nicht. Sondern dass ich die ganzen letzten siebzehn Jahre von einem tollen Musiker-Dad geträumt habe, der einfach nicht dafür gemacht war, Vater zu sein. Es hat eine Weile gedauert, aber irgendwann hab ich begriffen, dass er mich ja nicht absichtlich in die Welt gesetzt hatte, dass er vermutlich nicht mit der Verantwortung umgehen konnte oder was auch immer. Aber in Wahrheit ist er genau das: ein verantwortungsvoller, gesetzter Familienvater, der sein Leben lang an derselben Küste gewohnt hat wie ich. Es wäre doch kein Problem für ihn gewesen, Kontakt zu mir aufzunehmen. Er ist ja schon Vater, warum kann er da nicht auch meiner sein? Gut, jetzt muss ich eben damit fertigwerden, dass er ein Kotzbrocken ist, dem ich die Hälfte meiner Gene verdanke.«

Eine Pause entsteht, jetzt wäre der Moment, etwas zu sagen. Mir schießt ein Gedanke durch den Kopf, so plötzlich, als wäre es gar nicht meiner. Nach all der Zeit mit Vivi habe ich manchmal das Gefühl, dass die Zusammensetzung meines Gehirns sich verändert hat. Dass die Neuronen sich neu angeordnet haben.

»Vielleicht ist er ja gar nicht dein Dad.« Aus den Augenwinkeln sehe ich, wie ihr Gesicht sich zu mir umdreht. Ihre Neugier ist geweckt. »Die moderne Wissenschaft würde es wahrscheinlich als puren Aberglauben abstempeln, aber wissen kann das niemand. Vielleicht hat deine Mom dich ja geboren, aber dein wahrer Dad ist der Mann im Mond. Ich meine ja nur. Würde mich nicht wundern, wenn du irgendwie ein lunares Wesen wärst.«

Stille macht sich zwischen uns breit.

»Jonah Daniels.« Vivi spricht mich mit vollem Namen an, wie so oft, aber diesmal im Flüsterton. »Ich weiß nicht, womit ich dich verdient habe«, fügt sie kopfschüttelnd hinzu.

Dann ist sie wieder still, greift aber nach meiner Hand und klammert sich auf der ganzen Heimfahrt daran fest. Ich lenke mit einer Hand.

17

Vivi

Die Zeit bleibt praktisch stehen in meinem Zimmer. Mein Telefon hat gestern den Geist aufgegeben, und ich habe es nicht wieder aufgeladen. Ich bin keinen Schritt rausgegangen, außer ins Bad, das gleich neben meinem Zimmer liegt. Aber wenigstens habe ich geduscht, sodass sich niemand über die traurige Blonde aufregen muss, die lauter schwarze Bilder malt oder schwarzen Stoff auf ein Stirnband näht, als würde sie zur Beerdigung des Dads ihrer Tagträume gehen, der, wie sie sich die ganze Zeit eingeredet hatte, auf einem Hausboot lebte, mit kostbaren Teppichen an den Wänden.

Heute zeichne ich mein eigenes ausdrucksloses Gesicht, das vom großen Spiegel reflektiert wird – weit stehende Augen, unauffällige Nase. Ich skizziere die Wangenknochen … schattiere und radiere aus … mein Haar, meine Schultern, den Pulli, der mir an einer Seite über die Schulter rutscht. Die Details müssen perfekt sein. Die Form meiner Lippen, das Garn meines Pullis. Es dauert Minuten oder Stunden oder Tage.

Als das Gesicht endlich nach mir aussieht, mürrisch, leer, klemme ich mein Selbstporträt an die Staffelei. Pinsle zwei Bogen aus wässriger schwarzer Farbe unter meine Augen, Farbe, die an meinen Wangen hinunterläuft. Ich mische Violett, Schwarz und Weiß und male Blutergussblüten auf meine Schultern. Wie schmuddelige Veilchen. Ich male meine Lippen rubinrot aus. Rubin – das Wort schnappt nach mir, und ich stoße es weg, während ich zu viel Farbe auftrage, sodass sie von meinem Mund heruntertropft wie Blut.

Dann streiche ich meine Augen ohne Zögern mit schwarzem Filzer durch.

Vielleicht klebe ich später noch was drauf.

Die meisten Mütter wären wahrscheinlich entsetzt über dieses Porträt gewesen. Meine schaut ab und zu herein, und beim letzten Mal legte sie mir die Hand auf die Schulter und sagte: »Ich bin stolz auf dich, Chickie, dass du deine Kreativität nutzt, um mit deinen Gefühlen fertigzuwerden.«

Ja, Mom. Ich weiß.

Und ich weiß auch, dass mein Dad kein Musiker ist. Er war Doktorand, zehn Jahre älter als Mom und schon fast fertig, als sie sich auf einem Konzert in Berkeley kennenlernten. Mom fand ihn auf eine coole Art intellektuell. Er war mit seinen Kommilitonen ausgegangen, alles Wirtschafts-Doktoranden wie er, um den Geburtstag von einem aus der Clique zu feiern.

An jenem Abend trug er keinen Ehering. Wie er es hätte tun müssen.

Ich habe zwei Halbgeschwister. Mein Halbbruder war bereits zwei Jahre alt, als Mom mit mir schwanger wurde. Jetzt studiert er am College. Meine Halbschwester ist drei Jahre jünger als ich. Beide wissen nichts von meiner Existenz, das heißt, jetzt vielleicht schon. Ich habe keine geschwisterlichen Gefühle für sie, weil wir nichts gemeinsam haben außer der Hälfte unserer Gene. Also eine ganze Menge, sollte man meinen. Aber das stimmt nicht.

Er hat mein ganzes bisheriges Leben lang Unterhalt für mich gezahlt. Einiges davon hat Mom in einem Fonds angelegt, den ich später fürs College verwenden kann. Einen Teil des Geldes gab sie für Lebensmittel und Miete aus, als ich noch klein war, in der Zeit, bevor sie mit ihren Bildern Erfolg hatte. Ein- oder zweimal kaufte sie mir einen neuen Mantel von dem Geld oder bezahlte einen Babysitter davon, wenn sie eine Extraschicht einlegen musste. Sie hat mir jeden einzelnen Punkt erklärt, als müsse sie mir Rechenschaft ablegen, aber das ist lächerlich. Ich weiß ja noch nicht mal, ob ich das Geld überhaupt will. Einerseits denke ich, dass er mir das schuldig ist, dass er zumindest ein symbolisches Opfer bringen muss, weil er so ein Arschloch Mom und mir gegenüber war. Andererseits will ich nichts, was ihm gehört. Nie.

Ich fahre mit meinen Nägeln an dem Porträt herunter, sodass tiefe Rillen in der Farbe zurückbleiben.

Weil es zu spät ist. Weil ich schon alles Mögliche von ihm habe, bis hin zu meinen gottverdammten Augen, die ich mir am liebsten herausreißen würde, jetzt wo ich ihn gesehen habe. Und vielleicht war es ja gar nicht die Pubertät, wie Mom immer meinte, wenn ich mich wie die letzte Egoistin benommen habe ... Vielleicht schimmerte dann einfach sein Charakter in mir durch. Vielleicht liegt es auch in meinen Genen, eine Narzisstin, eine Lügnerin zu sein – eine, die andere einfach im Stich lässt.

»Ich habe nie bereut, dass ich dich bekommen habe, keinen einzigen Tag in meinem Leben, hörst du mich?«, sagte Mom zu mir, mit einer solchen Heftigkeit, dass ich nicken musste. Ja, ich *habe* sie gehört, und ich weiß, dass ich ihr Ein und Alles bin, wie sie es mir mein Leben lang gesagt hat. Dann räusperte sie sich und fügte hinzu: »Aber es tut mir so unendlich leid, dass du nicht den Dad bekommen hast, den du verdienst.«

Ich denke die ganze Zeit, dass ich jetzt eine andere Vivi bin als noch vor wenigen Tagen, und ich weiß nicht, wie ich sie verkörpern soll, diese neue Version von mir. Fest steht nur, dass ich nicht zu den grenzenlosen Möglichkeiten zurückkann. Ich habe eine Antwort bekommen. Und ich wünschte, sie wäre anders ausgefallen.

Ich sage nicht, dass ich Jim Bukowski *hasse*, weil ich mich ernsthaft bemühe, keinen Hass in mein Leben zu lassen. Es ist nur … also ich denke an so ein richtig mieses, beklemmendes Sonntagabendgefühl, wenn man der Realität ins Auge blicken muss und einem klar wird, dass man seine Zeit nicht genutzt hat, wenn sich die Angst vor den Hausaufgaben und die Aussicht auf die Schule und das frühe Aufstehen am nächsten Morgen wie eine trostlose Einöde vor einem ausdehnt … Also dieses Gefühl soll er jede Minute tagein, tagaus in seinem ganzen verdammten restlichen Leben haben. Das ist alles.

Als es an der Tür klingelt, schlurfe ich hinunter, um aufzumachen, weil Mom für eine Weile weggegangen ist. Draußen steht Officer Hayashi, in voller Uniform und mit strengem Gesicht – ganz amtlich –, als hätte ich ihn hergerufen. »Du warst nicht beim Frühstück.«

Ich starre ihn an.

»Soll ich vielleicht eine Verhaftung in deinem Auftrag vornehmen?«

Hm, keine schlechte Idee. »Also wenn Sie zufällig mal in Berkeley sind, können Sie meinen Vater verhaften. Die offizielle Anklage lautet, dass er ein Scheißtyp ist, der mich nie kennenlernen wollte und es nicht ertragen kann, dass ich überhaupt am Leben bin.«

»Scheint ein ziemlicher Idiot zu sein.« Seine Augenbrauen ziehen sich finster zusammen, und ich höre ihn praktisch knurren. Falls ich jedoch erwartet hatte, dass er mich bemitleiden und mir sagen würde, er wäre froh, eine Tochter wie mich zu haben, bin ich auf dem Holzweg. Er richtet sich auf und sagt: »Aber so ist nun mal das Leben. Man muss die Karten ausspielen, die man bekommt.«

Ach, und das ist alles? Warum erfahre ich das erst jetzt? Dass ich mich einfach mit dem arrangieren soll, was mir zugeteilt wird? Schnipp! Ich glaube, ich habe gerade mit den Fingern geschnalzt. Ich starre ihn mit schmalen Augen an. »Haben Sie überhaupt Kinder?«

Er ignoriert meine Frage, und bevor er sich umdreht und geht, sagt er noch: »Du musst was essen und frische Luft schnappen. Tut dir nicht gut, wenn du dich einfach im Haus einschließt.«

Er ist fort, bevor mir eine Antwort einfällt, also knalle ich die Tür zu und mache mir einen superstarken Kaffee. Ich ramme den Kaffeedrücker viel fester in die Glaskanne als nötig.

»Oh, gut, du bist wieder auferstanden«, sagt Mom und klimpert mit den Schlüsseln, als sie zur Haustür hereinkommt. Ich glaube, es ist der dritte Tag nach meinem Desaster in Berkeley. »Weißt du überhaupt noch, dass ich heute dein Geburtstagsgeschenk abholen wollte?«

Ich schaue von meinem Kaffee auf. Sie steht noch im Eingang, und ich kann nicht sehen, was sie über den Küchensims hält. Als sie sich hinunterbeugt, höre ich Füßescharren.

Ein zappeliger weißer Flauschball von einem Hund, nicht größer als ein Brotlaib, stürmt in die Küche, und seine winzigen Klauen kratzen über den Fliesenboden. Es ist Liebe auf den ersten Blick. Ich schnappe nach Luft.

»Hey, warte mal … im Ernst jetzt?« Ich schaufle das kleine Hundemädchen in meine Arme, und sie ist so warm und kringelig, so niedlich mit ihren zwei winzigen rosa Schleifen in den Ohren. »Ist das meiner?«

Ich wollte schon immer einen Hund, lange bevor ich überhaupt das Wort kannte, geschweige denn aussprechen konnte. Es heißt immer, dass man sich nicht an seine frühesten Jahre erinnert, aber ich könnte schwören, dass ich noch genau weiß, wie ich in meinem Kinderwagen gesessen und auf vorüberkommende Hunde gezeigt habe, in dem verzweifelten Versuch, meinem Umfeld klarzumachen, dass ich *dieses Ding* unbedingt haben wollte.

»Ja, sie gehört dir. Ihre Besitzerin ist ins Seniorenheim gezogen und hatte niemanden, der sich um sie kümmern kann. Ihr Name ist Sylvia.«

»Sylvia«, flüstere ich. Der Name passt zu ihr, frech, aber unschuldig, schon etwas angejahrt mit ihrem weißen Haar, und trotzdem jung geblieben. Sylvia vergeudet keine Zeit, sondern fängt sofort an, meinen Hals abzulecken. Ja, ein lebendig gewordenes Plüschtier, das mir in meiner Leere Gesellschaft leisten kann.

»Viv«, sagt Mom. Ihr Lächeln verblasst ein bisschen. »Sylvia ist dein neuer Hund, und du bist für sie verantwortlich. Sie hat nur dich. Wenn du aus irgendeinem Grund nicht da bist, werde ich mich nicht um sie kümmern. Ich werde sie nicht füttern oder Gassi führen, okay? Hast du mich verstanden?«

Ich schaue meine Mutter mit schmalen Augen an – kluge Frau.

Manchmal denke ich, dass Mom nicht wirklich weiß, was sie mit mir anfangen soll. Sie hat einen wild gewordenen Derwisch in die Welt gesetzt, und ihr bleibt nur die Möglichkeit, sich vor den stürmischen Winden zu schützen. Ich weiß, was sie mir mit diesem kleinen Hund sagen will: Hauptsache, du läufst nicht weg und endest wieder im Krankenhaus. Jetzt hängt ein fremdes Leben davon ab, dass ich mich zusammenreiße. Dieses unschuldige kleine Hundemädchen, das seine rosa Zunge um meine Ohren herumwindet.

»Okay«, sage ich. Es ist ein Trick, oder vielmehr ein Trick im Geschenkpapier, aber egal. Ich nehme es trotzdem. »Hab verstanden.«

Oben in meinem Zimmer tapst Sylvia um mein Bett herum, inspiziert zuerst meine Plüschtiere und plumpst dann mitten hinein. Ich lege meinen Kopf auf das Kissen direkt neben ihr und genieße ihre Gesellschaft, weil sie weder mit mir reden will noch mir vorschreibt, was ich tun soll. Irgendwann döst sie ein, und ihr Atem ist so heiß, als hätte ich einen flauschigen Minidrachen im Bett. Als es an die Haustür klopft, schreckt sie mit einem kurzen Bellen hoch. Ich rede *nicht* wieder mit Hayashi.

Ich höre Moms Schritte, dann geht meine Tür knarzend auf.

»Viv«, sagt Mom. »Jonah ist an der Tür unten.«

Ich werfe ihr einen Blick zu. *Na und?,* was gemein von mir ist, aber es tut mir noch nicht mal leid. Ich will mich in mich selbst verkriechen, und außer Sylvia hat dort niemand Zutritt.

»Viv«, wiederholt Mom. »Nun komm schon.«

Übersetzt heißt das: *Na los, sei nicht so unhöflich, Jonah ist deinetwegen bis nach Cloverdale gefahren, er liebt dich, er ist nicht dein Feind, nur weil du alle anderen auf der Welt als deine Feinde betrachtest.* Ich habe keine Lust, Make-up aufzulegen, und es ist mir egal, ob Jonah mich kahl und ungeschminkt sieht. Normalerweise lege ich den allergrößten Wert auf solche Dinge, aber mir fehlt einfach die Kraft, heute seine Vivi zu sein. Soll er ruhig sehen, dass meine Wimpern goldbraun sind statt tintenschwarz, und meine Wangen hell und nicht »Flushed Rose«. Ich nehme meinen Watteballhund hoch, damit sie in meinen Armen weiterschlafen kann. Sie fühlt sich offenbar ganz zu Hause.

Als ich in der Tür erscheine, kann ich förmlich sehen, wie Jonah über mein nacktes Gesicht erschrickt, weil er mich noch nie so gesehen hat. Er findet mich nicht abstoßend, das nicht, glaube ich, er ist nur überrascht.

Ich öffne die Tür ein bisschen weiter, damit er Sylvia sehen kann.

»Das ist Sylvia. Sylvia, das ist Jonah.«

»Hey«, sagt er. Sein Grinsen lässt ihn jünger wirken, fast wie Isaac. Er hält Sylvia seinen Finger zur Inspektion hin und sie schnüffelt daran. »Sie ist süß.«

»Ein Geburtstagsgeschenk von Mom.«

Das Lächeln fällt von ihm ab. »Wie geht's dir?«

Komisch fühlt sich das an, so förmlich, weil der Spieß auf einmal umgedreht ist und Jonah unangekündigt bei mir zu Hause auftaucht, statt dass ich an seine Tür klopfe. Nur wirkt er etwas zögerlich, als wäre es vielleicht zu viel für ihn, meinen Panzer an Traurigkeit zu durchdringen. Ich kann ihm nicht die Flügel ersetzen, kann nicht die sein, die ihn aus den traurigen Tagen hebt. Ich bin hoffnungslos erdgebunden und weiß Gott nicht in der Lage, andere zu retten.

»Komm«, sagt er. Er hält mir seine Hand hin, die Handfläche nach oben. Ich mag viele Dinge an Jonah Daniels, und einiges davon ist ziemlich oberflächlich – sein Haar, seine starken Arme, seine schmelzenden braunen Augen. Aber ganz besonders mag ich seine Hände, die als Objekt der Begierde oft unterschätzt werden. So viele Leute auf der Welt haben Wurstfinger oder dicke Knöchel und ausgefranste Nagelhäute. Man nimmt sie nicht wirklich wahr, bis ein Paar richtig gute Hände die eigenen umfassen. Jonahs Hände sind kantig und braun gebrannt und glatt – richtig tolle Jungenhände.

Ich will nicht aus dem Haus gehen, aber Jonah ist einfach zu verführerisch. Er ist schön und gut, so gut, dass er hier auftaucht, obwohl er weiß, dass ich ihn in meiner Boshaftigkeit vielleicht rückwärts die Treppe hinunterscheuche. Ich lege meine Hand in seine, ich kann nicht anders.

Wir lassen Sylvia im moosigen Gras auf der Felsklippe über dem Ozean herumschnüffeln. Hinter uns werfen blühende Bäume ihre Blüten ab wie Tränen. Es ist mein absoluter Lieblingsort in Verona Cove – der tägliche Schauplatz meiner Tablettenentsorgung – und vielleicht die ruhigste Stelle in dieser ruhigen Stadt. Aber die Klippe ist laut, wenn man lauscht, weil sie von den Geräuschen der Erde erfüllt ist. Der Himmel ist klar und blau, der Wind streicht kühl durch das Gras.

»Bist du sicher, dass du sie von der Leine lassen kannst?«, fragt Jonah, wieder ganz der verantwortungsvolle Erwachsene.

»Ja, klar.«

Wir sitzen nahe am Rand, aber nicht zu dicht, und ungefähr eine Fußlänge voneinander entfernt, weil mir nicht danach ist, mich berühren zu lassen, egal von wem oder was, außer von den Wolken. Jonah erzählt mir, was seine Geschwister gemacht haben, und von den Veränderungen im Restaurant, die gerade im Gang sind, von der neuen Wandfarbe und den neuen Rezepten.

»Anfang der Woche hat es ein paar Stunden geregnet«, sagt er, nachdem ich auf keines der anderen Themen reagiert habe. »An dem Tag, als du in Berkeley warst.«

Ich weiß das, weil ich es an der Erde riechen konnte. Jonah strengt sich heute mächtig an, als würde er sich mir aus jeder erdenklichen Richtung nähern wollen, immer auf der Suche nach einem Eingang. Während ich nichts anderes mache, als über seine

Worte nachzudenken, statt etwas darauf zu antworten, probiert er bereits die nächste Richtung aus, das nächste Thema. Meine Seele ist ein Labyrinth, und Jonah wird einen Weg hineinfinden. Er zeigt eine Stärke, die ich echt bewundere, also werfe ich dem armen Jungen einen Knochen hin.

»Weißt du«, sage ich zu ihm, »in Botswana ist das Wort für Regen dasselbe wie für Währung: *pula*. Es regnet so selten, dass jeder einzelne Tropfen enorm wertvoll ist.«

»Ach ja?«

»Ja. Und Regentänze, davon hat jeder schon gehört, aber in manchen Kulturen wird auch auf andere Art Regen für die Ernten heraufbeschworen. Zum Beispiel wissen die Ältesten, welche Stammeskrieger in einem Regensturm geboren sind, und während einer Dürre schicken sie diese Männer in die Wildnis. Als menschliche Glücksbringer, die den Regen suchen gehen.«

»Du weißt ja eine Menge über Regen.«

»Ich weiß *alles* über Regen.«

»Weil du in Seattle aufgewachsen bist?«, vermutet Jonah, aber ich runzle die Stirn. »Ich kann mir nicht vorstellen, dass es die ganze Zeit regnet.«

»Seattle ist noch nicht mal Spitzenreiter unter den regenreichsten Städten. Und – das sagte ich ja schon – die sonnigen Tage sind unvergleichlich. Aber selbst wenn es grau ist, ist es schön, und es bleibt mein Zuhause. Ich liebe Seattle.« Ich schaue zu ihm hinüber. »Das verstehst du doch, oder?«

Er begegnet meinem Blick, und ich hoffe, er versteht, was ich meine. »Ja, Viv. Klar.«

Ich weiß, dass ich unmöglich sein kann – kratzbürstig und abweisend. Manchmal ist es mir bewusst, aber ich spüre es nicht. Na gut, okay, ich bin weder unterernährt noch krebskrank. Ich schlafe nachts in einem sicheren, warmen Bett und kann Eis essen, wann immer ich will. Und jetzt gerade rieche ich den salzigen Ozean und den nassen Sand im Wind, der mir die Haare zerzaust. Trotzdem *spüre* ich nicht, dass ich ein Glückspilz bin. Ich will mein ganzes Leben noch mal von vorne anfangen – meine Seele zurück ins All schweben lassen und als ein anderes Mädchen in einem anderen Leben zurückkommen. Und ganz bestimmt mit einem anderen Vater.

»Alle fragen nach dir«, sagt Jonah. »Krass, echt, du bist kaum zwei Monate hier und hast schon den ganzen Ort um den Finger gewickelt.«

Ich schnaube auf, mein morgendlicher Besucher fällt mir ein. Und in meiner Neugier warte ich nicht ab wie üblich, bis ich den Geistern anderer Leute persönlich begegne, denn Officer Hayashi trägt einen Ehering, strahlt aber einen Schmerz aus wie glühende Hitze. »Was ist mit Hayashi los? Er ist doch verheiratet, oder?«

»*War.* Seine Frau und seine Tochter sind bei einem Autounfall ums Leben gekommen, als ich so ungefähr sieben war. Oder acht. Seine Tochter war damals am College.«

Langsam bedecken meine Hände meine Gesicht. »Oh mein Gott«, flüstere ich kaum hörbar. »Er hat seine ganze Familie verloren?«

»Nicht die ganze. Er hat noch einen Sohn, der erwachsen ist und in Portland lebt. Soviel ich weiß, hat er auch Kinder.«

Ich denke nicht: Hayashi hat also allen Grund der Welt, mich zu ermahnen, dass ich mit dem zufrieden sein soll, was ich habe. Stattdessen schießt mir der Gedanke durch den Kopf, wie sinnlos die Welt manchmal ist – so unsagbar, so entsetzlich traurig.

Ich starre auf die Wellen hinunter, die an die zerklüfteten Felsen unter mir schlagen. Um von hier aus voll im Wasser zu landen, müsste man einen gewaltigen Anlauf nehmen und der Wind müsste günstig stehen. Ein Sprung aus dem Stand würde einen höchstens in die Klippen stürzen lassen, aber es gibt schlimmere Todesarten. Es wäre vermutlich wie Fliegen, als würde man hochsteigen, in den Wind hinein, der einem kaum Widerstand leistet. Sterben würde man erst beim Aufprall, wenn es stimmt, was die Leute sagen. Ich schaudere bei dem Gedanken.

»Wenn du dich umbringen wolltest, wie würdest du es dann machen?«

Jonah schweigt einen Moment. Ich sehe ihn nicht an, weil es mir egal ist. Ist doch nicht mein Problem, ob er geschockt ist, ob er mich verurteilt, ob es ihn kränkt. »Mann, Viv, ich habe keine Ahnung. Ich denke nicht an so was.«

Na klar, der edle Jonah mit seinem Verantwortungsgefühl gegenüber der Familie.

»War ja nur theoretisch, Jonah.« Mann, bist du empfindlich! Krieg dich wieder ein, ja? Ich finde es schrecklich, dass alle immer ihre Narben, ihre Zweifel verstecken. Ehrlich, das ist nicht fair gegenüber denen, die so schwer zu kämpfen haben und sich auch noch dafür schämen, weil sie glauben, dass alle anderen perfekt sind und ihr Leben lang keinen einzigen schlechten Gedanken haben. Aber ich weiß, dass ihr auch manchmal nachts wach liegt und euch mit den ganzen Schrecken dieser Welt herumquält, mit der Endlichkeit, mit dem Sinn des Lebens. Hand aufs Herz, selbst ihr träumt nicht die ganze Zeit davon, auf einem rosa Pony zu eurem Job als Muffin-Testesser zu reiten. »Glaubst du an Gott?«

Ich denke immer, dass ich nicht gläubig bin, weil ich nicht in die Kirche gehe und weil es mir egal ist, was andere machen, solange es niemandem schadet. Aber wenn das stimmt, warum wende ich mich dann manchmal an ein höheres Wesen? Bitte hilf mir, flehe ich. Oder ich werde wütend auf dieses unergründliche Wesen im Himmel, das ich für mein elendes Schicksal verantwortlich mache. Das ist so ungerecht, jammere ich. Wie kannst du mir das antun? Manchmal glaube ich an Reinkarnation und manchmal an das Paradies, wie es kleinen Kindern erzählt wird, mit goldenen Straßen und Engelschören in den Wolken, eine funkelnde Stadt, in der man bis in alle Ewigkeit glücklich ist. Dann wieder, wenn das Leben wieder mal so ein trostloses Rattenloch ist, dass man sich einfach nichts Höheres vorstellen kann, glaube ich an gar nichts – wir sind ganz auf uns allein gestellt.

»Würde ich gern«, sagt Jonah nach einer Weile.

»Das ist nicht dasselbe.«

»Stimmt.« Er seufzt, als hätte er diesen Gedanken schon zigtausendmal in seinem Kopf gewälzt. »Ich weiß.«

Das war's für Jonah, denke ich. Jetzt hab ich ihm auch noch das letzte bisschen Kraft ausgesaugt, das er braucht, um eine fröhliche Fassade aufrechtzuerhalten. Wenn man die Leute vergraulen will, gibt es offenbar kein besseres Mittel, als über Tod und Religion zu sprechen. Das wirkt immer.

Ich schaue zu, wie die Wellen anbranden, brechen und erneut anbranden. Anbranden, brechen. Anbranden, brechen.

Meine Brust droht zu zerspringen. Das Herz ist ein seltsames kleines Tier, ein dicker Muskelklumpen mit Röhren, die daraus hervorwachsen. Manchmal denke ich, mein Herz ist aus Gummi, und die Welt zerrt und dreht daran, bis es sich qualvoll in meiner Brust windet. Das ist der Grund, warum mein Leben auf diesem Planeten so schmerzlich ist. Ein Herz aus Porzellan wäre besser. Ich könnte es einfach aus meinem Brustkorb rauswerfen, sodass es am Boden zerschellt, kein Herzschlag mehr, das Ende. Aber ich habe ein hüpfendes Herz, das trotz aller Schmerzen immer weiterschlägt.

Neben uns schnüffelt Sylvia an den Wildblumen. Ich husche zu Jonah hinüber und setze mich auf seinen Schoß wie ein kleines Kind. Er schlingt seine Arme um mich und ich drücke mein Gesicht an seinen warmen Hals. Egal, an welchen Himmel man glaubt, die Zeit, die einem auf der Erde geschenkt ist, endet irgendwann. Was ich damit sagen will: Man sollte auf das Rauschen der Wellen lauschen – wahrhaft lauschen – und auf den fernen Ruf der Pazifikvögel. Und man sollte den Puls eines Jungen an seiner Wange spüren und seine Lungen mit Seeluft füllen. Solange man kann, meine ich. Man sollte das alles unbedingt machen, solange es möglich ist.

»Hey, Jonah«, wispere ich. »Kannst du dich heute Nacht zu mir rüberschleichen und bei mir im Zimmer schlafen?«

Er überlegt eine Sekunde. »Ja. Aber sag Sylvia, dass sie nicht Alarm schlagen darf.«

Ich lasse ihn herein, nachdem Mom ihre Schlafzimmertür hinter sich zugemacht hat, und wir liegen unter der verhedderten Decke. Sylvias flauschiger Körper hebt und senkt sich am Fußende des Betts, wo sie sich wie ein mit Puderzucker bestreuter Donut zusammengerollt hat. Jonah und ich driften unruhig in den Schlaf, als wären wir auf einer holprigen Straße an einen friedlichen Ort unterwegs. Wir schlängeln uns umeinander wie heißer Dampf, der von einer Teetasse aufsteigt – geschmeidig und niemals still.

»Jonah«, wispere ich mit angehaltenem Atem.

»Alles gut«, sagt er, die Augen geschlossen. »Alles gut.«

Aber er sagt diese Worte im Schlaf, als hätte er sie so oft wiederholt, dass sie ihm in Fleisch und Blut übergegangen sind.

Im Schlaf bleibt sein Arm um mich geschlungen, schließt mich ein, hält mich sicher. Selbst jetzt, in diesem unbewussten Zustand, beschützt er mich irgendwie, hier unter dem halb fertig gemalten Himmel meiner Zimmerdecke.

Dieser Gedanke genügt, um mein Herz anschwellen zu lassen – anschwellen, brechen. Anschwellen, brechen.

18

Jonah

Als ich von der Mittagsschicht nach Hause komme, sitzt Felix mit Mom in der Küche. Sie unterhalten sich ganz locker bei einer Tasse Kaffee wie alte Freunde. Mom trägt Jeans und eine Bluse.

Ich muss durch ein magisches Portal in die Vergangenheit gerutscht sein. In eine Zeit vor acht Monaten, als ich noch eine Mom hatte, die duschte und ganz normal ihr Leben lebte.

Noch vor zwei Monaten hätte ich das als gutes Zeichen genommen. Ein erster Schritt. Aber sie hat mich so oft reingelegt. Ich weiß, dass sie sich vor Felix zusammenreißt und heile Welt spielt. Alles, was sie im Alltag nicht gebacken kriegt, keinen einzigen Tag lang.

»Hey, Jonah«, sagt sie, als sie spürt, dass ich hinter ihr in der Tür stehe.

»Hey.« Ein einziges falsches Wort von mir könnte das Gleichgewicht zerstören. So kommt es mir jedenfalls vor. Ich muss an Leahs Lieblingsfilm denken. Die Hexe darin verwandelt ihr Äußeres, sodass sie wie eine Prinzessin aussieht. Nur wenn sie in den

Spiegel schaut, schimmert ihr wahres Ich durch. Wenn ich einen der Edelstahltöpfe vor Mom halten würde, könnte man sie im Schlafanzug und mit verquollenen Augen darin sehen.

»Ich habe mir den guten Rat meiner Tochter zu Herzen genommen, Maní«, sagt Felix und deutet auf die Papiere, die über den Tisch verstreut sind. »Habe heute Morgen deine Mom angerufen und sie gebeten, dass sie mir bei der Buchhaltung hilft.«

»Und? Ist alles okay?«, frage ich. Obwohl ich weiß, dass er mir sowieso nicht die Wahrheit sagen würde.

»Es *wird* okay sein«, sagt Mom. »Wir gehen jetzt zusammen ins Restaurant und arbeiten dort ein paar Unterlagen durch. Kannst du bei den Kleinen bleiben? Silas und Naomi müssten in ein, zwei Stunden zurück sein, dann können sie dich ablösen.«

Meine Augen werden schmal. Ich ärgere mich, dass sie so tut, als wüsste ich das nicht. Sie ist hier nicht der Captain, aber jetzt reißt sie das Ruder an sich, um Felix was vorzumachen. »Ja, klar.«

Felix sammelt die Papiere ein und Mom küsst mich im Vorbeigehen flüchtig auf die Wange. Es kostet mich echt Überwindung, nicht zurückzuzucken. Mom soll nicht nur so tun, als ob es ihr besser ginge, sondern dafür sorgen, dass es ihr wirklich besser geht.

Manchmal wünsche ich mir, ich könnte einschlafen, um in zwei, drei Jahren wieder aufzuwachen. Vielleicht wäre ich dann in der Kochschule und müsste nicht mehr meine kaputte Familie über Wasser halten. Vielleicht wären wir bis dahin stark genug, um nach vorne zu sehen.

Ich nicke auf der Couch ein, bis Bekah herumquengelt, dass sie Hunger hat. Also mache ich Hähnchen-Sandwiches und befehle allen, Salat dazu zu essen. Dann gehe ich mit Leah in ihr Zimmer, »Pferd« spielen. Plastikpferde haben jede Menge persönliche Accessoires wie Bürsten und Blumen für ihre Mähnen, Schleifen für ihre

Schweife. Aber kaum haben wir alles ausgepackt, höre ich Bekah und Isaac herumstreiten.

Und gleich darauf zersplittert etwas.

»Bleib hier«, sage ich zu Leah.

Unten streiten Isaac und Bekah immer noch, versuchen einander die Fernbedienung aus der Hand zu reißen, beide sind rot vor Wut und vor Anstrengung. Wenigstens haben sie nicht den Fernseher zertrümmert. Es war nur ein gerahmtes Bild, das jetzt auf dem Couchtisch liegt.

»Das war er!«, »Nein, sie!«, rufen sie gleichzeitig, als sie mich sehen.

Ich schaue sie wortlos an.

»Ich war zuerst hier«, trumpft Bekah auf. »Er weiß genau, dass ich die Sendung *immer* anschaue.«

»Ja, aber die ist total bescheuert, und jetzt kommt gleich ein Dinosaurier-Film, das hab ich ihr schon letzte Woche gesagt!« Isaac grapscht erneut nach der Fernbedienung.

»Stopp.« Ich halte meine Hand hoch. »Gebt mir die Fernbedienung. Fernsehen ist gestrichen. Ihr führt euch ja auf wie Fünfjährige.«

»Nein!«, rufen sie beide.

»Her damit. Sofort.« Ich reiße Bekah die Fernbedienung aus der Hand und lasse sie in meine Tasche gleiten. »Ihr habt das Bild kaputt gemacht und hört immer noch nicht auf? Geht's noch, Mann?«

Ich hebe das Bild vorsichtig an, damit keine Splitter herausfallen. Es hat nur einen Sprung in der Mitte, dort wo es auf die Tischkante geknallt ist, und rings herum breitet sich ein Netz aus feinen Rissen im Glas aus.

Es ist das Hochzeitsfoto meiner Eltern. Das Glas ist direkt über ihren strahlenden Gesichtern zersprungen. Nie wieder werde ich sehen, wie Dad Mom so anlächelt. Und Mom werde ich vielleicht überhaupt nie wieder lächeln sehen. Die besten Jahre ihres Lebens sind vorbei, und meine auch, denke ich manchmal. Das Leben wird nie wieder so schön wie früher. Und dabei wusste ich es damals gar nicht wirklich zu schätzen.

»Der Dinosaurier-Film ist *pädagogisch wertvoll*«, legt Isaac nach, als könnte er mich damit herumkriegen.

»Oh Mann, Jonah!«, kreischt Bekah und wirbelt zu mir herum. »Das kannst du nicht machen!«

Das zerbrochene Foto hat mir den Wind aus den Segeln genommen. Mich an der schmerzlichsten Stelle getroffen – dort, wo ich selbst zerbrochen bin. Ich würde am liebsten losheulen. Stattdessen brülle ich sie an, weil gleichzeitig die Wut in mir aufsteigt. »Verdammt noch mal, wollt ihr mich verarschen, oder was?« Das ganze Zimmer hallt von meinem Gebrüll wider. »Ihr macht alles noch viel schlimmer, als es sowieso schon ist. Ich bin siebzehn, kapiert ihr das nicht? Ich bin kein Erwachsener. Und ihr habt nichts Besseres zu tun, als herumzustreiten wie die letzten Idioten und das Hochzeitsfoto von Mom und Dad zu zertrümmern. Hier, seht euch das an!«

Ich halte das Bild hoch und Bekahs Augen füllen sich mit Tränen. Aber nicht mal das kann mich bremsen. »Ihr seid solche Idioten! Aber jetzt ist Schluss, sofort! Ihr seid nicht die Einzigen in der Familie, verdammt noch mal! Wir anderen kümmern uns ständig um alle hier, aber ihr denkt immer nur an euch selbst!«

Die beiden stehen Seite an Seite vor mir, mit bebenden Lippen und weit aufgerissenen Augen. Tränen laufen ihnen über die Gesichter.

»Jonah!«, sagt Silas von der Tür her. Er hält seine Arbeitsschürze in einer Hand. »Das reicht jetzt.«

»Tut mir leid«, murmle ich mechanisch und drehe mich wieder um. Isaac wischt sich die Tränen ab. Ich bin der beschissenste Bruder aller Zeiten. »Tut mir leid. Ich hätte euch nicht anschreien dürfen. Wirklich nicht … Tut mir leid.«

Dann renne ich davon. Fliehe. Die Nachbarhäuser verschwimmen zu Farbklecksen in meinen Augenwinkeln. Die monatelang angestaute Last auf meinen Schultern hat mich endlich in die Knie gezwungen. Meine Geschwister – wie lange können wir das noch durchhalten? Meine Mom – sollen wir sie weiter ihrer Trauer überlassen oder endlich mit Felix sprechen? Mein Dad, dessen Tod ich immer noch nicht wirklich realisiert habe. Und der mich dazu bringt, alles infrage zu stellen. Und dann auch noch das Restaurant, sein einziges Erbe, sein Lebenswerk, das vielleicht auf dem Spiel steht.

Und ich? Was zum Teufel soll ich mit meinem Leben anfangen? Wenn mich dasselbe Schicksal ereilt wie Dad, dann bin ich noch vor meinem zweiundvierzigsten Geburtstag tot. Zweiundvierzig, das war mir immer uralt vorgekommen. Dabei ist es gar nicht mehr so weit weg, nur doppelt so alt wie ich jetzt bin. Und in den letzten acht Monaten hab ich nichts anderes gemacht, als irgendwie den nächsten Tag zu überstehen. Noch ein Highschooljahr, und dann? Meine Noten sind ganz gut, aber nicht spektakulär. Ich habe keine besonderen Fähigkeiten, die mir ein Stipendium sichern könnten.

Ich kann im Prinzip nur zwei Dinge vorweisen, die für mich sprechen: meine perfekte Sauce hollandaise und mein Engagement für die Familie, die ich seit Januar managen helfe.

Und jetzt habe ich sie angebrüllt, beschimpft.

Vielleicht war es falsch, mich zu Vivi zu flüchten. Sie war so down. Aber jetzt brauche *ich* sie mal.

Ich klopfe an die Eingangstür. Von außen sieht das Haus eher wie ein Bürogebäude aus. Ich klopfe noch mal. Keine Antwort. Also gehe ich ums Haus herum, bis unter ihr Schlafzimmerfenster. Viv lässt meistens volles Rohr Musik laufen und hört dann das Klopfen nicht. Ihr Licht ist an und das Fenster offen.

»Vivi!« Nichts. »Viv!«

Ich brauche ein paar Anläufe, bis die Zweige, die ich hochwerfe, ihr Fenster erreichen. Einer segelt hinein. Falls sie wirklich nicht da ist, wird sie sich wundern, wenn sie nach Hause zurückkommt – Zweige mitten auf dem Fußboden. Aber sie streckt ihren Kopf heraus.

»Hey!«, ruft sie herunter. Sie trägt riesige Ohrringe und eine rote Perücke. »Komm rein, die Tür ist offen.«

In ihrem Zimmer sieht es aus, als würde ein Tornado darin toben, und Vivi ist das Zentrum das Sturms. Um sie herum ein Chaos aus Malutensilien, Farben, Stoffen. Ein langer Stoffstreifen hängt halb fertig aus einer Nähmaschine. Eine Leinwand mit ein paar langgezogenen Spritzern in Meerblau und Currygelb. Zeitschriftenfetzen überall auf dem Boden. Im Fernsehen läuft ein alter Schwarz-Weiß-Film, aber er ist auf stumm gestellt.

Ich bin froh, dass es ihr besser zu gehen scheint, als wäre ihre ganze Kreativität wochenlang in ihr aufgestaut gewesen und würde ihr jetzt aus allen Poren brechen.

»Hey«, sage ich und bleibe einen Augenblick in der Tür stehen. Vivi winkt mir mit einer Hand, schaut aber nicht von ihrem Platz mitten auf dem Boden auf. Sie trägt eine Art Robe mit weiten Ärmeln, ein bisschen wie ein Magierkostüm, und schnippelt mit einer Schere an einer aufgeschlagenen Zeitschrift herum. »Ich hab ewig geklopft.«

»Sorry, hab ich nicht gehört. Meine Gedanken sind so laut und chaotisch, dass ich nicht viel um mich herum mitkriege. Wie zappelige Hundebabys sind sie, purzeln wild durcheinander, damit ich sie beachte.«

Sylvia, das einzige echte Hundebaby, purzelt nicht herum, sondern döst auf dem Bett. Ich warte darauf, dass Vivi mir die Arme um den Hals schlingt, aber sie geht stattdessen zu der Leinwand. Ich setze mich auf die Bettkante, umgeben von zerknüllten Decken, Stoffresten, diversen Knöpfen und Schmucksteinen. Jeder andere würde mich jetzt fragen, warum ich hier bin. Vivi nicht. Ich brauche keinen Grund dafür. Niemand braucht einen Grund, um in Vivis Welt zu sein, am allerwenigsten sie selbst.

Mit schief gelegtem Kopf knallt sie den Pinsel oben auf die Leinwand und schaut zu, wie ein Klecks Neonorange neben das Blau und Gelb tropft. Dann verschmiert sie die Linie, attackiert die Leinwand richtiggehend mit dem Pinsel.

Ich weiß nicht, wie ich ansprechen soll, was ich auf dem Herzen habe, wie ich ihr sagen soll, dass ich total ausgerastet bin und die Kleinen angebrüllt habe. Stattdessen schießt mir eine andere Frage durch den Kopf. »Kann ich dich mal was fragen?«

»Aber immer, Jonah, das weißt du doch. Ich bin eine Quelle der Wahrheit.« Sie lacht.

»Ist das was Festes zwischen uns?«

»Na klar«, sagt sie, ohne mich anzusehen. Wisch, wisch, wisch. »Ich stelle mir vor, dass wir später mal zusammen in einer kleinen Wohnung irgendwo in einer Großstadt wohnen, dass wir im Bett Kaffee trinken und du mich küsst, bevor du zur Arbeit gehst … zu deinem Job als Küchenchef in einem schicken Restaurant. Und ich habe einen Vintage Shop, wo ich Kleider umändere und stylisher mache und dann verkaufe. Ein paar behalte ich natürlich. Und eines Tages merke ich vielleicht, dass ich schwanger bin, und zuerst sind wir schockiert und so … *Oh, Shit, wir sind doch noch viel zu jung!* Aber dann beschließen wir, die Sache durchzuziehen, und wir bekommen das Baby und nehmen es überall hin mit, und es läuft super, wir sind die ideale kleine Großstadtfamilie …«

Sie denkt also wirklich, dass wir zusammenbleiben. Was sie sagt, klingt gut, ein schönes Leben. Als wäre es eine echte Möglichkeit. Sie hat es mir einfach so aufgetischt, einen Zwei- oder Dreijahresplan, an den ich mich halten könnte. Eine quirlige Stadt, die mich ablenkt, ein Job, der mich beschäftigt hält, und eine Vivi, zu der ich nach Hause kommen kann.

Aber sie ist noch nicht fertig. »Das Problem ist nur, dass ich mir *alles* vorstellen kann, Jonah. Ich kann mir auch vorstellen, dass wir nach Indien ziehen und ich mich in das Land verliebe, während es dir dort zu heiß und zu voll ist, weshalb du in die Staaten zurückgehst. Ich dagegen bleibe, heirate einen Inder, laufe nur noch in schönen Saris herum und klappere die Basare nach den buntesten Früchten und kostbarsten Stoffen ab. Oder – die nächste Variante – du gehst an ein cooles College an der Ostküste, mit alten Eichen und grünem Rasen auf dem Campus, und ich besuche dich dort, aber dann fang ich eine Affäre mit einem deiner Professoren an und treibe es auf seinem Schreibtisch mit ihm. Oder aber du gibst dein Leben hier auf und ziehst dich in eine abgelegene Blockhütte in der Wildnis zurück und lebst dort als Selbstversorger. Während ich mich mein restliches Leben lang nach dir sehne, obwohl ich weiß, dass du ein Waldmensch bist, was nichts für mich ist. Ich sehe dich direkt vor mir, in einem dicken Holzfällerhemd, wie du in deiner rustikalen Küche köstliche Waldspezialitäten kreierst, und ich würde alles dafür geben, wenn ich mich einfach mal für eine Nacht zu dir beamen könnte.«

Also ehrlich, was soll man dazu sagen? Sie sprudelt geradezu über vor Ideen, und ich komme kaum noch mit. Gerade bin ich noch aus Indien geflüchtet, dann gehe ich an ein traditionelles Ostküsten-College, wo Vivi mich mit meinem Professor betrügt, und schließlich ziehe ich mich in die Wildnis in eine Blockhütte zurück.

»Also nicht Japan? Wir beide?«

»Oh, Jonah, wenn ich von Japan träume, dann bin ich *immer* allein. Aber mach dir nichts draus, vielleicht kann ich dich in Jackson Hole besuchen? Über Weihnachten, das wäre die beste Zeit. Weihnachten ist das Einzige, was ich mir in Verona Cove nicht so gut vorstellen kann, ohne Schnee, meine ich. Oh, da fällt mir ein, wir sollten Weihnachten im Juli feiern! Hey, wie findest du das? Wär das nicht ein Riesenspaß? Lass uns gleich damit anfangen; es wird ja wohl irgendwo einen Laden geben, wo man das ganze Jahr über Weihnachtsartikel kaufen kann.«

Vivi dreht sich zu mir um, das Bild ist auf einmal vergessen. Sie ist total überdreht.

»Heute ist der erste August«, sage ich.

»Ach echt?« Wieder dreht sie sich zu mir um. »Du liebes bisschen. Der Sommer schlüpft uns durch die Fingerspitzen, *quelle tragédie* … nun ja. Ein Wimpernschlag, und wir sind wieder in der Schule, und …«

Vivi holt tief Luft. Ich nütze die Chance, um endlich einen Satz dazwischenzuquetschen. »Ich hab Bekah und Isaac angebrüllt.«

»Weißt du, ich denke immer noch, dass ich Mom überreden kann, mich mein letztes Highschooljahr hier fertig machen zu lassen, das wäre so super, wirklich …« Sie plappert einfach weiter.

Ich lege meine Hand auf ihren Arm. Die Berührung bringt sie dazu, meinen Blick zu erwidern. »Viv. Hast du mich gehört? Ich habe meine kleinen Geschwister angebrüllt.«

Ich kann ihre blauen Augen kaum sehen, als sie mich unter der dicken Lidschattenschicht anblinzelt. »Na jaaaa … haben sie's denn verdient? Manchmal muss man schreien, damit man gehört wird, und manchmal muss man seine Lungen öffnen und Worte hinausfliegen lassen, weil sie in einem feststecken und rausmüssen, verstehst du, was ich meine? Und …«

»Nein«, sage ich niedergeschlagen. Ich lasse ihren Arm los. »Nein, haben sie nicht. Aber ich hatte so die Nase voll von ihrer ewigen Streiterei.«

»Hey!«, ruft Vivi plötzlich. »Meinst du, der Baumarkt hat noch auf?«

»Was?«

»Der Baumarkt. Ich brauch noch ein paar Sachen für mein Projekt, jetzt gleich, damit ich weiterarbeiten kann …«

Vivi hat eine schlimme Woche hinter sich, okay. Und ich bin froh, dass sie wieder auf ist und nicht nur im Bett herumliegt, aber warum zum Teufel hört sie mir nicht zu? Muss ich es ihr schriftlich geben, oder was?

»Viv, ich hab Mist gebaut. Ich weiß nicht, was ich tun soll.«

Sie legt den Kopf schief, starrt zur Decke hinauf. »Meine Zimmerdecke macht mich noch verrückt, so halb fertig … Das muss ich heute Nacht noch ausmalen, aber ich hasse es – HASSE es, die Ränder auszumalen, nein, ich VERABSCHEUE es.«

Okay, mir reicht's. Ich bin voll angepisst. Ein einziges Mal will ich etwas loswerden, und sie *tut noch nicht mal so*, als würde sie mir zuhören. »Weißt du was, Viv? Fuck it. Ich weiß nicht, warum ich überhaupt hergekommen bin.«

»Aber Jonah, wie redest du denn mit mir?«, sagt sie, obwohl sie völlig ungerührt wirkt. »Du bist nicht der einzige arme Idiot, der Probleme hat.«

»Du benimmst dich echt komisch. Bist du betrunken?«

»HEY!« Sie wirbelt mit flammenden Augen zu mir herum und schnalzt mit den Fingern an den Seiten, immer und immer wieder. Ist sie bekifft? Nein. Zu aufgekratzt. »Ich bin mitten in einem kreativen Schub, einem *genialen* Schub, verstehst du? Und da kommst du her und wirfst mir so hässliche Schimpfwörter an den Kopf! Ich bin nicht betrunken, höchstens berauscht von Kunst und Musik und vom *Leben*.«

Sie nimmt mich gar nicht wahr, was irgendwie gruselig ist. Und ich dachte, *ich* würde am Rad drehen ... aber Vivi offenbar auch. Wenn sie es nicht mal fertigbringt, ihre Viviness für ein paar Minuten abzustellen, um mir zu helfen, jetzt, wo ich sie wirklich brauche, dann kann sie mir gestohlen bleiben. »Vergiss es, Viv. Freut mich, dass du so gut drauf bist. Mir geht's beschissen, aber wen interessiert das schon?«

»Oh, Jonah, ich bin nicht deine Gegenspielerin in dem Selbstbemitleidungsstück, das du gerade aufführst, okay? Ich bin weder dein Bad Guy noch deine Prinzessin. Ich bin ich, mein eigener Mensch. Ich lass mich nicht auf irgendwas REDUZIEREN. Also hör gefälligst auf, MEINE. KREATIVE. ENERGIE. ZU. KILLEN!« Wieder das Fingerschnippen, diesmal noch wilder. »Das schaffst du sowieso nicht. Ich habe einen Durchbruch!«

Eins ist mir in den letzten fünf Minuten klar geworden: Vivi Alexander kann man nicht überbieten, niemand ist so durchgeknallt wie sie. Auf einer Skala von »Mürrisch« bis »Euphorisch« ist sie in null Sekunden irgenwo in der Mitte zu finden. Sie macht mich fertig mit ihrem pausenlosen Stimmungswechsel, wirft mich zu Boden wie mit einem gezielten Rechts-Links-Haken. Bei ihr gibt es nur *Total begeistert!* oder *Komplett angepisst!* Und im Augenblick

HASST sie mich richtig, so wie sich ihre Augen in meine Haut bohren. Aber das beruht auf Gegenseitigkeit. Wütend knalle ich die Tür hinter mir zu.

Ein paar Minuten später stehe ich vor Felix' Haus, das Adrenalin rauscht durch meinen Körper. Ich bin spontan hierhergekommen, ohne einen Plan, bin einfach meinem Bauchgefühl gefolgt. Ich bin echt fertig, wie nach einem Nervenzusammenbruch.

Als ich mich umdrehe und gehen will, höre ich Ellie rufen: »Jonah?«

Sie steht an der anderen Hausseite, einen Gartenschlauch in der Hand, halb von der untergehenden Sonne angestrahlt. Mein erster Impuls ist, einfach wegzurennen.

»Ich bin fast fertig«, ruft sie. »Warte mal 'ne Sekunde, ja?«

Also bleibe ich auf dem Gehsteig stehen wie der Idiot, der ich nun mal bin. Ellie gießt die roten Dahlien und die Sonnenblumen. Mom hat auch immer gegärtnert. Aber Blumengießen war meistens mein Job. Unser Garten ist dieses Jahr kahl.

Ellie stellt das Wasser ab und rollt den Schlauch auf. Es gibt viele Gründe, warum ich Ellie mag – immer gemocht habe, auch als es noch uncool war, mit Mädchen befreundet zu sein. Sie ist so nett und freundlich, dass ihr wahrscheinlich ein Reh aus der Hand fressen würde, so wie bei den Prinzessinnen in Leahs Filmen. Aber sie kann auch anders. In der Schule hat sie mal Patrick Lowenstein in den Magen geboxt, nachdem er ihren älteren Bruder als Weichei beschimpft hatte. Aber nicht weil sie ihren Bruder verteidigen wollte, sondern weil das gegen ihre Mädchenehre ging. »Sag das nie wieder, du Idiot«, brüllte sie ihn an, als Patrick in die Knie ging. »Sonst wirst du schon sehen, wer hier ein Weichei ist.« Ich fand das so cool.

»Hey«, sagt sie und kommt auf mich zu. »Ich dachte mir schon, dass du das bist. Willst du reinkommen? Mom kann vielleicht was vom Abendessen aufwärmen …«

»Nein«, sage ich. »Danke.«

Ellie bleibt vor mir stehen, ihre Augen wandern über mein Gesicht, von links nach rechts, sie liest mich wie eine Buchseite. Und natürlich merkt sie sofort, dass mit mir was nicht stimmt … oder vielmehr eine ganze Menge.

»Komm«, sagt sie, und ich folge ihr auf die Veranda hinauf. Normalerweise würde ich jetzt Hallo zu allen sagen, wenn ich schon mal hier bin, aber für Höflichkeit hab ich heute keinen Nerv. No way.

Ellie klopft auf den Platz neben ihr auf der Verandaschaukel und ich setze mich. Sie zieht die Beine hoch, stellt die nackten Füße auf den Rand der Schaukel.

Ich stemme meine Füße auf den Boden, stütze die Ellbogen auf die Knie und lege mein Kinn in die Hände. Ich kann Ellie jetzt nicht in die Augen sehen. »Ich hab Isaac und Bekah angeschrien. Ich hab meine kleinen Geschwister zum Weinen gebracht, verstehst du? Und dann … Vivi … also sie hat mir nicht mal zugehört … echt, ich …«

Ich will, dass Ellie mich anschreit. Oder … hey, sie geht doch in die Kirche: Vielleicht kann sie mir eine bestimmte Anzahl »Heilige Mutter Gottes« zum Beten aufgeben. Das hier ist meine Beichte und ich will die Absolution von ihr.

Stattdessen streicht mir Ellie über den Rücken. Im ersten Moment versteifen sich meine Muskeln unter ihrer Berührung, noch mehr als sowieso schon. Mein Brustkorb hebt und senkt sich krampfhaft, als ob ich schluchzen würde, was nicht der Fall ist. Langsam entspanne ich mich.

»Jonah, du bist der beste Bruder der Welt. Und jeder dreht mal durch. Dafür musst du dich nicht schämen.«

»Doch, muss ich. Ich fühl mich so …«

»… schuldig. Ich weiß. Aber die Kleinen wissen doch, dass du sie liebst. Und du tust alles, um sie nicht merken zu lassen, wie gestresst du bist. Aber vielleicht ist es besser, wenn du mal Klartext mit ihnen redest, verstehst du?«

Mom hat mir auch immer über den Rücken gestrichen, als ich noch klein war. Und genau das ist der Punkt. Ich will nicht immer der Erwachsene sein. Ich kann einfach nicht mehr. Und mir fehlen verdammt noch mal meine Eltern! Manchmal wäre ich gern noch ein Kind, obwohl ich das nie zugeben würde. Ich meine, ich bin siebzehn! Es müsste total unter meiner Würde sein, mir über den Rücken streichen und erzählen zu lassen, dass alles gut wird, dass ich nicht komplett Mist gebaut habe.

Ich bringe noch immer keinen Ton heraus, also redet Ellie einfach weiter, fährt mit ihrer Handfläche über meine Schulterblätter.

»Soll ich dir mal was sagen? Als ich letztes Jahr für einen megawichtigen Mathetest lernen musste, hat Lina mich die ganze Zeit angebettelt, Lego mit ihr zu spielen. Und sie hat mich dauernd gelöchert: »Ist die Stunde bald vorbei? Spielen wir jetzt endlich?« Irgendwann bin ich ausgerastet, weil ich so müde und gestresst war, und habe sie angefaucht, dass sie endlich die Klappe halten und abhauen soll.«

Ich riskiere einen kurzen Blick zu Ellie, hab jetzt nicht mehr so viel Angst, sie anzusehen.

»Sie hat geweint«, sagt Ellie. »Und ich dann auch, weil ich mir so schlecht vorkam.«

»Echt?« Ellie, einer der nettesten Menschen, die ich kenne, hat ihre kleine Schwester zum Weinen gebracht?

»Ja, echt.«

»Hm. Aber ich weiß nicht, wie ich ihnen jetzt gegenübertreten soll.«

Ellie zuckt die Schultern. »Du gehst einfach nach Hause und entschuldigst dich. Erklärst ihnen, warum du so reagiert hast. Dann sind sie schnell versöhnt, glaub mir.«

Aber was ist, wenn sie mir nicht verzeihen? Ich habe mich die ganze Zeit so angestrengt, ihnen ein einigermaßen normales Leben zu ermöglichen, und jetzt – vielleicht erinnern sie sich später nur daran, dass ich ausgerastet bin? »Hoffentlich hast du recht.«

»Ich finde, es wird Zeit, dass du mit deiner Mom sprichst.« Ihre Hand hält mitten auf meinem Rücken inne. »Sag ihr, dass du das nicht mehr schaffst. Ich kenne sie, seit ich denken kann, Jonah. Wenn sie wüsste, was das mit dir und mit Silas und Naomi macht, würde es ihr das Herz brechen. Sie braucht Hilfe von einem Erwachsenen. Eine Therapie oder Selbsthilfegruppe.«

Ich drehe mich zu ihr um und sehe ihr voll in die Augen, und da zieht sie ihre Hand weg. »Ja, ich weiß. Das ist einer der Gründe, warum ich heute Abend so ausgerastet bin. Dein Dad war bei uns zu Hause, und Mom hat so getan, als wäre alles okay. Er hat keine Ahnung, was wirklich abgeht. Ich war so sauer auf sie, verstehst du? Weil sie es nie schafft, sich uns zuliebe zusammenzureißen, immer nur für andere. Aber das war's jetzt. Ich kann nicht mehr so tun, als ob alles okay wäre.«

Erst als ich die Worte ausgesprochen habe, wird mir bewusst, wie wahr es ist.

»Ich sage Mom, dass sie mit jemand reden muss. Und zwar bald. Wenn nicht … Dann erzähl ich deinen Eltern, was bei uns los ist.« Ich kann kaum schlucken, habe einen dicken Kloß im Hals. Meiner eigenen Mutter ein Ultimatum stellen, wie soll das gehen? »Ich glaube … also Dad würde sicher wollen, dass ich das mache.«

Endlich lehne ich mich zurück. Wir schaukeln quietschend. »Ja, das denke ich auch«, sagt Ellie nach einer Weile ruhig.

»Danke.« Ich weiß nicht, was ich sonst sagen soll. »Tut mir leid, dass ich dich mit meinen Problemen vollgequatscht habe.«

Erst jetzt, nachdem ich mich einigermaßen beruhigt habe, wird mir bewusst, dass ich hierhergestürmt bin wie ein Irrer, ein Tobsüchtiger. Also ehrlich, geht's noch? Ellie hat hier friedlich ihre Blumen gegossen, und da komme ich auf ihren Rasen getorkelt wie ein entlaufener Psychiatriepatient.

»Ich bin froh, dass du gekommen bist, Jonah.« Ich sehe sie an und sie fährt zögernd fort: »Wenn es umgekehrt wäre, wenn *ich* meinen Dad verloren hätte, würde ich auch zu euch kommen. Weil unsere Familien befreundet sind. Wir kennen uns doch seit einer Ewigkeit, und nicht nur so oberflächlich wie die Leute in der Schule. Wir haben schon im Sandkasten miteinander gespielt, wir kennen unsere Macken und … auch die peinlichen Sachen und so …«

Das kannst du laut sagen, denke ich, weil ich jetzt gerade im Erdboden versinken könnte.

Wir stehen auf, und sie tätschelt meinen Arm, weil eine Umarmung irgendwie komisch wäre. »Bis dann«, sage ich wie der letzte Loser, als hätten wir uns einfach zufällig getroffen, und marschiere nach Hause.

Dort geht alles ganz schnell. Ich setze mich mit Bekah und Isaac auf die Couch und sage ihnen, wie leid es mir tut, dass ich die Nerven verloren habe. Ich erkläre ihnen, dass ich mir die ganze Zeit wahnsinnige Sorgen um Mom und sie gemacht habe und wie sehr ich Dad vermisse. Dass mir plötzlich alles zu viel wurde und ich deshalb ausgerastet bin.

»Du hast nie gesagt, dass du Dad vermisst«, flüstert Bekah.

»Klar vermisse ich ihn, Bek. Die ganze Zeit. Immer wenn ihr mich in der Küche mit seinen Töpfen und Pfannen hantieren seht, vermisse ich ihn.«

Ich hatte befürchtet, dass es die beiden noch trauriger machen würde, wenn ich ihnen sage, wie sehr ich Dad vermisse. Aber sie sehen erleichtert aus und wechseln verstohlene Blicke miteinander.

»Wenn du traurig bist, musst du es sagen«, meint Isaac. »Und wir auch, okay?«

»Okay«, sage ich. »Okay.«

Mein Telefon weckt mich mitten in der Nacht, vibriert immer und immer wieder. Fünf entgangene Anrufe und sieben Nachrichten, alles von Vivi. *Wach auf! Hallooooo, Jonah, komm schon. Los, komm runter. Bin hier unten. An der Hintertür. Ignorierst du mich absichtlich? Jonah, ehrlich!!!!*

Warte einen Moment, schreibe ich zurück, um Zeit zu gewinnen. Wenn ich jetzt runtergehe, endet es vielleicht damit, dass wir uns anbrüllen. Oder vielleicht will sie sich nur entschuldigen. Wenn ich nicht runtergehe, weckt sie wahrscheinlich meine ganze Familie auf oder schleicht sich irgendwie ins Haus rein. Oder beides. Mit angehaltenem Atem gehe ich die Treppe hinunter, ganz langsam und vorsichtig, und zucke bei jedem noch so winzigen Knarzen zusammen. Dann trete ich in den dunklen Garten hinaus, achte darauf, dass die Tür nicht zufällt.

»Na endlich«, sagt Vivi viel zu laut. Sie ist kostümiert, trägt einen Fedora und einen khakifarbenen Trenchcoat, nicht zugeknöpft, sodass ich das eng anliegende Nachthemd darunter sehen kann. »Also ehrlich, Jonah. Ich wäre schon fast zu jemand anderem weitergezogen – ich meine, so lange lässt man ein Mädchen doch nicht warten!«

»Ich bin immer noch sauer auf dich«, sage ich, was ziemlich kindisch klingt, aber wenn schon, ist mir scheißegal. Vivi hat mich komplett ignoriert, als ich ein einziges Mal ein bisschen Aufmerksamkeit gebraucht hätte.

»Gut«, sagt sie. »Ich meine, nicht gut, aber okay … wie auch immer. Es ist mir egal, weil ich auch sauer auf dich bin.«

»Warum?«

»Na, weil du sauer auf mich bist.« Sie rückt mir so dicht auf die Pelle, dass ihr Fuß zwischen meinen Beinen steht. Ihr Körper presst sich an meinen. Ihr Hut streift mein Kinn. Dann drückt sie ihre Lippen in meine Halsmulde, warm und voll. Ich weiß aus Erfahrung, dass sie einen roten Lippenstiftabdruck hinterlassen wird.

»Hör auf, Viv. Das funktioniert nicht«, sage ich. Aber es ist gelogen. Ihr Parfüm berauscht mich. Es füllt meine Nase und meine Lunge. Ich spüre, wie es in mein Blut eindringt, wie es in mir brodelt.

»Okay«, wispert sie dicht an meinem Ohr und lässt ihre Hand in meinen Nacken gleiten.

Ich behalte eisern meine Arme an den Seiten unten. »Funktioniert nicht.«

»Jonah …«

Sie fasst meine Handgelenke, zieht sie zu sich her, fährt mit meinen Handflächen an beiden Seiten ihres Körpers unter ihr Nachthemd, dann an ihren nackten Hüften hoch. Sie hat nichts darunter an. Mein Gehirn ist zwar sauer auf sie, aber mein restlicher Körper reagiert sofort. Innerhalb von Sekunden ist mein Verstand wie Matsch. Vivi weiß, dass sie mich herumgekriegt hat.

Ihr Mund liegt auf meinem und ich küsse sie fast wütend. Ich spüre, wie ihre Lippen sich zu einem Lächeln kräuseln. Meine Gedanken implodieren, verlieren jeden Zusammenhang, während ihre Hände über meinen Bauch gleiten. Nach der Devise: *Wenn ich schon nicht in seinen Kopf komme, dann wenigstens in seine Hose.* Ich will nicht, dass sie das macht, damit ich nicht mehr sauer auf sie bin.

»Viv, ich will nicht, dass du dich entschuldigst. Nicht so.« Die Worte kommen mir nur schwer über die Lippen.

»Ha«, sagt sie. »Das ist keine Entschuldigung. Warum sollte ich mich entschuldigen, wenn ich sauer auf dich bin? Aber ich habe jetzt keine Lust zu streiten, Jonah. Ich möchte es dir lieber heimzahlen. So.«

Ich dränge sie auf den Rasen, hinter den Schuppen, wo uns niemand sehen kann. Vivi drückt sich an mich, die Hände in meinem Haar. Eine halbe Sekunde lang versuche ich, mich von ihr loszureißen. Normalerweise kommt jetzt immer der Moment, in dem wir innehalten und einander mit einem raschen Lächeln ansehen. Aber heute Nacht überspringt Vivi diesen Moment. Und das ist wohl auch der Grund, warum es sich falsch anfühlt.

Bis ich nur noch Vivi spüre.

19

Vivi

Auf dem Heimweg von Jonahs Haus gestern Nacht kam ich an einem weißen Briefkasten mit Metallziffern vorbei: sechsundsechzig. Unmöglich, dachte ich und starrte auf die Zahl, die ich wenige Stunden zuvor in meinem Schlafzimmer geschrieben hatte. Ich hatte verschiedene Fotos aus Modezeitschriften ausgeschnitten, weil ich etwas damit machen wollte. Was genau, weiß ich nicht mehr, aber meine Augen landeten auf Seite sechsundsechzig.

Sechsundsechzig ist eine schöne Zahl – kein Spiegelbild oder etwas in der Art, sondern rund und kurvig und voll. Aber was noch wichtiger ist: Mein Name in Großbuchstaben ergibt eine römische Ziffer: VIVI. Okay, streng genommen ist das nicht wirklich die römische Ziffer für sechsundsechzig, aber viel fehlt nicht, das ist unbestreitbar. Auf jeden Fall war es, als hätte mich die Zeitschriftenseite *gerufen*; ich meine, warum war mein Blick ausgerechnet darauf gefallen? Also schrieb ich die Zahl auf meine Hand und erledigte eine andere wichtige Arbeit in meinem Zimmer. Dann bin ich zu Jonah gegangen, weil ich mich nach seinem Mund auf meinem sehnte, so wie man sich an heißen Sommertagen nach eisgekühlter Limonade sehnt, als wäre es das einzig Gute auf der Welt, als müsste man unerträgliche Qualen erleiden, wenn man es nicht bekommt.

Ich bin etwas Großem auf der Spur; ich fühle es in meinen Knochen. Meine Sinne kitzeln meine Arme und meinen Nacken. Das ist so ähnlich wie bei Elefanten, die ein Erdbeben schon lange im Voraus spüren, wegen ihres hochempfindlichen Gehörs oder der Vibrationen oder was weiß ich. Nur mit dem Unterschied, dass ich *Zahlen* spüre. Ich starrte von den Ziffern auf dem Briefkasten zu der mit Marker auf meine Hand geschriebenen Zahl und wieder zurück. Das Universum versucht, mit mir zu kommunizieren. Ich meine, es kann doch kein Zufall sein, dass ich zum ersten Mal in meinem Leben eine x-beliebige Zahl auf meine Hand schreibe und dann woanders auf genau dieselbe Zahl stoße? Das kann keine x-beliebige Zahl sein, aber was bedeutet sie? Auf dem Briefkasten steckte die rote Flagge, also öffnete ich ihn und fand einen Brief darin, rosa, mit einem Mädchennamen und einer Adresse in Virginia darauf. Ich kniff die Augen zu und drehte den Umschlag in meiner Hand, und als ich meine Augen wieder aufmachte, fielen sie auf 1011, die Hausnummer, die auf dem Umschlag stand. Eins-null-eins-eins, sang ich vor mich hin, bis ich einen Stift aus meiner Handtasche hervorgekramt hatte und die Zahl unter die 66 auf meine Hand schreiben konnte.

Und jetzt wandere ich durch den Ort, warte darauf, dass meine Arme Gänsehaut bekommen, warte auf die nächste 1011, die mir sicher bald ins Auge fallen wird. Es gibt Geister, die nachts im Dunkeln die Hauptstraße entlangtanzen. Alles ist so still, oh schönes, schönes Verone Cove, mit Straßenlampen wie glühende Planeten, und ich kann fast in die Vergangenheit dieses Orts sehen, eine weit zurückliegende Vergangenheit, als Frauen nur Kleider tragen durften. Dann aber droht Verona Cove mich zu verschlingen, und ich hetze in alle Richtungen, bis zum Ortsrand, zu den schlafenden Wohnvierteln und zum Strand, weil man nie wissen kann. Ich bin überall, für Sekunden, für Stunden, für Ewigkeiten, immer auf der Lauer. Ich sehe alles, was es zu sehen gibt.

Die Sonne ist bereits aufgegangen, als ich mich im Ortskern wiederfinde. Hmmm. Keine Hinweise. Vielleicht habe ich die letzte Zahl falsch notiert. Es muss doch irgendwo noch eine 1011 geben. Ich gehe an Betty's Diner vorbei, lese die weißen Buchstaben am Fenster. Es sind die Öffnungszeiten während der Woche, und oh mein Gott – OH MEIN GOTT!

Donnerstag: 5.00 Uhr früh – 10.00 Uhr abends
Freitag: 5.00 Uhr früh – 11.00 Uhr abends

Da, bitte: senkrecht mitten reingequetscht die 1011. Ich wusste es, wusste, dass die Zahl mich weiterleiten würde, und ich springe durch die Dinertür, in dem Wissen, dass das Universum mich sieht und etwas Spektakuläres mit mir vorhat.

»Morgen, *baby doll*«, sagt Betty, als ich auf eine Bank schlüpfe. »Du siehst super aus, aber mach lieber mal deine Knöpfe zu.«

Ich schaue an mir hinunter. Zwischen meinem offenen Mantel blitzt mein Nachthemd hervor, was mir ehrlich gesagt egal ist, aber ich knöpfe meinen Trenchcoat zu, weil Betty meine Freundin ist, und ich habe im Moment zu viel im Kopf, um mit ihr zu streiten. Wahrscheinlich trage ich noch den Fedora, den ich gestern Abend aufhatte, als ich mich zu Jonahs Haus hinüberschleichen wollte und mir die Zahl 66 im Kopf herumschwirrte.

»Officer Hayashi hat nach dir gefragt.«

»Warum?« Meine Augen schnellen zu ihr. Panik schießt in mir hoch. »Ich habe nichts angestellt.«

»Nein, natürlich nicht. Er hat dich nur zum Frühstück erwartet, wie üblich, nehme ich an«, sagt Betty. »Ist alles okay, Honey?«

»Ja, klar! Ich bin sogar in Bestform, ich bin auf wichtiger Mission im Ort unterwegs. Keine Ahnung, wo mich das hinführt, aber es wird auf jeden Fall gut, Betty, wirst schon sehen.«

»Und was darf es heute Morgen sein? Pfannkuchen? Omelett?«

Zu Beginn des Sommers hatte ich mir vorgenommen, mich durch die ganze Speisekarte zu essen, aber irgendwann ging es nicht mehr, weil ich einfach nur meinen Gefühlen folgen musste. Und jetzt weiß ich nicht, was ich tun soll. Keines der Gerichte kostet 10 Dollar 11. Die Pfannkuchen kosten 4 Dollar 99, das Omelett 5 Dollar 49, es sei denn, ich bestelle Gemüse dazu. Dann kostet es ... mehr ... Mein Verstand arbeitet zu schnell, um addieren zu können, und ich muss es aufschreiben.

»Brauchst du noch eine Sekunde?«, hakt Betty nach. Ich hatte ganz vergessen, dass sie noch da ist. Gott, ich kann das nicht. Wie soll ich es denn wissen? Mein Atem klingt überlaut in meiner Nase.

Die 66 hat mich von der Zeitschrift zum Briefkasten gebracht, und die 1011 hat mich hierhergeführt, aber was jetzt? Ich ertrinke in den zahllosen Möglichkeiten, weil alles zu viel ist. Nichts geht auf. Aber ich brauche auf jeden Fall eine neue Zahl. Was kommt als Nächstes? Schicksal! Ich überlasse es dem Schicksal!

»Betty, kannst du das bitte für mich entscheiden? So als Überraschung, verstehst du? Ich mag alles, und deshalb ist es egal, was du mir bringst.« Ich atme tief aus. Uff. Das ist die richtige Strategie. Ich erhalte meine nächste Zahl, wenn die Rechnung kommt. So ist es gemeint!

»In Ordnung, *sugar*. Rad des Schicksals nennt sich das.«

Ich nippe an dem Kaffee, den ich nicht brauche. Aber so hab ich wenigstens was zu tun, während ich nachdenke, während ich meine Serviette vollkritzle und die Gewürze und Süßstoffpäckchen umdekoriere. Nach einer Weile bringt Betty mir einen Teller voll Waffeln. Ich bin wirklich nicht hungrig, aber ich esse alles auf, damit die Rechnung schneller kommt. Als Betty sie bringt, überfliege ich hastig die Zahlen: 7 Dollar 60. Mein nächster Hinweis. Ich komme, Welt!

Ich weiß nicht genau, wie lange ich gesucht habe, aber es ist wieder Nacht, und in punkto magische Zahl stehe ich mit leeren Händen da. Daher lege ich einen Zwischenstopp bei mir zu Hause ein, um dort nach der 760 zu suchen.

Mom sitzt mit einem Freund, der auch malt, in der Küche. Sie trinkt Wein mit ihm und sieht ziemlich gestylt aus.

»Hey«, sagt sie. »Hab mich schon gewundert, wo du bleibst.«

»Ach, ich war bei Jonah, ein bisschen mit den Kleinen spielen«, antworte ich und stürze zur Treppe. Jonah. Das Zauberwort. Sobald dieser Name fällt, ist alles in Ordnung, harmlos und einfach *gut*.

Mom lacht, wirft ihrem Freund einen Blick zu und verdreht die Augen. Als ich schon halb die Treppe hinauf bin, höre ich sie sagen, dass ich kaum noch zu Hause bin, immer mit meinem süßen Freund zusammen, was will man machen, Teenager-Sommerliebe, einfach hinreißend.

An meinem Trenchcoat klebt Erde, obwohl ich keine Ahnung habe, wie sie dorthin gekommen ist, also ziehe ich ein neues Outfit aus dem Schrank: einen bunten Rock, der tief auf den Hüften sitzt und bis zu den Knöcheln reicht. Da meine Beine also komplett bedeckt sind, entscheide ich mich für ein schwarzes Top, das einen breiten Streifen Bauch zeigt. Ich werfe den Fedora aufs Bett und streife jede Menge Armreife über meine Hand. Jetzt bin ich eine klimpernde, leuchtende Vision. Eine Vision! Sylvia tanzt in begeisterter Zustimmung im Zimmer herum.

Dann fällt mir mein Laptop ins Auge. Warum nicht? Ich suche die 760.

Oh Heilige Mutter Gottes der Unendlichen Sterne! Es ist nur die Ortsvorwahl von San Diego.

Aber hey, das ist es!

Wohin mich diese Zahlenspur noch führen wird? Es könnte überall sein. Es könnte etwas sein, von dem die restliche Welt nicht das Geringste ahnt. Es könnte der Schlüssel zur *Zeitreise* sein! Vielleicht hat das Universum beschlossen, dieses Geheimnis nur mir zu verraten, und wenn ich einfach immer den Zahlen folge, werde ich als erster Mensch die Lösung finden. Oh, und wo soll ich als Erstes hinreisen? Vielleicht gibt mir das Universum auch dazu einen Zahlentipp! Zurück in die Zwanzigerjahre, in mein Ballet-Leben? Ich hoffe es inständig. Ich bin überglücklich, die Erwählte zu sein, und ich werde das Universum nicht enttäuschen. Mein ganzes Leben zielt nur *darauf* ab. Mir zittern die Hände bei dem Gedanken, dass ich auf etwas so Unglaubliches zusteuere. Vielleicht finde ich es in San Diego, vielleicht wird San Diego mir nur eine Zahl geben, die mich weiterführt, aber wie auch immer: Ich folge den Hinweisen überallhin.

Die Vespa-Schlüssel klimpern in meiner Hand. Ich rufe Mom zu, dass es vielleicht später wird, aber sie schaut kaum auf, lacht über etwas, das ihr Freund gerade gesagt hat.

Draußen vor der Tür laufe ich Jonah direkt in die Arme.

»Hey«, sage ich und zische an ihm vorbei. Ich bin ein Mädchen auf einer Mission.

»Hey.« Er trottet neben mir her, bis er sich in meine Sicht gedrängt hat. »Ist alles okay?«

»Alles ist *wunderbar*, Liebster, aber ich muss jetzt los. Habe ein Date mit der Geschichte.«

Er geht weiter an meiner Seite. »Ich versteh nicht, was das heißen soll.«

»Ich auch nicht, ehrlich gesagt, aber ich finde es noch heraus!«

Ich spüre, wie er mich am Arm packt. Seine Augen mustern mich von oben bis unten. »Was hast du da an?«

»Ähm, Kleider. Was denkst du denn?«

Er runzelt die Stirn. Was für ein Spielverderber, also echt. »Viv, dieses BH-Teil ist total durchsichtig.«

»Es ist ein Bustier, und das ist mir egal. Nichts, was du nicht schon gesehen hast!« Ich lache und ziehe mein Bustier einen Augenblick herunter, einfach so. Jonah starrt mich entsetzt an, zerrt es wieder zurück, blickt sich hastig um, ob etwa die Nachbarn meine nackten Brüste in der Millisekunde gesehen haben, in der sie bloßlagen. »Entspann dich, Jonah, alles ist wundervoll, und es gibt nichts, worüber du dir Sorgen machen musst.«

Jonah runzelt erneut die Stirn, und diesmal verdirbt er mir ernsthaft die Laune, ich werde langsam sauer. »Alles okay?«

Was? »Ja, klar. Warum denn nicht, um Himmels willen? Mir geht's fantastisch. Keine Ahnung, wie es bei dir ist.«

Er schlingt seine Arme um meine Taille, die Wärme seiner nackten Haut fühlt sich gut auf meinem Bauch an – beruhigend irgendwie. »Ich habe den ganzen Tag nichts von dir gehört. Du hast nicht auf meine Nachrichten geantwortet. Ich weiß nicht, wir haben uns gestritten, und dann … dann bist du gestern Nacht zu mir gekommen, und ich … weiß nicht …«

Mein Verstand kann seine Worte kaum aufnehmen, weil ich auf

seine Lippen starre und so ein Summen durch meinen Körper läuft, von den Ohrenspitzen bis in die Zehen hinunter. Ich ziehe ihn enger an mich und küsse ihn mit der ganzen Wildheit, die in mir ist. Es ist, als würde mein gesamter Körper Hitze abstrahlen, und ich sehe keinen Grund, warum wir uns nicht nackt ausziehen sollten, hier vor Gott und allen Nachbarn, weil es mir ehrlich egal ist. Sex ist was Natürliches und keine verdammte Staatsaffäre.

Jonah reißt sich von mir los und sagt: »Hey. Können wir einfach nur reden?«

Oh, Mann. Ich meine, ehrlich. Knallt voll die Bremse rein, wo es doch so eine wunderbare nackte Achterbahnfahrt hätte werden können, aber WAS SOLL'S?

»Geht nicht. Bin auf einer Mission. Muss loszischen, weil große Dinge auf mich warten.«

»Wo willst du hin?«

»Sag ich nicht. Überraschung.« Ich steige auf meine Vespa, mein edles Ross.

»Kann ich mitkommen?«

Nein! Oder halt, warte. Er könnte mir Orientierungshilfe geben. Ich habe keinen Plan, und natürlich könnte ich einfach nach Süden fahren und auf Zeichen aus San Diego warten … oder auf weitere Zahlen, bevor ich überhaupt dorthin komme. Wer weiß? Aber warum soll er nicht mitkommen?

»Okay. Klar. Komm an Bord, zweiter Steuermann.«

Sein Gesicht verschwindet unter dem Ersatzhelm und er reicht mir meinen neuen Helm.

»Ähm, nein. Ich kann mich nicht in so einen Käfig einsperren. Ich kann da drunter nicht atmen.«

»Ohne Helm fahren ist verboten. Du bist rausgewinkt worden, weil du ihn nicht aufhattest.«

Schon wieder. Jetzt verdirbt er mir auch noch dieses Abenteuer. Ich spiele kurz mit dem Gedanken, einfach abzuzischen und ihn zurückzulassen. Aber ich bin verdammt in Eile, also knalle ich mir den blöden Helm auf den Kopf und starte den Motor wie eine schnurrende Katze – nein, ein Jaguar! – auf der Lau-au-ruau-auer!

Wir rasen durch Verona Cove. Ich genieße den Rhythmus der Vespa unter mir, so wie ein Reiter den stetigen Herzschlag des Pferdes unter sich spürt und eins mit ihm wird. Das ist einer meiner verlorenen Träume: als Jockey mit einer großen Samtkappe und hohen Lederstiefeln zu glänzen, und ich wäre ein fantastischer Jockey geworden, weil ich Pferde liebe. Ich liebe ihre stolzen Züge, ihr Feuer, ihre Loyalität, ja selbst die Namen ihrer Fellfarben: Falbe, Palomino, Pinto. In meinen Augen waren Reiter immer mit ihrem Pferd verwachsen, als gehorchten sie beide demselben Steuerungssystem, wie Stamm und Ast, nur dass man nicht sagen kann, wer was ist, weil sie sich gemeinsam bewegen. Die Vespa und ich atmen synchron, sie galoppiert unter mir und ich packe die Zügel immer fester und fester.

Die Straße mündet in den Highway, oder vielleicht heißt es gar nicht so, vielleicht glaube ich das nur, weil es der Highway Nummer eins in der Welt ist, wenn mich wer fragt. Auf der Linken gleiten endlos Bäume vorbei, Bäume über Bäume, und kleine Häuser, und die rechte Seite fällt steil ins Meer ab.

»Viv, fahr rechts ran! Los!«, schreit Jonah, bla-bla-bla, er flippt immer gleich aus und klammert sich viel zu sehr an meinen Hüften fest. »Hey, Vivi, spinnst du?!«

Ich höre ihn nicht wirklich, bis er seine Fingernägel in meine Rippen bohrt, und das tut weh. Ich jaule laut auf.

Als ich endlich am Straßenrand halte, spüre ich, wie er von der Vespa springt. Er wirbelt zu mir herum und reißt sich den Helm vom Kopf. »WAS IST DEIN PROBLEM, VERDAMMT NOCH MAL?«

Ich schiebe das Visier meines Helms hoch. »Psst. Hör auf zu schreien. Ich kann sonst meine eigenen Gedanken nicht hören, Jonah.«

»Du rast, als ob du auf Koks wärst! Und hast du das Stoppschild dort hinten nicht gesehen?«

»Oh, Jonah, Stoppschilder sind doch nur rote Achtecke, von denen die Leute sich tyrannisieren lassen.«

»*Ich* fahre jetzt. Gib mir die Schlüssel.« Er steht im Gras, an einer Straßenbiegung, und wird plötzlich zu einer Biegung in *meiner* Straße. Ich kann einfach nicht zulassen, dass er mich von meinem Schicksal abhält. »Ich fahr dich nach Hause, weil du offensichtlich betrunken oder high oder beides bist.«

»Bin ich NICHT, und du fährst mich NICHT nach Hause!«

»Viv, du machst mir Angst, verstehst du? Bla-bla-bla-bla-bla-bla.« Das ist jedenfalls alles, was ich höre, und ich wackle mit dem Kopf hin und her, la-la-la-ist-mir-egal-hör-sowieso-nicht-zu. Erst ganz am Schluss seines Knallrot-im-Gesicht-Wutanfalls … blablabla Anstand und Ehre blablabla … klinke ich mich wieder ein: »… dann geh ich lieber zu Fuß nach Hause.«

»DANN GEH DOCH, MANN! IST MIR DOCH EGAL, UND TSCHÜS«, schreie ich. Wenn ich nur schon auf dem Roller wäre, nur weg von ihm, damit ich weitersausen kann, ohne eine einzige Sorge auf der Welt. Muss los! Hab 'ne ganze große Welt zu erkunden, und 'ne ganze große Welt, die mich sehen will … Ich kann mich nicht von einem Jungen aufhalten lassen, der meine Mission schlechtmacht, auch wenn er noch so schön ist, weil ich jetzt nämlich die Küste entlangdüsen will, zwischen Meer und Himmel, und ICH KANN MICH NICHT AUFHALTEN LASSEN.

Der Motor heult auf, und ich gehe vom Sitz hoch, als meine Vespa vorwärtsschießt, und der Wind packt meinen Rock. »YIPP-IIIIE!«, brülle ich, weil ich aus Mondstaub und Blinklichtern bestehe, weil ich immun bin gegen die kurzsichtige Sterblichkeit meiner Artgenossen, immun gegen ihre begrenzten Tage auf diesem Planeten, die sie eingesperrt und ängstlich und träge vor sich hin vegetieren. Nein, nein, nein, ich bin mehr als diese Welt, so weit wie die Bäume überall um mich herum. Yippie!

Mein Griff lockert sich, meine Beine pressen sich einen Moment lang zusammen, wie Sprungfedern. Als sie wieder auseinanderschnellen, werde ich hochgeschleudert, und wow!, ich habe es geschafft. Ich fliege, bin schwerelos, zische durch die Luft, frei und losgelöst.

20

Jonah

Was gerade passiert ist, ging so schnell … *was, was, was, NEIN!*

Aber es ist passiert.

Meine Arme und Beine werden eiskalt, zittern, verkrampfen sich. Ich will vorwärtsrennen, stolpere aber. Meine Knie knallen auf den Boden, meine Handflächen schlittern über den Asphalt und brennen wie Hölle. Ich kämpfe mich wieder hoch.

Jemand schreit. SCHREIT, SCHREIT: »HILFE! JEMAND MUSS UNS HELFEN!«

Ich glaube, das bin ich.

Es ist passiert. Gerade eben. Ich habe es gesehen. War sie wirklich betrunken? Ich hätte sie aufhalten können.

Vivi ist von ihrem Roller geflogen, als er gegen einen Baum knallte. Saß sie bei dem Aufprall noch drauf? Ich weiß es nicht. Oh Gott, das Geräusch, als ihr Körper auf den Boden krachte, das Knirschen von Metall. Wie sie sich zusammenkrümmte. Ich sehe Blut – von ihrer Schulter – und, oh Gott, Knochen. Meine Beine sacken unter mir weg und ich kotze ins Gras. Ich versuche mich zu ihr zu schleppen, noch während ich würge und mir der Magen hochkommt. Als ich fertig bin, hieve ich mich mühsam hoch.

Plötzlich packt mich jemand, erst am einen, dann am anderen Arm. Zwei Arme zerren mich zurück. Eine Frau in einem langen Nachthemd. Sie hält mich fest, will mich daran hindern, zu Vivi zu kommen. Ihr Körper ist groß und weich, es ist, als würde ich gegen einen Hefekloß gedrückt. Sehr tröstlich. Ein Mann rennt aus ihrem kleinen Haus zu Vivi, ein Telefon am Ohr. Er trägt ein graues T-Shirt und eine Flanellhose.

Ich glaube, die Frau hat mich etwas gefragt. Aber ich kann ihre Worte nicht verstehen. Ihr Mund sieht aus, als ob sie beruhigend auf mich einredet. Ihre Lippen kräuseln sich und ihre Schneidezähne treten hervor. Mache ich irgendwelche Geräusche? Ich höre nichts außer dem durchdringenden Hall in meinen Ohren.

Es ist passiert. Oh, bitte, mach es ungeschehen. Mach, dass die Zeit eine Minute rückwärtsläuft. Dann werde ich es verhindern.

Auf meinen Augen klebt etwas ... wie ein heißer Film. Ich kann kaum sehen. Ich glaube, um uns herum haben sich Anwohner versammelt, und eine andere Frau läuft zu Vivi. Ganz zielstrebig. Bitte mach, dass sie Ärztin ist. Nein, lass sie mehr als nur Ärztin sein. Was würde Vivi wollen? Eine Wunderheilerin?

Ich kann nicht atmen. Das Blut, der Knochen. Wenn ich einatme, ist es, als würde ich versuchen, zwei löchrige Ballons aufzublasen. So viel Anstrengung, aber sie bleiben leer. Dünne Luft.

Wie lange geht das schon so? Ich glaube, ich träume. Das kann nicht echt sein. In der Ferne pulsieren rote Lichter, grelle Farbe in stockdunkler Nacht. Sie kommen wegen Vivi. Sie werden sich um sie kümmern. Ich muss sie darum bitten, kann aber nicht. Meine Beine reißen wie alte Seile und die Welt wird schwarz. Mein Kopf.

Ich höre Stimmen. Und dann nicht mehr. Dann höre ich sie wieder.

Das Letzte, woran ich mich erinnere, ist das Geräusch von schlagenden Flügeln.

21

Vivi

22

Jonah

Eine tiefe Stimme. »Hat er sich übergeben?«

»Mehrmals, aber jetzt würgt er nur noch.« Eine Frauenstimme. Es klingt gedämpft, wie im Nebel. Ich glaube, ich bin draußen, aber der Boden ist nicht kalt. Ein Geruch driftet durch die kühle Luft. Es riecht wie Rauch und Öl und saurer Atem. Ich weiß, wo ich bin. Vivi.

Ich reiße die Augen auf, versuche hochzuschießen, werde aber von kräftigen Händen niedergehalten.

»Bleib liegen«, sagt eine Stimme. »Nicht bewegen. Entspann dich.«

»Ich hab nichts«, sage ich. Wenigstens glaube ich das. Ich liege auf einer Trage, schaue durch die offene Tür eines Krankenwagens hinaus. Aber ich kann Vivi nicht sehen, nur flackernde Lichter, Leute, die hin und her gehen. »Ich hab nichts. Was ist mit Vivi?«

»Sie wird mit dem Hubschrauber ins Krankenhaus gebracht.« Das bedeutet, dass sie lebt. Gott sei Dank. Oh, Gott sei Dank. Sie würde doch nicht im Hubschrauber transportiert werden, wenn nicht die Chance bestünde, dass sie durchkommt? Oder? Die Person, die mit mir spricht, ist ein Sanitäter. Er hat schwarze Locken, die ihm über die Ohren fallen. »Auf ihrem Führerschein stand eine Adresse und Telefonnummer in Seattle. Hast du ihre Festnetznummer?«

»Ja. Mein Telefon … in meiner Tasche. Die Nummer ihrer Mom ist … Sie heißt Carrie.«

»Bleib liegen«, sagt der Sanitäter und greift in meine Tasche. Ich kann mich sowieso nicht bewegen, selbst wenn ich wollte. Meine Beine und Arme sind festgeschnallt. Bin ich wirklich okay?

Er ruft einem anderen Helfer etwas zu, der herbeigeeilt kommt, und der Sanitäter liest die Nummer ab. Dann geht die Tür hinter mir zu. Wir fahren los.

»Nein, ich will zu ihr! Ich brauch keinen Krankenwagen! Ich …«

»Nur eine Vorsichtsmaßnahme. Schau mich mal an.« Er leuchtet mir mit einer Taschenlampe direkt in die Augen. »Wir müssen dich in die Notaufnahme bringen, falls du eine Gehirnerschütterung hast. Nicht lange, keine Angst.«

»Mir fehlt wirklich nichts. Kann nur kein Blut sehen …« Oder Knochen. Oh Gott, bei der Erinnerung an Vivis Arm und Schulter wird mir sofort wieder schlecht.

Ich beuge mich zur Seite, gerade noch rechtzeitig, bevor mir der Magen hochkommt. Der Sanitäter hält mir eine Tüte hin, obwohl ich nur würgen muss. Ich wische mir trotzdem den Mund ab.

»Tief atmen. Ich glaube, du brauchst eine Infusion«, sagt er. Er hält mein Handy hoch und fügt hinzu: »Ich ruf jetzt deine Eltern an und erkläre ihnen, was passiert ist.«

»Nein. Nicht nötig. Sie sind …« Sie sind was? Der eine ist tot, und die andere kaum fähig, ihren Kindern Frühstück zu machen, geschweige denn mit einer solchen Situation umzugehen. »Sie sind … verreist.«

Dann stellt er mir Fragen – ob mein Kopf wehtut, ob ich weiß, wer der Präsident der Vereinigten Staaten ist und welchen Tag wir heute haben. Ich beantworte alles. Dann frage ich ihn nach Vivi, löchere ihn, was jetzt mit ihr passiert. Der Typ weicht meinen Fragen aus. Als ich genervt die Augen verdrehe, holt er wieder seine Taschenlampe hervor und leuchtet mir in die Pupillen. Keine Ahnung, ob es eine medizinische Maßnahme ist oder eine Strafe.

»Hören Sie«, sage ich, als der Wagen anhält. »Ich kann da nicht rein.«

Bei der kurzen Fahrt können wir nur in *einem* Krankenhaus gelandet sein – in der Unfallklinik, in der Dad für tot erklärt wurde. Ich überlege kurz, ob ich den Sanitäter nicht doch zu Hause anrufen lassen soll. Sie brauchen ja sicher eine Zustimmung? Mom könnte Nein sagen. Würde sie aber nicht. Sondern einfach nur durchdrehen.

»Hey«, sagt der Sanitäter und packt mich am Arm. »Mach dir keine Sorgen. Alles wird gut.«

Der Fahrer öffnet die Hecktür und hilft dem anderen, die Trage herauszuschieben.

Ich würde am liebsten um mich schlagen. Toben wie in einer Szene aus »Einer flog über das Kuckucksnest«. Sie können mich nicht gegen meinen Willen da reinbringen! Aber in Wahrheit bin ich völlig ausgelaugt. Ich habe keine Kraft mehr. Und als ich mich seufzend zurücklege, denke ich plötzlich: Irgendwie megaschön, dass mal jemand da ist, der sich um mich kümmert.

Ich habe nichts gespürt, als die Nadel in meinen Arm geglitten ist. Ich liege im Bett, bin aber nicht wirklich da. Eine Schwester deckt mich mit einer warmen Decke fest zu. »Von der Infusion wird dir kalt«, erklärt sie. Ich spüre nichts.

»Hey, Jonah.«

Ich schaue auf, und da kommt Mrs Fischer herein, die Mutter von Zach, meinem Freund. Sie trägt einen rosa OP-Kittel. Hätte ich mir ja denken können, dass hier Leute arbeiten, die ich kenne. Wir leben schließlich in einer Kleinstadt.

»Hey, Mrs Fischer.« Mein Hals tut weh, kein Wunder, so laut wie ich um Hilfe geschrien habe. Ich schlage die Decke zurück und setze mich auf, damit ich weniger krank aussehe.

»Ich habe mit dem Arzt gesprochen und deine Krankenakte angeschaut. Wie fühlst du dich?« Sie tritt an mein Bett.

»Ganz okay.« Ich bringe es nicht fertig, ihr in die Augen zu sehen. »Haben Sie meine Mom angerufen?«

Mrs Fischer sieht traurig aus, als wüsste sie irgendwie, warum ich nicht will, dass Mom benachrichtigt wird. »Ja, klar. Du bist noch minderjährig. Das ist Vorschrift.«

Ich nicke. Ich bin nicht wütend oder so. Mir tut nur Mom leid. Ich wollte ihr keinen Stress machen. Und es geht mir wirklich gut. Deshalb wollte ich ja nach Hause, damit sie mit eigenen Augen sieht, dass alles in Ordnung ist. Und jetzt weiß sie vermutlich schon, dass ihr Sohn im selben Krankenhaus liegt, in dem ihr Mann gestorben ist.

Ich werfe Mrs Fischer einen flehenden Blick zu. »Wissen Sie was von Vivi? Das Mädchen, das mit dem Hubschrauber hergeflogen wurde? Meine Freundin?«

Ich höre Vivis Stimme in meinem Kopf. *Deine Freundin? Bin ich das, mein süßer kleiner Trottel?* Nein, Viv. Bist du nicht, jedenfalls nicht nur. Ich will nur, dass du gesund wirst. Bitte.

»Man hat sie ins St.-Elizabeth-Krankenhaus gebracht, in die Notaufnahme.«

»Dann ist es also richtig schlimm?«

Mrs Fischer zögert, entweder weil es wirklich so schlimm ist, wie ich befürchte, oder weil sie keine Informationen über Patienten herausgeben darf. Ich hoffe nur, dass sie bei mir eine Ausnahme macht. Mit ihrem Schweigen spannt sie mich auf die Folter, es ist, als würde ich am Rand einer Klippe stehen und in den Abgrund starren. »Na ja, gut ist es nicht, aber es könnte viel schlimmer sein. Einer unserer Sanitäter war am Unfallort. Er sagt, Kopf und Rückgrat sind okay.«

Dann höre ich Ausdrücke wie »gravierend«, »Unfallschock«, »Spülung«, »komplizierter Bruch«, »Bänder«. Ich verliere den Überblick, bis Mrs Fischer sagt: »Zum Glück war sie wenigstens so vernünftig, ihren Helm aufzusetzen.«

Ich schlage mir die Hände vors Gesicht, schüttle immer wieder den Kopf und frage mich, wie ich nur hierhergekommen bin.

Bald darauf werde ich entlassen. Ich nehme mir vor, Silas anzurufen, sobald ich in der Empfangshalle unten bin. Mrs Fischer sagt, es sei sinnlos, noch länger hier herumzusitzen und auf Nachrichten von Vivi zu warten. Die Not-OP wird Stunden dauern, und hinterher wird Vivi ins künstliche Koma versetzt, damit ihr Körper heilen kann.

Es ist ein komisches Gefühl, auf einmal wieder die Kontrolle über meinen Körper zu haben und ohne Hilfe zum Empfang hinuntergehen und das Krankenhaus verlassen zu können. Diese Nacht war eine Aneinanderreihung von Millionen endloser Minuten, sodass ich es kaum glauben kann, noch in denselben Klamotten zu stecken. Irgendwie fühlt sich alles so unwirklich an, immer noch. Mir ist schwindlig, was ich vor den Schwestern niemals zugeben würde.

Dann bleibe ich wie angewurzelt stehen.

Mom steht am anderen Ende der Halle vor dem Schwesternzimmer, in einer Pyjamahose und einem schlabbrigen Pulli darüber, aber sie wirkt konzentriert. Hält sich kerzengerade. Gestikuliert mit den Händen. Ich will sie rufen, kann sie aber nur anstarren. Mir fällt wieder ein, wie Isaac vor langer Zeit mal von einer Biene gestochen wurde, sodass er anschwoll wie ein Hefeteig. Mom muss Todesängste ausgestanden haben, aber ich weiß noch, wie sie ganz ruhig sagte: »Alles wird gut«, und wir glaubten ihr. Sie war unsere Mom, und sie hatte alles im Griff. So wie jetzt offenbar, selbst in dieser absurden Aufmachung. Meine Mom eben. Einer meiner beiden Elternteile. Ich habe noch Eltern.

Ich bin schon fast bei ihr, nahe genug, dass ich sie anfassen könnte. »Mom?«

»Oh, Gott sei Dank, Jonah.« Tränen schießen ihr in die Augen, sie zieht mich an sich und umarmt mich verzweifelt. Ich spüre ihr Zittern. Ich weiß nicht, wann sie sich zum letzten Mal in meiner Gegenwart zu ihrer vollen Größe aufgerichtet hat, aber es muss lange her sein. Und selbst jetzt, in dieser aufrechten Haltung, kommt sie mir klein vor. Bin ich in den letzten acht Monaten gewachsen? Oder ist sie geschrumpft? Vielleicht beides. Als sie sich von mir löst, bebt ihre Unterlippe. Sie umfasst mein Gesicht mit beiden Händen. »Das darfst du mir nie wieder antun, ja? Alles in Ordnung? Man hat mir gesagt, dass du nicht verletzt bist, aber … Ich wusste nicht, wie …«

»Mir fehlt nichts. Vivi ist mit ihrem Roller gegen einen Baum gefahren. Ich war nicht mit drauf, aber ich habe gesehen, wie es passiert ist. Mich haben sie hierhergebracht, weil ich umgekippt bin. Ich habe gesehen, wie … ich glaube, das nennt sich offener Bruch. Ich musste mich ein paarmal übergeben, deshalb haben sie mich an den Tropf gehängt. Aber ich habe nicht mal eine Gehirnerschütterung.«

»Gott sei Dank. Was ist mit Vivi?«

»Sie wird operiert. Ich weiß nicht, wie es ihr geht, Mom. Ich weiß überhaupt nichts.« Ich breche in Tränen aus, ehe ich es kommen sehe. In meiner Vorstellung liegt Vivi bewusstlos auf dem Operationstisch, unter kalten Neonlichtern – blasse Haut und blutrote Lippen, ohne Lächeln. Flicken die Ärzte sie zusammen oder schneiden sie sie auf? Bei dem Gedanken kommt mir schon wieder der Magen hoch.

»Oh, Jonah«, sagt Mom und zieht mich wieder an sich. Wie viele Leute haben hier schon gestanden? Sich an einem Angehörigen festgehalten, um nicht zusammenzubrechen? Mom lässt ihre Hände über meinen Rücken gleiten, sagt mir immer und immer wieder, dass alles gut wird. Ich weine nur noch mehr.

Ich weiß, dass ich wahrscheinlich alles noch schlimmer mache, aber jetzt ist der richtige Moment, falls es den überhaupt jemals geben sollte. »Ich hab dich so vermisst, Mom«, sage ich mit erstickter Stimme.

Ich spüre, wie auch sie zu weinen anfängt, und wir stehen da, ganz stumm, abgesehen von unseren Schnieflauten.

»Ich dich auch, Jonah«, wispert sie endlich.

Über Moms Schulter sehe ich durch meinen Tränenschleier das rote Neonschild »AUSGANG«. Genau das, was ich jetzt brauche. An diesem Ort ist mein Vater gestorben, und ich will nur noch weg aus der Dunkelheit, die er in unserem Leben hinterlassen hat.

»Lass uns nach Hause gehen, ja?« Ich fasse Mom am Arm und gehe mit ihr zum Ausgang.

Das habe ich die ganze Zeit vergeblich versucht.

23

Vivi

Alles ist dunkel und aus den Fugen. Mein Gehirn ist eine leere Höhle, feucht und von nichts als Echos erfüllt. Ich schreie stumm, sodass es von meinem Hinterkopf in die Stirn hallt, dann von einer Seite zur anderen rattert, immer wieder und wieder, bis ich völlig erschöpft davon bin und endlich einschlafe.

Meine Augen sind klebrig. Ich will daran reiben, aber mein Körper ist zu schwer, ich kann mich nicht bewegen. Eine Kanüle in meinem Arm und ein Monitor, der auf meinem Zeigefinger klemmt. Linker Arm eingegipst und in einer Schlinge. Ich will meinen restlichen Körper untersuchen, aber es ist zu viel.

Ich müsste Schmerzen haben, doch da ist nichts. Ich fühle mich irgendwie schmierig.

Mom schläft zusammengekauert in einem Krankenhausstuhl, Arme und Beine in einer Haltung, die sehr unbequem aussieht. Am Fenstersims sind Blumen aufgereiht. Ich will hinüberkrabbeln und dort schlafen. Oder die Pflanzen um mich herum arrangieren.

Die gedämpften Farben der medizinischen Geräte, die kahlen Wände, das Piepsen. Ich kann nicht. Kann nicht.

Was habe ich getan?

Ich spüre, wie meine Augenlider heruntersacken, wie die Jalousien gegen meinen Willen zugehen. Oder nein, nicht gegen meinen Willen. Schlafen, schlafen, lasst mich in einem anderen Leben aufwachen oder am besten gar nicht mehr.

Ich bin düster, und der Himmel ist ganz unpassend blau. Wenn das Wetter in mein Krankenzimmer hereinkäme, würde ich ihm ins Gesicht schlagen und es anschreien: Wie kannst du es wagen?

Ich weiß nicht, welcher Wochentag ist. Vielleicht Samstag. Vielleicht feiert jemand Hochzeit, und alle sagen: *Ein besseres Wetter hätte man sich nicht wünschen können.* Und: *Ein richtiger Bilderbuchtag heute, was?* Schön für die Hochzeitsgesellschaft.

Ich dagegen fühle mich betrogen. Das Universum versteht mich normalerweise besser. Ich brauche strömenden Regen. Oder einen Hurrikan, der die Fenster in ihren Rahmen klappern lässt. Ich brauche einen grauen Himmel und weißen Schnee, verdreckt und matschig von den ganzen Autoabgasen.

Draußen ist heißer, dunstiger, greller Sommer. In mir dagegen herrschen verbrannte Erde und Trostlosigkeit, und nichts wird je wieder aufblühen.

Schlafen jetzt. Verschwinden. Mein Kurzschlussgehirn und ich.

Mom sieht mir direkt in die Augen. Es ist jetzt dunkel im Zimmer.

»Hey, meine Kleine?«, sagt sie und drückt mir die Hand.

»Hey.«

Eine Träne kullert ihr über die Wangen. »Da bist du ja wieder – ich bin so froh. Und wir hatten unverschämtes Glück, dass nichts Schlimmeres passiert ist.«

»Wie lange bin ich schon hier?« Meine Stimme klingt wie eine zerkratzte Schallplatte.

»Gut achtundvierzig Stunden. Du bist operiert worden und hast starke Beruhigungsmittel bekommen. Die Ärzte haben die Dosis vor ein paar Stunden reduziert, um zu sehen, wie du dich fühlst.«

Ich presse meine Handfläche an mein Gesicht. Keine Ahnung, warum das mein erster Gedanke ist: Ich hatte doch meinen Helm auf, oder? Ein entsetzlicher Schmerz zuckt in meiner Schulter auf. »Was wurde operiert?«

»Dein Oberarm. Außerdem hast du zwei gebrochene Rippen und zahlreiche Wunden an deiner linken Seite – deshalb mussten sie die Drainagen legen. Du bekommst jede Menge Schmerzmittel, aber es kann trotzdem wehtun.«

»Tut es auch«, flüstere ich. Ich schaue auf mein Krankenhausnachthemd und frage mich, wie meine Haut darunter aussieht … fleckig und vielleicht schon verschorft? Ich zupfe an der Decke, um einen Blick auf meine Beine zu werfen. Ich will wissen, ob sie okay sind. Mein linkes Bein ist verbunden, nur ein paar kleine Stellen liegen frei. »Oh Gott.«

Ich drücke mein Kinn nach unten und entdecke einen weiteren Verband über meinem Schlüsselbein. »Und hier?«

»Da bist du genäht worden. Die Wunde kommt wahrscheinlich von einem spitzen Stein auf der Straße, auf der du gestürzt bist. Tut mir so leid.« Sie drückt meine Hand noch fester. »Kannst du dich erinnern, wie es passiert ist?«

Ich erinnere mich an alles, aber nicht so, als wären es *meine* Erinnerungen, sondern wie an einen Film, wie etwas, das ich als Außenstehende beobachtet habe. Ich weiß, was ich gemacht und gedacht habe, aber die Logik hinter allem? Ich könnte es nie auch nur ansatzweise erklären, also nicke ich nur.

»Bist du böse mit mir?«, wispere ich.

»Nein, Vivi. Natürlich nicht.«

»Aber ich hab dich angelogen. Ich hab meine Tabletten nicht mehr genommen.« Der dumpfe Schmerz in meiner Schulter und das umnebelte Gefühl in meinem Kopf … es geschieht mir alles recht. Ich habe meine Mutter angelogen – meine Mom, die sich so bemüht hat, mir zu vertrauen.

»Ist schon gut, Chickie. Alles ist gut.«

»Bin ich …« Ich schaue auf den Tropf. »Bekomme ich Medikamente?«

»Schmerzmittel und ein paar andere Sachen, die dich hoffentlich ein bisschen … stabiler machen.«

Das erklärt, warum ich plötzlich still sein kann. Weil ich muss. Trotz der Schmerzen und der Benommenheit ist es eine Erleichterung.

»Mom.« Meine Stimme versagt, aber es kommen keine Tränen. Die Medizin in meinen Adern hat sie versiegen lassen. Dennoch hört sich mein Atem wie Schluchzen an, als ich die Worte in einem verzweifelten Flüsterton herauspresse: »Und wenn … wenn das jetzt … mein ganzes Leben … zerstört?«

»Nicht doch«, flüstert Mom zurück. Ihr Ton ist fest, ihre Augen blinzeln nicht. »Du verlierst vielleicht ein paar Tage. Und die nächsten Wochen werden nicht leicht sein. Aber was ist das schon, ein paar harte Wochen in einem ganzen, langen, großen Leben? Das schaffst du, Vivi. *Wir* schaffen das. Nimm Onkel Mitch. Der hat es wirklich schwer, aber sein Leben ist trotzdem so gut, dass wir alle ganz neidisch auf ihn sind!«

Mein kleiner Schluchzer geht fast in ein Lachen über. Onkel Mitch leidet unter krankhaften Ängsten, aber er hat eine nette kleine Wohnung in San Francisco und meinen Cousin Pip und seine witzigen Freunde, deren Gelächter Tote aufwecken könnte. Mom und ich haben eine Zeitlang bei Mitch gelebt, als ich noch klein war. Ich wollte abends immer unbedingt aufbleiben, damit ich die Erwachsenen am Küchentisch lachen hören konnte. Mitch arbeitet für ein Museum; er nimmt am Marathonlauf durch den Golden-Gate-Park teil und macht köstliches Essen. Er muss Medikamente nehmen und ist in Therapie. Ja, es stimmt, er hatte ein paar schwere Wochen in einem langen, großen Leben.

»Wie lange muss ich noch hierbleiben?«

Mom presst die Lippen zusammen, und ich weiß, dass sie keine guten Nachrichten für mich hat. »Nicht allzu lange. Aber sie wollen dich noch eine Weile zur Beobachtung dabehalten.«

»Oh mein Gott.« Meine Augen schnellen im ganzen Zimmer herum. »Sterbe ich vielleicht?«

»Nein, nein, nein«, beruhigt Mom mich. »Es ist nur … also es ist nicht klar, ob du mit deinem Roller verunglückt bist oder ob du … ob du vielleicht absichtlich …«

Diesmal schießen mir die Tränen in die Augen, und ich kann kaum sprechen. »Nein, Mom, das stimmt nicht. Ich hab das nicht absichtlich gemacht. Ich schwöre es.«

»Ich glaube dir ja, Vivi. Es ist nur … bei deiner Vorgeschichte …«

Die besagte Narbe ist jetzt unter dem Gips verborgen, die Narbe, die sich wie ein scharlachrotes S um mein linkes Handgelenk zieht. Aber ich wollte mich nicht umbringen, auch damals nicht – so weit hatte ich gar nicht gedacht –, und ich weiß nicht, wie oft ich das verdammt noch mal erklären muss. Ich *wollte* nicht sterben. Ich wollte nur etwas spüren. Und wie sich herausstellte, ist es tausendmal schlimmer, eine kalte Klinge ins Fleisch schneiden zu spüren – und dann das Blut, das auf den Boden tropft –, als gar nichts zu fühlen.

Ich räuspere mich. »Ich weiß, das klingt absurd, aber ich bin von der Vespa gesprungen, weil ich mir eingebildet habe, dass mir nichts passieren kann. Ich habe nicht wirklich nachgedacht. Ich … ich hab mir eingeredet, dass ich fliegen kann …«

Mom nickt, braucht Zeit, um das zu verarbeiten. Ihre Augen sind ganz dunkel vor Müdigkeit. Sie sieht zugleich älter und jünger aus.

»Wenn es dir morgen besser geht, müssen dich die Ärzte in ein Krankenhaus in Santa Rosa verlegen. Zum Teil wegen der Versicherung, weil …«

»Das ist die Psychiatrie, stimmt's?«

»Es gibt dort eine psychiatrische Abteilung, ja. Aber du bist in erster Linie dort, um dich körperlich zu erholen. Und die Ärzte meinen, es ist gut, wenn du psychologische Hilfe in Anspruch nehmen kannst. Ist ja nur für ein paar Tage.« Jetzt fließen ihre Tränen wieder. »Viv, ich würde alles für dich tun, das weißt du, oder? Du bist meine ganze Welt, und ich weiß, ich bin keine … keine gute Mutter im herkömmlichen Sinn, aber ich …«

»Im herkömmlichen Sinn?« Ich stoße ein schwaches Lachen aus. »Was soll das denn heißen?«

Mom wirkt verlegen, was ich noch nie bei ihr erlebt habe. »Na, du weißt schon, ich backe keine Chocolate-Chips-Kekse und passe nicht auf, wie lange du abends aufbleibst. Ich kontrolliere dich nicht ständig, und ich mache dir nicht dauernd Vorhaltungen, um dich auf den richtigen Weg zu bringen.«

Wir sehen einander sekundenlang an, bis ich weiß, was ich darauf antworten soll.

»Erinnerst du dich, als ich in der Grundschule mal Plätzchen in die Schule mitbringen musste? Du hast fertigen Teig gekauft und mich die Plätzchen dekorieren lassen, und ich durfte nehmen, was ich wollte.« Ich denke an die rosa Streusel und Mini-Marshmallows und an die silbernen Zuckerkügelchen, die viel zu schön zum Essen waren. Ich war so stolz, dass ich die Plätzchen selbst gemacht hatte, dass sie was Besonderes waren, nicht so wie die von allen anderen.

Mom runzelt die Stirn. »Ja, ich erinnere mich.«

»Das war so toll, Mom.« Wieder laufen ihr die Tränen übers Gesicht, und es macht mich unsagbar traurig, dass sie denkt, sie sei keine gute Mutter. »Es tut mir so leid, ehrlich. Es tut mir leid, dass du dich mit all dem herumschlagen …«

»Hör auf, Chickie, du musst dich nicht entschuldigen.« Sie packt meine Hände so fest, als wollte sie mir die Worte förmlich in die Haut pressen. »*Mir* tut es leid. Aber du bist stark, und wir werden das irgendwie schaffen. Wir müssen nur besser zusammenarbeiten. Das sagt jedenfalls Dr. Douglas.«

»Hast du mit Dr. Douglas geredet?« So heißt meine Therapeutin in Seattle, die Psychologin, die mir nach meinem »Selbstmordversuch« die Augen öffnete. Damals hasste ich jede einzelne Minute, die ich auf diesem Stuhl verbringen musste. Jetzt dagegen – ich kann es nicht erklären – hätte ich sie gern hier. Weil sie das Schlimmste schon weiß, weil sie jedes noch so hässliche Unkraut in meinem Garten kennt.

»Ja.« Mom gibt keine weiteren Erklärungen.

»Kann sie herkommen? Oder können wir zu ihr gehen?«

»Wir lassen uns was einfallen«, sagt sie. Wieder zeichnet sich etwas in ihrem Gesicht ab, das ich noch nie an ihr gesehen habe. Mom wirkt gewappnet. Selbstsicherer. »Ich kann dir ja offensichtlich nicht helfen. Ich hätte wissen müssen, dass du deine Tabletten nicht nimmst. Ich bin deine Mutter. Ich müsste dir eine größere Hilfe sein. Ich muss mehr darüber lernen, und ich muss auch mit ihr sprechen.«

Plötzlich bin ich wieder so müde, als würde mich die Luft ringsherum niederdrücken, bis ich ganz von meinem Bett verschlungen werde. »Gehen wir dann nach Seattle zurück?«

»Darüber reden wir noch. Wenn es dir besser geht, okay?«

Das bedeutet Ja. Gut. Irgendwie erscheint es mir richtig, zurückzugehen. Wir starren einander an, und ich weiß nicht, wie viel Zeit vergangen ist, als ich endlich »Okay« flüstere.

Aber nichts ist okay. Ich fühle mich, als wäre ich eingeschlafen und meine ganze Welt hätte sich verändert. Mein Sommer ist abgestürzt, hat sich mit einer Bruchlandung verabschiedet. Ich bin zu müde, um diese vielen neuen Informationen zu verarbeiten. Ich bin zu müde für alles.

24

Jonah

Ich habe Vivi zweimal seit ihrem Unfall gesehen, aber sie mich noch nicht. Sie stand total unter Drogen, als ich da war, und hat nichts mitbekommen. Heute Morgen wurde sie in ein anderes Krankenhaus in Santa Rosa verlegt. Ein Krankenhaus mit einer psychiatrischen Abteilung. Was ich jetzt besser verstehe als direkt nach ihrem Unfall.

Ich fahre nachher nach Santa Rosa. Immer wieder sehe ich auf die Uhr. Vivis Mom hat mich gebeten, erst am Nachmittag hinzugehen. Damit Vivi Zeit hat, sich an ihre neue Umgebung zu gewöhnen. Und so lange muss ich mich irgendwie ablenken.

Schweiß sammelt sich in meinem Nacken, als ich den Betonboden auf der Terrasse sauber wische – ich schrubbe wie wild. Es ist keine schöne Arbeit, allein weil die Vögel, die über die Terrasse fliegen, an manchen Stellen ihre Graffiti hinterlassen haben. Das Putzspray ist so stark, dass ich befürchte, es könnte den Beton angreifen. Aber es fegt den Schmutz weg. Die Putzaktion ist jedenfalls ein guter Stressabbau. Schade, dass ich nicht noch mehr von dem Zeug habe.

Vivis Mom war fast die ganze Zeit im Krankenhaus. Sie ist nur schnell bei mir zu Hause vorbeigekommen, um mir Vivis Hausschlüssel zu geben, damit ich mich um Sylvia kümmern kann. Wir saßen zusammen auf der Haustreppe, weil sie nicht mit hereinkommen wollte.

»Viv hat eine bipolare Störung«, sagte sie. »Sie will, dass ich es dir erzähle.«

Eine gute Minute lang konnte ich keinen Finger rühren, brachte kein Wort heraus. Vivis Mom warf mir während dieses unbehaglichen Schweigens einen unsagbar traurigen, sanften Blick zu. Es war nicht leicht, diese Nachricht zu verarbeiten. Für mich war eine »bipolare Störung« bisher einfach ein anderer Ausdruck für »extrem launisch« gewesen. Was Vivi ja auch ist. Ich … ich wusste einfach nicht, wo ich anfangen sollte.

»Ich weiß nur das mit ihrem Arm«, sagte ich schließlich. »Ich meine, die Narbe. Hat das etwas damit zu tun?«

»Teilweise.« Carrie drehte den Kopf zu mir und beobachtete meine Reaktion. »Ich dachte letztes Jahr, es sei eine Depression, das dachten wir alle. Und danach wurde sie auf Medikamente gesetzt. Aber das war eben leider nicht alles.«

»Haben die Medikamente nicht gewirkt?«

»Doch, gegen die Depression schon. Viv war wieder glücklich, nähte und malte. Aber ich habe sie auch bei allen möglichen Dummheiten ertappt: Sie hat Gras geraucht, meine Kreditkarte genommen und sich heimlich rausgeschlichen. Ich dachte, sie schlägt über die Stränge, wie alle Teenager. Ein Zeichen für mich, dass es ihr besser ging. Ich hatte keine Ahnung, dass das Symptome waren, bis es richtig schlimm wurde. Dann hat sie professionelle Hilfe bekommen und neue Medikamente. Ich wusste so vieles nicht.« Sie senkt den Blick. »Und das ist immer noch so.«

Vivis Mom war sichtlich hin und her gerissen: Einerseits wollte sie ehrlich zu mir sein, andererseits wollte sie Vivis Privatsphäre schützen. Ich half ihr aus der Klemme, indem ich sagte: Vivi kann mir ja mehr erzählen, wenn sie dazu bereit ist. Ich brauchte ehrlich gesagt auch erst mal Zeit, um die Krankheit zu googeln.

Inzwischen habe ich viel darüber gelesen. Reizbarkeit, gesteigerte Sexualität, unzusammenhängende Denk- und Sprachmuster. Bipolar I und II, Mischformen, schneller Verlauf, Zyklothymie. Alles scheint klar definiert zu sein, in getrennte Schubladen mit den entsprechenden Definitionen gepackt. Trotzdem habe ich nicht herausgefunden, um welche Form es sich bei Vivi handelt.

Ich hing am Computer, den Kopf in die Hand gestützt. Vivi war verändert in der letzten Woche. Hätte ich etwas merken müssen? Habe ich sie ausgenützt, ohne mir dessen bewusst zu sein? Das war wirklich nicht meine Absicht. Und was ist jetzt? Werden sich ihre Gefühle mir gegenüber verändern? Ich weiß, es geht hier nicht um mich, aber wer außer mir fühlt sich für mich verantwortlich? Und ich weiß einfach nicht, was ich jetzt tun soll.

Also stürze ich mich in die Arbeit im Restaurant, lasse mich ganz davon verschlingen.

Die neue Speisekarte kommt in drei Tagen heraus, und wir müssen ein Fest organisieren. Nichts Großartiges, nur ein Essen für alle, die uns bei den Veränderungen geholfen haben.

Wir haben so viel Unterstützung in allem bekommen. Felix und ich haben zusammen die alten Teppiche im Speiseraum herausgerissen und unser Sous-Chef hat die Parkettböden neu versiegelt. Silas hat die roten Wände mit frischer weißer Farbe getüncht. Genau das brauchen wir: Schlichtheit. Die Floristin hat uns sogenannte Langhalsvasen praktisch geschenkt, und Bekah füllte sie mit Wildblumen. Harvey Berman, der Elektrohändler von Verona

Cove, tauschte die veralteten Messingleuchten gegen neue aus und berechnete nur die Lampe, nicht die Arbeit. Das gesamte Küchenpersonal probierte die neuen Rezepte aus und Ellie gestaltete die Speisekarten; die Druckerei gab uns einen riesigen Rabatt.

Und der Grund, warum uns alle so bereitwillig halfen? Mein Dad. Ich weiß nicht, wie oft ich das in dieser letzten Woche zu hören bekam. Wenn ich mich bedanke, sagen die Leute immer: »Gern geschehen, Jonah. Dein Dad war ein guter Mann«, oder so ähnlich. Und wenn ich anfange: »Aber das wäre doch nicht nötig gewesen …«, fallen sie mir ins Wort und erzählen mir von Dad. Wie wichtig er für Verona Cove war und wie sehr ihn alle vermissen. Zum Beispiel Mr Hodgson: Seine Frau musste in den letzten zwei Monaten ihrer Schwangerschaft liegen, und Dad brachte ihr Essen, einfach so, ohne dass sie ihn darum gebeten hatte. Ach, das sind doch nur Reste, hat er laut Mr Hodgson gesagt, der mir schmunzelnd verriet: »Aber das Essen war immer warm, und es waren ihre Lieblingsgerichte, also hatte ich da so meine Zweifel.«

Ihr Sohn ist jetzt zehn. Ich wusste nichts davon. Und nahm den langen Holzblumenkasten dankbar an, den die Hodgsons mir auf die Terrasse stellten. Mrs Hodgson hatte ihn selbst gezimmert, und Mr Hodgson hat ihn mit Basilikum, Koriander, Petersilie und Minze bepflanzt.

Endlich ist der Terrassenboden sauber und ich gieße die Kräuter in dem Blumenkasten. Es dauert eine Weile, bis ich merke, dass auf dem Weg draußen jemand wartet.

Ellie schaut mich unsicher an, was ich gut verstehen kann. Ich sehe vermutlich so aus, als würde ich kurz vor dem Zusammenbruch stehen.

»Hey«, sagt sie schließlich. »Wollte dir nur sagen, dass Thomas die Buchstaben vorne anbringt. Er ist fast fertig. Willst du's sehen?«

»Ja, klar, danke.« Mr Thomas hat die Renovierungsaktion von uns allen am meisten genossen. Er hält es kaum noch in seinem kleinen Baumarkt nebenan aus. Jeden Tag kommt er vorbei, leiht uns Werkzeug aus und springt ein, wo es nötig ist.

Die Buchstaben sind ein ganz besonderer Fund, und wir brauchen einen Fachmann, der sie an der Backsteinmauer des Restaurants anbringt. Silas war ein paar Orte weiter bei einem Antiquitätenhändler, der auf altes Zubehör aus Wohnungsauflösungen und Versteigerungen spezialisiert ist. Er hatte Isaac mitgenommen, und sie entdeckten dort Buchstaben für den BISTRO-Schriftzug. Alle aus Gusseisen, einige davon ein bisschen rostig.

Vor dem Restaurant stehen Isaac und Bekah mit Silas und Felix zusammen. Isaac hat – Wahnsinn! – den ganzen Morgen geputzt: Fußleisten, Toiletten. Bekah hat Salat gezupft und unter der Aufsicht der Hilfsköche Salatsaucen zubereitet. Das Universum ist offenbar aus den Fugen.

Mr Thomas hockt auf der Leiter und prüft mit seiner Wasserwaage, ob das O auch gerade ist. »Und? Wie sieht's aus?«, ruft er.

»Gut!«, brüllt Felix.

Als Mr Thomas die Leiter heruntersteigt, kann ich die Buchstaben deutlich sehen. Die Schrifttypen passen nicht zusammen, aber es sieht super aus. Ellie hatte recht. Der Zusatz BISTRO unter »Tony's« gibt dem Ganzen einen neuen Touch: lässig, cool. Die gusseisernen alten Buchstaben sind perfekt, weil sie nicht *zu* perfekt sind. So hätte Dad sein Restaurant und seine Rezepte gewollt – klassisch, aber kreativ.

Silas legt Isaac den Arm um die Schultern. »Die Buchstaben waren ein toller Fund, Alter.«

Isaac strahlt, er platzt fast vor Stolz.

»Das hast du gut gemacht«, sagt Felix und drückt mir den Arm.

»Silas und Isaac haben die Buchstaben gefunden.«

»Ich weiß«, sagt er. »Ich meinte das alles hier. Ist nicht so leicht für einen knorrigen alten Baum wie mich …«

»Baum?«, frage ich verwundert. Hat Vivi mit ihm auch über seine früheren Leben geredet?

Felix lacht. »Ja. Ein knorriger, unnachgiebiger alter Baum wie ich zerbricht in einem schweren Sturm. Biegsame Bäume überleben das Unwetter.«

Wir stehen ein paar Augenblicke da und ich runzle die Stirn. Weil ich es immer noch nicht kapiere, schlägt Felix mir auf den Rücken, ehe er in der Küche verschwindet. »Du hast uns wieder biegsam gemacht, Maní.«

Ich bedanke mich bei Mr Thomas und helfe ihm, seine Leiter in den Laden zurückzutragen. Als ich zum Restaurant zurückkomme, sind alle wieder drin, und ich bin allein hier draußen.

Aber ich *bin* nicht allein. Das ist der entscheidende Punkt.

Der Himmel ist wolkenlos blau auf dem Weg zu Vivi, und die lange Fahrt tut mir gut. Mein Kopf ist wie ein vollgestopfter Umschlag, der kaum noch zugeht. Also nehme ich einiges von dem Chaos raus. Ich denke darüber nach, ob Dad die Veränderungen im Restaurant gut gefunden hätte, frage mich, wie unser Fest ablaufen wird, was dabei alles schiefgehen kann. Und ich denke an Vivi. Wie schlimm es für sie sein muss, schwer verletzt im Krankenhaus zu liegen. Wie ich mich verhalten soll, wenn ich bei ihr bin. Ob zwischen uns alles anders wird, wenn sie wieder rauskommt.

Keine angenehmen Gedanken, aber irgendwie schafft es Platz in meinem Kopf.

Vor dem Krankenhaus halte ich einen Augenblick inne und hole ein paarmal tief Luft. Die Frau an der Empfangstheke gibt mir einen Besucherausweis. Meine Hände zittern leicht, als ich im Blumenladen einen Strauß kaufe. Ich hätte mir was Originelleres einfallen lassen sollen. Was Kreatives, so wie Vivi es getan hätte. Einen Kirschkuchen backen zum Beispiel, so wie an ihrem ersten Abend bei uns zu Hause. Hätte, hätte. Immer sitzt mir dieser Spruch im Nacken, wohin ich auch gehe, und ich habe das allmählich so satt.

Draußen vor dem Zimmer kann ich meinen eigenen Atem hören. Kein anderes Geräusch.

Endlich gehe ich hinein. Vivi sitzt im Bett, auf Kissen gestützt, und stochert auf einem Tablett mit zerkochter Fertigkost herum, die das Krankenhaus Essen nennt. Ihr linker Arm hängt in einer blauen Schlinge, und ihr Schlüsselbein ist teilweise unter einem Verband verborgen. Ohne Schminke sieht sie jünger aus. Ich bin so erleichtert, sie wach zu sehen, dass ich am liebsten in der Tür auf die Knie fallen würde.

Vivi schaut auf. Selbst von hier aus kann ich sehen, dass ihre Unterlippe bebt.

»Jonah?« Auch ihre Stimme zittert.

»Hey«, sage ich und trete lächelnd näher.

Aber Vivi weicht zurück. »Was zum Teufel machst du denn hier?«

Ich blinzle, bleibe abrupt stehen. Okay. Nicht, was ich erwartet hatte. Bleib ruhig. Gibt sie mir die Schuld an dem Unfall? Die Plastikfolie über den Blumen knistert, weil sich meine Hände verkrampfen.

Ihre Augen sind voller Tränen. »Ich hätte dich umbringen können, Jonah. In dieser Nacht – du … du warst mit mir auf der Vespa. Warum bist du nicht wütend auf mich? Du müsstest mich hassen, mich ins Gesicht schlagen! Warum bist du hier, verdammt noch mal? Was ist *los* mit dir?«

Ich brauche volle fünf Minuten, um zu begreifen, was sie meint. Sie macht sich Vorwürfe, weil sie mich in Gefahr gebracht hat? Ich trete näher. Ich will nur ihre Hand berühren, will spüren, dass sie wirklich da ist, dass sie wieder in Ordnung kommt. »Was soll mit mir los sein? Mensch, Viv, ich bin doch nicht sauer. Wie könnte ich? Es tut mir so wahnsinnig leid, was passiert ist und dass du verletzt bist.«

Ihre Augen weiten sich. »Ich brauche dein Mitleid nicht! Warum kommst du überhaupt noch her? *Warum?*«

Bevor ich etwas sagen kann, laufen ihr schon die Tränen übers Gesicht. Oh Mann, das läuft so verdammt schief. Schlimmer geht's nicht.

»Raus!« Vivi wirft eine leere Plastiktasse nach mir, ich kann gerade noch ausweichen. Mannomann. »Ich will dich nicht mehr sehen. RAUS! SOFORT!«

Sie drückt auf den roten Knopf neben dem Bett und im nächsten Moment stürzt eine Schwester herein. Mir bricht der kalte Schweiß aus.

»Schicken Sie ihn weg!«, schluchzt Vivi. »Bitte schicken Sie ihn weg, bitte!«

»Kommen Sie«, sagt die Schwester und winkt mir. Ich folge ihr den Gang entlang, weil ich nicht weiß, was ich sonst tun soll. Ich bin starr vor Schreck, vor Schuldgefühlen. Die Schwester schließt die Tür hinter uns. Ich halte noch immer die dummen Blumen in der Hand und verstehe einfach gar nichts. Die Schwester lächelt mich traurig an. »Ich hoffe, Sie nehmen das nicht persönlich. Die ersten paar Tage sind immer sehr explosiv.«

»Ist schon gut«, murmle ich, mehr zu mir selbst als zu ihr.

Ich lasse die Blumen im Schwesternzimmer und sage der Frau am Empfang, dass sie allen hier meinen Dank ausrichten soll, weil sie sich um Vivi kümmern.

Vivis Worte hallen mir noch in den Ohren, als ich ins helle Tageslicht hinauskomme. *Warum kommst du überhaupt noch her? Warum?*

Weil ich so schlecht drauf war bis zu dem Tag, als wir uns begegnet sind. Und sie mir nie ausgewichen ist. Ihre Gefühle für mich waren völlig unabhängig davon, wie leicht oder schwer es war, mit mir umzugehen. Und genauso sehe ich das auch. Sie muss nicht fröhlich für mich sein. So läuft das nicht.

Meine Geschwister zu Hause sind klug genug, mich in Ruhe zu lassen, während ich am Herd stehe und einen Teig zusammenrühre. Ich knalle ihn auf die Arbeitsfläche, mache ihn mit dem Nudelholz platt, als wäre er mein persönlicher Feind. Dann balle ich ihn wieder zusammen und rolle ihn erneut aus.

Es wird ein Bilderbuchkuchen. Ich bin von oben bis unten mehlbestäubt, als ich ihn in einen Karton aus dem Restaurant einpacke. Ich schreibe eine Nachricht dazu, drücke den Stift viel zu fest auf das Papier:

Warum? Weil du mir mal gesagt hast, dass du keine Angst vor der Dunkelheit hast. Ich auch nicht, Viv. Und das weißt du. Sonst wäre ich schon vor Monaten abgehauen und hätte meine Familie einfach im Stich gelassen.
Du hast auch gesagt, man soll die Leute fragen, was sie brauchen, und ihnen zuhören. Und das tu ich. Ich frage dich. Höre dir zu. Und einstweilen schicke ich dir das hier, vielleicht brauchst du es ja. Das Essen in diesem Krankenhaus sah echt zum Kotzen aus.
Jonah.

25

Vivi

»Gestern Abend ist Jonah vorbeigekommen.«

»Ich weiß«, sage ich gereizt. Neues Krankenhaus, aber das gleiche Essen. Bei dieser klebrigen Mehlpampe verliere ich meinen Verstand auf eine andere, trostlose Art. Ich bin jetzt schon fünf Tage im Krankenhaus und messe die Zeit anhand der schlimmsten Momente – zwei Tage, seit ich meinen Katheter heraushabe, ein Tag, seit ich hierherverlegt wurde und Jonah Daniels angeschrien habe, mitten in sein süßes, verwirrtes Gesicht hinein. Aber Mom weiß nichts von diesem zweiten Teil. »Hast du mir schon gesagt. Er kümmert sich um Sylvia.«

Mom runzelt die Stirn. Sie war nicht im Zimmer, als Jonah vorbeikam, Gaia sei Dank. »Jaja, aber nicht nur das, er hat deine Decke fertig gemalt. Er hat alles abgeklebt und die Ränder ausgemalt, die du übrig gelassen hast.«

Ich habe Jonah eine Plastiktasse an den Kopf geworfen, als er mich besucht hat, und was macht er? Opfert seinen restlichen Tag, um ein Projekt zu Ende zu bringen, für das ich nicht die Geduld aufgebracht habe. Ich hasse ihn dafür, wirklich. Was bin ich für ein Monster, dass ich diesen Jungen hasse, der so einfühlsam mit meinen chaotischen Einfällen umgeht? Der die losen Fäden aufgreift und alles in Ordnung bringt?

»Das ist nett«, sage ich, aber es klingt nicht sehr überzeugend.

»Vivi, du solltest ihn wirklich mal anrufen. Er meint es so gut, er ist nur …«

»Stopp, okay?« Mein Ton wird scharf, aber das hat sie sich selbst zuzuschreiben. Sie müsste es doch inzwischen besser wissen. Klar meint Jonah es gut, und genau das ist der Grund, warum ich Angst habe, mein ganzes Krankenhausnachthemd durchzuschwitzen, wenn ich auch nur an ihn denke. Weil er so gottverdammt *nett* zu mir ist, und ich will, dass er wie ein normaler Mensch reagiert und sich von mir fernhält. Ich bin die Springflut, und er ist ein ahnungsloser Narr. Ehrlich, dieser Jonah hat keinen Überlebensinstinkt. »Kannst du mir bitte mal beim Anziehen helfen? Ich geh nicht in diesem Krankenhausfetzen zu meinem Termin.«

Mom hat mir ein paar Kleider mitgebracht. Lockere Kleider, die sich leicht über den Gips streifen lassen, ohne die Verbände an meinem Bein zu berühren. Sie hilft mir in mein Lieblingskleid, eine Aktion, bei der mir der Schmerz ins Schlüsselbein schießt. Es gibt keinen Spiegel im Zimmer, aber das Kleid fühlt sich zumindest gut an.

Es schwingt um meine Beine, als mich eine Krankenschwester den Gang entlangführt. Ich knirsche innerlich mit den Zähnen, weil ich leicht hinke, aber mein linkes Bein ist megasteif und voller Schorf.

Der Therapeut ist älter, als ich erwartet hatte: dunkle Haut, weißer Bart, Pullover. Er sieht nett aus, aber energisch (keiner, der sich auf der Nase herumtanzen lässt), wie ein alternder Fischer.

»Hi, Vivi«, sagt er und schüttelt mir die Hand. »Ich bin Dr. Brooks.«

»Hallo.« Ich sehe mich neugierig um. Das Diplom an der Wand verrät mir, dass sein Name Malone Christopher Brooks lautet.

Er lächelt, als wir uns setzen, aber ich halte immer noch Ausschau nach ... ich weiß nicht, wonach. Fotos von seinen Kindern oder auch einem Hund. Ich finde es unfair, dass er eine ganze Akte über mich hat und ich nichts von ihm weiß.

»Also. Wie fühlen Sie sich?«

Gefangen, schuldig, verlegen, benebelt von den Schmerzmitteln. »Mir geht's gut.«

»Gut«, sagt er, ohne es mir auch nur eine Sekunde lang abzukaufen. »Na, dann lassen Sie uns zur Sache kommen. Ihre Ärztin in Seattle hat im letzten März eine bipolare Störung, Typ II, bei Ihnen diagnostiziert. Stimmen Sie dem zu?«

Was zum Teufel ist das für eine Frage? Ich überlege einen Augenblick, ob er meine Diagnose offiziell in Typ I umändern will. »Ich will es nicht wirklich.«

»Der Diagnose zustimmen? Oder die bipolare Störung?«

»Beides. Aber keine Sorge, ich *weiß* es. Depression, hypomanische Phase, dann neue Medikamente und wieder manisch in der letzten ...« Fast hätte ich »Woche« gesagt. Zwei Wochen? Ich weiß es gar nicht genau. »... Zeit. Ich bin mir also darüber im Klaren, dass ich die Krankheit habe, okay? Klassische Symptome.«

»Nun«, sagt er und legt die Akte zur Seite, »es gibt gewisse Grundsymptome, aber das variiert von Patient zu Patient sehr stark. Und ich möchte wissen, was es für Sie bedeutet. Können Sie mir bitte Ihre manische Phase im März schildern?«

Ich schaue in sein freundliches, offenes Gesicht, und etwas in mir – etwas Schlüpfriges – will ihn schocken.

»Oh, kann ich das? Okay, mal sehen! Ich war in einem Konzert, in dem ich mich high gefühlt habe, obwohl ich es gar nicht war, bis ich dann wirklich high war und mit einem Mädchen nach Hause gegangen bin, das ich dort kennengelernt hatte, eine Tattookünstlerin. Am nächsten Morgen habe ich ein Seerosenmotiv entworfen, das sie mir dann in die Seite tätowiert hat. Mom war nonstop in ihrem Atelier beschäftigt, aber wir hatten einen Riesenkrach, als sie merkte, dass ich nicht nach Hause gekommen bin.« Er nickt immer noch ernst, macht Notizen. Warte nur, Doktor, ich habe gerade erst angefangen. »Irgendwie habe ich es geschafft, zur Geburtstagsparty meiner Freundin Ruby zu kommen, nachdem ich mir eine Handtasche für dreihundert Dollar gekauft hatte, einfach so, weil ich Bock hatte. Ich habe Alkohol getrunken und mit wildfremden Typen Gras geraucht. Dann hatte ich Sex mit dem Ex meiner Freundin Amala – in ihrem Schlafzimmer. Und ich war in dieser Nacht noch mit einem anderen Typ zusammen.«

Jetzt nickt er nicht mehr. Seine Hand hört auf zu schreiben.

»Alle dachten, ich sei sturzbetrunken. Und, na ja … Sie waren doch auch mal an der Highschool.« Ich werfe ihm ein hoffentlich sarkastisches Lächeln zu. »Also können Sie sich vorstellen, wie die Leute hinterher über mich gelästert haben. Am nächsten Tag hab ich Mom gesagt, dass ich zur Polizei gehen und mich stellen muss, und hab in meinem Delirium herumgeschrien, dass ich der schlechteste Mensch der Welt sei und es nicht verdient habe, frei herumzulaufen. Und … Überraschung: Mom hat mich daraufhin direkt zu Dr. Douglas geschleppt.«

Er braucht ein paar Sekunden, um sich zu fangen. »Das muss schrecklich für Sie gewesen sein. Wie haben Sie sich gefühlt?«

Gedemütigt. Vergewaltigt. Was nicht unbedingt Sinn macht, denn ich *wollte* das ja alles, nein, ich *brauchte* es! So war das.

»Soll ich Ihnen was sagen, Dr. Brooks? Ich würde mein ganzes restliches Leben lang in einem Kartoffelsack herumlaufen, wenn ich dadurch den ganzen Schmerz, das ganze Leid ungeschehen machen könnte, das ich anderen zugefügt habe, während ich … manisch war.« Ist das überhaupt das richtige Wort? Gott, wie absurd, ich habe angeblich diese … Störung und kenne noch nicht mal den Begriff dafür! »Und wenn Sie mich kennen würden, wüssten Sie, wie schlimm es für mich wäre, jeden Tag in denselben Kleidern herumzulaufen, geschweige denn in einem Kartoffelsack.«

»Und was ist mit dem Leid, das Sie sich selbst zugefügt haben, Vivi?«

Nach meiner ersten Therapiesitzung damals ließ mir Dr. Douglas die Pille danach verschreiben, und ich wurde auf sexuell übertragbare Krankheiten untersucht. Ich war so deprimiert, so vollkommen am Boden zerstört, dass ich noch nicht mal erleichtert war, als die Tests negativ ausfielen.

Ich wurde aus medizinischen Gründen von der Schule freigestellt. Wenn ich die Highschool in der üblichen Zeit abschließen will, muss ich nächstes Jahr Sommerkurse belegen.

Als ich nicht mehr weiterrede, sieht mich der Doktor mit geneigtem Kopf an. »Haben Sie es Ihren Freunden gesagt? Dass Sie eine manische Phase hatten? Dass Ihre Handlungen von Ihrer bipolaren Störung ausgelöst wurden?«

»Nein. Ich …« Ich habe nichts gesagt, vielleicht weil ich nicht wirklich an diese bipolare Störung geglaubt habe. Und weil es wie eine Ausrede geklungen hätte, die mir kein Mensch abnehmen würde, nicht mal ich selbst. Amala war zutiefst verletzt, und ich hatte Rubys Geburtstagsparty gesprengt, und ich weiß noch genau, wie Amala schluchzte, wie sie mich auf dem Rasen vor dem

Haus anschrie, während Ruby ihr beschützend den Arm um die Schulter legte. Ich wollte nur noch weg, lief meilenweit den ganzen Weg zurück nach Hause. »Nein, habe ich nicht.«

Dr. Brooks drängt mich nicht, mehr darüber zu erzählen. »Und nach dieser Geschichte wurde Ihnen zusätzlich zu dem Antidepressivum ein Stimmungsstabilisierer verschrieben. Wie hat sich das ausgewirkt?«

Ich schwenke meine Arme in weitem Bogen herum, was so viel heißt wie: Hey, ich bin hier gelandet. Wie in aller Welt soll es sich also ausgewirkt haben?

»Haben Sie den Stimmungsstabilisierer abgesetzt?«

»Ja.«

»Und warum?«

Meine Augen werden schmal. Er weiß genau, warum. »Weil ich so … daneben war.«

Er nickt und schreibt etwas auf. »Aber das war nur *ein* Medikament, mit *einer* bestimmten Dosierung. Es gibt viele andere Optionen, Ihren Körper zu regulieren und in einen stabileren Zustand zu …«

»Regulieren?«

»Ja.« Er hält inne, scheint sich seine Wortwahl genau zu überlegen. »Nun, ich denke, an diesem Punkt kann man durchaus von Regulieren sprechen, finden Sie nicht? Sie hatten bereits eine depressive Phase, die selbstzerstörerisch endete. Genau wie diese hier.«

Die Wut schnalzt in meiner schmerzenden Brust wie ein Gummiband. »Oh, verdammt noch mal, ich *wollte* mich nicht umbringen, weder damals noch jetzt. Wie oft soll ich euch Psychos diesen Shit noch erzählen?«

Er weicht zurück, die Handflächen beschwichtigend erhoben. »Tut mir leid, ich wollte Ihnen keinen Selbstmordversuch unterstellen. Ich meine nur, dass Sie beide Male körperliche Verletzungen davongetragen haben. Vivi, ich glaube wirklich, dass Ihnen ein gut dosiertes Medikament mehr helfen wird, als Sie es sich momentan vorstellen können. Und ich finde auch, dass Sie Ihre Therapie fortsetzen sollten, um alles zu verarbeiten, was Sie erlebt haben, und um zu begreifen, wie die bipolare Störung Ihre Identität beeinträchtigt.«

»Sie sind doch Therapeut, oder nicht?«, sage ich, teils weil es mir lieber ist, wenn *ich* die Fragen stelle. »Können *Sie* mir bei dem hier nicht helfen?«

»In dieser kurzen Zeit heute? Nein.«

»Warum nicht?«

»Weil ich Sie auffordern müsste, offen zu kommunizieren. Aber das braucht Übung. Ich würde wollen, dass Sie eins verstehen lernen: Eine bipolare Störung ist nur eine Facette eines sehr vielschichtigen Lebens. Sie müssten sich ausführlich Gedanken machen, wie dieses Leben aussehen soll. Außerdem würde ich Ihnen neben den Medikamenten und der Therapie empfehlen, Ihre Diagnose wirklich anzunehmen. Und das braucht Zeit und Erfahrung.«

»Oh, einfach die bipolare Störung annehmen?« Ich bin kurz davor, meinen Stuhl zurückzustoßen und aus dem Zimmer zu marschieren. Er klingt wie Officer Hayashi. *Aber so ist nun mal das Leben. Man muss die Karten ausspielen, die man bekommt.*

Dr. Brooks lässt sich von meiner verächtlichen Reaktion nicht beirren. »Ja. Mir ist nicht entgangen, was Sie gesagt haben: dass Sie die bipolare Störung nicht wollen. Das ist sehr anstrengend und schwer zu managen. Aber Sie haben ein liebevolles Umfeld und die Möglichkeit, professionelle Hilfe zu bekommen.« Er lächelt zögernd – wärmer und weniger distanziert. »Und Sie haben viel Kampfgeist. Das kann ich sehen.«

Ha! Kampfgeist und Kunst und ganze wirbelnde Galaxien, Doktor!

»Und wenn ich andere Medikamente ausprobiere«, sage ich, »und es fühlt sich nicht richtig an …«

»Es kommen mehrere Möglichkeiten in Betracht, und natürlich würden wir darüber reden. Das würde ich Ihnen versprechen, und Dr. Douglas auch, soweit ich sie kenne.«

Ich lehne mich in meinem Stuhl zurück, bereit zum Verhandeln. Es ist ein Gefühl, als würde ich es mir auf dem Fahrersitz bequem machen, als könnte ich nach der Gangschaltung zu meiner Rechten greifen.

»Ich glaube, das funktioniert wirklich nur dann«, sage ich und sehe ihm direkt in die Augen, »wenn ich auch mitentscheiden kann.«

Dr. Brooks beugt sich vor, wie um mich in ein Geheimnis einzuweihen, das wir von nun an miteinander teilen. »Ich kann dem nur zustimmen.«

»Lithium.« Ich mag das Wort immer noch. »Eine andere Dosierung. Wie wär's damit? Oder glauben Sie, dass ich das Antidepressivum und Lithium und noch etwas anderes brauche?«

»Wir können gerne darüber reden.« Er öffnet seine Schreibtischschublade. »Möchten Sie die einschlägige Literatur selbst durchsehen?«

Ich möchte alles selbst sehen, Doktor. Die ganze Welt. »Ja, bitte.«

Später, in meinem Zimmer, hebe ich mein Kleid und verdrehe mir fast den Hals, um den regenbogenfarbenen Seerosenklecks an meiner Seite sehen zu können. Plötzlich schießt mir der Gedanke durch den Kopf: Vielleicht muss ich aufhören, das Tattoo zu hassen? Vielleicht ist es meine Patina, so wie die Narbe und die diesjährigen Sommersprossen. Laut Wabisabi sind Rost und verblichene Farben voller Schönheit. Könnte es nicht wie ein Stempel im Pass sein, der verrät, wo ich schon überall war, und in keiner Weise festlegt, wo ich als Nächstes landen werde? Ich könnte mich doch einfach bei Amala und Ruby entschuldigen und mich einen feuchten Dreck darum kümmern, was die Leute in der Schule über mich denken, weil ich schließlich die Wahrheit kenne. Und ich könnte ehrlich zu Jonah sein und ihn selbst entscheiden lassen, wie er darauf reagieren soll. Und vor allem könnte ich endlich aufhören, mich so sinnlos zu schämen?

Als ich die Augen wieder öffne, geht jemand zu meinem Fenstersims, einen Korb in beiden Händen. Im ersten Moment denke ich, Mom ist zurück, aber diese Person hat langes schwarzes Haar. Ellie. Sie schaut zu mir herüber und bleibt wie angewurzelt stehen.

»Oh mein Gott«, flüstert sie, als sie sieht, dass ich wach bin. »Es tut mir so leid. Ich dachte, du schläfst.«

»Du … bist hierhergekommen?«

»Ja.«

Das macht keinen Sinn. Ich schieße ein bisschen von meinem Kissen hoch, obwohl mir der Schmerz durch die Schulter und das Schlüsselbein fährt. »Was ist in dem Korb?«

»Oh, ähm. Nur ein paar kleine Trostpflaster von zu Hause. Tut mir leid, vorher sah es schöner aus, aber der Korb musste am Eingang durchgecheckt werden. Leah und Bekah und alle anderen haben mir geholfen, das alles zusammenzustellen.«

Ich beäuge sie misstrauisch – ja, wirklich –, aber trotzdem bin ich neugierig. »Was zum Beispiel?«

Sie stellt den Korb am Fußende meines Bettes ab. »Na zum Beispiel … ähm … Trockenshampoo. Ist zwar nicht dasselbe, wie wenn du dich zu Hause unter die Dusche stellst, aber … ich dachte, es wäre vielleicht gut …«

»Kann ich es haben?«, frage ich.

»Jetzt gleich? Klar.« Sie bringt mir die Flasche und scheint überhaupt kein Problem damit zu haben, auf mich zuzugehen. Ich war verdammt unfreundlich zu ihr. Und trotzdem ist sie da. Warum? Sie kommt noch näher, hält ihre Hand vor meine Augen, und dann spüre ich das Spray auf meiner Kopfhaut. Es riecht intensiv nach Ananas. Sie massiert das Pulver mit ihren bloßen Händen in mein Haar ein. Ich sehe sie an, obwohl ihre Augen auf meinem Haar ruhen. Sie sind ganz dunkel, ihre Augen, und ihre Haut ist so kupfrig und glatt wie ein Penny. Sie war sicher in ihrem früheren Leben eine Stute – elegant, mit glattem schwarzem Fell und langen Beinen. Mächtig, aber sanftmütig. Sogar zu mir, obwohl ich so unhöflich zu ihr war.

Ich glaube allmählich, ich bin ein Troll. Aber mein Haar fühlt sich besser an. Es klebt nicht mehr so an meiner Kopfhaut.

»Warum machst du das?« Ich starre ihr voll in die Augen. Ellie wischt sich die Hände mit einem Papiertuch ab. »Ich war so mies zu dir, und sag jetzt bloß nicht, dass das nicht stimmt. Und du bringst mir einen Geschenkkorb?«

»Ja, genau«, sagt Ellie. »Weil Depressionen verdammt beschissen sind.«

Ich hatte Ellie insgeheim als »nett« einsortiert. Und ich mag keine »Netten«, weil sich hinter der glatten Fassade meistens eine Menge Heuchelei verbirgt und echte menschliche Gefühle auf der Strecke bleiben. Und dass Ellie jetzt so lässig »verdammt beschissen« sagt, schockt mich richtig, als würde Princess Kate plötzlich Booty Dance machen oder die Paparazzi mit beiden Händen zurückstoßen.

»Ich weiß nicht viel über bipolare Störungen«, fährt Ellie fort,

»aber mein Bruder war vor ein paar Jahren hier, als seine Depression ganz schlimm war. Also nicht bei uns zu Hause. Er musste hier im Krankenhaus bleiben, in der Psychiatrie. Aber ich wollte wenigstens mal vorbeischauen und dir den Tipp geben, dass der beste Snack-Automat im zweiten Stock in der Nähe des Notausgangs ist.«

»Dein Bruder war hier?«, wiederhole ich.

»Ja. Er würde dich sicher auch besuchen, um dir noch mehr Insider-Infos zu geben, aber er ist gerade auf einem Sommerkurs im Ausland. Ich bin sozusagen seine Vertretung.«

»Dann geht es ihm also besser … Er ist am College?«

»Ja. Es geht ihm richtig gut«, sagt sie. »Er will jetzt sogar Arzt werden, um anderen Jugendlichen zu helfen.«

»Und? Ist irgendwas passiert, das diese Veränderung ausgelöst hat?«, frage ich und setze mich auf.

Meine Frage ist ziemlich direkt, aber was soll's.

Ellie denkt einen Augenblick nach, nagt an ihrer Unterlippe. »Ich glaube nicht«, sagt sie dann. »Er hat ein gutes Leben und eine gute Familie, aber irgendwann fing es an, dass es ihm … nein, es ging ihm nicht mal schlecht – er hat einfach gar nichts mehr gefühlt. Die Ärzte meinten, das könnten die … na ja … Hormone sein … Serotonin-Rezeptoren oder was auch immer.«

Ich presse meine Lippen zusammen, versuche nicht zu weinen. »Genau wie bei mir. So als hätte man einen tauben Mund von einer Spritze beim Zahnarzt, und man kann sich auf die Lippe oder die Zunge beißen, ohne es zu merken. Zuerst war es beinahe lustig, so: Haha, schau dir das an! Ich spüre ja gar nichts! Aber als die Sensation sich abgenützt hatte und ich Angst bekam, dass das jetzt immer so bleiben würde, habe ich verzweifelt versucht, wieder etwas zu spüren.«

Ellie nickt. »Diego wollte es unbedingt selbst in den Griff bekommen. Weil es doch sein eigener Verstand war, verstehst du? Aber natürlich funktioniert es nicht so. Manchmal braucht man eben einfach Medikamente.«

Ihre Worte bringen mich fast zum Weinen, aber nur vor Erleichterung, weil da endlich jemand ist, der mich versteht, ohne mich zu bemitleiden. Alle anderen triefen immer vor Mitgefühl, obwohl sie insgeheim froh sind, nicht an meiner Stelle zu sein. Niemand will in meine Schuhe schlüpfen, meine himmelhohen, wunderschönen Schuhe, und darin herumtanzen, keine einzige Minute lang. Niemand sonst sieht mir direkt in die Augen und sagt ganz sachlich, dass Depressionen beschissen sind, als verstünde sich das von selbst.

Ellie atmet tief ein, erzählt aber nicht weiter, sondern sagt plötzlich: »Oh Gott, ich hab dich total vollgequatscht. Es tut mir leid, ich wollte dir nichts unterstellen. Ich …«

»Nein, nein. Du musst dich nicht entschuldigen. Die anderen überschlagen sich alle vor Höflichkeit. Meine Mom, sogar die Schwestern – und sie nerven mich mit irgendwelchen banalen Sprüchen, wie sie auf jeder Genesungskarte stehen. Aber in Wahrheit brauche ich nur eins: ich muss meine Gefühle verdammt noch mal rausschreien können, weil sie wie ein Krieg sind, der in mir tobt. Ehrlich, ich weiß nicht, wie ich gleichzeitig so erschöpft und so wütend sein kann …«

Meine Augen werden feucht, dann bricht der Damm. Tränen laufen mir über die Wangen, ich schluchze mir die Seele aus dem Leib. Es ist wie eine innere Reinigung.

Ellie steigt zu mir ins Bett, und ich stoße sie nicht weg. Obwohl es mir doch unangenehm sein müsste. Ich bin mir sicher, dass Jonah dieses Mädchen irgendwann lieben wird, auf eine Art, die er jetzt noch nicht versteht. Aber nein, es ist nicht unangenehm, es sind fast schwesterliche Gefühle, wie man sie nur aufbringt, wenn die Masken gefallen sind und man feststellt, dass das, was hinter der eigenen Maske zum Vorschein kommt, den anderen nicht abschreckt. Ellie reicht mir eines der Kissen. »Na los. Schrei.«

Ohne zu zögern drücke ich mir das Kissen ins Gesicht und schreie.

Ich schreie für jeden einzelnen Tag, an dem ich nicht aus dem Bett gekommen bin und mich so unsagbar elend gefühlt habe, so außer Kontrolle, so haltlos und starr vor Entsetzen; ich schreie für all die Schuldgefühle, die Ungerechtigkeit.

Als ich ausgeschrien habe, hallen mir die Ohren, mein Gesicht ist ganz heiß von dem Kissen, meine Kehle rau und heiser. Ich lehne mich zurück, versuche ruhiger zu atmen. Ellie kramt weitere Kosmetikutensilien aus dem Geschenkkorb hervor. Als Erstes malt sie meine Fingernägel mit einem knallpinken Glitzerlack an.

»Hat Bekah den ausgesucht?«, frage ich.

»Ehrlich gesagt, nein«, antwortet Ellie, ohne von ihrer Arbeit aufzusehen. »Das war Naomi.«

Wow, das haut mich um. Ellie schraubt das Fläschchen zu und erklärt die Maniküre für beendet. Sie hilft mir noch, meine Wimpern zu tuschen und korallenroten Lipgloss auf meine Lippen aufzutragen.

»Ich bin die strahlendste, glitzerndste Kreatur in dem Laden«, sage ich mit tonloser Stimme. Obwohl ich mich innerlich besser fühle, fehlt mir einfach die Kraft, so fröhlich zu klingen, wie ich möchte.

»Das warst du immer.« Ellie lächelt. »Hier, noch was. Von Jonah.«

Sie stellt einen weißen Karton auf meinen Schoß, der Größe und dem Gewicht nach ein Kuchen. Gott, hat er auch noch für mich gebacken, nachdem ich ihn angeschrien habe?! Vielleicht steht »Herzlichen Glückwunsch, Vivi!« auf der Glasur (Du bist die mieseste Ratte der Vereinigten Staaten).

Ich reiße die Schachtel auf, und ein goldenes Gitter mit leuchtend roten Kirschen kommt darin zum Vorschein. Ich kenne die behutsamen Hände, die den Teig geformt haben, und ich weiß, dass Jonah lieber kocht als backt. Ich sehe ihn vor mir, wie er die Teigränder zu perfekten kleinen Wellen formt. In meiner Vorstellung runzelt er angestrengt die Stirn, immer noch sauer auf mich, obwohl er etwas für mich macht.

Die Karte, die dabeiliegt, zittert in meiner Hand. Oh Mann, Jonah Daniels gibt sich nicht geschlagen, selbst wenn ihm die Knie schlottern. Kirschkuchen, mit Liebe und Versöhnlichkeit als Beilage.

»Was ist es?«, fragt Ellie neugierig.

»Alles«, flüstere ich mit bebender Unterlippe, die Karte fest in der Hand.

26

Jonah

Im Restaurant herrscht eine fröhliche, prickelnde Atmosphäre wie seit Monaten nicht mehr. Wir reißen die Fenster auf und die kühle Brise wirbelt die Essensgerüche auf. Ellie hat in sorgfältigen Schmuckbuchstaben auf die Tafel vorne geschrieben:

NEUE SPEISEKARTE – ÖFFNUNGSZEITEN
von 6 bis 9 Uhr abends
HERZLICH WILLKOMMEN!

Ich habe mein Küchenoutfit an. Bis jetzt ist es mir tatsächlich gelungen, mein weißes Shirt sauber zu halten. Ich finde ständig neue Ausreden, um aus dem Küchenfenster zu spähen. Normalerweise genügt es mir, hinter den Kulissen zu werkeln, in der Küche. Aber heute? Heute Abend will ich sehen, wie das alles läuft.

Ein paar Gäste sitzen schon, einige schlendern noch herum. Die Bedienung bringt die letzten Appetithäppchen hinaus. Bald werden wir mit den Vorspeisen anfangen. Es sind hauptsächlich Einheimische – Menschen, die uns geholfen haben, das Restaurant umzukrempeln. Alle sehen so entspannt aus, ganz anders als ich es insgeheim befürchtet hatte. Ich hatte mir vorgestellt, dass sie das Restaurant meines verstorbenen Vaters mit mulmigen Gefühlen betreten würden. Aber von wegen, die Stimmung ist super. Ethan, Naomis neuer Umwelttechnologie-Freund, bringt Leah mit irgendwas zum Lachen. Silas redet mit Carol Finney, die am selben College ihren Abschluss gemacht hat, an dem er demnächst anfangen wird. Betty steht neben ihrer Frau und unterhält ein Grüppchen von Gästen mit Geschichten, die ihr Gesicht zum Leuchten bringen.

»Hey, leg mal 'ne Pause ein«, sagt Felix jetzt und schlägt mit einem Geschirrhandtuch nach mir. »Wir kommen hier schon zurecht.«

Es ist schwer, dem Ansturm standzuhalten. Ich werde so belagert, als ich durchs Restaurant gehe, dass es mir fast zu viel wird. Smalltalk ist nicht meine Stärke. Ich versuche zu lächeln, nicke höflich, wappne mich gegen das aufmunternde Schulterklopfen. Die Komplimente machen mich glücklich, aber ich weiß nicht, was ich darauf antworten soll. Mir wäre es lieber, die Leute würden ihre Kommentare auf einen Zettel kritzeln. Dann könnte ich später alles lesen, ohne dass jemand auf meine verlegene Reaktion wartet.

Immer wieder bilde ich mir ein, Mom irgendwo zu entdecken. Aber ich weiß, dass sie nicht kommt. Und das ist okay. Ich habe ihr die neue Speisekarte und alles gezeigt. Sie war so begeistert, wie ich sie seit Monaten nicht erlebt habe. Aber im Restaurant aufzutauchen, vor all den Leuten hier, das wäre im Moment noch zu viel für sie. So weit ist sie noch nicht.

Ich bin nicht enttäuscht. Weil wir darüber geredet haben. Mom hat mir erklärt, dass sie nicht kommen kann und warum. Sie hat mit ihrer Selbsthilfegruppe darüber gesprochen, und alle haben sie darin bestärkt, nach ihrem Bauchgefühl zu handeln. Ich musste mich nicht mit dem Gedanken herumquälen: Kommt sie oder kommt sie nicht? Ich weiß, dass sie zu Hause in ihrem Zimmer bleibt. Sie hat es mir ganz einfach gesagt, wie einem Erwachsenen, dem man die Wahrheit zumuten kann. Sie weiß, dass ich damit klarkomme.

Auf dem Rückweg in die Küche schnappe ich mir eine meiner liebsten Kreationen von einem Tablett – gegrillten Gruyère auf selbst gebackenem Rosmarinbrot, mit Feigenkonfit.

»Mmm«, stöhne ich genussvoll, weil es einfach so unsagbar köstlich schmeckt. Okay, ich weiß, man soll sich nicht selbst loben, aber ich bin einfach gut.

»Na, bisschen was genascht?«, fragt Ellie und stößt mich mit dem Ellbogen an. Sie ist in ihrem Kellnerinnenoutfit da, hat die Haare zu einem Pferdeschwanz gebunden. »Ich wundere mich nur, dass sie dich aus der Küche lassen.«

»Ach, ich hab nur kurz verschnauft. Wir geben gleich die Vorspeisen raus, und mir bleiben noch ein paar Minuten, bis wir mit den Desserts anfangen müssen.«

»Super. Ich wollte euch nämlich mal 'ne Sekunde ausleihen.«

Sie zieht mich am Arm hinter sich her und sammelt meine restlichen Geschwister ein. Alle sind da: Silas hat Isaac und Bekah zum Helfen mitgebracht, und Naomi ist zusammen mit Leah gekommen. Mir ist ein bisschen mulmig bei der Vorstellung, mit allen hier im Restaurant zu sein. Dass Dad nicht da ist, wird dadurch noch spürbarer. Mein Magen zieht sich zusammen, so sehr vermisse ich ihn.

»Was machen wir jetzt?«, fragt Leah.

»Ihr sollt nur für eine Sekunde nach draußen gehen«, sagt Ellie.

Als wir schließlich alle draußen vor dem Restaurant stehen, gibt Ellie uns ein Zeichen, dass wir zusammenrücken sollen. Ich schaue Naomi an, frage mich, ob sie vielleicht weiß, was das alles soll. Sie schüttelt nur den Kopf.

»Ich will bloß ein paar Fotos machen, okay?«, ruft Ellie. »Das musste ich Dad versprechen.«

Naomi, Silas und ich sehen einander an. Na gut, wo wir schon mal hier sind, warum nicht?

Wir drängen uns zusammen, alle sechs. Silas hebt Leah hoch und Isaac lehnt sich an Naomi. Ich will mir schon ein Lächeln abringen, wie sonst immer auf Fotos. Aber dann drückt mich Bekah, die ihren Arm um mich geschlungen hat, ein bisschen. Okay, ich weiß, morgen wird wieder alles beim Alten sein, das heißt, wir fallen uns gegenseitig ins Wort und streiten miteinander. Aber heute Abend ist alles gut.

»Lächeln!«, sagt Ellie und hält ihr Smartphone hoch. Sie macht mehrere Fotos, bevor wir wieder auseinandergehen. Silas stellt Leah auf den Boden und Bekah nimmt ihren Arm von meiner Hüfte. Ich fange wieder Naomis Blick auf. Meine Geschwister und ich umarmen uns nicht. Das ist bei uns nicht üblich. Aber Naomi legt ihre Arme um mich und Silas, und wir stehen einen Augenblick in diesem komischen Dreierknäuel da, was sich aber seltsamerweise nicht komisch anfühlt. Die Kleinen hängen sich jetzt auch dran. Leah schlingt ihre Arme um mein Bein.

Dann lösen wir uns schnell voneinander, weil es langsam ein bisschen peinlich wird.

»Weinst du?«, frage ich Naomi, deren Augen ein bisschen wässrig aussehen.

»Nein!« Sie schlägt mich auf den Arm, aber sie lächelt dabei. »Ach, halt die Klappe!«

Wir gehen zurück ins Restaurant, als wäre nichts passiert.

Seit Januar versuche ich daran zu glauben, dass wir überleben werden. Und hier, heute Abend, kommt mir zum ersten Mal der Gedanke: Nein, wir werden nicht nur überleben. Wir werden richtig gut dastehen. Vielleicht sogar mehr als das.

Ich weiß, das Restaurant ist nicht mein Dad. Und sein Erbe ist mehr als Backstein und Mörtel. Und mir ist auch klar, dass meine Haferbreiaktion allein meine Familie nicht vor einem Herzinfarkt bewahren kann. So wie der Kirschkuchen, den ich für Vivi gemacht habe, nicht alles auslöschen kann, was sie durchmachen musste.

Aber der Punkt ist, dass es einem manchmal selbst besser geht, wenn man versucht, anderen zu helfen. Und dass man aus dem Schlimmen auch was Gutes machen kann, wenn man nicht aufgibt. Kummer hin oder her.

In meinem Fall liegt das immer noch irgendwo dazwischen.

Nachdem der letzte Gast gegangen ist, wische ich die Tische auf der Terrasse sauber. Die weißen Kerzen sind bis auf kleine Stummel abgebrannt.

Den ganzen Abend über hatte ich mich Dad so nah gefühlt. Es tut weh … und macht den Schmerz zugleich erträglicher.

Aber jetzt ist tatsächlich jemand hinter mir. Eine Gegenwart, die mich anweht wie ein Hauch von Meerwasser und noch ein anderer Duft. Glyzinien. Ich spüre Vivi, noch ehe ich ihre Stimme höre.

»Hey.«

Sie steht auf dem Weg hinter der Terrasse, in einem Kleid und flachen Schuhen. Für Vivi ein harmloses Outfit, ihre Lippen sind heute intensiv pink statt rot. Die Armschlinge verdeckt ihren halben Oberkörper. Ihr linkes Bein ist zur Hälfte unter einem dicken Verband verborgen. Aber sie ist herzzerreißend schön. Es ist, als hätten meine Augen sie in den letzten paar Tagen vergessen. Als würde ich sie zum ersten Mal richtig wahrnehmen, obwohl sie mir so vertraut ist, als würde ich sie mein Leben lang kennen. Wie der erste und letzte Tag auf einmal. »Hey.«

Ich lege das Wischtuch weg und drehe mich zu ihr um, aber sie kommt nicht näher. Sie bleibt auf Distanz, hält zögernd Abstand zwischen uns.

»Tut mir leid, dass ich die Party verpasst habe. Hab's einfach noch nicht geschafft, unter so vielen Menschen zu sein …«

»Ich weiß, Viv. Das ist okay.«

»Tut mir leid wegen neulich im Krankenhaus. Ich wollte dich nicht anschreien … ich …« Sie seufzt.

Ich will ihr sagen, dass es okay ist, dass ich froh bin, sie zu sehen. Und dass sie uns alle aufgerüttelt und in eine Welt entführt hat, die voller Leben und Farbe ist. Aber sie kommt mir schon wieder zuvor.

»Du hast das wirklich gut gemacht, Jonah.« Endlich fängt sie meinen Blick auf, sieht mir direkt in die Augen.

»Danke. Ich habe noch Essen übrig. Willst du Käsekuchen oder so?«

»Nein, danke. Ich komme gerade vom Frühstück mit Officer Hayashi.« Sie lächelt ein bisschen über meine Verwirrung. »Also Frühstück statt Abendessen.«

Ich gehe einen Schritt auf sie zu, weil mein Bauchgefühl mich dazu drängt, ihr nahe zu sein. Ich bin mir nicht sicher, warum sie auf Abstand bleibt.

»Ich bin okay. Die Schmerzmittel helfen.« Sie deutet auf die Wand vom Baumarkt hinter ihr. »Du musst was mit der weißen Wand hier machen. Mr Thomas würde es dir sicher erlauben.«

»Er hat es sogar selbst vorgeschlagen. Bin nur noch nicht dazu gekommen.«

»Na klar. Du hattest ja auch eine Menge um die Ohren.« Sie hebt ihr Kinn. »Hast du Lust, mit mir spazieren zu gehen? Kannst du weg?«

Das gröbste Chaos ist beseitigt, der Rest kann bis morgen warten. Alles kann warten, wenn es um Vivi geht. »Ja, klar.«

Ich gehe zu ihr. Normalerweise würde ich jetzt ihre Hand nehmen. Aber hier ist nichts normal. Und ich weiß nicht, ob ich so tun kann, als ob. Ich weiß ja nicht mal, ob sie mich noch so mag wie vorher. Ich weiß überhaupt nichts mehr. Wir gehen nebeneinander her, schlendern die Hauptstraße entlang, aber Vivi bleibt stumm.

»Also ...«, fange ich zögernd an, ohne zu wissen, was ich sagen soll, mein Gehirn ist wie Brei. »Was gibt's ... Neues?«

Viv bleibt wie angewurzelt stehen. Ich würde mich am liebsten in den Hintern treten. *Was gibt's Neues?* Geht's noch?

Aber dann fängt Vivi an zu lachen. Zuerst ist es nur ihr zartes Windspiellachen, dann krümmt sie sich und prustet los. Ich lache mit. Zögernd zuerst, dann immer lauter. Wir stehen einander gegenüber, können einfach nicht mehr aufhören. Vivi schaut auf, schlägt sich die Hand vor den Mund. Unser Blick bleibt aufeinander gerichtet, während wir uns vor Lachen schütteln.

Als wir uns endlich beruhigt haben, schlingt Vivi ihren unverletzten Arm um meine Hüften, immer noch vor sich hin kichernd. Und plötzlich, einfach so, ist alles wie früher. Anders ist nur, dass ich mehr weiß. Aber das ist gut.

Es sind keine Autos unterwegs, also gehen wir mitten auf der Straße. Die Straßenlampen leuchten uns den Weg.

»Oh, Jonah. Was für eine Woche.« Ich will meinen Arm um ihre Schultern legen, aber Gips und Armschlinge sind im Weg. Ich unterdrücke ein Schaudern, als ich an den Knochen denke, der nach dem Unfall freilag. »War die Party heute Abend so, wie du es dir vorgestellt hast?«

»Ja. Total. Es war irgendwie alles genau richtig. Falls das Sinn macht.«

»Tut es.«

»Also, ähm. Wie geht's dir wirklich?« Ich schaue zu ihr hinunter und sie zu mir hoch.

Sie lächelt und ihre Augenwinkel kräuseln sich ein bisschen. »Ziemlich gut, ehrlich gesagt. Ich sehe fern oder schlafe und lasse die Schwestern meine Verbände wechseln. Aber ich hatte auch ein paar Therapiestunden, einmal sogar eine Sitzung zusammen mit Mom. Es war … ich weiß nicht … eine Erleichterung.«

Wir reden über sehr ernste Dinge. Aber – ich kann es nicht erklären – ohne Herzklopfen. Unser Gespräch bleibt ruhig, fast schon beiläufig. Zumindest sind wir ganz wir selbst.

»Therapie zusammen mit deiner Mom, war das gut?«, frage ich. »Ich bin nur neugierig, weil … ähm … meine Mom diese Woche zweimal in einer Selbsthilfegruppe war. Officer Hayashi hat ihr davon erzählt. Wahrscheinlich geht er auch hin.«

»Ja.« Vivi lächelt, weil sie das offensichtlich schon wusste. »Die Sitzung war wirklich gut. Mom und ich reden auch sonst miteinander, aber es hat gutgetan, dass wir das mal in einem anderen Rahmen machen konnten.«

»Meine Mom will auch, dass wir mitkommen. Ich bin froh, dass sie hingeht, aber …« Ich werfe Vivi einen Blick zu. »Ich weiß nicht.«

Wir schweigen beide, und ich suche nach einem anderen Thema. Vivi hilft mir aus der Klemme. »Dads Frau hat mir einen langen Brief geschickt. Mom hat ihn mir heute gegeben.«

Heilige Scheiße. »Echt? Wow, das ist cool.«

»Ja. Hab ihn noch nicht geöffnet.« Als sie mein Gesicht sieht, lächelt sie. »Ich weiß – ich wundere mich selbst darüber. Du kennst mich ja, wenn ich da gewesen wäre, als Pandora ihre ominöse Büchse geöffnet hat, dann hätte ich sie noch angefeuert: Los, Mädchen, mach schon. Aber dieser Brief … bedeutet mir viel.«

»Meinst du, du liest ihn irgendwann?«

»Klar. Aber ich habe eine Menge zu verarbeiten, und ich will mir Zeit lassen. Mit allem. Ich denke jetzt oft, ich hab nicht alles mit ihm verloren. Und ich hab ja noch meine Mom. Und eines Tages, wer weiß, werde ich vielleicht sogar meine Halbgeschwister kennenlernen.«

Wir sind jetzt am Ortsausgang. Ich wusste schon die ganze Zeit, wohin die Reise geht. Zu den Klippen. Das ist Vivis Lieblingsplatz. Sie behält ihren Arm um meine Hüften, während wir durchs hohe Gras stapfen und den langstieligen gelben Blumen ausweichen. Unten höre ich das Wasser schwappen.

Der Mond leuchtet über uns, so wie in der Nacht, als wir ins Meer gerannt sind. Mir kommt es vor, als läge ein ganzes Leben dazwischen. Ein Leben, aber nicht genug. Vivi bleibt ungefähr fünf Meter vor dem Klippenrand stehen.

»Hier können wir uns hinsetzen«, sagt sie. »Das ist der perfekte Ort.«

27

Vivi

Wir sitzen Seite an Seite auf diesem Fleckchen Erde, das ins Meer ragt, und der Wind raunt uns Geheimnisse zu, während er durchs hohe Gras streicht. Der Mond liebkost Jonahs schönes Haar mit seinem Licht. Er fordert mich heraus, testet meine Willenskraft, aber ich werde trotzdem den Weg weiterverfolgen, den man gehen muss, wenn man weiß, dass es der richtige ist.

Ich hatte den Ruf bereits gespürt – zurück in die Berge, zu Regen und Sonnenschein, zurück nach Hause. Aber mein letzter Hauch von Zweifeln war wie weggeblasen, als ich eine Nachricht von Ruby erhielt, während ich im Krankenhaus lag. Ein Bild von einem hübschen Mädchen, das ich noch nie gesehen habe, dunkle Haut und rote Wangen, das über den Tisch in Rubys Lieblings-Coffeeshop hinweglächelt. *Sie heißt Kara*, stand in der Nachricht. *Ich verliebe mich, Viv. Wenn du sie doch nur sehen könntest!* Ich hielt das Smartphone an meine Brust und weinte und weinte, weil ich plötzlich wusste, wohin ich gehöre. Man kann sich nach dem Ort sehnen, aus dem man kommt, und das nennt sich Heimweh. Bei einer Beziehung spricht man von Sehnsucht oder Herzschmerz. Aber gibt es ein Wort dafür, wenn man seine Freunde vermisst?

Und so waren meine Gefühle nie stärker als in diesem Moment, in dem ich meine Sachen in Richards Zimmer zusammenpackte. Mit nur einem Arm habe ich die Gegenwart eingepackt, um der Vergangenheit ins Auge zu sehen und die Zukunft anzunehmen. Ich war auch nie trauriger. Traurig, aber stark. Man kann beides sein. Und ich bin es.

Einatmen, ausatmen, wird schon schiefgehen. »Wir gehen nach Seattle zurück.«

Die Stille verdichtet sich, und es ist, als wäre eine dritte Person zwischen uns, eine, die herwirbelt, dann wieder weg, und ständig ihre Gestalt verändert. Endlich seufzt Jonah. »Ich hatte so was schon befürchtet.«

»In zwei Tagen.«

»Was? *Zwei Tage*?« In Jonahs Gesicht zeichnet sich Schmerz, Enttäuschung und Verwirrung ab. Es ist schrecklich, dass ich ihm das antun muss, obwohl ein Teil von mir froh darüber ist, dass ich ihm so viel bedeute. »Das kann deine Mom doch nicht machen – das ist ja verrückt.«

Ich schlucke schwer, bin fast verlegen. »*Ich* wollte, dass wir so schnell wie möglich zurückgehen, wenn ich ehrlich sein soll. Das war ich.«

»Aber … warum? Ich meine, ich weiß, warum, denke ich. Es ist nur …« Er verzieht das Gesicht, als hätte ich ihm körperlich wehgetan, was wahrscheinlich auch der Fall ist. »Ich will nicht, dass du gehst.«

Ich greife nach seiner Hand. »Ich weiß, aber es ist wie mit deiner Party heute Abend. Es fühlt sich genau richtig an.«

Er reibt sich die Wange. Dann seufzt er wieder. Ich hätte auf seine Reaktion gefasst sein müssen. Für mich ist es kein bisschen leichter als für ihn. Ich bin mir meiner Sache nur sicherer.

»Das heißt dann, dass zwischen uns Schluss ist, oder?«, fragt er.

Bei diesem spießigen Ausdruck zucke ich zusammen: Schluss machen. Das passt einfach nicht zu meiner Vorstellung von Beziehungen, die doch fließend und unfassbar sind. Ich seufze jetzt auch, weil ich meine kostbare Zeit nicht damit vergeuden will, zu definieren, was andere Menschen mir bedeuten oder auch nicht. Aber vielleicht braucht er genau das von mir, und ich will ihm alles geben, was er braucht – alles außer mir selbst. Denn das kann ich ihm nicht geben. »Denk doch mal an die Entfernung – wie sollen wir da zusammen sein können?«

»Wir können uns doch schreiben. Und uns besuchen.« Er wirft mir einen Blick zu, wartet auf eine Reaktion.

Ich schließe die Augen, kann mir nicht vorstellen, Jonah Daniels einfach so wiederzusehen. Mich mit ihm auf einen Kaffee zu treffen, wenn er mal in Seattle wäre. Das wäre so alltäglich und banal. Wir sitzen einander gegenüber und überspielen die Fremdheit zwischen uns. Dabei müsste ich mich beherrschen, um nicht über den Tisch zu krabbeln und mich in seine Arme zu werfen, in dem verzweifelten Wunsch, diesen Sommer zurückzuholen. Nein, das wäre viel zu schmerzlich.

Außerdem wird es andere Mädchen in Jonahs Leben geben, und jede von ihnen wird ihn verändern, ihn voranbringen. Wie alles auf unserem Lebensweg. Ich will ihn für mich allein haben, aber ich will auch ein Leben voller Abenteuer für ihn – genauso wie für mich.

Und Schreiben wäre weiß Gott nicht genug. »Oh, Jonah, du bist hier verwurzelt. Und mir wachsen Flügel. Wir können uns immer nur aus der Ferne lieben.«

Ich hoffe auf ein Lächeln, aber er sieht so niedergeschmettert aus, dass ich sofort einknicke. »Ich muss erst alles für mich auf die Reihe kriegen.«

»Ich weiß, und das sollst du ja auch. Ich würde dich unterstützen …«

»Ja, klar. Aber ich kann das nur in meinem Rhythmus tun, für mich. Ich weiß, du würdest mich niemals drängen, aber ich würde mich selbst unter Druck setzen. Wenn wir uns besuchen würden, hätte ich das Gefühl, ich müsste deinetwegen besser drauf sein.«

Er öffnet den Mund, um etwas zu sagen, aber ich klettere schnell auf seinen Schoß, mit dem Gesicht zu ihm. Es dauert eine Weile, bis ich mich richtig platziert habe. Mein verletzter Arm behindert mich und die gebrochenen Rippen tun weh. Dann starre ich ihm in seine braunen Augen, die meine Entschlossenheit fast in Luft auflösen. Der Küstenwind peitscht in unsere Haare und die Kälte fährt mir in die Knochen. Ich stelle mir vor, wie wir von Weitem aussehen: zwei kleine Kleckse, ineinandergeschlungen, auf einer Klippe über dem Meer, mit dem Ozean und den Sternen als Hintergrund. Es gibt schlimmere Orte, um einem anderen das Herz zu brechen. Und sich selbst.

Aber dass wir uns gefunden haben, ist himmlisch, und so muss es sein.

»Vielleicht waren wir zwei sterbende Planeten, Jonah, die in die Dunkelheit gesaugt wurden.« Ich lege meine Hand an seine Wange. »Und als wir zusammengekracht sind, hat es uns in dieselbe Umlaufbahn katapultiert. Jetzt muss jeder in seine eigene Bahn zurück.«

»Klingt einsam.« Er wirft mir sein schiefes, selbstironisches Lächeln zu.

Mein Herz pocht schwer in meinem Brustkorb, schreit mich an: Verräterin! Verräterin! »Ein bisschen, ja.«

Jonah streicht mir eine lose Haarsträhne aus dem Gesicht. Sein Lächeln täuscht nicht darüber hinweg, wie sehr er leidet. Ich kann es spüren. »Können wir nicht sagen: ›vielleicht irgendwann später‹?«

Ich beuge mich vor, berühre seine Lippen mit meinen. Er riecht nach Jonah – nach Shampoo und Oregano und allem, was ich gern behalten würde, obwohl ich weiß, dass ich das jetzt nicht kann. »Vielleicht irgendwann später, Jonah. Vielleicht.«

Ich lehne mich wieder zurück. Jonah Daniels, mein süßer Junge mit dem Wuschelhaar und dem großen Herzen, hat mir so vieles gegeben, was ich gebraucht habe. Und von seiner schönen, turbulenten Familie habe ich etwas bekommen, das ich bis dahin nicht kannte, die Sehnsucht nach dieser besonderen Art von Liebe. Vielleicht werde ich ein Dutzend Kinder haben, wenn ich erwachsen bin. Oder vielleicht kaufe ich ein kleines Haus mit einem großen Esstisch und einer Terrasse, und meine Freunde kommen bei mir vorbei, und wir trinken Wein und lachen, auch in schweren Zeiten.

Ich war immer auf Dinge fixiert, ohne die ich mir mein Leben nicht vorstellen konnte, Farbpaletten, schöne Stoffe, einen funkelnden Sternenhimmel, auf Zehenspitzen tanzen und den Duft von Jasmin. Aber wenn ich an die Zukunft denke, sehe ich mich meistens allein oder in die unterschiedlichsten Menschen verliebt. In letzter Zeit habe ich manchmal von festen Bindungen geträumt – von Freunden, die für immer in meinem Leben bleiben, Menschen, die mich auch dann noch lieben, wenn ich stolpere, so wie Jonah. Und wenn ich das wirklich will, werde ich jede Menge verbrannte Erde umpflügen und neu bepflanzen müssen. Ruby und Amala sind mir wichtig genug, um es wenigstens zu versuchen.

Ich besitze einen japanischen Ahornsetzling und habe die Erfahrung gemacht, wie schön ein verwurzeltes Leben sein kann. Aber ich werde noch einen weiten Weg zurücklegen müssen, bis ich weiß, wo ich sesshaft werden möchte.

»Ich muss dir noch was sagen«, setze ich an. Wenn ich Jonah doch nur alles erklären könnte! Aber eine bipolare Störung ist so schwer zu erklären. Ich könnte ihm erzählen, dass man sich manchmal wie auf einer Achterbahn fühlt, genauso rasant und schwindelerregend und irre. Aber irgendwann wird es zu viel und man kann nicht anhalten. Ich könnte ihm erklären, wie ich meine Freunde verletzt habe, ohne es zu wollen. Dass die Depression mich zu einer leeren, leblosen Hülle gemacht hat. Vergleiche, die vielleicht hilfreich wären, aber eine bipolare Störung ist viel komplizierter, so wie ich selbst. Es ist, als lauerten überall Gefahren und Stolpersteine, und ich kenne sie längst noch nicht alle. Ich kann nicht wirklich beschreiben, was diese bipolare Störung für mich genau bedeutet, aber ich kann ihm sagen, was *er* mir bedeutet, und deshalb hole ich tief Luft.

»Du sollst wissen, dass dieser Sommer perfekt für mich war. Ich hätte nichts anders haben wollen. Na ja, das stimmt natürlich nicht ganz.« Ich lache verlegen und fange noch mal an. »In der ersten Nacht, als wir zum Strand gegangen sind, hatte ich mein Nachthemd an, weil … also warum auch nicht. So bin ich eben. Aber am Tag, bevor ich den Unfall hatte, bin ich im Nachthemd durch den ganzen Ort spaziert, und es war mir egal, dass mich alle sehen konnten … Das würde ich gern rückgängig machen. Alles andere bleibt, unsere Picknicks, die Theaterstücke, die wir uns ausgedacht haben, die Schnitzeljagden. Und du auch – in dich würde ich mich sofort wieder verlieben.«

»Das weiß ich«, sagt er und schließt kurz die Augen – ein Aufatmen, das er nicht vor mir verbergen kann. Seine Hand liegt an meiner Wange, und er sieht mich so bewundernd an, dass ich plötzlich nicht fassen kann, warum ich das alles aufgeben will. »Für mich ändert es auch nichts, Viv. Das weißt du, ja?«

Jetzt schließe *ich* die Augen. Ja. Ich weiß es, bin aber trotzdem froh, dass er es ausspricht.

»Und danke für den Kuchen, Jonah«, flüstere ich, und da kullert mir die erste Träne über die Wange. »Ich werde es nie vergessen.«

»Ich auch nicht, Viv.« Der Himmel weiß – und Jonah auch –, dass ich nicht den Kuchen gemeint habe. Drei kleine Worte sind in mein Herz eingeritzt: Jonah war hier.

Ich bin in meiner Realität gefangen: Ich hab Geld rausgehauen. Freunde verletzt. Meine Medikamente nicht regelmäßig genommen. Der Weg, der vor mir liegt, wird nicht leicht sein. Ich fühle mich ein bisschen leer, aber nicht völlig ausgelaugt. So wie manchmal, wenn ich leer wie ein weißes Blatt Papier bin.

Fast hätte ich Jonah ein weiteres schwieriges Wort zugemutet, *sunyata*. Der Begriff kommt aus dem Buddhismus und hat mehrere Bedeutungen, je nach Zusammenhang. Ich glaube, Leere kommt ihm am nächsten, nur sehen wir Leere in unserer Sprache als etwas Negatives, als Mangel. *Sunyata* hingegen steckt voller Möglichkeiten, ist ein meditativer Raum.

Aber Jonahs Lippen liegen warm auf meinen, und so genieße ich diesen Kuss wie einen letzten, kostbaren Bissen. Das wird einem nie erzählt: dass eine Liebesgeschichte, die zu Ende geht, nicht gescheitert sein muss. Ein Kirschkuchen ist auch nicht missglückt, nur weil man ihn nicht ganz aufisst. Er ist auf seine Art perfekt, und dann ist er fort. Und wenn man seine wahrhaftigsten Gedanken und Gefühle mit jemandem teilt – alles, was man ist –, dann ist das ein grandioses Stück vom Lebenskuchen. Eines, das ich immer bei mir tragen werde, an jedem einzelnen Tag »irgendwann später«.

Ich lege mich ins kühle Gras neben ihn, während über uns Planeten kollidieren, und wir bleiben so, bis wir alles bis zum letzten Tropfen in uns aufgenommen haben. Meine Wangen sind feucht, aber mein Herz ist so voll.

28

Jonah

»Hallo«, piepst ein hohes Stimmchen. »Hallo, hallo. Rat mal, was? Waffeln!«

Ich öffne vorsichtig ein Auge. Leah grinst mich an. Vorgestern Nacht war ich mit Vivi bis Sonnenaufgang wach, und seither dröhnt mir der Schädel wie verrückt.

»Komm schon, Jonah«, bettelt Leah. Sie wirft sich auf mein Bett und rüttelt mich wach. »Du bist als Einziger noch nicht auf.«

»Okay, okay.« Ich stütze mich auf die Ellbogen auf. »Schöne Frisur!«

»Danke.« Leahs Hand fasst nach ihren kunstvoll geflochtenen Zöpfen. Keine Ahnung, wie man das hinkriegt. »Das hat Mom gemacht.«

Ich schlurfe die Treppe hinunter, während Leah vor mir her hüpft, und bleibe in der Küchentür stehen. Der Duft von heißen Waffeln schlägt mir entgegen.

Naomi bedient das Waffeleisen. Isaac versucht mit drei Orangen zu jonglieren, was nicht ganz klappt. Bekah schnippelt Erdbeeren und streckt vor Anstrengung die Zunge heraus. Silas verschlingt die erste Waffel, auf die er einen riesigen Klecks Schlagsahne und Puderzucker gegeben hat.

Mom füllt Wasser in den Kaffeekocher. Sie ist noch im Pyjama, wie alle anderen auch, außer Silas, der schon ein Polohemd für die Arbeit anhat.

Jeder ist mit seiner Aufgabe beschäftigt, aber irgendwie arbeiten alle Hand in Hand. Ein Familienidyll, fast wie in alten Zeiten. Jetzt müsste nur noch Dad um die Ecke biegen. Aber er kommt natürlich nicht. Trotzdem ist es, als wäre er bei uns in der Küche – in Naomis Entschlossenheit und Silas' Humor, Bekahs Sensibilität und Isaacs Frühreife, in Leahs unbändiger Lebensfreude, die jeden Tag wieder neu erwacht. In meinem … ich weiß nicht, was. Aber ich hoffe, dass es etwas gibt. Etwas Gutes.

Silas' Teller klappert in der Spüle, und er fängt meinen Blick auf, als er sich umdreht. »Na, du Schlafmütze!«

Ich grunze nur, und er schlägt im Vorbeigehen mit seiner Schürze nach mir.

»Silas«, ruft Mom über die Schulter. »Druckst du mir bitte noch die Packliste für dein Studentenwohnheim aus, bevor du zur Arbeit gehst? Die von der Website? Ich will wissen, woran wir sind.«

»Okay«, ruft er zurück und rennt die Treppe hinauf.

»Jonah«, sagt Bekah, »was willst du auf deine Waffeln haben?«

»Ähm … Erdbeeren und Schokosauce.«

Ich setze mich auf einen Hocker. Leah nimmt den Behälter mit der Schlagsahne und sprüht sich eine Ladung in den Mund. Dad hat das früher manchmal mit uns gemacht, bis wir alle vor Begeisterung kreischten, weil es so schön war, direkt aus dem Sahnespender zu naschen.

»Hey«, sagt Mom zu Leah. »Lass das bitte, okay?«

»'tschuldigung«, gibt Leah mit aufgeblähten Backen von sich, obwohl sie kein bisschen zerknirscht aussieht.

Mom schüttelt den Kopf, aber eher nachsichtig, so als wollte sie sagen: Ach, diese Kinder … »Morgen, Jonah. Willst du Kaffee?«

»Ja, gern.«

Sie nimmt noch einen Becher aus dem Schrank. Naomi lässt eine Waffel auf Bekahs Teller gleiten, und Bekah häuft Schlagsahne und Erdbeeren darauf und gibt sie an Leah weiter. Sie arbeiten Hand in Hand wie ein eingespieltes Küchenteam im Restaurant. Dad wäre stolz auf sie.

»Isaac«, sagt Mom. »Leg die Orangen weg und komm frühstücken.«

Eine der Orangen, die gerade mitten in der Luft ist, plumpst mit dumpfem Aufprall auf den Küchentisch.

Als der Kaffee fertig ist, füllt Mom die Becher und reicht mir einen. Dann kommt sie mit einem Teller Waffeln an den Tisch. Bekah und Isaac sitzen rechts und links von ihr, ich quetsche mich zwischen Naomi und Leah.

Ich muss Leah irgendwie erklären, dass Vivi heute abreist und wahrscheinlich nicht herkommt, um sich zu verabschieden. Ich warte, bis sie einen Bissen von ihrer Waffel im Mund hat, damit sie nicht gleich antworten muss. »Ich gehe nachher zu Vivi«, sage ich ruhig, »weil sie heute wegfährt. Willst du vielleicht ein Bild für sie malen?« Ich habe Vivi gestern geschrieben, dass ich ihr gern beim Packen helfen würde, aber sie hat abgelehnt. Ich war so enttäuscht, dass ich beinahe trotzdem hingegangen wäre. Aber dann hat sie vorgeschlagen, dass wir uns heute noch mal im Park treffen. Na klar, sie will natürlich einen hochdramatischen Abschied, mit fester Uhrzeit und dem ganzen Lampenfieber bis dahin. Ich fürchte mich fast ein bisschen davor, obwohl ich es kaum erwarten kann.

Leah schüttelt den Kopf. »Ich habe ihr schon eins gegeben. Sie war gestern Morgen da und hat mit mir gespielt.«

»Was? Vivi hat dich besucht, solange ich im Restaurant war?«

»Ja. Wir haben Ponys gespielt.«

Ich werfe Naomi einen fragenden Blick zu. »Warst du auch da?«

Naomi nickt, ohne von ihrer Waffel aufzusehen. »Wir waren alle da.«

»Warum ist sie gekommen? Um sich zu verabschieden?«, frage ich leise.

Naomi schluckt ihren Bissen hinunter. »Angeblich war sie hier, um etwas von Sylvia zu holen. Und ich glaube, sie hat ›bis dann‹ gesagt, als sie gegangen ist. Sie war … ich weiß nicht. Vivi eben.«

Komisch. Ich hätte es verstanden, wenn Vivi sich einfach davongeschlichen hätte, nach allem, was sie durchgemacht hat. Stattdessen kommt sie zu uns nach Hause, während ich weg bin, und verbringt einen letzten schönen Tag mit meinen Geschwistern. Mein Hals brennt wie Feuer. Und das liegt garantiert nicht an dem riesigen Waffelstück, das ich gerade hinunterzuwürgen versuche.

Leah lässt ihre Füße unter dem Tisch baumeln. »Schade, dass Vivi fortgeht. Das macht mich ganz traurig.«

»Mich auch«, sage ich.

Naomi schüttelt den Kopf und lächelt ein bisschen ironisch. »Wisst ihr was? Mich auch.«

Ich dusche und rasiere mich und versuche mein Haar irgendwie zu bändigen. Meine Kehle ist wie zugeschnürt. Ich werde jetzt in den Park gehen, zu Vivi, und bis dahin ist alles gut. Ans Zurückkommen darf ich gar nicht denken.

Unterwegs fällt mir Isaacs Leidenschaft für Archäologie ein. Ich glaube, ich verstehe ihn jetzt. Die Dinosaurierknochen, die alten

Artefakte und die freigelegten Grabstätten – das ist cool. So wie Vivi mit ihrem Ausgrabungswerkzeug in mein Leben geklettert ist und den Staub weggefegt hat, bis ich wieder zum Vorschein gekommen bin. So gesehen werde ich immer auch ein bisschen ihr gehören. Wie soll ich ihr also Lebwohl sagen können?

Plötzlich, und ich bin noch ein gutes Stück vom Park entfernt, merke ich, dass sie nicht da ist. Ein Mädchen wie Vivi spürt man. Sie erweckt den Boden unter ihren Füßen zum Leben. Und ich kann keine Vibrationen unter mir wahrnehmen. Am ältesten Baum im Park hängt ein Zettel – der Baum, in den sie ihren Namen geritzt hat. So ist das also. Sie darf mir Lebwohl sagen. Ich ihr nicht. Hätte ich mir ja denken können.

Lieber Jonah,
ich habe gelogen. »Lebwohl« ist für mich das grässlichste Wort in meinem ganzen Vokabular, noch schlimmer als »Pickel« oder »ausquetschen«. Ich kann es dir einfach nicht in dein schönes Gesicht sagen.
Küss deine Familie von mir, ja? Ich glaube, ich habe mich jeden Tag ein bisschen mehr in euch alle verliebt. Aber am meisten in dich, Jonah. Unsterblich, grenzenlos, wunderbar. (Bitte nicht Isaac sagen, ja? Er wäre am Boden zerstört.)
Vielleicht bin ich in meinem nächsten Leben eine Welle im Meer, und du bist der Fels in der Brandung, und wir arbeiten uns jahrhundertelang aneinander ab. Du bewegst dich quälend langsam, und ich krache an manchen Tagen mit Wucht gegen dich, dann wieder schleiche ich mich ganz sachte an und nippe an deinen Rändern. Klingt doch ganz nach uns, oder? Vielleicht treffen wir uns ja auch noch in diesem Leben: Ich arbeite als Kostümbildnerin für einen Film, der in der Stadt gedreht wird, wo du ein schickes Restaurant führst, und unsere Blicke begegnen sich mitten auf einer belebten Straße, und ich flüstere: »Da bist du ja!«

Vielleicht schleiche ich mich dann in deinen schönen kleinen Bungalow, während deine Verlobte auf Geschäftsreise ist, und wir lieben uns, so wie in unserem früheren Leben und in diesem wunderbaren Sommer. Okay, das würdest du wahrscheinlich nie machen, aber man wird ja noch träumen dürfen.
Wie auch immer, Jonah, ich kann es jetzt schon kaum erwarten, was bis dahin aus dir geworden ist.

Bis irgendwann später,
Vivi

PS: Hab dir auf der Restaurant-Terrasse etwas hinterlassen. Hat mich die ganze Nacht gekostet. Der Titel ist: »Wie wir Lebwohl sagen«.

Ich blinzle, nehme die spitzen Linien ihres Namens in mich auf, und daneben einen tiefroten Lippenabdruck, Vivis Abschiedskuss. War ja klar, dass sie einen theatralischen Abgang hinlegen würde, ohne auch nur anwesend zu sein. Wir können nicht zusammenbleiben, das weiß ich. Aber ich wollte sie ein letztes Mal sehen. Ihr Danke sagen. Sie mir noch einmal fest einprägen.

Ich laufe zum Restaurant, ihren Abschiedsbrief in der Hand. Was hat sie mir dort hinterlassen? Wofür hat sie die ganze Nacht gebraucht?

Ich gehe von hinten direkt auf die Terrasse und bleibe wie angewurzelt stehen. Ich hatte erwartet, dass etwas auf dem Tisch liegen würde. Aber nein. Vivi hat mir ein Bild auf der weißen Wand gegenüber der Terrasse hinterlassen.

Mein Herz klopft, unregelmäßig wie stolpernde Füße. Ich stelle mir vor, wie sie die ganze Nacht mit ihrem Arm in der Schlinge auf der Leiter herumbalancierte. Sie muss im Schein der Terrassenlichter gemalt haben, weil sie noch angeschaltet sind – und ich lasse sie nie an.

Im Vordergrund ragt der Leuchtturm von Verona Cove auf. Dahinter liegen Schiffe im Hafen, sieben Stück, alle mit weißen Segeln. Keine Ahnung, wie sie es geschafft hat, in diese flache Wand so viel Bewegung zu bringen, fast, als würden die Segel flattern. Ich kann sie fast im Wind schlagen hören. In der Ferne zeichnet sich ein größeres Schiff ab, das auf die linke obere Ecke zusegelt. Der Horizont, golden und blau, ist verheißungsvoll und grenzenlos. Die Segel des einsamen Schiffes blähen sich stolz, ein Aufbruch ins Unbekannte. Die sieben Boote im Hafen scheinen zum Abschied zu winken und »Bon Voyage!« zu rufen. Vivi hat ihr ganzes Vivi-Gefühl, ihre ganze Lebendigkeit in dieses Bild gelegt, selbst die Schiffsflagge zeugt noch davon.

Ich kenne das nautische Alphabet, habe es als kleiner Junge gelernt. Der erste Buchstabe am Schiff ist ein »D«. Der zweite, blau und weiß, ein »A«. He, warte mal. Meine Augen wandern am Mast hinunter. Ja, die Buchstaben ergeben D-A-N-I-E-L-S. Das trifft mich wie ein Peitschenhieb: es sind ja auch sieben kleine Boote im Hafen. Eines für jedes Mitglied unserer Familie.

Das ist kein Bild von Vivis Abschied von mir.

Das große Schiff segelt zu neuen Abenteuern davon, es ist mein Dad. Oh mein Gott. Vivi hat ein Familienporträt gemalt. Sie hat uns als Segelboote dargestellt. Klar – wie konnte mir das nur entgehen?

Meine Augen füllen sich mit Tränen, was mir jetzt öfter passiert. Mein Herz zieht sich vor Sehnsucht nach meinem Dad zusammen.

Ich streiche über den Horizont, lasse meine Hand über das noch feuchte Bild gleiten. Gold verschmilzt mit allen erdenklichen

Blautönen, wo das Meer verschwimmt. Glaubst du an das Paradies?, hat Vivi mich mal gefragt, und ich habe ihr die Wahrheit gesagt: dass ich gern an einen Himmel glauben würde. Mit diesem einen Bild hat sie mir etwas gegeben, das ich monatelang vergeblich gesucht habe: Glück, selbst im Ungewissen. Was liegt hinter dem Horizont? Und wer von uns bekommt sein »irgendwann später«? Ich weiß es nicht.

Was aber nicht heißt, dass es nicht gut sein kann. Ich brauche eine Sekunde, um die kleinen Buchstaben zu entdecken, die in die untere Ecke gemalt sind. Aber ich wusste, dass sie da sind, so wie ich weiß, dass sie eines Tages überall auf der Welt zu finden sein werden.

Vivi war hier.

Danksagung

Als Erstes danke ich Bethany Robison, einer lieben Freundin von mir und Vivi, die zu gleichen Teilen Kritikerin und Partnerin ist. Ich liebe dich, Bethany.

Taylor Martindale, meinem getreuen Agenten und Navigator. Wo immer ich hinwill, du stehst voller Begeisterung und Vertrauen am Ruder, was ganz besonders für dieses Buch hier gilt. Danke, dass du dich mit mir in tiefere Wasser gewagt hast.

Meiner Lektorin, Mary Kate Castellani: Ich danke dir, dass du dich dieser Geschichte mit großer Einsicht und Sorgfalt angenommen hast. Insbesondere weiß ich dein unglaubliches Ohr für die Stimmen meiner Charaktere zu schätzen, und die unermüdliche Unterstützung, die du mir gegeben hast – durch alle Korrekturgänge hindurch.

Dem Bloomsbury-Team – Erica Barmash, Amanda Bartlett, Hali Baumstein, Beth Eller, Lili Feinberg, Cristina Gilbert, Courtney Griffin, Melissa Kavonic, Linette Kim, Cindy Loh, Donna Mark, Lizzy Mason, Cat Onder, Emily Ritter, Nick Thomas, Ilana Worrell, Brett Wright: Ich bin so dankbar für die harte Arbeit, die ihr in meine Geschichte investiert habt, für euren unbestechlichen Geist, für eure Kreativität. Danke, dass ihr meinem Buch eine Heimat in eurem Haus gegeben habt.

Ich werde ewig allen dankbar sein, die ihre persönlichen Erfahrungen vor und während der Entstehung des Buchs mit mir geteilt haben. Das gilt besonders für die ersten Leser, die mir wertvolle Einsichten geschenkt haben: Danke, dass ihr mir einen Teil eurer Persönlichkeit gezeigt habt und mich dasselbe habt tun lassen. Ich bin sehr froh, dass ich mich Schulter an Schulter mit guten Menschen fühlen durfte.

Mein tiefer Dank geht an Dr. Martine Lamy, die meine fachlichen Fragen mit mir durchging und am Ende mein Manuskript quasi mit der Lupe durchforstet hat. Ich bin Ihnen so dankbar für das Wissen, das Sie mir zur Verfügung gestellt haben, Martine, für die Umsicht, mit der Sie mich geleitet haben, und ganz besonders für die unschätzbare Arbeit, die Sie Tag für Tag leisten.

Dank auch an meine Familie, die mich mit ihrer Liebe und Stärke unterstützt und inspiriert hat. Ich werde euch nicht alle nennen, weil ihr so viele seid, was eine der großen Segnungen in meinem Leben ist. Ich würde euch in Millionen Jahren nicht für eine kleine (oder normale) Familie eintauschen wollen. Vor allem danke ich meiner Mom und meinem Dad und meinen Tanten, die mich stets ermunterten und unterstützten, wenn ich das Bedürfnis hatte, über diese Geschichte zu sprechen. Meine ewige Liebe und Dankbarkeit geht an Onkel Todd, dessen Humor und unermüdliches Engagement für seine Familie mir beim Schreiben zutiefst wertvoll war.

Dank an meine Freundinnen: Ihr habt mich bei Laune gehalten, mich inspiriert, mich manchmal mit eurem Witz und eurem guten Aussehen fast in den Wahnsinn getrieben. Danke, Alyssa, Janelle und Kristen – weil ihr bis zum Ende irgendwelcher Events wartet und ich schnell in eure Bücher kritzle, damit wir essen gehen können. Hier habt ihr es endlich einmal in gedruckter Form: Ihr seid der Grund dafür, dass Freundschaften in meinen Büchern wahre Highschool-Liebesgeschichten sind.

Ich schreibe das hier im Flugzeug auf dem Rückweg von einem Buchfestival, und ich weiß nicht, ob es ein Wort für die überwältigende Liebe meiner Jugendbuch-Community gibt. Man müsste, wie Vivi, ein Wort dafür erfinden: Spektakularität, Wahnsinnigkeit. Danke an alle Leser, Erzieher, Buchhändler, Bibliothekare: Ich liebe euch für die Energie und Leidenschaft, die ihr der Welt entgegenbringt. Und ich danke meinen Schriftstellerfreunden für die Millionen Gespräche über das Leben und die Kunst; dafür, dass ich mit euch lachen kann, dass ihr meine Leute seid. Besonderen Dank an Kate und Jasmine, die mich letztes Jahr aus meiner literarischen und kreativen Durststrecke herausrissen.

Und schließlich geht mein Dank an J., der meine Ränder ausmalt, der mein Fels in der Brandung ist. Danke, dass du deine Arbeit, dein Leben und deine ganze wunderbare Persönlichkeit mit mir teilst.

Krystal Sutherland

Unsere verlorenen Herzen

384 Seiten, ISBN 978-3-570-16497-6

Der 17-jährige Henry war noch nie verliebt. Kein Herzklopfen, keine Schlaflosigkeit, keine großen Gefühle. Bis seine neue Mitschülerin Grace vor ihm steht: in schlabbrige Jungsklamotten gehüllt, mit einem kaputten Bein und einer kaputten Seele. Ihre Zerbrechlichkeit macht sie in Henrys Augen nur noch schöner. Aber Grace lässt Henry kaum an sich heran – bis sie ihn eines Tages völlig unvermittelt küsst. Henry wagt es, zu hoffen. Doch irgendein ungreifbares Geheimnis scheint zwischen ihnen zu stehen ...

70067

www.cbt-buecher.de